南宋移民文人与移民文学研究

宋立英 ◎ 著

上海古籍出版社

2023 年度黑龙江省社会科学学术著作出版资助项目

前　　言

　　中国历史上有三次大规模的人口南迁,即晋永嘉南渡、唐安史之乱及五代时期北方人民的南迁、宋室南渡。这三次大规模的人口迁移使得南方的经济、文化得以迅速发展,最终完成了文化重心的南移。

　　移民是文化融合的契机,在移民过程中,不同地域的文化相互碰撞、融合,进而对文学创作产生深刻的影响。考察移民文学,可以梳理出文学在大动荡、大变革的历史背景下所发生的变化及原因所在,可以看出文学和地域文化的关系。这是一个动态的、立体的考察。本文以南宋移民文学研究为题,就是基于这样的考虑。靖康之难后,北方人民大批南迁,此后直至南宋灭亡,移民不断。在移民中有相当数量的文人,移民经历对他们的生活和创作都产生了不同程度的影响,他们在移居地的生活和创作对当地的文化及南宋文学也产生了不容忽视的影响。

　　这里需要明确"移民"的概念,什么样的人口迁移才算移民? 对此,有不同的看法。葛剑雄在其《中国移民史》(第一卷)中为移民所下的定义是:"具有一定数量、一定距离、在迁入地居住了一定时间的迁移人口。"① 他指出该定义是为了方便移民史的研究而定,同时又说"即使是一个人,只要

---

① 葛剑雄:《中国移民史》(第一卷),福建人民出版社 1997 年,第 10 页。

他迁移了一定的距离并在迁入地居住了一定的时间,也完全符合移民标准。所以,在确定其是否属于移民时完全不必考虑数量"①。在葛剑雄先生的移民概念的基础上,本书中所谓的移民还要具备至少两个条件:一、迁移了一定的距离,这个距离应该是跨行政区域的;二、在移居地居住了一定的时间,这个时间应该是迁往居住地后再未迁移或较长时间内再未迁移。再未迁移容易确定,但"较长时间"如何界定?参照南宋政府安置移民的政策,允许流寓之人在当地住满七年,可就地入籍,"烟爨满七年,许用户贯"(《宋会要辑稿·选举》四之四一),则本书亦以此为参照时间。这里需要说明的是南宋移民文人多是辗转流徙,居住过很多地方,本文主要以其最后居住地为移居地。

还需要明确"文人"的范围,在南宋移民中,哪些人才属于移民文人?宋代士人基本上是集官僚、文人、学者身份于一身。宋代的进士科考试,诗赋在熙宁变法时曾遭废黜,但元祐四年又被恢复,进士科被分为经义兼诗赋进士和经义进士两科。绍圣元年,进士罢诗赋,专治经术。南宋建炎二年,又分为诗赋和经义两科,绍兴十三年合为一科,绍兴十五年后再分为诗赋、经义两科,成为定例。诗赋进士自然属于文人无疑,非诗赋进士,也要具有一定的文章写作能力才能考取。因而,本文中的移民文人除了指那些有文学作品流传或有一定文名的人外,还包括那些取得科名的士人。

对于南渡移民文人的界定还牵涉到年龄问题,本文把凡是建炎元年之前出生,且经历迁移的文人,都归入南宋移民文人考察的范围。

---

① 葛剑雄:《中国移民史》(第一卷),福建人民出版社 1997 年,第 14 页。

南宋移民文学与南渡文学、
贬谪文学的关系

　　研究南宋移民文学还要将其与南渡文学、贬谪文学区分开来。移民文学、南渡文学与贬谪文学都是作家生活环境发生了变化，因环境的变化而文学创作也发生了相应的变化，三者之间有相似之处，但更多不同，下面就对三者的关系予以辨析。

一、移民文学与南渡文学

　　关于南渡，并没有一个统一的概念界定，不同的研究者在研究中都有自己的界说。"前人的'南渡'概念比较宽泛。如俞彦《爰园词话》、王士禛《花草蒙拾》、陈廷焯《白雨斋词话》中的'南渡'词人的概念均与'南宋'词人的概念相通"①。这样的南渡概念更多地意味着宋代文学由北方转移到了南方，由北宋进入了南宋时期。当代的研究者对"南渡"概念的界定既不同于前人，彼此间也不相同。一种单纯从时间上界定的，如薛瑞生《南渡词人略论》"以宣和至庆元间为南渡词人之大体界限"②；另一种将时间与其他限定条件相结合，如陶尔夫、刘敬圻先生的《南宋词史》是这样界定"南渡"的："凡是由北宋渡江南下的词人，或在北宋时期出生至南宋后始以词名家者，可视为南渡词人。起始时间从南渡之日算起，终止时间以这批词人中的最后一名退出词坛时为止。南渡词人的主要特征是：经历了靖康之变与南渡之苦，词风有明显变化，

---

① 陶尔夫、刘敬圻：《南宋词史》，黑龙江教育出版社 2004 年 11 月，第34 页。
② 薛瑞生：《南渡词人略论》，《西北大学学报》1987 年第 2 期。

或为抗金复国而呼号,或为壮怀激烈而高歌,或为抚时感事而咏叹,或为破国亡家而悲吟。凡此,均寓有'南渡'这一特定时期的时代色彩。其中,是否经历过靖康之变,是否尝受过'南渡'的颠沛流离之苦,是最为重要的。否则,便不归入'南渡词人'。"基于这样的南渡概念,其《南宋词史》中,辛弃疾便不属于南渡词人。王兆鹏《宋南渡词人群体研究》对"宋南渡词人群"的界定是"指生活、创作历经北宋末徽宗朝和南宋初高宗朝的一群志士词人,包括叶梦得、徐俯、李光、朱敦儒、吕本中、向子諲、李纲、赵鼎、李弥逊、陈与义、王以宁、张元干、邓肃和胡铨等"①。

由以上各种界定可以看出,在南渡文学研究中,"'南渡'只是一个时间与历史的概念"②,无关地域,南渡文人既包括北方文人,也包括南方文人。

南宋移民文学则与地域文化有很大关系,南宋移民文人包括南渡文人中那些于靖康之难前出生且原居住地在北方,在靖康之难后的岁月里陆续南迁的文人,也包括在南部各地区之间迁移的文人。时间则由建炎初直至南宋末。

南宋移民文学与南渡文学是两个不同的研究领域。

1. 发生的时间及原因不同

南渡主要发生在南北宋之交,由于靖康之乱,文人随宋室南迁。南宋移民虽然也主要发生在这段时期,但在此之后,移民还在不断进行,直至南宋灭亡。

南渡的主要原因是战乱,这也是南宋移民的主要原因,但移民发生的原因又不仅是战乱,还有其他原因,如政治原因及迁移者个人方面的原因。

---

① 王兆鹏:《宋南渡词人群体研究》,凤凰出版社 2009 年 4 月,第 12 页。
② 陶尔夫、刘敬圻:《南宋词史》,第 34 页。

2. 考察的范围不同

这涉及对南渡文人和南宋移民文人的界定。移民文人包含南渡并定居下来，进行文学创作的文人，也包括南部地区内部迁移的文人，而南渡文人则包括靖康之难后所有生活在南方的文人（其中包括南方的文人）。相应地，对移民文学和南渡文学考察的范围也不同，南渡文学主要考察南渡后文人的文学创作，而南宋移民文学则主要考察的是移民文人在移居过程中及在移居地的文学创作。

3. 考察的角度不同

南渡文学主要考察南渡之后文学创作及其风格的变化，并分析变化的原因，分析南北不同时期文人不同的心态，不同的南北生活环境对文学创作的影响，主要还是考察家国之悲对文人创作的影响，从而突出南渡对整个文风发生改变的影响。而南宋移民文学创作所受的影响更为复杂，除了家国之恨，更侧重考察移民所受移居地文化的影响，移民文人自身的文化与移居地文化之间发生的碰撞，移民文人对移居地文化的影响。从地域文化的角度对移居不同地区移民文学创作进行考察，并进而考察其对南宋文学所发生的影响。

尽管南宋移民文人与南渡文人不同，但二者之间又不是毫无关联，二者之间有交叉，南渡文人中由北方南迁的都属于移民。

有一部分南渡的北方文人在南方辗转流徙，去过很多地方，并没有马上就定居下来，对这样的文人，怎样界定其移民文学创作？笔者认为从南渡到定居一地，这之间应属于迁移过程，此间的文学创作当然也属于移民文学考察的范围，但主要还是对其在最后定居地，也就是其生活安定下来，生活时间最久之地的文学创作进行考察。

二、移民文学与贬谪文学

研究移民文学,还要将移民与贬谪有所区分。贬谪意味着文人的生活环境发生了变化,有的文人在贬谪地生活了很多年,贬谪地的文化对他的文学创作也产生了很大影响,贬谪文人对贬居地的文化也有不同程度的影响,但贬谪文人和移民文人还是有很大差异,二者的区分还是很明显的。

首先,贬谪文人与移民文人的心态不同。贬谪不是移民,贬谪文人带着政治的失意来到被贬之地,心态多是消沉落寞的,最终心愿便是早日离开贬居之地。而移民文人对移居地多是主动的选择,虽也有故土之思,但更愿融入到移居地的生活之中。子孙在此繁衍生息,终老是乡。

其次,所受居住地文化的影响及对居住地文化的影响不同。被贬文人对贬谪地文化多难以认同,况且被贬之处多是蛮荒之地,自身文化的优越感使得他们不愿接受贬谪地文化的影响,同时,也不愿通过自身的努力去影响贬谪地文化,更由于他们在贬谪地与当地人生活的疏离,也较少有机会对当地的文化产生大的影响。移民文人则不同,移民文人所选择的移居地多是自然环境较好,或者经济文化较为发达之地,交通便利,所以他们对移居地文化很容易认同,并愿意接受移居地文化的影响。同时在与移居地人民生活接触中,积极参与当地的文化建设,对当地文化发展产生较大影响。

因而,贬谪文人在贬谪地的文学创作不属于移民文学创作,但也有例外,那些终身被贬,子孙在当地繁衍生息,已经融入到当地人生活的这部分贬谪文人,实际上已经属于移民。还有一部分贬谪文人,最终选择了定居贬谪之地,这些贬谪文人理应纳入移民文学研究的范畴。

当然,移民文学与贬谪文学也有交叉,那些被贬的移民文人在贬谪地的文学创作也属于移民文学的一部分。

南宋文人移民的主要时期

　　葛剑雄主编、吴松弟著《中国移民史》(第四卷)将靖康之乱后北方人民南迁划分为七个阶段:"靖康之乱时期一个阶段,即靖康之役阶段,自北宋靖康元年至南宋绍兴十一年(1126—1141),持续 16 年。南宋金对峙时期四个阶段,即:海陵南侵阶段,自绍兴三十一年至隆兴二年(1161—1164),持续 4 年;开禧北伐阶段,自开禧二年至嘉定元年(1206—1208),持续 3 年;宣宗南侵阶段,自嘉定十年至十七年(1217—1224),持续 8 年;宋蒙灭金阶段,约自绍定五年至端平元年(1232—1234),持续 3 年。南宋和蒙元对峙时期两个阶段,即:蒙元攻宋阶段,自端平二年至景定元年(1235—1260),持续 26 年;蒙元灭宋阶段,自咸淳十年至元至元十六年(1274—1279),持续 6 年。"①

　　南宋文人从北方南移主要发生在靖康之役阶段,宋金对峙及宋与蒙元对峙时期,虽然移民也较多,但文人较少,这一阶段的移民文人主要是南方内部的移民。建炎南渡,战乱中人们纷纷逃往较为安全的地方避难,待时局稳定后,逐渐选择移居地安身,因而移居时间往往并不是其迁出时间,从迁出到定居经历了较长的过程。

　　本书对南宋移民文人的考察主要集中在靖康之役阶段,同时兼顾此后的重要移民文人。

---

① 吴松弟:《中国移民史》(第四卷),福建人民出版社 1997 年,第 272—273 页。

南宋移民文人的主要类型

从移民动机看,南宋移民文人主要有以下几种类型:

一、躲避战乱,被迫迁移

靖康之难,迫使居住在北方的文人南迁,以躲避战乱,这些人构成了南迁移民文人群体,这个文人群体包括普通文人和宗室文人。

1. 普通文人

这部分移民文人数量庞大,是南宋移民文人的主体,他们移居后分布范围很广,在移居地的选择上也主要是主观意愿决定的。

2. 宗子文人

宗子文人因是皇族,在南渡避难时,对移居地的选择朝廷有统一安排。据《宋史》记载:"南渡初,先徙宗室于江淮,于是大宗正司移江宁,南外移镇江,西外移扬州,其后屡徙。后西外止于福州,南外止于泉州。又置绍兴府宗正司,盖初随其所寓而分管辖之。乾道七年,尝欲移绍兴府宗司于蜀,不果,后并归行在。"①据此可知,宗子文人主要居住于临安、绍兴、福州、泉州,还有一部分留居于迁徙处或散居他处。

二、归正文人

归正文人主要是指那些战乱中留居北方或靖康之难后出生在北方的文人,后来南迁。这部分移民文人数量不多,也不同于南渡时的大规模移民,多是零散地陆续南迁。因在金人沦陷区生活过,南归后又不被信任,仕途多舛,自身的特殊遭

① (元)脱脱等编撰:《宋史》卷一百六十四《职官志》。

遇使得这部分文人及其文学创作在南宋文坛自成一格。归正文人以辛弃疾为杰出代表。此外，范如山及其子范炎等也在南宋文坛占有一席之地。

三、贬居文人

南宋还有一种惩罚性移民，就是对犯错的官员由政府指定居住地。如《建炎以来系年要录》卷一百六十二载：（绍兴二十一年）己酉，直秘阁马纯落职，依条致仕，令汀州居住。这样贬居的文人也不少，当然有些人在若干年后，惩罚解除，允许自行选择居住地，因而，这些贬居之人不属于严格意义上的移民，但有一部分人的子孙已定居于贬居之所，或者本人选择定居于贬居之地。这部分人理应属于移民文人考察的范围。

四、不同原因的主动迁移

在南宋还有一些没有外在压力的主动迁移的移民，这部分人由于各自不同的主观原因选择移民。这类移民中值得一提的是科举移民和婚姻移民。

1. 科举移民

南宋的两淮、湖北等路，因为边地，应举士人不多，解额较宽，而两浙路、江南东西路、福建路为士人荟萃之地，解额较窄，这些地方的一些士人便将户籍迁移到解额较宽的地区。孝宗乾道年间曾下敕严禁科举移民。"非本土举人，往缘边久居，或置产业为乡贯者，杖一百，押归本贯"。淳熙四年三月下诏放宽了对"科举移民"的限制，规定："淮南、京西人户有产业，如烟爨实及七年以上，应举即许以贡举法收试。"①

---

① 《宋会要辑稿·选举》一六之二〇。关于科举移民，参看何忠礼《南宋科举制度史》，人民出版社 2009 年。

2. 婚姻移民

南宋移民文人中还有一部分是因为入赘岳家,而移民至妻子所居之地,其后人亦为移民后裔。看几例这方面的移民。

> 陈宗召,字景南,本福清人,因赘而居,登淳熙进士第,终礼部尚书。三子:贵谦,秘阁修撰,绍熙尚在郎官;贵谊,庆元进士,参知政事,谥文定。宗召与其子贵谦、贵谊俱中宏词。(《淳祐玉峰志》)

> 王圭,字君玉,本安吉人,父迈来赘昆山,因家焉。迈登乾道第,终通判太平州。迈死圭幼,忍贫力学,孝于其母,登嘉定进士。……有文集十卷,存于官。(《咸淳玉峰续志》)

> 初,希孟自湖至松,寓贞溪。卒,返葬湖之合溪山,至石林始定家松之南桥镇,葬半江西,至怡清赘城南顾氏,徙彭庄。殁,因葬焉。(《东江家藏集》卷二十九《故静庵处士刘翁配凤孺人合葬墓表》)

> 考仍,字志得,为赘婿于华亭顾知县孟寅。公生于顾氏,故遂为松江人。松之有过姓,自公始。(《东江家藏集》卷二十九《明故江西按察司副使致仕过公墓表》)

综上,尽管原因不一,而移民之实则同,不同类型的移民文人共同为南宋文学的发展和繁荣做出了贡献。

南北宋行政区划的变化与本书中
行政区域名称的使用

北宋的行政区划经历了数次变化,宋太宗至道三年(997)始定天下为 15 路:京西路、京东路、河北路、河东路、陕西路、淮南路、江南路、两浙路、福建路、荆湖南路、荆湖北路、广南东路、广南西路、西川路、峡西路。宋真宗天禧四年(1020)，分西川路和陕西路为益州、梓州、利州、夔州四路，分江南路为江南东路和江南西路，至此增至十八路。宋神宗熙宁七年(1074)，分淮南路为东、西两路，分陕西路为永兴军、秦凤两路，分京西路为南、北两路，分河北路为东、西两路，分京东路为东、西两路，增至二十三路。宋徽宗崇宁四年(1105)，将都城开封府置为京畿路，合为二十四路。

南宋仅拥有半壁江山，在行政区划上也重新做了调整。宋高宗绍兴十二年(1142)分为十六路：两浙东路、两浙西路、江南东路、江南西路、淮南东路、淮南西路、荆湖南路、荆湖北路、京西南路、广南东路、广南西路、福建路、成都府路、潼川府路、利州路、夔州路。宋宁宗嘉定元年(1208)，改为十七路，把利州分为东、西两路。

南宋各路所辖府、州、监、军亦有变化，本文中所涉及各路及其所辖府、州、监、军名称俱依宋高宗绍兴十二年所划十六路之旧，此后州府名称的变化在涉及时予以说明。在具体论述过程中，为了突出地域文化的特点，会将其与此前及现在的行政区划做比照。

南宋移民文学研究的基础及 框架构建

从移民角度研究南宋文学，是一个全新的视角，有许多问题和疑难需要解决，但这个研究也不是一无依傍，一些相关的研究为本文提供了参考和基础。主要包括四个方面：

一是移民研究。

葛剑雄著《中国移民史》(第一卷)、吴松弟著《中国移民史》(第四卷)，为本文对移民文人的界定及南宋移民文人的分布提供了参考。

　　二是经济、地域文化及地域与文学的关系等研究。

　　张家驹的《两宋经济重心的南移》①，全汉昇的《南宋杭州的消费与外地商品之输入》、《南宋稻米的生产与运销》、《南宋初年物价的大变动》②，程民生的《宋代地域文化》③、陈正祥的《中国文化地理》④等，为本文考察移民文人对移居地的选择及移居地的经济文化状况提供了参考。

　　王水照先生的《北宋洛阳文人集团与地域环境的关系》⑤、王祥的《北宋诗人的地理分布及其文学史意义分析》⑥及《宋代江南路文学研究》⑦、钱建状的《南渡词人地理分布与南宋文学发展新态势》⑧为本文如何进行南宋移民文学与地域文化的关系研究提供了参考范式。

　　三是南渡文学研究。

　　王兆鹏的《宋南渡词人群体研究》⑨、黄文吉的《宋南渡词人》⑩、黄海的《宋南渡词坛研究》⑪、白晓萍的《宋南渡初期诗人群体研究》⑫，为本文研究移民文人南渡后文学创作的变化提供了参考。这里特别值得一提的是钱建状的《南宋初期的文

① 见张家驹：《张家驹史学文存》，上海人民出版社，2010 年 3 月。
② 见《中研院历史语言研究所集刊》论文类编之宋代部分。
③ 程民生：《宋代地域文化》，河南大学出版社，1997 年。
④ 陈正祥：《中国文化地理》，三联书店，1983 年。
⑤ 见王水照：《王水照自选集》，上海教育出版社，2000 年 5 月。
⑥ 载《文学遗产》2006 年第 6 期。
⑦ 复旦大学 2004 年博士毕业论文。
⑧ 载《文学遗产》2006 年第 6 期。
⑨ 王兆鹏：《宋南渡词人群体研究》，凤凰出版上，2009 年 4 月。
⑩ 黄文吉：《宋南渡词人》，台湾学生书局，1985 年。
⑪ 黄海：《宋南渡词坛研究》，贵州人民出版社，2006 年。
⑫ 白晓萍：《宋南渡初期诗人群体研究》，浙江大学 2006 年博士毕业论文。

化重组与文学新变》①,其第二章第三节《从北方移民到南方
土著》,第四节《南渡士人的地理分布》,已经属于移民文学研
究,只是钱著的关注点不在移民文学,因而没有对此进一步深
入和拓展,其考察的对象也仅限于词人。

四是宋代家族研究及家族与文学研究。

宋代家族研究主要是史学研究者所作,这些研究描绘出
家族的兴衰史,分析兴衰的原因,探讨家族与政治、社会、经
济、文化的关系及影响。这些家族多数是科举制度下成功的
典范,这些研究也牵涉到家族中文学之士的创作及影响。

宋代有许多文学家族,"如澶州晁氏、南丰曾氏、眉山苏
氏、江阴葛氏、崇仁虞氏等,都是依靠科举、道德、文学而长盛
不衰"的②。关于晁氏家族的研究已出版的专著就有刘焕阳
的《宋代晁氏家族及其文献研究》③、何新所的《昭德晁氏家族
研究》④、张剑的《宋代家族与文学——以澶州晁氏为中心》⑤,
还有李朝军的《宋代晁氏家族文学研究》⑥、滕春红《北宋晁氏
家族及其文学研究》⑦两篇博士论文。

这些研究为本书研究移民文学家族提供了参考和借鉴。

下面简要勾勒一下本书的研究框架。

本书分为五章。第一章为移民文人的地区分布及移居原

---

① 钱建状:《南宋初期的文化重组与文学新变》,厦门大学出版社,2006
　年 10 月。
② 张剑、吕肖奂、周扬波:《宋代家族与文学研究》,中国社会科学出版
　社,2009 年。
③ 刘焕阳:《宋代晁氏家族及其文献研究》,齐鲁书社,2004 年 5 月。
④ 何新所:《昭德晁氏家族研究》,上海古籍出版社,2006 年 8 月。
⑤ 张剑:《宋代家族与文学——以澶渊晁氏为中心》,北京出版社,
　2006 年。
⑥ 李朝军:《宋代晁氏家族文学研究》,四川大学 2005 年博士论文。
⑦ 滕春红:《北宋晁氏家族及其文学研究》,浙江大学 2006 年博士论文。

因考察。以表格的形式统计出各路之府、州、军的移民文人分布,通过对移民文人分布状况的分析,归纳出移民文人分布的特点及原因所在,探讨移民文人选择移居地的原因。这一章也是整个研究的基础,后面的分析都是建立在这个基础之上。

第二章考察移民文人生活及心态变化。移民文人生活可分为两部分,一是颠沛流离的迁徙生活,这主要是针对靖康之难后,在战乱中南迁的移民文人而言;一是安稳的定居生活,考察他们的交游唱和、文化传播及参与地方文化建设。从迁出到定居,移民文人不只生活发生了变化,心态也发生了很大改变,从疏离到认同,到融入。

第三章考察两个移民文学中心。通过第一章的统计,可以看出南宋移民主要集中在两浙路和江南东、西路,两浙路以临安为中心,江南东、西路以信州为中心。南宋全国性的文学中心主要有两个,即临安和信州。考察临安的城市文化历史、临安移民文人的文学创作及临安作为政治中心对文学的影响。信州作为一个地方性城市,却一跃而成为南宋的移民文学中心,考察信州成为移民文学中心的原因。信州移民文人多文坛领袖,考察其戚友关系与创作。

第四章为三大移民文学家族研究。宋人提倡"敬宗收族",家族是宋代社会具有凝聚力的血缘团体,那些有名望的家族,尤其是累世有人在朝中任要职的家族,对宋代社会的政治、经济、文化都有着举足轻重的影响。而文学家族以诗书传家,数代绵延不衰,文学传承中有家法存焉。本章选取三个有代表性的移民文学家族,即东莱吕氏、桐荫韩氏和昭德晁氏,这三个家族在南宋文化传播方面做出了重要贡献,且分别居于不同的地域,通过考察其家族在北宋时期的政事、文学、学术,确定其家学特点,然后考察其家族成员在南宋的状况,进一步考察其家族代表性移民文人对家学的传承及所受移居地文化的影响。

第五章为南宋移民文学的贡献及影响。南宋移民文学的贡献体现在两个方面，一是文学史上的贡献，南宋移民文学在保证宋代文学的延续性、为南宋文学注入了新内容、南宋诗风的转变、宋词创作高峰的出现等方面做出了重要贡献。二是对移居地文化发展所作的贡献，移民文人一方面通过自己的文学创作，将移居地的山水景物、生活习俗等摄入笔端；另一方面，通过参与移居地的文化建设，为移居地培养人才，影响移居地的学风、文风，通过与移居地文人的交游，促进不同地域文化的融合，而移民后裔则多成为移居地的文化中坚。

目　录

第一章 南宋移民文人的地区分布及选择移居地原因考察

南宋移民文人分布极其广泛,在南宋的十六路中,每一路都有移民文人居住,即便比较偏远的岭南二路及蜀中四路,也都有一定数量的移民文人定居,就中又以两浙路和江南东、西路为移民主要居住地区。移民选择移居地的原因极其复杂,既有客观条件的限制,也有主观因素的影响。本章首先是以表格的形式统计出南宋移民文人的分布,这个表格以州、府为单位,考察移民文人的迁出时间、迁出地、移居时间、移居地、作品,并列出所依据资料,在备注中,对移民文人的科考、迁徙、家世也有所反映。在统计资料的基础上分析移民文人分布的特点,据移民文人分布的特点,分析出成因,然后归纳出影响移民文人选择移居地的因素,通过个案分析展示出移民选择移居地原因的复杂性及深层心理。

第一节 移民文人分布及其特点

一、移民文人分布列表

笔者一共统计出移民文人 602 人,按照姓名、迁出时间、移居时间、迁出地、迁入地、依据资料、作品、备注制成移民文人分布列表。

通过对移民文人分布列表进行统计分析,可以看出每个州府的移民文人数量及每一路的移民文人总数,由此可以计算出每一路移民文人所占移民文人总数的比例,图表如下。

南宋移民文人分布分析表

路	府州军监	移民人数	路移民人数及所占比例	路	府州军监	移民人数	路移民人数及所占比例
两浙西路	临安府	41	154	江南东路	建康府	12	92
	平江府	42	25.6%		宁国府	2	
	镇江府	23			徽州	10	15.3%
	嘉兴府	27			池州	5	
	湖州	11			饶州	15	
	常州	9			信州	43	
	严州	1			太平州	5	
两浙东路	绍兴府	26	167	江南西路	隆兴府	8	76
	庆元府	39			江州	8	
	瑞安府	10	27.7%		吉州	25	12.6%
	婺州	17			袁州	4	
	台州	52			抚州	18	
	衢州	18			瑞州	2	
	处州	5			临江军	8	
					建昌军	3	

续　表

路	府州军监	移民人数	路移民人数及所占比例	路	府州军监	移民人数	路移民人数及所占比例
福建路	泉州	11	39	荆湖北路	鄂州	3	12
	建宁府	2			德安府	1	
	漳州	2	6%		江陵府	1	2%
	邵武军	5			峡州	1	
	兴化军	2			常德府	6	
	汀州	2		京西南路	襄阳府	2	2 / 0.3%
	福州＋闽	12＋3					
成都府路	嘉定府	7	9	荆湖南路	潭州	14	26
	成都府	2	1.5%		衡州	7	4.3%
夔州路	巫山	2	4		永州	3	
	夔州	1	0.7%		桂阳军	1	
	忠州	1			未知	1	
利州路	巴州	3	3 / 0.5%	两淮路	扬州	3	5
					高邮军	2	0.8%
潼川府路	遂宁府	1	4	广南西路	贺州	1	9
	昌州	1	0.7%		连州	1	1.5%
	合州	2			浔州	2	
					柳州	1	
					静江府	3	
					郁林州	1	
合计			602（人）				

二、移民文人分布的特点及原因分析

移民文人散居于淮河以南的广大地区。通过统计分析，可以看出移民文人分布的特点，而其对移居地的选择，既有客观因素，也有主观原因。

（一）移民文人分布的特点

据南宋移民文人分布表可以看出，南宋移民文人分布具有以下三方面特点：

1. 分布既广泛又相对集中，在相对集中的地区又有"局部分散"①的特点。

说其分布广泛，主要是指移民文人的分布几乎遍及南方各州府。通过移民文人分布图表可以看出，南方的各州、府、军几乎都有移民文人居住，"建炎之后，江、浙、湖、湘、闽、广，西北流寓之人遍满"②。说其相对集中，是指其分布主要集中在两浙路和江南东、西路，也就是现在的浙江、江西、江苏南部和安徽南部。在移民文人分布相对集中的两浙路和江南东、西路，移民文人分布又有"局部分散"的特点。在这四路，各州府移民人数都相当多，但也有几个移民人数相对较多的州府，如两浙路的临安府、平江府、嘉兴府、绍兴府、庆元府、台州，江南东路的信州、饶州，江南西路的吉州、抚州。"平江、常、润、湖、杭、明、越，号为士大夫渊薮，天下贤俊多避地于此"。"东北流移之人，布满江西"③。"广信为江闽二浙往来之交，异时中原贤士大夫南徙，多侨居焉"④。本文所做的移民文人统计

① 钱建状：《南渡词人地理分布与南宋文学发展新态势》，《文学遗产》2006 年第 6 期。
② （宋）庄绰：《鸡肋编》卷上，影印文渊阁四库全书本。
③ （宋）李纲：《梁溪集》卷一百一《条具防冬利害事件奏状》。
④ （元）戴表元：《稼轩书院兴造记》。

分析也印证了这些说法。

2. 移民文人聚居的城市主要位于水路交通便利的地方。

南方水网密布,水路交通发达。通过对移民文人聚居城市的考察,可以发现这些城市绝大多数位于江边,交通便利,而所谓的江边主要指下面三种情形:

(1) 与运河相连的城市。这包括三种情况,一种是运河经过的城市,如镇江、常州、无锡、苏州、嘉兴、临安、绍兴。第二种是运河虽不经过,但因位于太湖边上,又有水路与运河相连的城市,如湖州、宜兴。第三种是通过浙东水系与运河相连的城市,如位于浙江边的桐庐、建德,兰溪(浙江支流)边的金华,永康溪(兰溪上游支流)边的武义,曹娥江边的嵊县,余姚江边的余姚。浙东运河在绍兴府上虞与余姚江相连,余姚江在庆元府汇入大浃江,大浃江在定海入东海。处州虽不与运河相连,但有水系与温州相连。这样,浙东水系既与运河相连,又与东海相通。

(2) 位于长江沿岸的城市或位于与长江水系相连江河附近,如镇江、建康、芜湖、池州、江州、鄂州、岳州、江陵、襄州、万州、忠州、泸州、叙州。沿长江流域有三大湖区,将远离长江的城市与长江水系连接起来。一是太湖流域,在两浙路,与运河一起将两浙路主要城市与长江水系连接起来。二是鄱阳湖流域,在江南东、西路境内,位于湖边的饶州、余干、都昌、南康军,位于赣江边的临江军、隆兴府,盱水、汝水、武阳水边的建昌军、抚州,甚至信州境内的玉山、上饶、弋阳、贵溪通过饶江、余干江,而与鄱阳湖相连。三是洞庭湖流域,京西南路中,有位于汉水边的郢州、襄阳、均州;荆湖南、北路,则有位于沣水边的沣州,位于沅水边的武陵、辰州,位于资水边的益阳、邵阳,位于湘水边的潭州、衡山、衡阳、永州、全州,而湘水在广南西路境内有灵渠与桂江相连,这样又与岭南水路相通。

在四川境内,岷江沿岸的犍为、龙游,内江水边的资州,涪江边的遂宁,嘉陵江边的果州、阆州,渠江边的渠州,位于涪江、嘉陵江、渠江交汇处的合州都与长江水系相连。

（3）沿海城市。浙江东路的庆元府、台州、温州,福建路的福州、泉州、莆田、漳州,都是位于海边或靠近海边的城市。

3. 由以临安为中心的两浙路向西部和南部呈扇面形递减分布。

两浙路是移民文人分布较多的地区,而临安作为政治中心,又是两浙路的移民文人中心。移民文人的分布以临安为中心,距离临安较近的两浙路的城市移民文人较多,如平州、常州、镇江、湖州、衢州、秀州、绍兴、婺州、明州、温州、台州等,形成了以临安为中心的两浙路移民文人区域,再向外扩展为江南东、西路和福建路,江南东、西路的信州、饶州、建康府、抚州、江州、吉州,福建路的福州、泉州等也是移民文人分布较多的区域,再次就是距离临安较远的荆湖南、北路,然后是最外围的两淮路、四川四路、岭南二路,移民文人相对较少。

（二）分布特点之原因分析

移民文人之所以分布广泛,是因为南渡之时,事出仓猝,移民是自发性的大逃亡,没有计划性和组织性,只是以逃命为目的。移民文人们如惊弓之鸟一样,各自寻求安全的地区,安置一家老小。因其逃亡路线不同,而其择居时,又多就近选择,在逃亡途中的州府,几乎都有移民文人居住,故其分布极为广泛。

移民文人之所以集中在两浙路和江南东、西路,是多种原因促成的。宋金交界地区的两淮路,因是历次宋金交战区,南渡之初,有移民文人暂时寓居,随后继续南迁,因而后来居住于此的移民文人寥寥无几。两广地区因为地处偏僻和气候、习俗等原因,虽然南渡之初许多移民文人避地于此,但随后陆续迁出,因而两广的移民文人亦少。荆湖北路与金毗邻,也是交战区,荆湖南路因南宋初期流寇武装及农民起义等影响,局势一直动荡不安,也是移民较少的原因。四川虽然富庶,号称天府之国,但因距离政治中心较远,所以移民文人也相对较少。

移民文人南迁时,多是随高宗沿运河一线逃亡,因而进入两浙路的移民文人较多。而后来临安又成为南宋的行在所,两浙路的城市因距离政治中心较近,文化也较为发达,经济繁荣富庶,地理上也相对安全,所以成为移民最多的地区。

江南东、西路距临安相对较近,交通也比较方便,是临安出入福建、荆湖等地的必经之地。此外,这里山多,地形复杂,地理上也较为安全。这里也有着丰厚的文化积淀,北宋许多著名文人都出自此二路。

福建移民文人虽没有两浙路和江南东、西路多,但也是移民文人较多的地方,尤其是福州和泉州。这主要是因为那里更为安全,与两广比,文化发达,是北宋考中进士最多的地区,而且南宋将南外、西外宗正司置于此,福建成为南宋的大后方。

移民文人聚居地以江河湖泊沿岸城市及海边城市为主,一方面因为这些地方水路交通便利,较为安全。南渡初高宗逃亡海上就是走的水路,高宗选择临安作为行在所,其中的一个重要因素也是因为临安附近水网密布,金人骑兵无法驰骋,紧急时,又可逃亡海上。另一方面,水路的便利保证了物资供应的充足,无生活物资匮乏之虞。而河流、湖泊附近的平原地区,物产丰饶,其附近的城市便成为移民文人乐居之地,如太湖流域的平江府、常州、湖州,鄱阳湖流域的饶州、江州、隆兴府,洞庭湖流域的常德府、潭州等。

由以临安为中心的两浙路向西部、南部呈扇面形递减,主要还是政治原因在起作用,是临安作为都城的向心力所致,距离临安越远的地区移民文人越少。

第二节　影响移民文人选择移居
地的因素分析

通过前面的分析可知,距离政治中心较近、较为安全、交通便利、环境优美、经济发达都是影响移民选择移居地的重要因素和前提条件,那在条件差不多的情况下,移民文人选择此地而不是彼地的原因何在呢?

一、选择移居地的个人原因分析

笔者通过考察发现,影响移民选择移居地的个人原因主要有以下几方面:

(一) 仕宦

移民文人选择移居地多是选自己在那里有过仕宦经历的地方。因为在那里做官,熟悉那里的环境、生活习惯,在当地也有一些人际交往,移民后很快就会融入当地的生活。这样的移民例子很多,如孔道"尝官吴门,乐其风土,因家焉"[①]。蒋克勤"宰邑象山,爱其风土,因家于明"[②]。韩元吉移居信州也是和他的仕宦经历有关。韩元吉(1118—1187),字无咎,号南涧。南渡之时,韩元吉尚年幼,曾流寓闽中,并曾在闽中任职。《南涧甲乙稿》卷十五《风云台记》云:"予少尝寓昭武。"又卷十六《滋德堂记》云:"予少寓昭武,买田在郡之东。"后又客居建安。《南涧甲乙稿》卷十四《东归序》云:"予绍兴之甲子也,客于建安,夏大水,举家几为鱼,计足以自活。"绍兴二十三年秋(1153),韩元吉应知信州黄仁荣之辟,至幕府就

---

① (宋) 刘宰:《漫塘集》卷三十五《故长洲开国寺丞孔公行述》。
② (元) 程文海:《雪楼集》卷十七《故绍兴路儒学教授蒋君墓志铭》。

职。乾道二年(1166),韩元吉任江南东路转运判官,此后将家移居信州。① 之所以选择信州,韩元吉的《两贤堂记》透露了个中消息:"並江而东行,当闽浙之交,是为上饶郡。灵山连延,秀拔森耸,与怀玉诸峰巉然相映带,其物产丰美,土壤平衍,故北来之渡江者,爱而多寓焉。"②信州的地理位置、自然环境的优美、物产的丰饶,也是韩元吉爱而寓焉的原因,而促成他选择居住信州的直接原因显然是他在这里的仕宦经历,正是他在信州为官的经历,让他了解信州,喜欢信州,进而选择居住信州。

(二) 投靠亲友

南渡的移民多是聚族而居,这样移居到一个新的地方,可以互相照应。而一些孤寒的文人便选择了投靠亲友,在生活上会得到帮助和接济。李清照、康与之及晁公武兄弟南渡居住地选择便主要是投靠亲友。

李清照南渡后辗转流徙,旅居多处,在其《金石录后序》中详细叙述了她南渡的漂泊之苦。孤身嫠妇,在兵荒马乱的年月,何以为生? 陶然《李清照南渡后行迹及戚友关系新探》中经考证认为:"李清照南渡后行迹,无论是频繁避兵的建炎年间,还是相对安定的绍兴年间,其流寓居止,均与亲眷戚友密切相关:初欲投江西王氏二舅及李擢;继因谢克家援手而免'市古器'之困;赴台州欲托书籍文物于晁公为;或经明州而寓史氏;继至会稽,依弟李远;后至金华,依婺守李擢;终居临安,多与包括王氏在内的旧馆姊妹相往来。"③李清照绍兴四年十月避兵去金华,时赵明诚妹婿李擢知婺州,绍兴五年五月,李

---

① 韩西山:《韩南涧年谱》,安徽教育出版社 2005 年,第 333 页。
② (宋) 韩元吉:《两贤堂记》,见《南涧甲乙稿》卷一五。
③ 陶然:《李清照南渡后行迹及戚友关系新探》,文学遗产 2009 年第 3 期。

擢离任,李清照失去依托,归临安。自绍兴五年至二十六年,李清照在临安度过了她生命的最后二十年。据陶然考证,李清照居临安,很可能得到了表妹秦桧夫人王氏的接济。

康与之南渡后也是辗转依人。先看几则有关康与之南渡后行止的记载。

周南《山房集》卷四《康伯可传》云:"康与之,字伯可,家宛丘,与常子正相邻又相好也。……初,伯可监杭州太和酒楼,盗库钱,饰翠羽为妓金盼履,坐免官,落魄无所与归,会子正自中司出守吴,伯可固通家子弟也,又尝偕行入广,遂奉夫人氏以往。……伯可心不乐也,则去而之姑苏,依周彦恭。"①

罗大经《鹤林玉露》云:"建炎中,大驾驻维扬,伯可上《中兴十策》。……而伯可名声由是甚著。后秦桧当国,乃附会求进,擢为台郎。值慈宁归养,两宫燕乐,伯可专应制为歌词,谀艳粉饰,于是声名扫地,世但以比柳耆卿辈矣。桧死,伯可亦贬五羊。"②

黄昇《花菴词选续集》卷一云:"康伯可,名与之,号顺庵,渡江初,有声乐府。受知秦申王,王荐于太上皇帝,以文词待诏金马门,凡中兴粉饰治具及慈宁归养,两宫欢集,必假伯可之歌咏,故应制之词为多。书市刊本皆假托其名。今得官本,乃其婿赵善贡及其友陶安世所校定,篇篇精妙。汝阴王性之,一代名士,尝称伯可乐章非近代所及,今有晏叔原亦不得独擅。盖知言云。"③

由以上三则记载可知,康与之南渡后,也是转依故旧之间,后因依附秦桧,作为御用文人,移居杭州。

晁公武、公遡兄弟之移居嘉州,也主要是投靠亲友。据

---

① (宋)周南:《山房集》卷四。
② (宋)罗大经:《鹤林玉露》,中华书局1983年,第182—183页。
③ (宋)黄昇:《花庵词选续集》卷一。

《嘉庆四川通志》卷四十六载:"晁公武靖康中避乱入蜀,爱嘉州之胜,后虽累官他所,而卒于符文乡小石桥。"宋王象之《舆地纪胜》卷一百四十六《嘉定府·风俗形胜》云:"晁公武过符文镇,谓山川风物近似洛中,因家焉。"但晁公武初入蜀时并未居嘉州,而是住在涪州。晁公遡《嵩山集》卷三十七《札子》有"某幸甚,早获预英游,而姑氏孙涪州亦识先府君,且有海陵之好,某恃此辄敢言之。某生十一年而孤,为孙涪州教育。"知晁公武、公遡兄弟初入蜀在涪州依其孙姓姑父。又俞汝砺《晁具茨先生诗集序》云:"予囊游都城,与晁用道为同门生。后三十六年,识其子公武于涪陵,又一年,见之于武信。爱其辩博英峙,辞藻蔼如也,因与之善。初不知其为用道子也。一日来谒,曰:'先公平生多所论著,自丙午之乱,埃灭散亡。今所存者特歌诗二百许篇,涪陵太守孙仁宅既为镌诸忠州酆都观,宿然林水之间矣,敢丐先生一言以发之。'"①据此可证晁公武南渡初确居涪陵,其姑父为涪陵太守孙仁宅。又据晁公遡《嵩山集》卷四十七《送子嘉兄赴达州司户序》中言及当年避难时情景,有"得脱度淮,盖滨九死,幸而存至今。"知晁公武兄弟避难时,先是从洛阳向东,南渡淮水后西行入蜀,先居住涪州,后移居嘉州。

晁公武于绍兴二年张九成榜进士及第,初为四川转运副使井度属官,总领四川宣抚司钱粮所主管文字。后辗转各地为官,其何时移居嘉州,尚无法确定。又据晁公遡《王修职墓志铭》②知晁公武安氏姑的女儿嫁给王湘(字清夫),王湘之父王敏文曾任右朝请大夫、成都府路转运副使,王家定居嘉州,王湘也历官蜀中。则晁氏兄弟之选择嘉州居住,应与王湘居住嘉州有关。

---

① (宋)刘克庄:《后村先生大全集》卷二十四,四部丛刊初编本。
② (宋)晁公遡:《嵩山集》卷五三,影印文渊阁四库全书本。

（三）贬谪

宋代文人被贬谪非常普遍，朝廷对贬谪文人指定居住地，但赦免后会允许自行选择居住地。多数人会回到原居住地或另行选择心仪的居住地，但也会有一部分留居贬谪之地。据《江西通志》卷九十六《寓贤》载："薛仁辅，字汝弼，河东人。绍兴间官大理少卿，时秦桧忌岳飞，坐以逼挠不奉诏，下狱。狱成，仁辅不署奏牍，且明飞无罪。桧怒，讽御史劾之，编管。遇赦，量移饶州，因卜乐平之安巷居之。""赵磻老，字渭师，东平人。从范石湖使金，虞丞相亦荐之，擢同知临安。坐殿司招兵事，谪饶州，遂家焉。"这两人都是因贬谪而移居于贬谪之地。岳飞之子岳霖移居漳州，也是因贬谪。在岳飞被诬时，岳霖谪岭南，后移漳州，遂家焉。①

（四）躲避政治迫害

王庶之子王之奇、王之荀为躲避秦桧的政治迫害，举家徙居四川巫山。宋蔡戡《故端明殿学士王公行状》云："少师盖以不主和议忤时相，出知潭州，再贬道州以卒。公兄弟护丧居南康之都昌，乃相谓曰：'家难至此，睚眦犹未已，惧不免祸，盍谋远徙以避之？巫山，吾先少师之所舍也。'因居焉。"②

还有台州吕颐浩的后人。据《建炎以来系年要录》卷一百五十六载："甲戌，右朝散郎直秘阁吕摭除名，梧州编管。秦桧追恨颐浩不已，使台州守臣曹悼求其家阴事，会摭嫂姜氏告抚恙其庶弟之母，送狱穷治，摭惧罪阳瘖，乃以众证定罪，于是一家破矣。"③吕氏家族无法在台州居住下去，被迫迁走。吕摭之子吕昭亮迁居绍兴。④

---

① 参见《福建通志》卷五十二《漳州·流寓》。
② （宋）蔡戡：《定斋集》卷十四。
③ （宋）李心传：《建炎以来系年要录》卷一百五十六。
④ 参见（宋）袁甫：《蒙斋集》卷十八，影印文渊阁四库全书本。

(五) 婚姻移民

婚姻移民指两种情况，一是入赘来居。据《咸淳玉峰续志》及《淳祐玉峰志》载："王圭，字君玉，本安吉人，父迈来赘昆山，因家焉。"①"陈宗召，字景南，本福清人，因赘而居，登淳熙进士第，终礼部尚书。"②一是因婚姻而依岳家居。袁燮《絜斋集》卷十八《运判龙图赵公墓志铭》云赵彦孟建炎南渡后避地婺源，"娶都督孟公庚之女，遂从外舅居于信之铅山"。

(六) 迁移路线

两浙路的移民文人多是随高宗南渡者，"高宗南渡，民之从者如归市"③，高宗逃亡海上时，也有许多士民跟从，当时高宗曾令其随从官员"并以明、越、温、台从便居住"④。吕颐浩、范宗尹、钱端礼、贺允中、谢克家等都定居台州。赵令畽"从高宗渡江，南居越诸暨，遂为诸暨人"⑤。曹毅五世祖则是"从隆祐太后辟兵，过庐陵，因家焉"⑥。

洪迈《夷坚志》云："西北士大夫遭靖康之难，多挈家南寓武陵。"⑦其原因在于武陵"当吉、袁之冲径路也。方艰难时，东北士大夫奔荆湖、交广者必取道于是"⑧。是南渡者避地荆湖、岭南的必经之地，因而移民于此者亦多。

---

① （宋）谢公应修，边实纂：《咸淳玉峰续志》，宋元方志丛刊本。
② （宋）项公泽修 凌万顷、边实纂：《淳祐玉峰志》，宋元方志丛刊本。
③ （元）脱脱等编撰：《宋史》卷一七八《食货志》，中华书局 1977 年，第 4340 页。
④ （宋）徐梦莘撰：《三朝北盟会编》卷一百三十四，上海古籍出版社，2008 年。
⑤ （明）宋濂：《文宪集》卷十一《周节妇传》，影印文渊阁四库全书本。
⑥ （元）袁桷：《清容居士集》卷二十八《曹士弘墓志铭》，影印文渊阁四库全书本。
⑦ （宋）洪迈：《夷坚三志》辛卷第四，影印文渊阁四库全书本。
⑧ （宋）王庭珪：《卢溪文集》卷四十六《刘君墓志铭》，影印文渊阁四库全书本。

（七）朝廷的安置政策

南宋将大宗正司置于临安,南外宗正司置于福州,西外宗正司置于泉州,还曾在绍兴置宗正寺,后并入临安。这样绝大多数宗子文人的移居地都在这几处。

孔子后裔由曲阜移居衢州,也是南宋朝廷的旨意。据《大明一统志》载:"孔端友,宣圣四十八代孙,宋袭封衍圣公。靖康之变,与子玠随高宗南渡,因赐地居衢。"①

二、个案分析

除了客观因素的影响,移民文人更多主动选择移居地,体现个体主观因素。具体到某一移民文人及其移民家族时,原因则较为复杂。有些移民文人选择移居地的原因绝不是表面上说的那么简单,而是有着深层的心理原因。下面以吕本中和辛弃疾为例进行分析。

（一）吕本中移居信州的原因考察

吕本中(1084—1145),原名大中,字居仁。因曾为中书舍人,故又被称为吕紫微,因其郡望为东莱,又称东莱先生。吕本中是尚书右丞吕好问长子。南渡之后,吕本中为避难,也是辗转各地,曾寓居湖南、广西、广东,后北归居住临川。绍兴四年,又前往福建,寓居福州。绍兴六年吕本中应诏为官,随南宋朝廷由平江府到建康府、临安府,罢官后曾居衢州、婺州,最后移居信州,卒葬信州德源山。吕氏家族南渡后移居金华,吕本中为什么会选择移居信州? 前面曾介绍过信州有优越的地理位置、自然环境较好,因而很多移民文人都选择居住信州。那吕本中选择居住信州,除了这些之外,还有没有别的原因呢?

吕本中自己在诗中对于移居信州是这样说的:"匆匆和梦

---

① 《大明一统志》卷四十三《衢州府·流寓》。

别星楼,扰扰随缘住信州。"他的解释是"随缘",虽看似出于无意,然一"缘"字又岂寻常。笔者认为吕本中的"随缘"有两方面的含义,一是有意的"随缘"。吕本中由岭南北归,之所以居住临川,是因为临川有他很多故旧,他归来后感叹很多故人都已不在人世,于是他收聚故人子弟曾獬父、裘父等人,和他的子侄一起教授。吕氏家族与江西文人有很深的渊源,吕祖谦《题伯祖紫微翁与曾信道手简后》云:

> 先君子尝诲某曰:"吾家全盛时,与江西诸贤特厚。文靖公与晏公勠力王室,正献公静默自守,名实加于上下,盖自欧阳公发之。平生交友如王荆公、刘侍读、曾舍人,屈指不满十。虽中间以国论与荆公异同,元丰末守广陵钟山,犹有书来,甚惓惓;且有绝江款郡斋之约,会公召归乃止。已而自讲筵还政路,遂相元祐,二刘、三孔、曾子开、黄鲁直诸公,皆公所甄叙也。侍讲于荆公乃通家子弟,李泰伯入汴,亦尝讲绎焉。绍圣后,始与李君行游。晚节居党籍,右丞以笔库之禄养亲,虽门可设雀罗,然四方有志之士,多不远千里从公。谢无逸、汪信民、饶德操自临川至,奉几杖侍左右,如子侄;退见右丞,亦卑抑严事,不敢用钧敌之礼。舍人以长孙迎接宾客,三君一见,折辈行为忘年交,谈赏篇什,闻于天下。是时吾家筐笥琐碎,僮仆能言,诸名胜无不谙悉。南渡以来,此事便废。绍兴初,寇贼稍定,舍人与诸父相扶携出桂岭,谒临川,访旧皆隔死生,慨然太息。乃收聚故人子弟曾獬父、裘父辈,与吾兄弟共学,亲指画,孳孳不怠。既又作诗勉之,今集中寄临川聚学诸生数诗是也。"①

---

① (宋)吕祖谦:《东莱集》卷七,影印文渊阁四库全书本。

　　从吕祖谦转述他父亲吕大器这段话中可以看出吕氏家族和江西文人渊源之深。吕本中不仅与很多江西诗人有交往，而且多为至交，其所作《江西宗派图》，使得江西诗派这一称谓沿用下来。吕本中对江西极有感情，因而选择江西的州府作为移居地，是很自然的事。虽然信州在南宋属于江南东路，但北宋时江南东路与江南西路经历了数次分分合合，文化上信州与江西诸地同源，并且信州与临川相距不远，吕本中移居信州后便曾往来信州与临川之间，授徒讲学。所以，吕本中居住信州的"随缘"是有其主观情感因素在里面，包含着吕氏与江西深刻的渊源关系。

　　二是偶然性促成的。吕本中移居信州的直接原因可能与晁谦之有关，晁谦之于绍兴十一年夏移居信州，吕本中有可能随其一同移居。据《建炎以来系年要录》卷一四〇（绍兴十一年夏四月）："权尚书工部侍郎晁谦之充敷文阁待制、提举江州太平观。谦之引疾乞祠，故有是命。"而吕本中罢官后居住衢州、婺州，绍兴十年十二月的复职之命因言者之奏罢，断绝了他有所作为的念头。其移居信州后所作《即事四绝》中有"日长客去松阴静"，推知其居住信州时应为夏季。吕本中与晁氏兄弟交好，又与江西文人有很深的渊源，信州处在闽、浙、赣交界处，是出入福建的咽喉，吕本中自离开福州后，对福州一直念念不忘。信州各方面都符合吕本中对移居地的选择。其集中有《送晁侍郎知抚州》，也可看出他与晁谦之的深厚情谊。

　　　　与君相从四十载，老病昏昏君不怪。交游大半在鬼录，
　　一时辈行惟君在。前年簪笔侍明光，论议风流传梗概。
　　迩来同住此荒城，笑语澜翻绝机械。薄酒重寻他日盟，新
　　诗未了平生债。今君奉诏作邻郡，共喜朝廷有除拜。定

知惠政及斯民，一洗从来州郡隘。甕头春色早晚熟，远寄
还须例霑丐。为君试草德政碑，萧何自昔文无害。①

由以上可以推测，吕本中很可能和晁谦之一起去信州，因
以前没有这个打算，走得又急，所以是"匆匆和梦别星楼，扰扰
随缘住信州"。

（二）辛弃疾移居信州的原因考察

绍兴三十二年（1162），辛弃疾南归，先后任江阴签判、建
康通判、司农主簿、滁州知州、江东安抚司参议官、仓部郎官等
职。淳熙元年（1174）六月，任江西提点刑狱，淳熙三年（1176），
调襄阳任京西路转运判官，淳熙四年（1177）春，又调为江陵知
府兼湖北安抚使，淳熙五年（1178）春，任隆兴知府，三个月后
调任大理少卿，当年秋出为湖北转运副使。淳熙六年（1179）
春，改任湖南转运副使。淳熙七年（1180）冬，调任江西隆兴
（今江西南昌）知府兼江西安抚使，次年冬调任两浙西路提点
刑狱公事，不久被弹劾罢官。据邓广铭《辛稼轩年谱》，辛弃疾
南归不久即在京口娶范邦彦之女为妻，但在被劾罢官前的近
二十年时间里，辛弃疾辗转各地为官，居无定所，直至罢官后，
他选择了上饶带湖作为闲居之地。辛弃疾为什么会选择上饶
呢？洪迈《稼轩记》曰：

　　国家行在武林，广信府最密迩畿辅。东舟西车，蜂午
错出，势处便近，士大夫乐寄焉。环城中外，买宅且百数，
基局不能宽，亦曰避燥湿寒暑而已耳。郡治之北可里所，
故有旷土存。三面傅城，前枕澄湖如宝带。其纵千有二
百三十尺，其横八百有三十尺，截然砥平，可庐以居，而

---

① 吕本中：《东莱诗集》卷二十，影印文渊阁四库全书本。

前乎相攸者，皆莫识其处。天作地藏，择然后予。济南
辛侯幼安最后至，一旦独得之。既筑室百楹，度财占地
什四，乃荒左偏以立圃，稻田泱泱，居然衍十弓。意他日
释位而归，必躬耕于是。故凭高作屋下临之，是为稼轩。
而命田边立亭曰植杖，若将真秉耒耨之为者。东冈西
阜，北墅南麓，以青径款竹扉，以锦路行海棠。集山有
楼，婆娑有堂，信步有亭，涤砚有渚。皆约略位置，规岁月
绪成之，而主人初未之识也。绘图畀予曰："吾甚爱吾轩，
为我记。"①

洪迈强调的是信州重要的地理位置和带湖的风光之美，
联系此时辛弃疾的心情，上饶确是适合他赋闲之地。辛弃疾
雄才大略，而又英雄无用武之地，被弹劾罢免后，心情是极
为抑郁的，所以有了隐居的念头，需要湖山胜处安抚他那悲
愤难平的情怀，这在他为带湖新居所作的《新居上梁文》中可
以看出：

百万买宅，千万买邻，人生孰若安居之乐？一年种
谷，十年种木，君子常有静退之心。久矣倦游，兹焉卜筑。
稼轩居士，生长西北，仕宦东南，顷列朗星，继联卿月。两
分帅阃，三驾使轺。不特风霜之手欲龟，亦恐名利之发将
鹤。欲得置锥之地，遂营环堵之宫。虽在城邑阛阓之中，
独出车马嚣尘之外。青山屋上，古木千章；白水田头，新
荷十顷。亦将东阡西陌，混渔樵以交欢；稚子佳人，共团
栾而一笑。梦寐少年之鞍马，沉酣古人之诗书。虽云富
贵逼人，自觉林泉邀我。望物外逍遥之趣，"吾亦爱吾庐"；

---

① 见（宋）祝穆：《古今事文类聚》前集卷三十六。

语人间奔竞之流,"卿自用卿法"。①

文中辛弃疾展望自己即将过的隐居生活之乐:"亦将东阡西陌,混渔樵以交欢;稚子佳人,共团栾而一笑。梦寐少年之鞍马,沉酣古人之诗书。"但辛弃疾并不甘投闲置散,时刻准备再度被启用,为国家效力,而信州与当时的政治中心临安不远,消息灵通,对以隐居静待时机的辛弃疾来说是个不错的选择。此外,辛弃疾选择上饶,也应与他曾在信州附近为官及交游有居住信州者有关。辛弃疾曾先后在江南东路任广德军通判、建康通判、江东安抚司参议官,在江南西路任江西提点刑狱、隆兴知府、隆兴知府兼江西安抚使,对江南东、西路的熟悉,有助于他在此范围内择居。乾道三年,辛弃疾通判建康府,时韩元吉为江南东路转运判官,两人为同僚,韩元吉在辛弃疾之前移居信州,这对辛弃疾选择移居地可能会有些影响,韩元吉也是辛弃疾移居信州后交往较多者,两人交游唱和,颇为相得。

在带湖闲居十年后,绍熙二年(1191)冬,辛弃疾被起用为福建提点刑狱公事。绍熙五年(1194),被诬陷罢官,绍熙六年(1195),十月,辛弃疾归隐铅山瓢泉。在瓢泉闲居八年后,嘉泰三年(1203)夏,辛弃疾再度被起用为知绍兴府兼浙江安抚使。嘉泰四年(1204)四月,辛弃疾被任命为镇江知府,他到任后便积极为北伐做准备,结果不久又受到诬陷,备受打击的老英雄回到铅山故居,两年后含恨辞世。

辛弃疾迁居铅山,一方面原因是其瓢泉新居落成不久,带湖其家不幸失火,另一方面也基于其对瓢泉景物之美的喜爱。

在辛弃疾的词中,可看出他对赋闲所居之地带湖与铅山

---

① 见(宋)魏齐贤、叶棻同辑:《五百家播芳大全文粹》卷九十三。

的喜爱。

> 带湖吾甚爱,千丈翠奁开。先生杖履无事,一日走千回。凡我同盟鸥鹭,今日既盟之后,来往莫相猜。白鹤在何处,尝试与偕来。　　破青萍,排翠藻,立苍苔。窥鱼笑汝痴计,不解举吾杯。废沼荒丘畴昔,明月清风此夜,人世几回哀。东岸绿阴少,杨柳更须栽。(《水调歌头·盟鸥》)①

> 稼轩何必长贫,放泉檐外琼珠泻。乐天知命,古来谁会,行藏用舍? 人不堪忧,一瓢自乐,贤哉回也。料想当年曾问:"饭蔬饮水,何为是、栖栖者?"　　且对浮云山上,莫匆匆、去流山下。苍颜照影,故应零落,轻裘肥马。绕齿冰霜,满怀芳乳,先生饮罢。笑挂瓢风树,一鸣渠碎,问何如哑。(《水龙吟·题瓢泉》)②

带湖与铅山的湖山胜景成为辛弃疾安顿身心的理想之地,而带湖与铅山能进入辛弃疾的视野,成为其移居之地,还是与他的为官及交游有着密切关系。

---

① 邓广铭:《稼轩词编年笺注》,上海古籍出版社 2007 年,第 117 页。
② 同上,第 226 页。

第二章　南宋移民文人生活及心态变化

　　移民文人在移居后生活发生了巨大变化,伴随着生活的变化,他们的心态也经历了一个变化过程。这些变化既反映在其文学创作中,也促使其文学创作面貌发生改变。本章试图通过史料记载及移民文人的文学创作还原移民文人的移居生活,并探究其心态变化。

　　建炎南渡的移民文人在迁出原居住地后,他们的生活大致包括两个阶段,一是迁移过程中颠沛流离的生活,二是定居后较为安稳的生活。

第一节　移民文人迁移过程中的生活

　　南宋移民文人大都经历了漫长的迁移过程,这个"漫长"既有地理上路程的遥远,也包括时间持续上的漫长。建炎南渡,大量的北方文人被迫南迁,以避战乱。为了保全性命,他们不远千里,奔往较为安全的地区,许多文人在此过程中几乎穿越了整个长江以南地区,东南沿海、闽中、岭南、蜀中等较为偏远之地,都有移民文人的足迹。吕本中、曾几、陈与义、朱敦儒等著名文人都在岭南寓居过;李邴、王安中等人则定居于闽;晁氏家族散居各地,晁公武、晁公遡兄弟卜居于蜀;吕颐浩、曹勋等则安家于台州。从迁出到定居,几经辗转,更是经历了漫长的时间,从几年到十几年甚至几十年不等。吕本中建炎南渡,绍兴十一年始居上饶;李清照绍兴五年始居临安;曾几绍兴十八年寓居上饶茶山;辛弃疾绍兴三十二年南归,淳熙八年始卜居上饶;韩元吉建炎南渡,乾道二年之后始徙居上饶。

在这漫长的迁移过程中,移民文人备尝艰辛,经历了从未有过的人生磨难,目睹了山河破碎、满目疮痍的社会现实,同时也让他们有机会观览南部的山水,了解那里的民风,开阔了他们的视野。正所谓"国家不幸诗家幸,赋到沧桑句便工"。①

下面从两个方面来了解移民文人在迁移过程中的生活,一是避难;二是游览与唱和。

一、避难中的流离艰辛

一场国破家亡的巨变将此前生活在北宋安逸生活中的文人们抛入了哀鸿遍野、流离失所的逃难生涯,他们举族南迁,在南迁中,选择了不同的逃亡路线。走水路是大多数文人的选择,坐船沿运河南下,过淮河、长江,进入江南平原地区,有的再由此进入福建、江西。另一部分文人选择由中原进入湖北地区,再向南进入湖南、岭南。还有一部分自关中翻越秦岭或自江汉平原、南阳盆地进入四川。

在外有金兵追袭,内有兵匪盗贼作乱的情况下,移民文人的南迁过程非常狼狈。胡寅《斐然集》卷二十《悼亡别记》中记述其家族避难的情况:"辛亥春,巨盗马友、孔彦舟交战于衡潭,兵漫原野。四月,奉家君西入邵,席未暖,他盗至,又入南

---

① (清)赵翼:《题遗山诗》,见《瓯北集》,上海古籍出版社 1997 年,第772 页。

山,与洞獠为邻。十二月,盗曹成败帅兵于衡,又迁于全,西南至灌江与昭接境。敝屋三间,两庑割茅遮围之,上下五百余指,度冬及春,瘴雾昏昏,大风不少休,郁薪御寒,粲食仅给。"这可以说是许多从中线南迁的移民文人生活的缩影。大儒尹焞更是九死一生,据《宋史》卷四百二十八其本传载:"金人陷洛,焞阖门被害,焞死复苏,门人异置山谷中而免。刘豫命伪帅赵斌以礼聘焞,不从,则以兵恐之。焞自商州奔蜀至阆,……绍兴四年止于涪。"张浚向高宗上言时曾讲到尹焞去蜀的艰难经历:"缘叛臣刘豫父子迫以伪命,焞经涉大河,投身山谷,自长安徒步趋蜀,崎岖千馀里,乞食问路,仅获生全。"①

下面择取李清照、吕本中、陈与义的避难经历,以见移民文人避难途中之艰辛。

(一) 李清照

李清照的《金石录后序》讲述了她逃难中的辛酸、狼狈。

> 建炎戊申秋九月,侯起复,知建康府。己酉春三月罢,具舟上芜湖,入姑孰,将卜居赣水上。夏五月,至池阳,被旨知湖州,过阙上殿。遂驻家池阳,独赴召。……遂驰马去。途中奔驰,冒大暑,感疾。至行在,病痁。七月末,书报卧病。……遂解舟下,一日夜行三百里。……葬毕,余无所之。朝廷已分遣六宫,又传江当禁渡。时犹有书二万卷,金石刻二千卷,器皿茵褥可待百客,他长物称是。余又大病,仅存喘息,事势日迫,念侯有妹婿任兵部侍郎,从卫在洪州,遂遣二故吏先部送行李往投之。冬十二月,金人陷洪州,遂尽委弃。所谓连舻渡江之书,又散为云烟矣。……上江既不可往,又虏势叵测。有弟远,

---

① (宋) 李心传:《建炎以来系年要录》卷一百十一。

任敕局删定官,遂往倚之。到台,台守已遁,之剡。出陆,又弃衣被走黄岩,雇舟入海奔行朝。时驻跸章安,从御舟海道之温,又之越。庚戌十二月,方散百官,遂之衢。绍兴辛亥春三月,复赴越。壬子,又赴杭。先侯疾亟时,有张飞卿学士,携玉壶过视侯,便携去,其实珉也。不知何人传道,遂妄言有颁金之语,或传亦有密论列者。余大惶怖,不敢言,亦不敢遂已,尽将家中所有铜器等物,欲赴外廷投进。到越,已移幸四明。不敢留家中,并写本书寄剡。后官军收叛卒,取去,闻尽入故李将军家。所谓岿然独存者,无虑十去五六矣。……在会稽,卜居土民钟氏舍,忽一夕,穴壁负五簏去。①

建炎三年八月,赵明诚病殁建康,李清照闻噩耗后"遂解舟下,一日夜行三百里",前去葬夫。此时的李清照无有寄身之处,大病的词人欲将夫妻二人收藏的金石书画运往洪州,投奔赵明诚妹婿李擢,结果"金人陷洪州",所运之书遂"散为云烟矣"。而后李清照又之台、之剡、走黄岩,"雇舟入海奔行朝"、之温、之越、之衢、"复赴越"、"又赴杭"。绍兴二年,李清照寓居临安,改嫁张汝舟,旋离异。绍兴四年九月,金人与伪齐合兵再度南侵,李清照离开临安,避兵婺州。绍兴五年,再返临安。在最后定居临安前的五年中,李清照辗转浙东,经历了夫死、己病、夫妻二人收藏的金石书画丧失殆尽、"颁金"流言的中伤、再嫁、离异、牢狱之灾等,虽有亲友扶持,但这一系列打击对一个中年妇人来说,不可谓不大。

(二)吕本中

吕本中建炎元年南迁,过长江,经芜湖,至宣城。建炎三

---

① 王仲闻:《李清照集校注》,人民文学出版社,1979年,第179—181页。

年,经筠州、醴陵,至衡阳。建炎四年,至阳山(今属广东),又至郴州,寓居寺庙。深秋,盗贼兵乱又起,吕本中渡岭奔赴全州(今属广西)。冬,徙贺州(今属广西)。因贼报警急,又离贺州徙赴康州(今广东德庆)。夏,至桂州。绍兴元年七月,其父吕好问卒于桂州。绍兴三年初北返,初秋,至临川。绍兴四年冬避兵至福州。绍兴六年四月,召赴行在,五月,应诏离闽。

吕本中在建炎元年至绍兴五年长达九年的时间内,都是在避难中度过的,经历了兵匪盗贼作乱,经受了疾病的折磨与瘴乡的不适应,遭受了父死他乡之痛,更遑论缺衣少食、尘霜满面的流离凄惨之状了。这些在吕本中自己的诗中都有反映。在郴州寓居寺庙时,其所作《寺居即事三首》中有:“无钱供痛饮,因病废清谈。”“一夏无书读,经时畏贼来。”“瘴疠过庚伏,庶几其少瘳。”写其贫病、畏贼与水土不服。在其自郴州奔赴全州途中所作《答朱成伯见赠四首》云:“三年转东南,足迹不得息。新霜未压瘴,已畏贼马逼。苍黄度岭去,山路枫叶赤。慨然念平生,谬自有欣戚。交游半鬼录,在者费相忆。”①概写出其三年中在东南辗转避兵的凄惶。回到临川后,过了一段略为安定的生活,绍兴四年,战乱又起,吕本中赴闽寓居。绍兴六年至绍兴十一年居信州前,是吕本中宦海浮沉时期,亦是居无定所。

(三) 陈与义

陈与义靖康元年自陈留至光化,建炎元年正月,自光化入邓州。建炎二年正月,自邓州往房州途中遇虏,避入南山,春末出山至青溪,夏至均阳,八月经高舍、石城,至岳阳。建炎三年四月,差知郢州,五月,入洞庭,过君山,泊宋田港,复从华容道还。九月,抵湘潭,由长沙,经过衡岳,于建炎四年经金潭、

——————

① (宋)吕本中:《东莱诗集》卷十二。

甘泉,至邵阳,过孔雀滩,抵达贞牟,寓居紫阳山。建炎四年秋被召,由紫阳经邵州、石限、道州,至贺州。绍兴元年春,离开贺溪,经康城、封州、广州,至福建漳州,绍兴元年夏,抵达行在所会稽。①

陈与义南迁走的是中线,被召前,流寓湖湘。被召后,则取道岭南、福建至行在所。此间遭遇,奔波困顿,也是一言难尽。这在陈与义的诗中也得到了真切的反映。《泊宋田遇厉风作》云:"逐队避狂寇,湖中可盘嬉。泊舟宋田港,俯仰看云移。造物犹不惜,颠风忽横吹。洞庭何其大,浪挟云车驰。可怜岸上竹,翻倒不自持。老夫元耐事,淹速本无期。会有大风定,见汝亭亭时。五月念貂裘,竟生薄暮悲。萧萧不自畅,耿耿独题诗。"②写他避难中在宋田港遭遇大风的情景。本来避寇,已经让人担惊受怕,偏偏又遇上大风,洞庭湖的狂涛巨浪,小船根本无法行驶,只好停泊在港口。《开壁置窗命曰远轩》则写其在湖南遭遇钟相、杨幺起义:"钟妖鸣吾旁,杨獠舞吾侧。东西俱有碍,群盗何时息。丈夫堂堂躯,坐受世褊迫。仙人千仞冈,下视笑予厄。"③这里陈与义将钟相、杨幺等同于盗贼,自有其思想局限,但在南渡逃亡时,钟相、杨幺起义确实给逃难的人们带来了更多的惊吓与惶恐。

在南渡文人中,陈与义几乎一直漂泊流寓,在建炎元年至绍兴元年间,他常年避难奔波。在绍兴元年至绍兴八年间,他随高宗在会稽、建康、临安为官及在湖州任地方官。绍兴四年和绍兴八年,其两度知湖州,最后卒于任所,其在湖州居住亦不过四年多的时间。

通过这三位文人迁移过程中的颠沛流离,可见当时文人

---

① 参见白敦仁:《陈与义年谱》,中华书局 1983 年。
② (宋)胡穉笺注:《增广笺注简斋诗集》卷二十一,四部丛刊初编本。
③ 同上,卷二十五。

艰辛之一斑。

二、排忧释悲——游览与唱和

在颠沛流离的避难生涯中，移民文人经受着兵匪盗贼带来的生命威胁、困顿疾病及亲人的辞世等一系列的人生苦难，在这苦难中，他们也在寻找着乐趣，以缓解生命的重压，寻求人生的支撑。游览与唱和是移民文人在漂泊流寓中的两种主要活动。自然之美，化解了社会生活带来的不幸与痛苦；与朋友的唱和，又让他们获得了人生的温暖与慰藉。

（一）乐以忘忧——以陈与义的游览与创作为例

避难中的文人，有幸能够见到前所未见的大好河山，避难给他们饱览山川提供了前所未有的机会。尽管逃难中仓皇困顿，但稍为安定，他们便兴致勃勃前去游览。因而，沿途及寓居地的风光都进入他们的视野，成为文学创作的素材。

曾几《大藤峡》中写道："一洗干戈眼，舟穿乱石间。不因深避地，何得饱看山。江溃重围急，天横一线悭。人言三峡险，此路足追攀。"①在看到大藤峡的奇险后，诗人发出了"不因深避地，何得饱看山"的感慨，竟然对这避难生活感到些许庆幸。

陈与义在诗中也写到自己在避难途中频频为流连胜景而停留："雨歇淡春晓，云气山腰流。高崖落绛叶，恍如人世秋。避地时忽忽，出山意悠悠。溪急竹影动，谷虚禽响幽。同行得快士，胜处频淹留。乘除了身世，未恨落房州。"②在避难途中，诗人不时为沿途风景所吸引，停下来欣赏。房州山中的优美宁静，让诗人恍如隔世，忘了外面的战乱，对自己的流落房州并不感到遗憾。下面就以陈与义为例，通过他避难中的游

---

① （宋）曾几：《茶山集》卷四《出山道中》。
② （宋）胡穉笺注：《增广笺注简斋诗集》卷十八。

览足迹及诗歌创作,以见游览在移民文人迁移过程中的重要。

钦宗靖康元年正月,金兵犯京师,陈与义自陈留出发,避地襄汉。写有《发商水道中》、《次舞阳》、《次南阳》。在邓州,登邓州城西楼、游董氏园亭,作有《登城楼》、《游董园》。七月,还陈留,道经汝、叶、方城,路上作有《美哉亭》。至光化,登崇山,游赋诗亭,作《题崇山》、《同继祖民瞻游赋诗亭二首》,建炎元年正月,与富直柔、孙确自光化复入邓州,卜居城西。

建炎二年正月,自邓州往房州,在房州遇虏,奔入山中。作有《正月十二日自房州遇金兵至奔入南山十五日抵回谷张家》。在山中,陈与义作诗较多,如《与信道游涧边》、《咏西岭梅花》、《游南嶂》、《游东岩》、《同信道晚登古原》、《醉中至西径梅花下,已盛开》、《与夏致宏、孙信道、张巨山同游涧边》等诗。春末出山,作有《出山道中》、《咏青溪石壁》等。

建炎二年夏,陈与义离开房州,去均阳,权摄知均州。八月,离开均阳,经石城,到达岳阳。在岳阳期间,诗人登岳阳楼、燕公楼,观洞庭湖,游百花亭,作有《登岳阳楼二首》、《晚步湖边》、《晓登燕公楼》、《寒食日游百花亭》。

建炎三年夏四月,陈与义权摄知鄂州。五月二日,为躲避贵仲正之乱,入洞庭湖。作有《过君山不获登览》、《泊宋田遇厉风》等诗。舟抵华容县,作有《舟抵华容县》、《夜赋》、《月夜》、《晚晴》、《寥落》等诗。从华容道返回岳阳,作有《自五月二日避寇,转徙湖中,复徙华容道乌沙还郡,七月十六日夜半,出小江口宿焉,徙倚柂楼,书事十二句》。九月,自巴丘过湖南,去湘潭,作有《奇父先至湘阴,书来戒由禄唐路,而仆以它故由南阳路来,夹道皆松,如行青罗布障中,先寄奇父》。在潭州,游岳麓山、道林寺,作有《游道林岳麓》。与席益会于衡山之下,共游廖园,作有《与王子焕、席大光同游廖园》一诗、《衡岳》(七律)、《衡岳二首》(五绝)、《衡岳》(七绝)。

建炎四年,从衡岳经金潭、甘棠,前往邵阳。路上作有《金潭道中》、《甘棠道中》。正月十二日至邵州,作有《初至邵阳》。自邵阳过孔雀滩、抵贞牟,作有《舟泛邵江》、《江行晚兴》、《过孔雀滩赠周静之》、《夜抵贞牟》等诗。五月应诏赴行在所,取道岭南。秋,过永州,游浯溪、愚溪,作有《同范直愚单履游浯溪》、《愚溪》。自道州前往广西临贺,度岭,作有《度岭》、《游秦岩》。冬末至临贺。

绍兴元年春,出贺溪,作有《舟行遣兴》。经康州、封州,至广州,作有《与大光同登封州小阁》、《登海山楼二首》等。在岭南曾游大庾岭,上罗浮山。入闽,作有《渔家傲·福建道中》。然后由闽入浙,经平阳、瑞安,游雁荡山,从黄岩入台州,作有《题大龙湫》、《雨中宿灵峰寺》、《王孙岭》、《下杯渡》等。夏,抵会稽行在所。

从以上可以看出,陈与义每经一地,几乎都有游览及诗歌创作。其他诗人避难途中也和陈与义类似。但此时诗人们的游览不是纯粹欣赏景色之美,而是在游览中消愁,在游览中抒慨。其游览之作往往将乱离之感、家国之痛、忧国忧民的情怀都寓于其中。

陈与义在旅途中,有对沿途风景由衷的叹赏及在乱中能得以看到奇美之山川的庆幸。这也激发了他的创作热情,使得一路之上,诗作不断。其在还陈留路上所作《美哉亭》云:"忽然五丈阙,亭构如危窠。青山丽中原,白日照大河。下视万里川,草木何其多。临高一吐气,却奈雄风何。辛苦生一快,造化巧揣摩。"①登上建于悬崖峭壁之上的美哉亭,诗人所见景色壮丽开阔,其心胸也为之感到畅快。《正月十二日自房州遇金兵至奔入南山十五日抵回谷张家》一诗中,不但感叹

---

① (宋)胡穉笺注:《增广笺注简斋诗集》卷十六。

"但恨平生意,轻了少陵诗",对杜甫的诗歌产生了共鸣,而且也感叹"岂知九州内,有山如此奇"①。避难中的游览让他看到了他从未见过的美景。所以他在《同继祖民瞻游赋诗亭二首》其一中写出诗歌创作与游览、苦难之关系:"邂逅今朝一段奇,从来华屋不关诗。"②要想创作出优秀的诗歌作品,就要走出书斋,走向广阔的自然,去经历人生的苦难。

　　逃难之中,诗人难免心怀百忧,在游览中,他的心情因景物之美而暂时得到开解。陈与义在邓州登城西楼所见景色是:"新晴草木丽,落日淡欲收。远川如动摇,景气明田畴。"这样明媚的风光不禁让避难于此的诗人心情开朗起来,因而感叹:"丈夫贵快意,少住宽千忧。"(《登城楼》)③游董氏园亭,所作《游董园》亦表达了这种在美景中消忧的适意:"平生会心处,未觉身淹留。散坐青石床,松意淡欲秋。薄雨青众卉,深林耿微流。一凉天地德,物我俱夷犹。"④

　　在避难山中时,陈与义游览山中美景,作诗较多。但景色虽美,诗人在欣赏美景时,会忽然忧从中来,郁郁不乐。与孙信道游涧边,欣赏涧边的奇兀景色:"斜阳照乱石,巅崖下双筇。试从绝壑底,仰视最奇峰。回硐发涧怒,高霭生树容。半岩菖蒲根,翠葆森伏龙。"但就在欣赏这样的景色时,诗人却"客心忽悄怆"⑤(《与信道游涧边》)。在游览东岩之后,诗人也是"悲慨满中肩"⑥(《游东岩》)。《夜赋》一诗则直言其忧时伤世的情怀:"腐儒忧平世,况复值甲兵。终然无寸策,白发满头生。"⑦陈

---

① (宋) 胡穉笺注:《增广笺注简斋诗集》卷十七。
② 同上,卷十六。
③ 同上,卷十五。
④ 同上。
⑤ 同上,卷十八。
⑥ 同上。
⑦ 同上,卷二十八。

与义《登岳阳楼二首》其一可谓是移民文人乱离中游览的杰作,成为千古传颂的名篇:

> 洞庭之东江水西,帘旌不动夕阳迟。登临吴蜀横分地,徙倚湖山欲暮时。万里来游还望远,三年多难更凭危。白头吊古霜风里,老木苍波无限悲。①

逃难中的诗人登上岳阳楼,百感交集,家国之恨,乱离之艰,俱融入苍凉的诗句中。

通过陈与义避难途中的游览与创作,可以看出,游览是移民文人迁移过程中非常重要的活动之一。在游览中,诗人疲惫憔悴的身心得以放松,内心之郁结得以暂时纾解,而乱离之感、家国之恨也借游览之作得以抒发。游览亦是诗人创作的主要源泉。

(二)乱离中的情感慰藉——以吕本中的唱和为例

移民文人在流离之中偶与友人相逢,劫后余生,亦喜亦叹,通过唱和来抒发感慨,相互慰藉。移民文人在迁移过程中的流动性很大,因而其唱和地点也在不断变动。有的可能是偶尔相逢,旋即分离,如建炎二年正月,陈与义因避虏奔入山中,与孙信道、夏致宏、张巨山会于山中,有诗酬唱。有的则是某一地点移民文人较多,其寓居时间较长,因而唱和亦较多,参加的文人亦多。下面围绕吕本中的唱和,选几处加以论述,以见移民文人避难中唱和之一斑。

1. 桂林唱和

绍兴元年秋,吕本中在桂林,时曾几、折彦质在柳州,吕本中与二人有诗唱和。吕本中作有《桂林解后拜见仲古龙图吉

---

① (宋)胡穉笺注:《增广笺注简斋诗集》卷十九。

父学士别后得两诗书怀奉寄》《次韵吉父见寄新句》《次韵王漕见赠并寄曾吉父二首》。六月,折彦质复龙图阁直学士赴行在所,吕本中作有《呈折仲古四首》《次韵折仲古见赠》《再用前韵奉和》等诗相送,在诗中吕本中表达了希望折彦质能如谢安一样,为国家中兴做出贡献。折彦质原唱不存。在与曾几的唱和中,二人就诗歌创作进行交流、探讨。吕本中《次韵曾吉父见寄新句》云:"词源久矣多歧路,句法相传共一家。良贾深藏宜有待,大圭可宝在无瑕。长江渺渺看秋注,孤鹜悠悠伴落霞。盛欲寄书商榷此,岭南不见雁行斜。"①曾几在《东莱先生诗集后序》亦曾言及在岭南向吕本中请教诗法:"绍兴辛亥,几避地柳州,居仁在桂林,是时年皆未五十。居仁之诗,固已独步海内。几亦妄意学作诗。居仁一日寄近诗来,几次其韵,因作书请问句律,居仁察我至诚,教我甚至。"吕本中两篇《与曾吉甫论诗帖》②就是作于此时,与曾几论诗法。曾几寄赠吕本中的原唱及与吕本中的次韵诗均已不存。

　　2. 贺州唱和

　　绍兴元年冬,吕本中徙居贺州。不久,陈与义、席大光等至贺州。当吕本中听说席大光、陈与义要来贺州时,欣然作《贺州闻席大光陈去非诸公将至作诗迎之》:"五年避地走穷荒,岭海江湖半是乡。欢喜闻君俱趣召,衰颓如我合深藏。晓寒已静千山瘴,宿雾先吞万瓦霜。日日江头望行李,几回驱马度浮梁。"③表现出对友人将至的欣喜盼望之情。时陈与义赴召取道两广,在贺州短暂寓居。陈与义作《次韵吕居仁,居仁时寓贺州》一诗回赠:"别君不觉岁时荒,岂意相逢魑魅乡。箧里诗书总寥落,天涯形貌各昂藏。江南今岁无征战,岭表穷冬

① (宋)吕本中:《东莱诗集》卷十三。
② (宋)胡仔:《苕溪渔隐丛话》前集卷四十九。
③ (宋)吕本中:《东莱诗集》卷十二。

有雪霜。倘可卜邻我欲住,草茅为盖竹为梁。"①对别后相逢于蛮荒之地不胜感慨。

　　3. 福州唱和②

　　绍兴四年至绍兴六年,吕本中寓居福州,时李纲、纲弟李维、张元干、秦梓等在福州,吕本中与之有唱和。与李维有《次韵李仲辅签判》,与秦梓有《和秦楚材直阁韵》,时秦梓以直秘阁提点福建刑狱公事,吕本中和诗中提到金兵南侵及兵退事:"铁马南来议击毬,忽闻羌虏斩杨酋。一年春事兵氛退,万国欢声佳气浮。"③知诗中所写是绍兴四年冬金兵南侵,绍兴五年春兵退事。有次韵李纲《次韵李伯纪园亭》,称赞李纲的抗金功业:"昔日翱翔雨露边,已将勋业画凌烟。"④有写给张元干的《渴雨简张仲宗二首》。此外,吕本中在福州交游亦多。绍兴五年秋,王以宁途经福州,吕本中与张元干等有诗赠之。绍兴五年至七年,晁谦之在福州运判任,吕本中有《寄晁恭道郑德成二漕》。李维、秦梓、李纲等人的原唱均已不存。

　　李纲是南宋初主战派名相,此时寓居福州。张元干曾协助李纲抗金,南渡后回闽隐居。但抗金复国的愿望一直横亘胸中,发为诗词,便多慷慨之音。绍兴六年,吕本中赴召离闽时,张元干作《水调歌头·送吕居仁召赴行在所》为吕本中送行:

　　　　戎虏乱中夏,星历一周天。干戈未定,悲咤河洛尚腥膻。万里两宫无路,正仰君王神武,愿数中兴年。吾道尊洙泗,何暇议伊川。　　　　吕公子,三世相,在凌烟。诗名

---

① (宋)胡穉笺注:《增广笺注简斋诗集》卷二十七。
② 绍兴三年,吕本中北返临川,与韩驹等有唱和,见后面的临川唱和。
③ (宋)吕本中:《东莱诗集》卷十四。
④ 同上。

独步，焉用儿辈更毛笺。好去承明谠论，照映金狨带稳，
恩与荔枝偏。回首东山路，池阁醉双莲。①

上片慷慨悲愤，想到北方在金人的占领之下，徽、钦二帝
被掳，归途渺茫，词人把中兴的希望寄托在高宗身上。下片对
吕本中入朝寄予厚望。吕本中出身名门，吕氏家族曾三代为
相，而吕本中诗名独步海内，希望他入朝后能正直敢言，受到
皇帝信任，如其祖先一样为朝廷建功立业。

综观这三次和吕本中相关的唱和，前两次是历经艰险，到
达岭南后，在一个完全陌生的环境中的唱和。诗人们历尽劫
难，惊魂甫定，"乍见翻疑梦，相悲各问年"②。有他乡遇故知
的喜悦，诗中蕴含的感情也很真挚。福州唱和是在局势相对
缓和后，福州又是没有经过兵匪之乱的城市，因而环境比较安
定，唱和中多了些日常生活内容。但这次唱和又是发生在金
兵与伪齐刘豫合兵南侵之后，不稳定的时局，让诗人们对国事
十分忧虑，忧国成为唱和中最重要的一个方面。

第二节　移居后的生活

移民文人定居后，生活安稳下来，除了游览移居地的自然
风光外，他们的社交生活开始丰富起来，移民文人之间、和移
居地的文士及地方官交游唱和较多。一些著名文人还自觉担
负起文化传播的重任，在他们周围，团结了一批向学之士，或
习儒，或习文，北宋文化由这些移民文人传播到南方，并在南
方扎下根来，薪火相传，斯文不坠。

---

① 见唐圭璋编：《全宋词》第二册，中华书局 1965 年，第 1080 页。
② （唐）司空曙：《云阳馆与韩绅宿别》，见《全唐诗》第九册，中华书局
1960 年，第 3317 页。

一、唱和中的移民文人生活

移民文人定居后,游览与唱和已经成为他们日常生活的一部分,他们的游览之处除了移居地之外,还有仕宦之处。有的移民文人辗转为官,去过很多地方,他们的游览足迹也遍及江南。有的间或出去探亲访友,所到之处,也是相与出游。因而,他们的生活空间不是仅囿于移居地的狭小范围,而是向外扩展。他们外出活动所创作的文学作品,也是移民文学的一个组成部分。这时的游览,更多的是对自然山水的喜爱,在游览中,获得精神的愉悦,带有休闲的意味,已与避难途中匆匆的游赏有了本质的不同。向子諲于绍兴七年任两浙转运副使,足迹遍及浙东。他在《西江月》(得意穿云度水)一词的序中说:"绍兴丁巳,遍走浙东诸郡,遂作天台、雁荡之游,政黄柑江鳎时,足慰平生。"①游览天台、雁荡山,让他有"足慰平生"的快慰。在游览中,有时也会触发移民文人的家国之感,写出悼古伤今,抒发人生感慨之作,如为人熟知的辛弃疾的《水龙吟·登建康赏心亭》:

> 楚天千里清秋,水随天去秋无际。遥岑远目,献愁供恨,玉簪螺髻。落日楼头,断鸿声里,江南游子。把吴钩看了,栏干拍遍,无人会、登临意。 休说鲈鱼堪脍。尽西风、季鹰归未。求田问舍,怕应羞见,刘郎才气。可惜流年,忧愁风雨,树犹如此。倩何人,唤取红巾翠袖,揾英雄泪。②

辛弃疾登上建康赏心亭时,他看到的景色没有让他感觉快乐,遥望中的远山也仿佛带着愁恨,耳中听到的是孤雁的哀

---

① 见唐圭璋编:《全宋词》第二册,第 1244 页。
② 邓广铭:《稼轩词编年笺注》,第 35 页。

鸣。他这个江南游子,空怀满腔报国热忱,可是却无人能理解他此时登临的心情。词人感慨时光易逝,而功业难成,最后以"唤取红巾翠袖,揾英雄泪"作结,让我们真切地看到一个失意的英雄形象。

唱和已经成为移民文人之间的一种交流工具,一种交往方式。在定居后,唱和的内容已经日常生活化。友朋聚会,必有唱和以助兴;游览佳处,必有唱和以尽兴。交游唱和是移民文人生活的重要内容,移民文人之间的交游唱和,增进了相互之间的情谊;移民文人与移居地文人的交游唱和,有融入当地生活的愿望与作用;与其他地区文人的交游唱和,则加强了不同地区间文人的联系,促进不同地域间文学与文化的交流。游览与唱和已经成为南宋移民文人生活不可或缺的一部分。本部分主要对移民文人定居后几次影响较大的唱和进行考察。

(一) 临川唱和

关于临川唱和,周必大《跋韩子苍与曾公衮钱逊叔诸人唱和诗》的一段话,让人可以想见当时唱和的盛况:

> 国家数路取人,科举之外,多英才,自徽庙迄于中兴,如程致道、吕居仁、曾吉甫、朱希真,诗名籍籍,朝廷赐第显用之。今观曾公衮、钱逊叔、韩子苍诸贤,又皆翰墨雄师,非有司尺度所能得也。绍兴初,星聚临川,唱酬妍丽,一时倾慕。①

韩驹南渡后寓居临川。钱逊叔,名伯言,会稽人。据韩驹《余往岁与逊叔侍郎同寓广陵。靖康元年,逊叔守符离,余被召过焉。未几,余守南都,逊叔移真定,过留数日。绍兴二年,

―――――――――
① (宋) 周必大:《文忠集》卷四十八,影印文渊阁四库全书本。

复同寓临川,感念畴昔,奉送一首》,知钱逊叔于绍兴二年始寓临川。曾纡是曾布第四子,字公衮,抚州南丰人,绍兴二年知抚州,绍兴三年任江南西路转运副使。① 吕本中于绍兴三年秋冬间北返临川。曾几绍兴三年亦居临川。汪藻于绍兴四年九月移知抚州,②一时间临川名流星聚,唱和尤夥。

1. 韩驹与钱逊叔、吕本中、曾几的唱和。

(1)与钱逊叔的唱和。

韩驹《陵阳集》中有十首与钱逊叔的唱和诗。即《次韵钱逊叔侍郎见简三首》、《余往岁与逊叔侍郎同寓广陵。靖康元年,逊叔守符离,余被召过焉。未几,余守南都,逊叔移真定,过留数日。绍兴二年,复同寓临川,感念畴昔,奉送一首》、《钱逊叔见示小诗次韵》四首、《次韵钱逊叔谢曾使君送酒》、《次韵钱逊叔侍郎见简》。钱逊叔原唱不存。

韩驹与钱逊叔的唱和诗中有对过去的怀念,对异地同住的欣喜,有对国事的关注,丧乱的感伤。其《绍兴二年,复同寓临川,感念畴昔,奉送一首》中回忆和钱逊叔曾同寓广陵,而今丧乱后又同寓临川,十分感慨:"广陵三岁共祠宫,二月帆开上水风。北渚荡舟公醉我,南湖张乐我留公。岂知去国千山外,又得连墙一笑同。丧乱难堪重离别,可无书札问衰翁。"③其《次韵钱逊叔侍郎见简三首》④中则表达了对国事的关注和忧虑。

　　扫地焚香元自喜,傍门骑马向来慵。田园此去须安枕,海岱今年不举烽。

---

① 参见(宋)汪藻:《浮溪集》卷二十八《右中大夫直宝文阁知衢州曾公墓志铭》,影印文渊阁四库全书本。
② 据《嘉泰吴兴志》卷十四。
③ (宋)韩驹:《陵阳集》卷四,影印文渊阁四库全书本。
④ 同上。

　　排闷径须沽酒饮，贮愁端为作诗慵。连声倦听城头
角，落点惊飞塞上烽。

　　开心未用饮门冬，老去何妨万事慵。北骑近闻归绝
漠，洛阳无复化为烽。

　　在另一组和诗《钱逊叔见示小诗次韵》①中，则写出局势
稍为安定后闲适的生活。

　　邂逅邗沟记昔年，知君跋马自湘川。欲持斗酒洗泥
滓，未办青铜三百钱。

　　卜筑相依约暮年，向来深驻汨罗川。叩门忽送铜山
句，知是赋诗人姓钱。

　　堕絮飞花又一年，黄梅小雨暗平川。莫言晚起家何
事，日傍南池数绿钱。

　　且复江西度岁年，会须投老剑南川。日长一局枯棋
罢，卧看儿童学意钱。

　　这组诗让人想到杜甫晚年居蜀的闲适之作。写出在经历
战乱、颠沛流离后，生活暂时安稳下来后那种难得的悠闲适意。
　　(2) 与吕本中的唱和。
　　韩驹《陵阳集》中有《次韵吕居仁赠一上座兼简居仁昆
仲》，吕本中原唱不存。吕本中于绍兴四年赴闽，韩驹作有《即
席送吕居仁》一诗："一樽相属两华颠，落日临分更泫然。蹀躞
鸣珂君得路，伶俜散策我归田。近闻南国生涯尽，厌见西江杀
气缠。欲买扁舟吴越去，看山看水乐余年。"绍兴四年冬，金与
刘豫合兵南侵，又见烽烟，此时与老友离别，韩驹很是伤感，时

――――――――
① (宋) 韩驹：《陵阳集》卷四，影印文渊阁四库全书本。

局亦让其甚觉难堪。

（3）与曾几的唱和。

曾几到临川后，作《抚州呈韩子苍待制》："一时翰墨颇横流，谁以斯文坐镇浮。后学不虚称吏部，此生曾是识荆州。相逢未改旧青眼，自笑无成今白头。闻道少林新得髓，离言语次许参不。"①曾几诗中以后学自称，用李白"生不用封万户侯，但愿一识韩荆州"典，表达对韩驹的仰慕之情。韩驹作《次韵曾吉父见简》拜访曾几，诗云："往岁沧波转地流，是身如沫信沉浮。初闻盗贼奔他境，渐见衣冠集此州。病欲深耕归谷口，禅须末句问岩头。膺门也自知人喜，有客清真似子不。"②韩驹诗中对曾几青眼有加。曾几又作《子苍携和章见过用韵为谢》："胡岭三年自窜流，归来差慰此生浮。正缘天下无双士，非为江东第一州。悬榻坐中难入眼，设罗门外少回头。袖诗不意高轩过，问里人曾到此不。"诗中把韩驹的来访比作韩愈去看李贺，而且热切地告诉韩驹，他流落岭南三年，归来居住临川，不是因为临川是"江东第一州"，而是为韩驹这个"天下无双士"。诗中不吝表达对韩驹的赞美与仰慕。

此外，韩驹作《六月二十一日子文待制见访热甚追记馆中纳凉故事漫成一首》，曾几和作为《次子苍追忆馆中纳凉韵》。韩驹还作有《次韵吉父曾园梅花》、《次韵吉父食笋乳长句》，曾几原唱不存。

曾几诗歌创作上也得到了韩驹的指点。《苕溪渔隐丛话》后集卷三四载："汪彦章自吴兴移守临川，曾吉甫以诗迓之云：'白玉堂中曾草诏，水精宫里近题诗。'先以示子苍，子苍为改两字：'白玉堂深曾草诏，水精宫冷近题诗。'迥然与前不侔，盖

---

① （宋）曾几：《茶山集》卷五。
② （宋）韩驹：《陵阳集》卷四。

句中有眼也。"

韩驹去世后,曾几作有《挽韩子苍待制》:"佩声曾到凤凰池,不尽胸中五色丝。三黜本因元祐学,一飞合在中兴时。忽惊地下修文去,太息门边问字谁。犹想泉台有新作,郊原小雨欲催诗。"①对韩驹的去世,自己失去良师深自悼惜。

2. 吕本中与钱逊叔、曾几与汪藻的唱和

(1) 吕本中与钱逊叔的唱和。

吕本中作有《次韵钱逊叔画图》、《钱逊叔诸公赋石鼓文请同作》、《答钱逊叔》、《次韵钱逊叔清江图后二首》、《次韵钱逊叔独鹤图三首》、《与钱逊叔饮酒分韵得鸟字》等。钱逊叔原唱已不存。其《答钱逊叔》诗云:"北风吹霜夜如雪,江城草木冻欲折。病夫袖手无所为,一坐临川已三月。忽蒙妙句起衰惫,顿觉和气生毛发。公能忘机我亦倦,不待曼殊见摩诘。画图是非久未解,况保长年不磨灭。请公置画莫多求,要与时人除爱渴。"②由诗可知,钱逊叔能诗善画。在临川寒冷的冬日,与钱逊叔的赏画吟诗,温暖着吕本中的寂寞。

(2) 曾几与汪藻的唱和。

绍兴四年九月,汪藻知抚州,曾几作《汪彦章内翰除守临川以诗贺之》,欢迎汪藻的到来。汪藻,字彦章,饶州德兴人,高宗时曾两为中书舍人,后任侍讲兼翰林学士。汪藻诗词文兼擅,尤长于俪语,"所为制词,人多传诵"③。曾几诗云:"临川内史诏除谁,里巷传闻报客知。金马门深曾草制,水精宫冷近题诗。行看画省旌旗入,定把书麟笔札随。若访毗耶旧居士,无人问疾鬓成丝。"④曾几与汪藻亦是旧相识,曾诗对这位

---

① (宋) 曾几:《茶山集》卷五。
② (宋) 吕本中:《东莱诗集》卷十四。
③ (元) 脱脱等编撰:《宋史》卷四百四十五《汪藻传》。
④ (宋) 曾几:《茶山集》卷五。

曾掌朝廷诏制的大手笔的欢迎之词得体切当。汪藻和作《移守临川，曾吉甫以诗见寄，次韵答之。时吉甫除闽漕未行》："朝来剥啄叩门谁，昨夜灯花已报知。腰下方悬新守印，眼中已见故人诗。十年且喜朋簪合，千里休言官牒随。问我抽书何日竟，病来编简网蛛丝。"对刚上任便收到故人欢迎之诗很是欣喜，诗中跳动着欢快的情绪。

由于钱逊叔、曾公衮二人作品散佚，存者寥寥，已不见其与韩、吕二人唱和之作，而韩、吕、曾几等诗亦有亡佚，因而，当时临川唱和的盛况今日难从其作品中窥见全貌。临川唱和参加者众，名诗人亦多，唱和内容广泛，可视为南宋初年规模最大、影响深远的唱和。

（二）台州唱和

绍兴二十七年初，韩元吉去临安应词科落选，三月至天台省母、兄，其兄元龙时为天台令。韩元吉此行又至台州，访知州曾几。曾几于绍兴二十六年知台州。韩元吉与曾几的相识，据韩元吉《祭曾吉甫待制文》云："我初拜公，灵山之阳。继见于台，从容豆觞。我来过苏，公病在床。如寮十年，义何敢忘。"[1]灵山，一名灵鹫山，在上饶西北。可知二人初次相见在上饶，也就是曾几寓居上饶茶山广教寺，韩元吉在信州黄任荣幕府期间，即绍兴二十三年至绍兴二十五年间[2]。曾几于韩元吉为前辈，其诗名及人品为当时士大夫所敬重。

韩元吉在台州曾陪曾几游巾山，作有《陪曾吉甫游巾山》：

　　去天尺五城南寺，目极层轩得此游。山阔雨收云点缀，江清日淡柳风流。僧扉缭绕牛鸣地，楼阁参差斗大

---

① （宋）韩元吉：《南涧甲乙稿》卷十八。
② 韩酉山《韩南涧年谱》隶于绍兴二十三年，白晓萍《曾几年谱》隶于绍兴二十五年。

州。公自蓬莱旧仙伯，一麾真复占鳌头。①

这首诗颇有东坡诗风味，其"山阔雨收云点缀，江清日淡柳风流"一联亦是从东坡"云散月明谁点缀，天容海色本澄清"中化出。曾几和作为《题巾山广轩次韩无咎韵》：

铃斋逼仄未销忧，暇日聊为帕帻游。乔木中间藏古寺，篮舆直上得名流。岂无云水连孤屿，亦有山林望一州。后日玉霄峰顶去，忆经行处为回头。

曾诗写得清新自然。曾、韩于游赏中将山水之美摄入笔端，于唱和中增添了游赏的乐趣。

曾几作有《遗直堂》诗，序云："三孔，某之舅氏也。伯舅舍人，熙宁间实为台州从事，手植桧于官舍之堂下，逮今八十有余年矣。某假守是州，因以'遗直'名其堂，作诗六章，用叔向'古之遗直'为韵，以告来者，庶几勿剪焉。"著名的"临江三孔"，即孔文仲、孔武仲、孔平仲兄弟，是曾几的舅舅。曾几这里所说的伯舅即孔文仲，字经父，嘉祐六年进士，熙宁间任台州推官，后经范镇荐举，但因其极论新法之害，不为王安石所喜，遂黜不用。曾几早年从舅氏讲学，与舅氏感情深厚。距伯舅为官台州八十多年后，曾几知台州，见官舍堂下伯舅所手植桧，很是感慨。以"遗直"名舅父之堂，作诗六章，用叔向"古之遗直"为韵，怀念舅父，歌颂其刚直不阿的品格。诗云：

三孔吾渭阳，犹及见仲叔。堂堂舍人公，再拜但乔木。

---

① （宋）韩元吉：《南涧甲乙稿》卷十八。

长身一庭中,劲气九霄上。思公立朝时,凛凛不可向。策登董相科,赋作长卿语。刘牢出外甥,愧我不如古。老柏蜀人爱,甘棠召南思。岭客清樾下,作诗咏歌之。元祐几阅岁,诸公一无遗。吾舅典型在,神明力扶持。柏叶松其身,在时公手植。杂树谁所栽,一钱初不直。

有多人和曾几此诗。韩元吉也作有《遗直堂六首》,次曾几诗韵,诗云:

> 蒿来自舆台,松桂犹伯叔。便合追孔林,无庸号寒木。虬龙舞云端,风雨来海上。尚想堂中人,诗成一回向。苦心有深思,劲质无软语。贤科废因公,此事亘千古。种木已如此,高贤有余思。赖公酷似舅,其谁羡牢之。郑虔骨已朽,孔父天不遗。他年从事贤,手板空倒持。栋梁乃不取,得地且深植。妖娆紫薇花,岁晚犹伴直。

韩元吉和诗中同样赞美孔平仲的劲直品格,同时赞美曾几“酷似舅”,虽然属于和诗中的应酬常调,但并不掩其对前贤的崇敬与对曾几的尊敬。

二人的唱和中还有曾几原唱《曾表勋画屏》,韩元吉的和作《次韵曾吉甫题画屏风》。韩元吉《浣溪沙·次韵曾吉甫席上》,曾几原唱词不存。

韩元吉与曾几的唱和,是南宋文坛上后辈诗人与前辈诗人交游往来的佳话,在唱和中,前辈诗人的人格风范、创作风格也会对后辈诗人有潜移默化的影响,由此亦可见文脉之绵延不绝。

(三) 京口唱和

韩元吉于隆兴二年闰十一月,除知饶州,至镇江省母,此时陆游为镇江府通判。韩元吉在镇江盘桓两月,与陆游唱和甚多。

对于这次的聚会与唱和,陆游《京口唱和序》有生动的描述:

> 隆兴二年闰十一月壬申,许昌韩无咎以新番阳守来省太夫人于润。方是时,予为通判郡事,与无咎别盖逾年矣。相与道旧故,问朋游,览观江山,举酒相属,甚乐。明年,改元乾道,正月辛亥,无咎以考功郎征。念别有日,乃益相与游,游之日未尝不更相和答。道群居之乐,致离阔之思,念人事之无常,悼吾生之不留。又丁宁相戒以穷达死生毋相忘之意。其词多宛转深切,读之动人。呜呼,风俗日坏,朋友道缺,士之相与如吾二人者亦鲜矣。凡与无咎相从者六十日,而歌诗合三十篇,然此特其大略也。或至于酒酣耳热,落笔如风雨,好事者从旁掣去,日或流传乐府,或见于僧窗、驿壁,恍然不复省识者,盖又不可计也。润当淮、江之冲,予老,益厌事,思自放于山颠水涯,与世相忘,而无咎又方用于朝,其势未能遽合,则今日之乐岂不甚可贵哉!予文虽不足与无咎并传,要不当以此废而不录也。二月庚辰笠泽陆某务观序。①

序中写到朋友相聚之乐,惜别之情。两人相聚虽仅六十日,唱和诗词却有三十篇,还不算当时的散佚未收之作,可见两人当时唱和作品之多。作品内容虽不外"道群居之乐,致离阔之思,念人事之无常,悼吾生之不留。又丁宁相戒以穷达死生毋相忘之意",而"其词多宛转深切,读之动人"。

今存二人的京口唱和之作已寥寥无几。韩元吉《南涧甲乙

---

① (宋)陆游:《渭南文集》卷十四。

稿》卷六有韩元吉《次韵务观城西书事二首》①：

　　　腊尽雪晴春欲柔，濛濛烟柳认瓜洲。潮生潮落无穷事，江水东西不限愁。

　　　川摇百艇陆千车，多是淮南避地家。黄纸赦来戎马去，儿歌妇笑总呦哑。

　　由第一首"腊尽雪晴春欲柔"，知诗作于冬末春初，"濛濛烟柳认瓜洲"，知诗作于镇江。第二首写淮南移民避地的情状。则这两首诗当作于京口唱和之时。陆游原唱不存。

　　乾道元年正月，韩元吉改除考工郎，即将离开镇江。元夕，知镇江府方滋招韩元吉饮酒赏梅，陆游与座。韩元吉作《方务德元夕不张灯留饮赏梅务观索赋古风》，表达宾主宴集时的融融之乐及对主人的赞美，诗中云："遗民归公十万口，鼙鼓日日严刀兵。眼看指麾尽摩抚，闾里愁叹成欢声。酬功端合侍玉辇，安得坐啸江干城。景龙灯火公尚记，耆旧出语儿童惊。我来两月滥宾客，况有别驾能诗名。"②这种赞美是应酬诗的常态，但韩诗雍容得体。陆游作《无咎兄郡斋燕集有诗末章见及敬次元韵》以和，表达了他乡遇故知的欣喜和对韩元吉文字的推崇："我来江干交旧少，见君不啻河之清。北风共爱地炉暖，西日同赏油窗明。""君文雄丽擅一世，凛凛武库藏五兵。"③感情真挚热烈。

　　在韩元吉离开之前，陆游约韩元吉游金山，作《赤壁词·招韩无咎游金山》：

①（宋）韩元吉：《南涧甲乙稿》卷六。
②（宋）韩元吉：《南涧甲乙稿》卷二。
③（宋）陆游：《剑南诗稿》卷一。

> 禁门钟晓，忆君来朝路，初翔鸾鹄。西府中台推独步，行对金莲宫烛。蟒绣华鞯，仙葩宝带，看即飞腾速。人生难料，一尊此地相属。　　回首紫陌青门，西湖闲院，销千梢修竹。素壁栖鸦应好在，残梦不堪重续。岁月惊心，功名看镜，短鬟无多绿。一欢休惜，与君同醉浮玉。①

词中回忆韩元吉初入京师为官及当年自己在京师的生活，而今自己年华渐老，功业无成，无限感慨。韩元吉和作《次陆务观见贻念奴娇韵》：

> 湖山泥影，弄晴丝、目送天涯鸿鹄。春水移船花似雾，醉里题诗刻烛。离别经年，相逢犹健，底恨光阴速。壮怀浑在，浩然起舞相属。　　长记入洛声名，风流觞咏，有兰亭修竹。绝唱人间知不知，零落金貂谁续。北固烟钟，西州雪岸，且共杯中绿。紫台青琐，看君归上群玉。②

韩词中针对陆游的消沉落寞，有对老友的安慰与劝勉，有当年京师唱和的回忆及对陆游将来会再回朝中的劝慰。

今日二人唱和之作亡佚亦多，难见全貌，但留存的作品仍可看出二人间深厚的情谊和相互间的推重与欣赏。韩元吉与陆游是挚友，韩元吉去世，陆游作有《祭韩无咎文》、《闻韩无咎下世》。在其暮年时，还常梦见韩元吉，《剑南诗稿》卷五十二《梦韩无咎如在京口时既觉枕上作短歌》一诗中有："隆兴之初客江皋，连樯结驷皆贤豪。坐中无咎我所畏，日夜酬唱兼诗骚。有时赠我玉具剑，间亦报之金错刀。"回忆起京口唱和时

---

① （宋）陆游：《渭南文集》卷四十九。
② 唐圭璋编：《全宋词》第二册，第 1812 页。

的情景,仍对韩元吉极为推重。

京口唱和,是陆游与韩元吉两位挚友间的一次集中的唱和活动,此后二人宦海浮沉,虽然也不时有诗作往来,却再没有这样的聚会与唱和。

(四) 信州唱和

信州是移民文人荟萃之地,先有吕本中、曾几,后有韩元吉、辛弃疾,这几位著名文人,都有着广泛的交游。在移居信州后,他们和当地文人、移居当地的文人及其他地区的文人都有唱和。韩元吉于淳熙七年,始居南涧,赋闲家居。辛弃疾于淳熙九年罢湖南安抚使,寓居上饶带湖。下面主要围绕辛弃疾来考察信州移民文人的唱和。

1. 辛弃疾与韩元吉的唱和

韩元吉年长辛弃疾 22 岁,二人早在乾道三年就已相识,时辛弃疾通判建康府,韩元吉为江南东路转运判官。但两人的交往与唱和以信州闲居时最夥。韩元吉于淳熙十四年辞世,故辛弃疾与之唱和在淳熙九年至十四年之间。《稼轩词》中共有十首与韩元吉的词,其中五首寿词,与韩元吉的唱和词有七首。

淳熙九年重九,韩元吉与辛弃疾同游信州云洞,韩元吉作《水调歌头·云洞》:

> 今日俄重九,莫负菊花开。试寻高处携手,踯躅上崔嵬。放目苍岩千仞,云护晓霜成阵,知我与君来。古寺倚修竹,飞槛绝纤埃。　　笑谈间,风满座,酒盈杯。仙人跨海休问,随处是蓬莱。落日平原西望,鼓角秋深悲壮,戏马但荒台。细把茱萸看,一醉且徘徊。①

────────

① 唐圭璋编:《全宋词》,第二册,第 1810 页。

韩元吉词上片写二人重九登高所见景色,下片抒发超脱尘世、顺任自然的人生态度。但"鼓角秋深悲壮,戏马但荒台。细把茱萸看,一醉且徘徊"几句仍然可见对时局的关切,对南宋政权不思北伐的无奈。

辛弃疾和作两首,其一为《水调歌头·九日游云洞,和韩南涧尚书韵》:

> 今日复何日,黄菊为谁开。渊明漫爱重九,胸次正崔嵬。酒亦关人何事,正自能不尔,谁遣白衣来。醉把西风扇,随处障尘埃。　为公饮,须一日,三百杯。此山高处东望,云气见蓬莱。鹥凤骖鸾公去,落佩倒冠吾事,抱病且登台。归路有明月,人影共徘徊。①

辛弃疾的这首和词主要抒写重九与友人相聚痛饮的豪情,但亦不难想见具有英雄豪气的词人投闲置散时,虽豪饮但却难消胸中块垒。

另一首为《水调歌头·再用韵呈南涧》,词云:

> 千古老蟾口,云洞插天开。涨痕当日何事,汹涌到崔嵬。攫土抟沙儿戏,翠谷苍崖几变,风雨化人来。万里须臾耳,野马骤空埃。　笑年来,蕉鹿梦,画蛇杯。黄花憔悴风露,野碧涨荒莱。此会明年谁健,后日犹今视昔,歌舞只空台。爱酒陶元亮,无酒正徘徊。②

辛弃疾此和词上片描绘云洞景色,兼寓世事沧桑、时光易

---

① 邓广铭:《稼轩词编年笺注》,第130页。
② 同上,第132页。

逝之感慨。下片以"蕉鹿梦,画蛇杯"自嘲功业成虚,然后抒发要效法陶渊明,隐居自乐。

二人的词作都属豪放,在游赏中倾吐胸中块垒。但辛词用典较多,善于化用前人诗句,以经、史语言入词,语言散文化倾向明显。

辛弃疾给韩元吉的寿词中,以《水龙吟·甲辰岁寿韩南涧尚书》写得最为慷慨淋漓,虽为寿词,却不是一般的应酬之作。词云:

> 渡江天马南来,几人真是经纶手?长安父老,新亭风景,可怜依旧。夷甫诸人,神州沈陆,几曾回首!算平戎万里,功名本是,真儒事,君知否。
>
> 况有文章山斗。对桐阴满庭清昼。当年堕地,而今试看,风云奔走。绿野风烟,平泉草木,东山歌酒。待他年整顿,乾坤事了,为先生寿。①

辛词开篇便将南渡的家国之恨写入词中,慨叹朝中无人,然后以"功名本是真儒事"相激励。词中推重韩元吉乃名门之后,以文章事业为人所重,正应起来整顿乾坤。词中豪气逸发,实际上抒发的是词人希望自己才能得用,为国家整顿乾坤的愿望。

韩元吉和作《水龙吟·寿辛侍郎》:

> 南风五月江波,使君莫袖平戎手。燕然未勒,渡泸声在,宸衷怀旧。卧占湖山,楼横百尺,诗成千首。正菖蒲叶老,芙蕖香嫩,高门瑞,人知否?

---

① 邓广铭:《稼轩词编年笺注》,第148页。

> 凉夜光躔牛斗。梦初回长庚如昼。明年看取,锋旗南下,六骡西走。功画凌烟,万钉宝带,百壶清酒。便留公剩馥,蟠桃分我,作归来寿。①

词中韩元吉用了窦宪燕然山勒石记功、刘备斥许汜等典故,勉励辛弃疾建功立业,画图凌烟。此词颇有稼轩词风。

辛弃疾又作一首《水龙吟·次韩南涧用前韵为仆寿仆与公生日相去一日再和以寿南涧》:

> 玉皇殿阁微凉,看公重试薰风手。高门画戟,桐阴阁道,青青如旧。兰佩空芳,蛾眉谁妒? 无言搔首。甚年年却有,呼韩塞上,人争问:公安否? 金印明年如斗。向中州锦衣行昼。依然盛事:貂蝉前后,凤麟飞走。富贵浮云,我评轩冕,不如杯酒。待从公痛饮八千余岁,伴《庄》椿寿。②

上片称说韩元吉的显耀家世,德高望重,以韩琦拟之。下片"向中州锦衣行昼"仍以建功立业、能回归中原故地相期许。

综上,韩元吉与辛弃疾都反对和议、主张北伐,而二人又都是投闲置散,无法实现抱负,因而意气相投。在唱和中,都表达了抗金复国的意愿。不同在于,韩元吉已老,不复有沙场立功的豪情壮志,只是在词中勉励辛弃疾建功立业。而辛弃疾正当壮年,意气风发,词中以回归中原期许韩元吉,更是表达自己的强烈愿望。

韩元吉与辛弃疾词都有着词气磊落、词情慷慨的一面,但

---

① 唐圭璋编:《全宋词》第二册,第 1815 页。
② 邓广铭:《稼轩词编年笺注》,第 157 页。

韩词不像辛词天马行空、融会经史,豪气干云,只是语言上要典雅一些,情绪上也收敛一些,气魄自然没有辛弃疾大。韩元吉诗、文雍容平和,不似词这般有激情,若说其词受到了辛弃疾的影响,那更多的就是激情的奔涌吧。

2. 辛弃疾与陈亮的唱和

淳熙十四年十二月①,陈亮与辛弃疾鹅湖之会,二人志同道合,分别后,辛弃疾依依难舍,于第二日追至鹭鹚林,因"雪深泥滑",无法前行,"怅然久之",赋《贺新郎》,词前小序介绍了与陈亮的鹅湖之会及写作此词的心情:"陈同父自东阳来过余,留十日,与之同游鹅湖,且会朱晦庵于紫溪,不至,飘然东归。既别之明日,余意中殊恋恋,复欲追路,至鹭鹚林,则雪深泥滑,不得前矣。独饮方村,怅然久之,颇恨挽留之不遂也。夜半投宿吴氏泉湖四望楼,闻邻笛悲甚,为赋《乳燕飞》以见意。又五日,同父书来索词。心所同然者如此,可发千里一笑。"

辛弃疾与陈亮的这次鹅湖之会,不是普通的朋友之间的聚会,而是有着共同政治抱负的两位志士之间的一次思想交流。陈亮是一位奇男子,婺州永康人,也是永康学派的领袖。孝宗隆兴元年,与金议和,陈亮方以婺州解头荐,因上《中兴五论》,奏入不报,后退回乡治学,曾两度入狱。光宗绍熙四年,擢为进士第一。《宋史》说他"生而目光有芒,为人才气超迈,喜谈兵,论议风生,下笔数千言立就。尝考古人用兵成败之迹,著《酌古论》"②。

辛弃疾是一位英雄,二十二岁时,便聚众两千,参加耿京义军。二十三岁时,奉耿京命至建康,联系南归事宜。叛徒张安国杀害耿京,辛弃疾率五十骑闯入敌营五万众中,生缚张安

① 据束景南《朱熹年谱长编》卷下,华东师范大学出版社 2001 年,第877 页。
② (元)脱脱等编撰:《宋史》卷四百三十六《陈亮传》。

国以归。南归后,一直任中下级官吏,辗转各地。乾道元年,奏进《美芹十论》,乾道六年,上《九议》,惜不用。淳熙二年,任江西提点刑狱,剿灭茶商军,是其军事才能的一次展现。淳熙七年,在湖南安抚使任,训练飞虎军,是辛弃疾军事与政治才能的又一次展现。辛弃疾仅用了半年多的时间,就建立了一支以当地人为主的地方军——飞虎军。飞虎军建立之初,虽然是用来对付地方叛乱的,但后来却驻守宋金边界,成为一支重要军事力量,曾参与平定四川黎州蛮的叛乱和对抗金及蒙元的军事行动。正如黄宽重所言:"飞虎军的人数虽不多,却能凝聚很久,长时间不解组,得力于辛弃疾的筹划。"①淳熙八年,辛弃疾受到台臣王蔺的弹劾,劾其"用钱如泥沙,杀人如草芥"②。淳熙十四年,辛弃疾在上饶闲居已经六年,四十八岁,距其南归时已过去二十五年,空负恢复之志,却英雄无用武之地,这怎能让他不发出"不念英雄江左老,用之可以尊中国"的感叹。

淳熙十四年宋高宗去世,因宋孝宗即位后曾力主恢复,抗战派也许觉得这是鼓动宋孝宗对金用兵的一个机会。朱熹此时虽然在武夷山著述讲学,但朝中时任参政的周必大是他的好友,朝中还有些位居要职的道学人士,因而朱熹在朝廷士大夫中还是有一定影响力的,也许这就是陈亮约朱熹、辛弃疾鹅湖之会的目的,是想三人共商国是。但朱熹和陈亮二人在治国与抗金的想法上有分歧。二人曾展开王霸义利之辨,朱熹"清醒认识到功利败坏人心,唯有道德才能拯世。正是抱着这种信念,他把浙东事功学看成是一种比江西陆学更危险的文化思想"③。在抗金上朱熹"既反对苟安主和,也反对用

---

① 黄宽重:《南宋飞虎军:从地方军到调驻军的演变》,见《中研院历史语言研究所集刊论文类编》宋辽金元卷三,第 1983 页。
② (元)脱脱等编撰:《宋史》卷四百〇一《辛弃疾传》。
③ 束景南:《朱熹研究》,人民出版社 2008 年,第 144 页。

兵速战"①。这也许是朱熹不赴会的原因。

虽然朱熹没来，有些遗憾，但辛弃疾与陈亮的聚会却是异常融洽。辛弃疾与陈亮都主张恢复，二人都重事功，都英爽豪气逼人，因而见面后相谈甚欢，志趣相投。二人共作了五首《贺新郎》唱和，虽然都做于分手后，但却是二人此次相会的余音。辛弃疾所作词云：

> 把酒长亭说。看渊明风流酷似，卧龙诸葛。何处飞来林间鹊，蹙踏松梢残雪。要破帽多添华发。剩水残山无态度，被疏梅料理成风月。两三雁，也萧瑟。　　佳人重约还轻别。怅清江天寒不渡，水深冰合。路断车轮生四角，此地行人销骨。问谁使君来愁绝？铸就而今相思错，料当初费尽人间铁。长夜笛，莫吹裂。②

辛词上片写与陈亮把酒话别，以陶渊明、诸葛亮来比拟陈亮。南宋偏安一隅，两位词人渐老，却报国无门。无穷感喟，都寓于萧疏的景色描写中。下片写不忍与陈亮分别及别后的思念。正因为二人都是主张抗金恢复的志士，志同道合，尤为难得，所以离别才这样难舍。

陈亮和作《贺新郎·寄辛幼安和见怀韵》云：

> 老去凭谁说？看几番神奇臭腐，夏裘冬葛。父老长安今余几，后死无仇可雪。犹未燥当时生发。二十五弦多少恨，算世间那有平分月。胡妇弄，汉宫瑟。　　树犹如此堪重别，只使君从来与我，话头多合。行矣置之无足

---

① 束景南：《朱熹研究》，人民出版社 2008 年，第 181 页。
② 邓广铭：《稼轩词编年笺注》，第 244 页。

问，谁换妍皮痴骨。但莫使伯牙弦绝。九转丹砂牢拾取，管精金只是寻常铁。龙共虎，应声裂。①

陈亮的贺词上片议论纵横，言南宋偏安日久，当时留在长安的父老所余无几，新成长起来的一代恐怕已经习惯了北地金人统治下的生活，不会再念及报仇雪耻。词人的忧虑是很深的。下片接辛弃疾的话头，表达两人志同道合的深厚情谊。

辛弃疾又作《贺新郎·同父见和再用韵答之》（老大那堪说），陈亮作《贺新郎·酬辛幼安再用韵见寄》（离乱从头说），后陈亮又作《贺新郎·怀辛幼安用前韵》（话杀浑闲说）。

这五首唱和词是辛、陈二人交往史中最热烈的歌唱，是志士词人间抒发爱国情感、彼此敬慕的见证。辛弃疾在陈亮去世后所作《祭陈同父文》中有对这段往事的深情忆念与对挚友辞世的无限怆惜："而今而后，欲与同父憩鹅湖之清阴，酌瓢泉而共饮，长歌相答，极论世事，可复得耶！"

《稼轩词》中与其他人的唱和亦多，如与信守郑舜举、与其弟子范开及杨民瞻、陈仁和、赵蕃、赵景山等。

要之，临川唱和主要是移民文人间的一次持续时间较长、参加人数较多的唱和活动，参加者主要是北宋末年已经驰誉诗坛的老诗人。在唱和中，有感情的交流与共鸣，有诗艺的探讨，有时局的感慨。他们将北宋文学带入南宋，并探索着文学的新变。

台州唱和是老诗人曾几与年轻的移民文人韩元吉之间的唱和，这是两代诗人之间的交游唱和，也是文学的传承。

京口唱和是两位中兴诗人韩元吉与陆游之间的唱和，韩是移民文人，陆是南方土著。二人都亲炙曾几，陆是曾几的弟

---

① 唐圭璋编：《全宋词》第三册，第 2705 页。

子,韩与曾几有过密切的交往。二人亦是终生好友。在唱和中,陆游对韩元吉的文学创作才华极为钦佩。

信州唱和是移民较晚的辛弃疾与前辈诗人韩元吉及同辈诗人陈亮的唱和。韩元吉与辛弃疾虽同为移民文人,但韩经历了靖康之难,而辛的青少年时代则是在北方金人统治区度过的,经历虽不同,但作为移民文人,他们的情感间有更多的相互认同。陈亮是南方土著,和陆游一样,都是力主恢复的南方主战派文人,他和辛弃疾有着共同的志向,二人也都是中兴文坛的重要作家。在词的创作方面,韩元吉有受辛词影响的豪放之作,陈亮则属辛派词人。

通过这四次发生在不同地区的唱和,我们从中可以看出南宋文学与北宋文学间的承传关系,南北文化间的交融及南宋文学中已经增加了新的文学因子,已与北宋文学不同。

二、文化传播

南宋移民文人定居后的生活,除了游览与交游唱和外,文化传播是非常重要的一个方面,一些移民文人自觉地承担起这个重任,撒播文化的种子,为南宋文化重建做出了极大的贡献。移民文人所做的文化传播主要表现在三个方面,即文学传播、学术传播和参与当地的文化建设。

(一) 文学传播

1. 诗法的传授

北宋末年,仍然是江西诗派主导诗坛。靖康之难后,隶属于江西诗派的韩驹、陈与义、吕本中、曾几都已南迁,移居他乡,就中曾几对南宋中兴诗人影响最大。曾几虽与吕本中年岁相同,但在诗歌创作上,曾几的成就晚于吕本中。曾几南渡后曾师事吕本中,向吕本中请教诗法。曾几《东莱先生诗集序》云:"绍兴辛亥,几避地柳州,居仁在桂林,是时年皆未五十。居仁之诗,固已独步海内。几亦妄意学作诗。居仁一日寄近诗来,几次其韵,因作书请问句律,居仁察我至诚,教我甚至。且曰'和章固佳,本中犹窃以为少新意。'又曰:'诗卷熟读,治择工夫已胜,而波澜尚未阔,欲波澜之阔,须令规模宏放,以涵养吾气而后可。规模既大,波澜自阔,少加治择,功已倍于古矣。'"《苕溪渔隐丛话》前集卷四十九所载《与曾吉甫论诗第二帖》与此说基本相同。吕本中授曾几以活法,曾几在《读吕居仁旧诗有怀其人作诗寄之》中论及吕本中所教其活法:"学诗如参禅,慎勿参死句。纵横无不可,乃在欢喜处。人如学仙子,辛苦终不遇。忽然毛骨换,正用口诀故。居仁说活法,大意欲人悟。常言古作者,一一从此路。岂惟如是说,实亦造佳处。其圆如金弹,所向若脱兔。风吹春空云,顷刻多态度。锵然奏琴筑,间以八珍具。人谁无口耳,宁不起欣慕。一编落吾手,贪读不能去。尝疑君胸中,食饮但风露。经年阙亲近,方寸满尘雾。足音何时来,招唤亦云屡。贱子当为君,移家七闽住。"曾几在诗中谈到吕本中的"活法",大抵由"悟"入,教人养气。盛赞吕本中的诗作圆美流转,表达对吕本中其人其诗的仰慕。

吕本中将作诗之法教与子侄及故人子弟。吕祖谦《题伯祖紫微翁与曾信道手简后》一文中转述其父吕大器的话说:

> 绍兴初,寇贼稍定,舍人与诸父相扶携出桂岭,谒临川,访旧皆隔生死,慨然太息,乃收聚故人子曾獬父、裘父辈,与吾兄弟共学,亲指画,孳孳不息,既又作诗勉之,今集中寄临川聚学诸生诗是也。[①]

---

① (宋)吕祖谦:《东莱集》卷七。

在吕本中的故人子中还有沈公雅。沈公雅是沈宗师之子,沈宗师与吕本中交厚,唱酬亦多。沈公雅以通家子弟从吕本中游,后沈公雅于乾道元年裒集编次吕本中诗集为二十卷,镂板,置于郡斋①。

吕本中还将诗法传授给从其游的南方士子,如陈从古、方丰之、詹憒等人。陈从古,字希颜,一曰晞颜,号洮湖,金坛人,绍兴二十一年进士。在周必大为陈从古所作墓志中称陈曾从吕本中游,往往得其句法②。莆田方丰之去信州从吕本中问学,方工诗,"盖亦紫微之馀风"③。崇安詹憒,有异才,"为文涉笔立成,人谓腹稿"④。有文集二十卷,不传。其亦曾到信州从吕本中学,辞归时吕本中有诗送之:"子今来几时,岁月忽已晚。今当别我去,道里初不远。家山霜正浓,马草寒更短。何以奉亲欢,一笑和气满。迩来游学士,已见如子罕。读书要躬行,俗事不厌简。故乡多老儒,归日正可款。时能寄馀论,尚足起我懒。两州多便人,自可数往反。"⑤

吕本中将"活法"授予曾几,曾几又将"活法"说传与陆游等人。陆游《送应秀才》诗中说:"我得茶山一转语,文章切忌参死句。知君此外无他求,有求宁踏三山路。"⑥在《吕居仁集序》中,陆游说其"晚见曾文清公,文清谓某,'君之诗渊源殆自吕紫微',恨不一识面"。方回也说:"居仁先有诗名,茶山倡和求印可,而居仁教以诗法,故茶山以传陆放翁,其说曰'最

① 参见(宋)曾几:《东莱诗集后序》。
② 参见(宋)周必大:《文忠集》卷三十四《朝散大夫直秘阁陈公从古墓志铭》。
③ (清)黄宗羲原著,全祖望补:《宋元学案》卷三十六《紫微学案》,中华书局1986年,第1249页。
④ (清)李清馥撰:《闽中理学渊源考》卷三,影印文渊阁四库全书本。
⑤ (宋)吕本中:《东莱诗集》卷十九《送詹憒秀才》。
⑥ (宋)陆游:《剑南诗稿》卷三十一。

忌参死句'。"①韩元吉及江西诸子弟也曾受曾几诗歌影响。韩元吉《李彭元携曾吉甫诗卷数帖见过》一诗表达了对曾几深情的怀念:"十年松竹暗茶山,君有诗声旧将坛。食荠谁如东野苦,无毡不奈广文寒。闭门久咏《高轩过》,弹铗今嗟行路难。我亦凋零旧宾客,遗编聊共拂尘看。""永丰周日章、日新兄弟少力于学,尝以师谒曾吉甫于茶山。"②赵蕃、韩淲亦得诗法于曾几,"上饶自南渡以来,寓公曾茶山得吕紫微诗法,传至嘉定中赵章泉、韩涧泉,正脉不绝"③。宋末谢枋得也说:"诗有江西派,而文清昌之。传至章泉、涧泉二先生,诗与道俱隆。"④从这些前人的说法中可以看出吕本中诗法经由曾几在南宋的流传。

2. 子弟的文学启蒙

吕本中为教育子弟,编有《童蒙训》,其中有一部分是有关诗文写作的,郭绍虞从宋人诗话文话中辑得 64 条 75 则,标明《童蒙诗训》,收入《宋诗话辑佚》之附录中。据《童蒙诗训》知吕本中教授子弟如何学作诗文,包括入门须读、作诗文之法、作诗文注意事项、文学作品讲评几部分。

入门须读要求学诗者要先读古诗及曹植诗:"读《古诗十九首》及曹子建诗,如'明月入我牖,流光正徘徊'之类,诗皆思深远(而有余意)言有尽而意无穷也。学者当以此等诗常自涵养,自然下笔不同。"⑤要涵咏杜甫、苏轼诗:"老杜歌行,最见次第,出入本末。而东坡长句,波澜浩大,变化不测;如作杂

---

① (元)方回:《瀛奎律髓》卷二十吕本中《江梅》后。
② (宋)韩元吉:《南涧甲乙稿》卷十六《跋曾吉甫帖后》。
③ (元)方回:《桐江续集》卷十五《〈次韵赠上饶郑圣予〉序》。
④ (宋)谢枋得:《叠山集》卷三《萧冰崖诗卷跋》。
⑤ 郭绍虞:《宋诗话辑佚》附录《童蒙诗训》之《学者先读古诗及曹诗》条,中华书局 1980 年。

剧,打猛诨入,却打猛诨出也。《三马赞》'振鬣长鸣,万马皆
瘖',此记不传之妙。学文者能涵咏此等语,自然有入处。"①
"学文须熟看韩、柳、欧、苏,先见文字体式,然后更考古人用意
下句处。学诗须熟看老杜、欧、苏、黄,亦先见体式,然后遍考
他诗,自然功夫度越诸人。"②

作诗文之法主要有以下几点:

要从"悟"入。"老苏尝自言升里转斗里量,因闻此遂悟文
章妙处。"③"作文必要悟入处,悟入必自功夫中来,非侥幸可
得也。如老苏之于文,鲁直之于诗,盖尽此理也。"④

文贵警策。"陆士衡《文赋》云:'立片言以居要,乃一篇之
警策。'此要论也。文章无警策则不足以传世,盖不能耸动世
人。如老杜及唐人诸诗,无不如此也。"⑤

诗中要有响字。"潘邠老言七言诗第五字要响。如'返照
入江翻石壁,归云拥树失山村'。翻字,失字,是响字也。五言
诗第三字要响。如'圆荷浮小叶,细麦落轻花'。浮字,落字,
是响字也。所谓响者,致力处也。予窃以为字字当活,活则字
字自响。"

遍考前人作法。"前人文章各自一种句法。如老杜'今君
起柂春江流,予亦江边具小舟'。'同心不减骨肉亲,每语见许
文章伯'。如此之类,老杜句法也。东坡'秋水今几竿'之类,
自是东坡句法。鲁直'夏日扇在摇,行乐亦云卿'。此鲁直句
法也。学者若能遍考前作,自然度越流辈。"⑥"学退之不至,

---

① 郭绍虞:《宋诗话辑佚》附录《童蒙诗训》之《学文者应涵咏杜苏语》条。
② 同上之《文字体式二则》条。
③ 同上之《作文有悟入处》条。
④ 同上之《作文必要悟》条。
⑤ 同上之《文章贵警策》条。
⑥ 同上之《前人文章句法》条。

李翱、皇甫湜,然翱、湜之文足以窥测作文用力处。近世欲学诗,则莫若先考江西诸派。"①

避免褊浅之法。"李太白诗如'晓月出天山,苍茫云海间。长风一万里,吹度玉门关',及'沙墩至梁苑,二十五长亭。大舶夹双橹,中流鹅鹳鸣'之类,皆气盖一世,学者能熟味之,自然不褊浅矣。"②

为文要意尽言止。"东坡云:'意尽而言止者,天下之至文也。'然而言止而意不尽,尤为极至,如《礼记》、《左传》可见。"③"吕居仁云:'文章须要说尽事情,如《韩非》诸书大略可见,至一唱三叹有遗音,非有所养不能也。'"④

为文须养气。"韩退之答李翱书,老泉上欧阳公书,最见为文养气之妙。"⑤

文宜频改。"老杜云:'新诗改罢自长吟'。文字频改,功夫自出。近世欧阳公作文,先贴于壁,时加窜定,有终篇不留一字者。"⑥

作诗文还应注意以下事项:

初学诗不可靡丽。"初学作诗,宁失之野,不可失之靡丽;失之野不害气质,失之靡丽不可复整顿。"⑦

作文不可强为。"作文不可强为,要须遇事乃作,须是发于既溢之余,流于已足之后方是极头,所谓既溢已足者,必从学问该博中来也。"⑧

---

① 郭绍虞:《宋诗话辑佚》附录《童蒙诗训》之《学诗文法》条。
② 同上之《李白诗气盖一世》条。
③ 同上之《文字用意为上二则》条之二。
④ 同上之《文要说尽事情》条。
⑤ 同上之《为文养气》条。
⑥ 同上之《文宜频改》条。
⑦ 同上之《初学诗不可靡丽》条。
⑧ 同上之《作文不可强为》条。

学古人文字须得其短处。"学古人文字，须得其短处。如杜子美诗，颇有近质野处。如《封主簿亲事不合》诗之类是也。东坡诗有汗漫处，鲁直诗有太尖新太巧处，皆不可不知。东坡诗如'成都画手开十眉'，'楚山固多猿，青者黠而寿'。皆穷极思致，出新意于法度，表前贤所未到。然学者专力于此，则亦失古人作诗之意。"①

苏黄诗不可偏废。"读《庄子》令人意宽思大敢作。读《左传》使人入法度，不敢容易。此二书不可偏废也。近世读东坡、鲁直诗，亦类此。"②

作诗在精不在多。"山谷尝谓诸洪言：'作诗不必多，如三百篇足矣。某平生诗甚多，意欲止留三百篇，馀者不能认得。'诸洪皆以为然。徐师川独笑曰：'诗岂论多少，只要道尽眼前景致耳。'山谷回顾曰：'某所说止谓诸洪作诗太多，不能精致耳。'"③

要做有用文字。"学者须做有用文字，不可尽力虚言。有用文字，议论文字是也。议论文字，须以董仲舒、刘向为主，《周礼》及《新序》、《说苑》之类，皆当贯串熟考，则做一日便有一日功夫。"④

文字淹渍。"后生为学，必须严定课程，必须数年劳苦，虽道途疾病亦不可少渝也。若是未能深晓，且须广以文字淹渍，久久之间，自然成熟。"⑤

通过文学评点，使初学者知前人诗文之优缺点，以资借

---

① 郭绍虞：《宋诗话辑佚》附录《童蒙诗训》之《学古人文字须得其短处》条。
② 同上之《苏黄诗不可偏废》条。
③ 同上之《作诗在精不在多》条。
④ 同上之《做有用文字》条。
⑤ 同上之《文字淹渍》条。

鉴。《童蒙诗训》评点了《诗经》及杜甫、韦应物、孟浩然、黄庭坚、苏轼、秦观、张耒、潘邠老等人的诗,《礼记·檀弓》《论语》《孟子》《左传》《列子》《韩非子》、两汉文及韩愈、欧阳修、苏轼、苏洵、黄庭坚、曾巩、秦观等人的散文。从这些评点中可以看出吕本中所持诗文写作的观点。

　　其于诗,崇尚自然,亦不废雕琢。如"杜诗有自然不做底语到极至处,有雕琢语到极至处"①;"文潜诗,自然奇逸,非他人可及"②。欣赏高古、高远之作。"浩然诗'挂席几千里,名山都未逢。泊舟浔阳郭,始见香炉峰。'但详看此等语,自然高远。"③"少游《过岭后诗》,严重高古,自成一家,与旧作不同。"④

　　其于文,重"纡馀委曲,说尽事理"。如"文章不分明指切而从容委曲,词不迫切,而意已独至,惟《左传》为然。"⑤"《韩非》诸书皆说尽事情。"⑥"文章纡馀委曲,说尽事理,惟欧阳公得之。"⑦"曾子固文章纡馀委曲,说尽事情。"⑧"老苏作文,真所谓意尽而言止也,学者亦当细观。"⑨又尚简古。如《论语》文字简淡不厌,非《左氏》可及。"⑩《汉高祖纪》诏令雄健,《孝文纪》诏令温润,去先秦古书不远,后世不能及;至《孝武纪》诏令始事文采,文亦寖衰矣。""西汉自王褒以下,文字专事词藻,不复简古,而谷永等书杂引经传,无复己见,而古学远矣。此

---

① 郭绍虞:《宋诗话辑佚》附录《童蒙诗训》之《杜诗自然雕琢均到极至》条。
② 同上之《张文潜诗》条。
③ 同上之《浩然诗高远》条。
④ 同上之《少游诗严重高古》条。
⑤ 同上之《左氏文二则》条。
⑥ 同上之《韩非子》条。
⑦ 同上之《欧阳公文》条。
⑧ 同上之《曾子固文三则》条。
⑨ 同上之《老苏文意尽言止》条。
⑩ 同上之《〈论语〉之文》条。

学者所宜深戒。"①主张为文须抑扬反覆。如"《百里奚自鬻于秦》一章,最见抑扬反复处。"②"曾子固《答李觏书》,最见抑扬反覆处。"③

吕本中于宋人中最推重苏东坡和黄庭坚。认为"自古以来语文章之妙,广备众体,出奇无穷者,唯东坡一人。极风雅之变,尽比兴之体,包括众作,本以新意者,唯豫章一人。此二者当永以为法。"④

吕本中将诗法传给曾几及与其从游的年轻士子,又通过童蒙教育将作诗文之法及其诗文观传授给子弟,又经曾几传给陆游等后来中兴诗坛的诗人。这样南渡后,文学一脉经吕本中的传播,在南宋扎下根来。而吕本中对江西诗派的重视,也使得江西诗派在南宋的影响不绝如缕。

(二) 学术传播

南渡后,南宋的道学迅速发展,在孝宗时期形成了金华学、闽学、陆氏心学、湖湘学、永康学、永嘉学等学术派别。南渡初期,传播学术的移民文人主要有吕本中、尹焞、胡安国父子。

1. 吕本中: 传中原文献

吕本中曾游杨时、游酢、尹焞之门,"多识前言往行以畜德"⑤,教门人以"广大为心,以践履为实"⑥。其南渡后学术传播主要在福建和信州两地。绍兴四年至六年,吕本中寓居福州,"学者踵至"⑦,福建士子从其学者甚众。《宋元学案》卷三

---

① 郭绍虞:《宋诗话辑佚》附录《童蒙诗训》之《两汉文三则》条。
② 同上之《孟子之文》条。
③ 同上之《曾子固文三则》条。
④ 同上之《苏黄文字之妙》条。
⑤《宋元学案》卷三十六《紫微学案》,第 1241 页。
⑥ 同上,第 1244 页。
⑦ (元) 脱脱等编撰:《宋史》卷四百三十三《林之奇传》。

十六《紫微学案》中吕本中门人十三人中有七人是福建人，即林之奇（侯官人）、李楠（侯官人）、李椁（侯官人）、方丰之（莆田人）、章宪（浦城人）、章恕（浦城人）、黄樵（漳州人）。在福州首从吕本中学的是林之奇和李楠、李椁兄弟。据《宋史·林之奇传》载："吕本中入闽，之奇甫冠，从本中学。时将试礼部，行次衢州，以不得事亲而反。学益力，本中奇之。由是学者踵至。"

绍兴十一年至绍兴十六年，吕本中寓居信州上饶，时江西士子从之学者亦众，在其门人中，有五人是江西人，即：汪应辰（信州玉山人）、王时敏（信州上饶人）、周宪（信州人）、曾季狸（抚州临川人）、方畴（信州弋阳人）。周宪《震泽记善录》跋云："宪绍兴癸亥（按：绍兴十三年）间，获供洒扫于中书舍人吕公之门。公教人大要，分是非邪正、名进退出处、严辞受取与之义，而躬行以尽其性，所言备载《童蒙训》《春秋说》，故不复录。公病日渐，乃以书荐于著作王先生曰：'周宪秀才，朴茂可喜，有志斯道，当蒙与进。'未果行，而公启手足。公之门弟文清曾公又以书申公之意，且勉其行，遂受业于先生二年。"[①]

吕本中在信州，四方学子前往信州问学，其门人中福建莆田方丰之就是"从吕紫微公学于信州，其后辞归，紫微以诗送之"[②]。吕本中《送方丰之秀才归福唐》云："我居江东，惟信之州。子来自南，而与我游。"此外，福建的詹惿亦曾前往信州从吕本中学。

承吕本中家学的还有其子侄吕大伦、吕大器、吕大猷、吕大同。在吕本中的门人中，林之奇与汪应辰为其高弟。林之奇在福建影响极大，汪应辰则为玉山学案案主。吕本中侄孙吕祖谦曾师事林之奇、汪应辰，后创金华学派，将吕氏家学发

---

① （宋）王蘋：《王著作集》卷八《震泽记善录跋》。
② 《宋元学案》卷三十六《紫微学案》，第1249页。

扬光大。

2. 胡安国父子：创湖湘学派

胡安国私淑二程，而与程门高弟游酢、谢良佐、杨时游，谢良佐尝与人曰："胡康侯如大冬严雪，百草菱死而松柏挺然独秀者也。"①胡安国及其子胡寅、胡宁、胡宏、从子胡宪居衡山后，传伊洛之学，创湖湘学派。胡安国精研《春秋》，重视经世致用。

胡安国原为福建崇安人。建炎三年，胡安国一家避地衡湘。绍兴元年十二月，除胡安国中书舍人兼侍讲，辞不赴。绍兴二年七月，胡安国入对临安，十一月，因反对朱胜非再任被免，在归湖湘途中，寓居江西丰城半载。在丰城，丰城人王枢、徐时动从其学，二人也是武夷学案中胡安国的门人。据《江西通志》卷六十七"南昌府人物"载："王枢，字致荣，丰城人，通群经，尤邃于《春秋》，少游胡安国之门。""徐时动，字舜邻，丰城人。师事胡文定公安国，遂传其学以归。第绍兴进士。"则徐时动后随胡安国到衡山继续问学。

绍兴三年，胡安国回到潭州衡山著述讲学，四方从之者众，衡山成为学子前往求学的一个中心，而湖湘子弟尤众。在湖湘从胡安国学习的有湖湘子弟，如黎明（长沙人）、扬训（湘潭人）、彪虎臣（湘潭人）、谭知礼（潭州善化人）、乐洪（衡山人）。黎明师事胡安国在建炎南渡初。胡安国避地荆门时，黎明"为卜室庐，具器币，往迎之。胡氏之居南岳，实肪于此"②。也有避地居湖湘的移民文人，如李椿南渡居衡州，时年十五，"其尉衡山时，受业文定"③。向沈是向子韶之子，向子韶死难，向沈南渡后家衡山，从胡安国学。向子忞是向子韶之弟，

① （元）脱脱等编撰：《宋史》卷四百三十五《胡安国传》。
② 同上。
③ 《宋元学案》卷三十四《武夷学案》，第 1190 页。

胡安国绍兴三年回到衡山后,向子忞"乃相从隐居衡岳山中读书,授《左氏春秋》学"①。建炎三年九月向子諲知潭州,至绍兴二年六月知广州前,一直在湖南任职,则其子向浯、向涪从胡安国学,当在此时。刘芮,字子驹,东平人,为刘挚之曾孙,南渡后居湘中,从胡安国学。韩璜绍兴元年被劾罢官后赴衡山,从胡安国学,并寓居衡山。"赵师孟尝从胡安国授《春秋》大旨,屏居衡州僧寺几二十年"②。在胡安国的门人中,还有江琦(建阳人)、曾几(南渡后寓居信州)、范如圭(建阳人)、薛徽言(永嘉人)、胡铨(庐陵人)、胡襄(永嘉人)、方畴(信州弋阳人)、汪应辰(信州玉山人)、闾丘昕(丽水人)等人,可以确定为南渡后从胡安国学习的有曾几、方畴、汪应辰、闾丘昕。

传胡安国家学的有其子胡寅、胡宏、胡宁、从子胡宪,其中胡寅为衡麓学案案主、胡宏为五峰学案案主、胡宪为刘胡诸儒学案案主之一。胡寅门人有毛以谟(衡山人)、刘荀(清江人);胡宏门人有张栻(南渡后居衡阳)、彪居正(湘潭人)、吴翌(建宁府人)、孙蒙正、赵师孟(曾从胡安国学)、赵棠(衡山人)、方畴(曾从吕本中、胡安国学)、向浯(曾从胡安国学);胡宪门人有朱熹、吕祖谦等。经过胡氏两代人的传授,湖湘学派成为当时影响较大的学派,到南轩张栻,湖湘学派与金华吕祖谦学派、闽中朱熹学派,成为当时最大的三个理学学派。胡安国为传播理学所做的贡献,正如《宋元学案》中所说:"南渡昌明洛学之功,文定几侔于龟山,盖晦翁、南轩、东莱皆其再传也。"③

　　3. 尹焞:传伊洛之学

　　尹焞是伊川先生高弟,"于洛学最为晚出,而守其师说最

---

① (宋)王庭珪:《卢溪文集》卷四十七《故左奉直大夫直秘阁向公行状》。
② (宋)李心传:《建炎以来系年要录》卷一百九十八。
③ (清)黄宗羲著,全祖望补:《宋元学案》卷三十四《武夷学案》,第1170页。

醇"①。靖康之难,尹焞全家被害,他死而复苏,为躲避刘豫的征聘,避地于蜀,绍兴四年居于涪州。绍兴五年以范冲荐召尹焞赴行在所,辞不赴召。在朝廷的一再敦促下,绍兴六年九月,除崇政殿说书,尹焞从涪州出发,滞留路上。张浚又荐,绍兴七年八月,又"诏新除崇政殿说书尹焞疾速赴行在所,以焞再辞除命故也"②。绍兴七年九月,尹焞到达临安。同年闰十月,尹焞为秘书郎兼崇政殿说书。绍兴八年夏四月,尹焞求去,以焞直徽猷阁主管万寿观留侍经筵。绍兴十年春正月,尹焞致仕,居绍兴。绍兴十二年冬十月,尹焞卒于绍兴。在涪州、临安、绍兴三地,都有士子从其学。

据《宋元学案》卷二十七《和靖学案》,尹焞门人有吕和问、吕广问、吕本中、吕稽中、吕坚中、吕弸中、王时敏、刘芮、徐度、陆景端、虞仲琳、高材、高选、韩元吉、邢纯、程瑀、蔡迨、蔡仍、徐正夫、黄循圣、沈晦、□伯充、罗靖、罗竦共 24 人。

诸吕从尹焞学较早,其中吕本中为紫微学案案主,吕和问、吕广问在靖康之乱后寓居婺源,传授伊洛之学。《晦庵集》卷八十三《跋吕仁甫诸公帖》云:"靖康之乱,中原涂炭,衣冠人物,萃于东南。吕公广问仁父来主婺源簿,而奉其兄和问节夫以俱,又有维扬罗公靖仲共、竦叔共亦来客焉。于是李氏父子得从之游,而滕户曹恺南夫亦受其学,观于此卷可见一时学问源流之盛矣。"吕广问、吕和问、罗靖、罗竦被称为"婺源四先生"。

尹焞南渡后的门人王时敏、韩元吉、冯忠恕、蔡迨、蔡仍、刘芮、徐度等人,也是一时俊彦。

综上所述,北宋学术经由吕本中、胡宪父子、尹焞等人的讲授传播,使得理学在南宋出现了繁盛的局面。

---

① (清)黄宗羲著,全祖望补:《宋元学案》卷三十四《武夷学案》,第1001 页。
② (宋)李心传:《建炎以来系年要录》卷一百十三。

(三) 参与当地的文化建设

移民文人参与当地的文化建设,主要有参与当地的教育活动,为移居地培养人才;撰写文章,弘扬当地文化。

1. 参与当地的教育活动

南渡之时,多是举族而迁,一个大家族居于一地,子弟的教育问题提上日程。好多家族自己创办私学,附近的当地人子弟也从之学,吕本中更是亲自编写教材,《童蒙训》便是其一。"是书其家塾训课之本也。本中北宋故家,及见元祐遗老,师友传授,具有渊源,故其所记多正论格言,大抵皆根本经训,务切实用,于立身从政之道深有所裨。"①吕本中所教不止吕氏子弟,见前文学传播部分。

巩庭芝建炎间从山东东平迁居武义,人号山堂先生,登绍兴八年进士第。尝受业于名儒刘安世,在武义首倡道学,"武义人士知尚理义之学,自庭芝始"②。巩庭芝"初在本宅办学,后在明招寺讲学"③。洪咨夔在巩嵘墓志铭中写到当时巩庭芝讲学之盛,"山堂巩先生首以北方之学授徒,著录几数百人"④。

丁泰亨随父移居池州石埭,亦以教授为业。魏了翁《赠奉直大夫丁公墓志铭》记其教学活动云:"公幼而明悟,日记二千言,时版本文字尚少,经传《史》《汉书》皆日抄夜诵,汉晋以来诗文亦手自编萃。善古文,尤长于诗,以馀力为举子业,远近争辟塾延之。其后以疾不能出者十年,皆负笈踵门就教,诸从子亦从受业。郡教授徐谊邀与共学,参授后进。"⑤

---

① (清) 纪昀等编撰:《四库全书总目》卷九十二《童蒙训》提要。
② 《浙江通志》卷一百九十五《金华府·寓贤》。
③ 浙江省武义县政协文史资料委员会编:《吕祖谦与浙东明招文化》,社会科学文献出版社 2006 年 12 月,第 24 页。
④ (宋) 洪咨夔:《平斋集》卷三十一《吏部巩公墓志铭》。
⑤ (宋) 魏了翁:《鹤山先生大全集》卷八十一《赠奉直大夫丁公墓志铭》。

辛弃疾闲居上饶、铅山之时，也曾讲学。江汝壁《广信府志》卷十二云："稼轩书院在期思渡，乃宋秘阁修撰稼轩先生寓居，旧名瓢泉书院，后毁于火。"宋陈文蔚《克斋集》卷十《游山记》记述嘉定己巳秋九月，其与傅岩叟、周伯辉同游傅岩，"度北岸桥，过黄沙辛稼轩之书堂，感物怀人，凝然以悲"。辛弃疾诗中也有一首题为《黄沙书院》，诗序曰："黄沙书院面势甚佳，欲以维摩庵名之，特未定也，预以一绝记之。"以上记载都说明辛弃疾在赋闲之时曾建书堂讲学。

2. 撰写文章，弘扬当地文化

吕本中在信州，汪应辰要其为玉山县尤美轩作诗，其诗题云："尤美轩在玉山县小叶村，喻子才作尉时名之，取欧阳文忠公《醉翁亭记》所谓'林壑尤美，望之蔚然'者。后数年，旧轩既毁，复作，寺僧移轩山下。汪圣锡要诗叙本末，因成数句寄之。"叙述了尤美轩的地点、命名者、名字含义及毁后重建的始末。尤美轩也因吕本中这首诗而为后人所知。

韩元吉在信州撰写了弘扬信州文化的《两贤堂记》、《信州新建牙门记》、《信州新作二浮桥记》、《广教院重修转轮藏记》、《铅山周氏义居记》等文。在《两贤堂记》中，韩元吉开篇便介绍上饶的地理位置及景物之美、物产之丰，"並江而东行，当闽浙之交，是为上饶郡。灵山连延，秀拔森耸，与怀玉诸峰巉然相映带。其物产丰美，土壤平衍，故北来之渡江者，爱而多寓焉。"这段话为后人言及上饶时所喜欢引用，可见其影响之大。文章接下来介绍茶山广教寺，追述茶圣陆羽曾寓居于此，南渡后吕本中与曾几于绍兴间亦寓居于此。然后介绍吕、曾二人的人品学问及对当地文化的影响，上饶景物与人文相得益彰。读此文，纵未去过上饶，亦对上饶备增好感。

《信州牙门记》中介绍了信州的历史及地理位置的重要、人物的杰出。"信之为州四百二十有三年矣！其地控闽粤，邻

江淮,引二浙,隐然实冲要之会。山川秀发,人物繁夥,异时多
士之隽,屡冠天下,而宰辅之出,间亦蜚声名,立事业,其风俗
兴起固未艾也"。由此让人对信州地理位置的重要有所了解,
对信州文化产生敬意。

《铅山周氏义居记》①记述铅山周氏同居共财,为乡里典
范。"岁入不能二千斛,内外几六百指,养其偏亲,时其祭祀,
给其婚嫁,皆有定式。岁又以十万钱招延儒士,俾其幼稚学礼
无缺者"。宋代朝廷鼓励家族同财共居,但当时"东南之俗,土
狭而赋俭,民啬于财。故父祖在,多俾子孙自营其业,或未老
而标析其产"。因财产问题而争讼纷纭,"殊无睦渊忠厚之气,
贤士大夫每以为病也"。周氏的做法敦亲睦族,无疑为乡里做
了榜样,对移风易俗起着重要作用。韩元吉自言当乡士大夫
求其作文以记时,"为之出涕",被周氏的义举所感动,慨然为
之作记,以弘扬周氏的义居行为。

第三节　移民文人的心态变化

移民文人南渡后心态经历了一个持续的变化过程,这都
反映在他们的诗词文创作中。在南渡之初,他们仓皇避难,
踏上南去的漫长路途,忍受着一路的艰辛与困顿,承受着病
痛、亲人的离散乃至亲人辞世的痛苦,躲避着兵匪盗贼带来
的生命威胁,他们的心态是悲凉的,国破家亡的悲伤充斥心
中,而陌生环境的不适应感更加重了他们这种孤独悲伤。渴
望北归又不知何时能归。在局势稳定后,朝中和与战的争论
日趋激烈,移民文人基本上持主战的态度,希望尽快恢复中
原,还于旧都,回到家乡。可是宋高宗的媾和政策让移民文

---

① (宋)韩元吉:《南涧甲乙稿》卷十六。

人的恢复希望彻底破灭,再加上朝中以秦桧为首的主和派打击异己,多数移民文人转而退隐林泉,热情消退,不再过问政事。南渡初,许多人都盼着北归,但绍兴和议后,北归无望,移民文人开始安于所居,但对故都与家乡的思念却是魂牵梦萦。

一、"旅雁向南飞"——漂泊异地的孤独悲伤

移民文人在靖康之难后,被迫离开生于斯、长于斯的家园,匆匆踏上逃亡之路,一路颠沛流离,数度惊恐,朱敦儒笔下的旅雁,饥渴、辛苦、孤独、哀伤、面临危险、无处可归,正是移民文人在迁移过程中的生动写照。

> 旅雁向南飞,风雨初相识。饥渴辛勤两翅垂,独下寒汀立。　　鸥鹭苦难亲,矰缴忧相逼。云海茫茫无处归,谁听哀鸣急。(朱敦儒《卜算子》)①

移民文人在南下避难的过程中,一直奔波于路途,"处处人家避贼忙"②,"三年转东南,足迹不得息。新霜未压瘴,已畏贼马迫"③。而战乱年代,缺吃少穿是很常见的现象,吕本中《初至桂州二首》其一所写正是对一路上生活的回顾:"连年走遐方,所至若邮传。未论道艰阻,先问米贵贱。贼势来未已,行役我已倦。解鞍憩空馆,敢叹此异县。清泉上短绠,一洗尘垢面。瘴疠非不深,美酝良可恋。"④诗人一路南逃,尘霜满面,艰窘困顿,每到一处,先问米之贵贱。另一首诗中也有生

---

① 唐圭璋编:《全宋词》第二册,第 1116 页。
② (宋)吕本中:《东莱诗集》卷十三《送夏少曾兄弟》。
③ 同上卷十二《答朱成伯见赠四首》。
④ 同上卷十三。

活困顿的描写,"三年避地身多病,万里携孥囊屡空"①。避地之处的环境、习俗让移民文人感到不适应。很多文人避地岭南,岭南气候炎热,再加上瘴疠之气,容易得病,让移民文人感到那里的生存环境极为恶劣。"峤南气常昏,终日如雾隔。我来已经时,初不辨山色。纷纷翳犯眼,默默悸动魄"②。因而"每憎卑湿尤多病"③。语言的不通致使交流存在障碍,让避难中的文人更感孤独,陈与义时常对此发出感叹:"不解乡音,只怕人嫌我。愁无那,短歌谁和,风动梨花朵。"④"殊俗问津言语异,长年为客路歧难"⑤。吕本中更是感觉"天涯每觉人情薄"⑥。

移民文人自北而南,跋涉千里,还要照顾一家老小,一路上的辛苦可知。金兵在建炎三年大举南侵,南方的一些州府也遭到了金人铁蹄的蹂躏。湖湘地区,又有兵匪盗贼横行及钟相、杨幺的农民起义,移民文人途经这里避难岭南,都经历了躲避流寇的危险。而这种漂泊流浪的生活不知还要持续多久,这使得移民文人分外思念家乡和故都,"我行去家秋复冬,故园回思春梦中"⑦。"五湖七泽经行遍,终忆吾乡八节滩"⑧。"遭乱始知承平乐,居夷更觉中原好"⑨。"易破还家梦,难招去国魂。"⑩思乡却不知何时才能回去,"中原未敢说归期"⑪,

① (宋)吕本中:《东莱诗集》卷十《丁酉冬江上惊报》。
② 同上卷十二《连州行衙水阁望溪西诸山》。
③ 同上,《岭外怀宣城旧游》。
④ (宋)陈与义:《点绛唇·紫阳寒食》,见《增广笺注简斋诗集》之《无住词》。
⑤ (宋)胡穉笺注:《增广笺注简斋诗集》卷十二《舟行遣兴》。
⑥ (宋)吕本中:《东莱诗集》卷十三《次韵王抚干见惠》。
⑦ 同上卷十一《黄池西阻风》。
⑧ (宋)胡穉笺注:《增广笺注简斋诗集》卷二十九。
⑨ (宋)陈与义:《夷居行》,见《增广笺注简斋诗集》卷二十。
⑩ 同上卷十六《道中书事》。
⑪ (宋)吕本中:《东莱诗集》卷十二《岭外怀宣城旧游》。

"山川马前阔，不敢计归时"①。"中原是何处，敢道几时回"②。而乱世之中乏整顿乾坤的人物，也让他们感叹。他们都是一些忧国忧民的士人，在避难途中也是"天际每垂忧国泪"③，一路上他们也在不断反思，对朝政、对个人的文学创作都在进行深入的思考。吕本中经过贞女峡时，想到的是朝中缺乏节烈之士，"岂是畏江险，愧此贞女名。时经丧乱后，世不闻坚贞。烈士久丧节，丈夫多败盟"④。陈与义建炎三年正月十二日在房州遇金兵，奔入南山，这时他想到了杜甫那些以诗史著称的乱离之作，感叹"但恨平生意，轻了少陵诗"。时事的不可收拾让他深感朝中无人，"庙堂无策可平戎，坐使甘泉照夕烽。初怪上都闻战马，岂知穷海看飞龙"⑤。李清照则想到了历史上的英雄人物项羽，项羽无颜见江东父老，自刎乌江，南宋朝廷却在金兵的追赶下一路南逃，生不能保全故土，又不能以死壮烈殉国，苟且偷安的现实直令女诗人为之汗颜。

当承平时期的安逸生活瞬间被战乱打破，奔波在亡命的路途，移民文人的心态发生了深刻变化。面对着巨大的人生灾难，他们深感无能为力，孤独悲伤一下子攫住了他们的心灵，忧国思乡的痛楚时时困扰着他们的神经，同时也促使他们思考，促使他们人生态度及创作风格的改变。

二、"老来于世转无求"——由倡言恢复到退隐林泉

绍兴八年（1138）春，宋高宗自建康返回临安，南宋定临安为行在所。高宗积极谋求与金人议和，并于当年三月擢秦桧

---

① （宋）胡穉笺注：《增广笺注简斋诗集》卷十四《发商水道中》。
② （宋）吕本中：《东莱诗集》卷十二《寺中即事三首》（其三）。
③ 同上卷十《丁酉冬江上惊报》。
④ 同上卷十二《贞女峡》。
⑤ （宋）胡穉笺注：《增广笺注简斋诗集》卷二十六《伤春》。

为右相兼枢密使，议和活动引来一片反对之声。在外的抗金将领岳飞在绍兴八年秋奉诏入觐时，向高宗力言"敌情不可信，和好不可恃，相臣谋国不臧，恐贻后世讥议"①。韩世忠也上书反对。朝中左相赵鼎、参知政事刘大中、枢密副使王庶、台谏官曾开、李弥逊、方廷实、中书舍人潘良贵、御史中丞常同等都不赞成和议，或上疏反对，主战派与主和派在朝中发生激烈的争论，反对和议者纷纷被罢官或外任。绍兴八年九月，参知政事刘大中被罢为资政殿学士知处州。不久，赵鼎罢相，王庶也被劾罢。吕本中绍兴八年十月被劾附赵鼎，诏提举江州太平观，其弟吕用中于绍兴九年三月被劾党赵鼎，出知建州。绍兴八年十二月，曾开被罢。绍兴九年六月，因受其兄曾开牵连，曾几被罢。绍兴九年春，李弥逊知漳州。绍兴十一年，先后解除三大将张俊、岳飞、韩世忠的兵权，十一月，绍兴和议成。同年十二月，岳飞被害。此后直至绍兴二十五年秦桧卒，朝中都是由主和的秦桧独相。

　　既知恢复无望，事不可为，移民文人转而退隐林泉，不问朝政，优游山水，将精力投放在文化建设上，或吟诗填词以寄意，或著书讲学以传道。韩世忠退隐西湖，直至绍兴二十一年辞世，不问政事，不与旧日部属联系。吕本中绍兴十年作于衢州的诗中有"中原扰扰尚征尘，坚坐江南懒问津"②之句，已表明他对时事近乎冷漠的态度。绍兴十一年寓居信州茶山广教寺，至绍兴十五年辞世，其"往来信抚间"③，传道讲学，信州与临川士子受惠颇多。其所作两组"即事"诗很能反映出他晚年的生活及心态，如其《即事四首》中的两首所云："老来于世转无求，事业声名种种休。伴得邻僧忍饥惯，闭门

---

① 见（宋）岳珂：《金佗粹编》卷二。
② （宋）吕本中：《东莱诗集》卷十八《辛酉立春》。
③ 同上卷二十《金鸡董需彦光凌岑庵》。

无饭读《春秋》。"①"问柳寻花懒不知,登山临水病难为。日长客去松阴静,强课儿曹学和诗。"②曾几曾两度寓居信州茶山,第二次居于广教寺达七年之久,所作《寓广教寺东轩》一诗云:"谁将老境觅菟裘,聊与瞿昙共一丘。青士无多自萧散,紫君虽小亦风流。要须憩寂有茅宇,何以落成惟茗瓯。稳看林间上番笋,惜无馀地可通幽。"③从诗中可以看出心态的平和。绍兴八年,向子諲知平江府,因金人所遣诏谕使将入境,其不肯拜敌诏,乃上章乞致仕,归隐临江军,至绍兴二十二年卒,闲居十五年。闲居期间,与友人畅游山林、聚饮赋诗,悠游闲适。其《水龙吟》(西北通无路)小序云:"甲子季冬丁亥,冒雪与晁叔异、刘子驹兄弟,皆北客,同上雪台,登连辉观。梁使君遣酒,仍与北梨俱醉芗林堂上,相与联句。"④由此可知其退隐后的闲居生活。韩元吉则直言"休寻辇毂纷华梦,且作林泉自在人。"⑤

　　绍兴末,完颜亮南侵,和议遭到破坏。孝宗初即位,志在恢复,这又唤醒了移民文人心中的恢复热情。可是符离之役的大败,让短暂出现的恢复曙光又复湮没。大词人辛弃疾正是绍兴末南归,赶上又一次的恢复高潮与再次议和的局面,这也注定了他一生的悲剧命运。辛弃疾南归后,赶上张浚北伐,因其职位低微,虽身负奇才,但在这次宋金之间的战争中却没有施展身手的机会。随后隆兴和议的签订,士大夫的恢复热望又一次被浇灭。辛弃疾后来曾上《美芹十论》和《九议》,但没有受到重视。淳熙八年末,他受到弹劾隐居上饶带湖,开始

① (宋)吕本中:《东莱诗集》卷十八《即事四绝》其一。
② 同上卷十八《即事四绝》其二。
③ (宋)曾几:《茶山集》卷六。
④ 唐圭璋:《全宋词》第二册,第1236页。
⑤ (宋)韩元吉:《南涧甲乙稿》卷六《次韵赵文鼎同游鹅石五首》。

了长达十年的闲居生活。虽一度被起用,但绍熙二年再一次赋闲,寓居带湖和铅山八年。由满怀抗金报国热情的青年志士变成了一个垂垂老矣的失意英雄。辛弃疾在闲居期间,恢复之志只能压抑下来,在林泉间消磨着生命。此间是他词作的收获期,数量多,质量高,艺术上也趋于成熟。《稼轩词》中绝大多数优秀之作都作于此时。

陆游在《跋傅给事帖》中忆及绍兴初士大夫倡言恢复的热情及和议后许多人赍志以殁云:"绍兴初,某甫成童,亲见当时士大夫相与言及国事,或裂眦嚼齿,或流涕痛哭,人人自期以杀身翊戴王室。虽丑裔方张,视之蔑如也。卒能使虏消沮退缩,自遣行人请盟。会秦丞相桧用事,掠以为功,变恢复为和戎,非复诸公之初意矣。志士仁人,抱愤入地者,可胜数哉!"①千载读之,仍让人义愤难平。

三、"故园归计堕虚空"——由盼望北归到安于所居

南渡初,避难中的移民文人一直抱着暂居的打算,北归一直是他们的愿望。魏了翁《赠奉直大夫丁公墓志铭》言及丁泰亨一家南渡后寓居池州石埭云:"武德往来石埭,经理平寇,爱其山水清丽,因托居焉。传至贡士,犹梦寐故疆之归,故流移再世,未尝治产业也。"②许多移民文人南渡后一直居住寺院,未治产业,有的可能是经济状况不允许,但也有许多人抱着这种回归故里的愿望。吕氏家族之移居金华,一直到淳熙六年吕祖谦始买宅城西。吕本中、陈与义晚年都是居住僧舍,直至去世。陈与义云"乡邑已无路,僧庐今是家"③。到绍兴和议达成后,北归无望,移民文人开始寻找适合的移居地,定居下

---

① (宋)陆游:《渭南文集》卷三十一。
② (宋)魏了翁:《鹤山先生大全集》卷八十一。
③ (宋)陈与义:《增广笺注简斋诗集》卷三十《得长春两株植之窗前》。

来。定居下来的移民文人由原先的热切盼望北归到安于且融入移居地的生活。

曾几的一首诗很能反映移民文人心态的这种变化，其《送李似举尚书帅桂州二首》其一云："桂林佳事我能言，四座停杯且勿喧。人物豪华真乐国，江山清绝胜中原。亲尝荔子薰风浦，静对梅花小雪村。边锁无虞庭少讼，不妨仙释问真源。"①在曾几的这首诗中，岭南不再是南渡初移民文人避难之时笔下的瘴疠之乡，蛮荒之地，而是"乐国"，不但景色清绝胜过中原，而且有荔枝可食、梅花可赏，更兼以案讼较少，政事清简。这表明移民文人对南方的文化开始持一种认同态度。

向子諲隐居清江，其所作《鹧鸪天》序云："旧载白乐天归洛阳，得杨常侍旧第，有林泉之致，占一都之胜。芗林居士卜筑清江，乃杨遵道光禄故居也。昔文安先生之所可，而竹木池馆，亦甚似之。其子孙与两苏、山谷从游。所谓百花洲者，因东坡而得名，尝为绝句以纪其事。后戏广其声，为是词云。"②一派悠游闲适的生活，让人浑不觉此时南宋的半壁江山尚在金人窥视之中。其词则云："莫问清江与洛阳。山林总是一般香。两家地占西南胜，可是前人例姓杨。　　石作枕，醉为乡。藕花菱角满池塘。虽无中岛霓裳奏，独鹤随人意自长。"更是以自己在清江的闲适生活媲美白居易致仕后闲居洛阳的生活。

向子諲曾在潭州抗击金兵，陈与义《伤春》一诗在感叹朝中无人后，称赞向子諲的抗金壮举云："稍喜长沙向延阁，疲兵敢犯犬羊锋。"胡宏为其所作行状称其"神姿爽迈，超出群众，议论英发，忠诚动人"③，就是这样一位备受称扬的人物，却屡请辞官，津津乐道于自己的隐居生活。《西江月》一词的小序

① （宋）曾几：《茶山集》卷五。
② 唐圭璋编：《全宋词》第二册，第1241页。
③ 见（宋）胡宏：《五峰集》卷三《向侍郎行状》。

详细记述了其卜居清江的经过,"政和间,余卜筑宛丘,手植众芳,自号芳林居士。建炎初,解六路漕事,中原俶扰,故庐不得返,卜居清江之五柳坊。绍兴癸丑,罢帅南海,即弃官不仕。乙卯,起以九江郡,复转漕江东,入为户部侍郎。辞荣避谤,出守姑苏。到郡少日,请又力焉,诏可,且赐舟曰泛宅,送之以归。己未暮春,复还旧隐。时仲舅李公休亦辞春陵郡守致仕,喜赋是词。"①皇帝赐舟送归,颇有荣归故里之感,向子諲直把清江作洛阳了。词中表达的是息隐林泉之乐,曾经的抗金志士,不再把恢复中原挂在心上。

　　　　五柳坊中烟绿,百花洲上云红。萧萧白发两衰翁,不与时人同梦。　　抛掷麟符虎节,徜徉江月林风。世间万事转头空,个里如如不动。②

辛弃疾闲居瓢泉期间,年华已老,有心报国,无路请缨,转而颇放于山水中,消忧于杯酒间,对瓢泉新居也有一种归属感。其《水调歌头》(我亦卜居者)中直接用陶渊明诗句"众鸟欣有托,吾亦爱吾庐"③。他对陶渊明产生了深刻的认同感,但已不是带湖闲居时的"看渊明、风流酷似,卧龙诸葛"④,而是"渊明似胜卧龙些",对陶的隐居生活及高洁人格更为认可,"须信采菊东篱,高情千载,只有陶彭泽"⑤。对陶渊明的作品

---

① (宋)向子諲:《酒边词》,影印文渊阁四库全书本。
② 同上。
③ 陶渊明:《读山海经》(其一),见逯钦立校注《陶渊明集》中华书局1979年5月,第133页。
④ (宋)辛弃疾:《贺新郎》(把酒长亭说),见邓广铭《稼轩词编年笺注》,第244页。
⑤ (宋)辛弃疾:《念奴娇·重九席上》,见邓广铭《稼轩词编年笺注》,第475页。

更为倾心,其"读渊明诗不能去手,戏作小词以送之"的《鹧鸪天》,比较真切地反映了他对陶渊明的这种认同:"晚岁躬耕不怨贫,只鸡斗酒聚比邻。都无晋宋之间事,自是羲皇以上人。　　千载后,百篇存,更无一字不清真。若教王谢诸郎在,未抵柴桑陌上尘!"①对陶渊明的认同也让辛弃疾安于在铅山的闲居生活。

绍兴和议与隆兴和议让南宋获得了六十多年的和平生活,尽管有绍兴末的完颜亮南侵与隆兴初的北伐失利,但战火基本上是在宋金边界燃烧。于是乎,生活在南宋半壁江山中的移民文人们似乎已经习惯了承平生活,忘记了故土,不再心心念念地要恢复失地。当时的都城临安更是歌舞升平,一派繁华景象,成为移民文人的一个安乐之所。陆游在庆元三年《跋吕侍讲〈岁时杂记〉》中对此颇为感慨:"然年运而往,士大夫安于江左,求新亭对泣者,正未易得。抚卷累欷。"②

四、"万里中原空费梦"——南宋移民文人及其后裔永远的乡愁

南宋移民文人安于所居之处,融入到当地的生活中去,是不是就真的忘记了故土,不再思念中原? 答案是否定的。只不过他们的恢复之志由高扬转入沉潜,一旦有机会出现,就会再次显露出来。对家乡及故都的思念时刻都在噬啮着他们的心魂,但又回归无期,他们把这种回归的愿望寄托在梦中,"梦"就成了南宋移民文人思归情结的一个象征表达。他们也通过回忆故园生活来表达故土之思。他们把这种思念遗传给子孙后代,终南宋一朝,思归是移民文人世世代代的梦想,而

① 见邓广铭《稼轩词编年笺注》,第431页。
② (宋)陆游:《渭南文集》卷二十八。

南宋终被蒙元所灭,这种思归也就成了永远无法实现的愿望。爱国诗人陆游临死示儿"王师北定中原日,家祭无忘告乃翁"①,遗民诗人林景熙看到后不禁悲叹:"来孙却见九州同,家祭如何告乃翁。"②陆游的愿望也是移民文人们的愿望,他们比陆游更多一重乡愁。

陈与义晚年因病奉祠,卜居湖州青墩镇僧舍,其所作《牡丹》一诗就含蓄地表达了对家乡与旧都的怀念:"一自胡尘入汉关,十年伊洛路漫漫。青墩溪畔龙钟客,独立东风看牡丹。"③陈与义的家乡在洛阳,洛阳是北宋的西都,而洛阳牡丹名满天下,当居住青墩溪畔年迈的诗人看到牡丹盛开,不由想起家乡,怀念故都,想到自从金兵入侵,自己离开家乡已经整整十年,如今归路遥遥,心绪凄然。独立东风之中观看牡丹的诗人形象,孤独而落寞。思归不得,家乡、故土便时时出现在诗人的梦中,"梦到龙门听涧水,觉来檐溜正潺潺"④。"万里中原空费梦"⑤。陈与义绍兴八年十一月病逝于湖州,他的思乡之梦也便画上了句号。

朱敦儒也是洛阳人,南渡后曾客居南雄州,词作中经常回忆当年承平时期的生活,对家乡及旧都充满了深挚的思念,如其《雨中花·岭南作》:

> 故国当年得意,射麋上苑,走马长楸。对葱葱佳气,赤县神州。好景何曾虚过,胜友是处相留。向伊川雪夜,

---

① (宋)陆游:《剑南诗稿》卷八十五《示儿》。
② (宋)林景熙:《霁山文集》卷三《题陆放翁诗卷后》。
③ (宋)胡穉笺注:《增广笺注简斋诗集》卷三十。
④ (宋)陈与义:《正月十二日至邵州十三日夜暴雨滂沱》,见《增广笺注简斋诗集》卷二十四。
⑤ (宋)陈与义:《次韵邢子友》,见《简斋集》卷十二,影印文渊阁四库全书本。

洛浦花朝,占断狂游。　　胡尘卷地,南走炎荒,曳裾强学应刘。空漫说、蟠蜿龙卧,谁取封侯。塞雁年年北去、蛮江日日西流。此生老矣,除非春梦,重到东周。①

上片回忆当年在洛阳的纵恣生活,何其快意。下片转而凄凉,自金人南侵,其避地岭南,看到的是"塞雁年年北去",而自己却不能北还。词人已老,料定自己此生无法再回中原故土,因而寄托于梦,"除非春梦,重到东周"。东周的都城是洛阳,这里以东周指代洛阳,表达的是深沉的故土之思。在另一首词中,词人果然梦中回到了中原。

一番海角凄凉梦,却到长安。翠帐犀帘。依旧屏斜十二山。　　玉人为我调琴瑟,翠黛低鬟。云散香残。风雨蛮溪半夜寒。(《采桑子》)②

这里以长安指代北宋都城汴京。词人梦回故都,看到景色依旧:"翠帐犀帘。依旧屏斜十二山。"生活依旧:"玉人为我调琴瑟,翠黛低鬟。"可是午夜醒来,却是身在异乡,凄风冷雨中蛮溪的流淌声使得夜晚更觉寒冷。一暖一冷,一温馨一凄凉,将词人的归乡之梦衬托得格外感人。

　　晁公遡南渡时仅十岁,可是故园风物和生活已经深深刻印在他的心中。在蜀中生活多年,已经垂垂老矣的晁公遡对故国仍然念念不忘,"回首关河嗟去国,伤心风雨送残年"③。其诗中也经常借助梦来抒发思归之情,如其《即事》诗云:

---

① 唐圭璋编:《全宋词》第二册,第 1079 页。
② 同上,第 1115 页。
③ (宋)晁公遡:《别郭安道卢能甫》,见《嵩山集》卷十四。

　　故国边声静鼓鼙,依然宫阙泪沾衣。端门晓日乌声乐,别殿春风燕影归。

　　目断楚天嗟树隔,梦回梁苑逐云飞。里中父老今谁在,闻说比邻半是非。①

　　而其另外一首思乡之作则直接命名为《梦中作》,"举鞭重到故都行,予亦咨嗟恨不胜。心与陇云留汉苑,目随烟树绕秦陵"②。回不去的故园让其梦绕魂牵。

　　韩元吉是河南颍昌人,南渡后移居上饶。他的诗词中也经常表达恢复之志和故土之思,如其《水调歌头·寄陆务观》一词中有:"梦绕神州归路,却趁鸡鸣起舞,馀事勒燕然。"③《水调歌头·雨花台》上片云:"泽国又秋晚,天际有飞鸿。中原何在,极目千里暮云重。今古长干桥下,遗恨都随流水,西去几时东?斜日动歌管,黄菊舞西风。"④与其他移民文人梦回中原不同,韩元吉因乾道九年使金,有机会重返北方,尽管这次出使是去贺金主生辰,不是移民文人所期望的恢复之后的北归,但至少他有了亲近故土的一次机会。韩元吉在这次出使中所作诗词记录了他的行程及感受,在汴京金人设宴招待他,席间演奏北宋宫廷音乐,"凝碧旧池头,一听管弦凄切"⑤。用王维"凝碧池"诗典,表达其黍离之感。至真定,遥拜祖茔,作诗云:"白马冈前眼渐开,黄龙府外首空回。殷勤父老如相识,只问天兵早晚来。"⑥在南京应天府食樱桃,让他回到江南

①（宋）晁公遡:《嵩山集》卷十四。
② 同上。
③ 唐圭璋编:《全宋词》第二册,第 1810 页。
④ 同上,第 1811 页。
⑤（宋）韩元吉:《好事近·汴京赐宴闻教坊乐有感》,见《全宋词》第二册,第 1814 页。
⑥（宋）韩元吉:《南涧甲乙稿》卷六《望灵寿致拜祖茔》。

后备加思念故乡，"身到江南梅未熟，故园风味梦关情"①。

移民文人通过回忆故园生活来表达故土之思。李清照作于临安的《永遇乐》一词就是通过回忆汴京元宵时的盛况来表达她的故土之思。

> 落日镕金，暮云合璧，人在何处。染柳烟浓。吹梅笛怨，春意知几许。元宵佳节，融合天气，次第岂无风雨。来相召、香车宝马，谢他酒朋诗侣。
>
> 中州盛日，闺门多暇，记得偏重三五。铺翠冠儿，捻金雪柳，簇带争济楚。如今憔悴，风鬟霜鬓，怕见夜间出去。不如向、帘儿底下，听人笑语。②

元宵佳节之时，词人谢绝了酒朋诗侣的相邀，不肯出去游赏，却转而回忆起汴京元宵时的繁华热闹，感叹今日异乡的漂泊憔悴。对旧日生活的深情怀念正是其深沉的故土之思的表现。无独有偶，向子諲也有一篇回忆汴京元宵的词《水龙吟·绍兴甲子上元有怀京师》，与李清照所表达感情也相似。

> 华灯明月光中，绮罗弦管春风路。龙如骏马，车如流水，软红成雾。太一池边，葆真宫里，玉楼珠树。见飞琼伴侣，霓裳缥缈，星回眼、莲承步。
>
> 笑入彩云深处。更冥冥、一帘花雨。金钿半落，宝钗斜坠，乘鸾归去。醉失桃源，梦回蓬岛，满身风露。到而今江上，愁山万叠，鬓丝千缕。③

---

① （宋）韩元吉：《南涧甲乙稿》卷六《汴都至南京食樱桃》。
② 黄墨谷辑校：《重辑李清照集》，中华书局 2009 年 8 月，第 43 页。
③ 唐圭璋编：《全宋词》第二册，第 1236 页。

词的上片极力描绘汴京元宵节的盛况,下片却是"到而今江上,愁山万叠,鬓丝千缕",无限伤感。今昔对比,写出了对故都汴京的深切怀念。

陈与义则是回忆起在洛阳与朋友聚饮的情景:

> 忆昔午桥桥上饮,坐中多是豪英。长沟流月去无声,杏花疏影里,吹笛到天明。　　二十馀年如一梦,此身虽在堪惊。闲登小阁看新晴,古今多少事,渔唱起三更。(《临江仙·夜登小阁　忆洛中旧游》)①

上片回忆昔日聚饮之乐,下片回到眼前的现实中来,巨大的反差让诗人觉得二十馀年恍然一梦。如今山河破碎,昔日友朋,再度聚饮,已不可得,诗人转而以"古今多少事"的旷达自我开解。

要之,南宋移民文人从南渡到定居,其心态几经变化,完成了对南方文化的认同及对移居地生活的融入,但恢复之志与故土之思却是贯穿于南渡后其整个生命之中。

---

① 唐圭璋编:《全宋词》第二册,第1389页。

第三章　南宋两大移民文学中心及其文学创作

　　每个朝代都有自己的文学中心，这些文学中心无一例外地也都是当时的政治中心。北宋的文学中心是汴京、洛阳，汴京是北宋的都城，洛阳是其西都，而且两地相距很近，文化上不存在地域差异。宋室南渡，文化中心南移，移民文人分布虽相对集中，但在相对集中的两浙路和江南东、西路，又有"局部分散"①的特点。在两浙路移民文人较多的州府有临安府、平江府、镇江府、嘉兴府、绍兴府、庆元府和台州，而湖州、婺州、衢州、常州、瑞安府也是人们熟知的移民文人居住地。在江南东、西路，信州、吉州、抚州、饶州是移民文人较多的州府，徽州、隆兴府、江州、临江军也是移民文人乐居之地。在这些州府中，临安是南宋的都城，绝对的政治中心，可是已经不是绝对的文学中心，信州这个与临安相距不远亦不近，虽地理位置重要但却不具有政治中心地位的州府，却吸引了大量的移民文人居住这里，其移民文人创作成就之大，文学地位之高，影响南宋文学之巨，都非临安所能望其项背。此外，这些移民文人较多的州府中每一处都可看作一个独立的地方性的移民文学中心，这使得南宋的移民文学中心呈现出多元化分

---

① 钱建状：《南渡词人地理分布与南宋文学发展新态势》，《文学遗产》2006年第6期。

布特点。"南渡文人和他们的文学活动不再像北宋一样以汴京和洛阳为中心,而是呈现出相对集中、又局部分散的特征,使得南宋文化和文学重心南移的同时又显示出中心多元化分布特点。"①这段话用来概括南宋移民文学中心分布的特点是合适的。

南宋移民文学中心为何呈现出多元化分布特点?

首先我们注意到作为政治中心的临安向心力减弱,对文人的吸引力、凝聚力下降。作为政治中心的都城历代都是文人向往之地,在南宋,政治中心对文人的吸引力为何会减小?兹以为大致有如下三方面的原因:

其一,政治原因。秦桧专权,与高宗力主和议,反对者在朝中难以容身,再加上秦桧对异己者打击不遗余力,为避免政治迫害,一些文人远离政治中心。南宋初年,和议遭到绝大多数士大夫的反对,这些反对者或被远贬,如胡铨于绍兴八年上书高宗乞斩秦桧,被贬岭南,支持胡铨者亦受牵连。据罗大经《鹤林玉露》载:胡澹庵乞斩秦桧得贬,卢溪先生王庭珪,字民瞻,以诗送之曰:"痴儿不了公家事,男子要为天下奇。"亦贬辰阳。太府寺丞陈刚中,字彦柔,以启贺之云:"屈膝请和,知庙堂御侮之无策;张胆论事,喜枢庭经远之有人。身为南海之行,名若泰山之重。"又云:"谁能屈大丈夫之志,宁忍为小朝廷之谋。知无不言,愿请尚方之剑;不遇故去,聊乘下泽之车。"②亦贬安远宰。或在朝中难以容身,被排挤出京城。秦桧独相近二十年,与其政见不同者几乎都被排挤出去。王庶因反对和议,出知潭州,后被劾罢归,卒于九江。其二子为避

---

① 王水照、熊海英:《南宋文学史》,人民文学出版社 2009 年 12 月,第 21 页。
② (宋)罗大经:《鹤林玉露》甲编卷之三《幸不幸》,中华书局 1983 年,第 47 页。

免政治迫害,徙居巫山。① 吕本中因不附秦桧,亦被罢免。《宋史》吕本中本传云:"初,本中与秦桧同为郎,相得甚欢。桧既相,私有引用,本中封还除目,桧勉其书行,卒不从。……会《哲宗实录》成,鼎迁仆射,本中草制,有曰:'合晋楚之成,不若尊王而贱霸;散牛李之党,未如明是以去非。'桧大怒,言于上曰:'本中受鼎风旨,伺和议不成,为脱身之计。'风御史萧振劾罢之。提举太平观,卒。"②曾几因其兄曾开反对和议,而被罢免。"会兄开为礼部侍郎,与秦桧力争和议,桧怒,开去,几亦罢"③。

其二,经济和环境原因。临安城市并不大,定为行在所后,大量的北方移民涌入,致使这座城市人口众多,居住拥挤,物价很高。陆游的《老学庵笔记》卷八云:"大驾初跸临安,故都及四方士民商贾辐辏。"吴自牧《梦粱录》卷十《防隅巡警》描绘南渡后临安的拥挤云:"民居屋宇高森,接栋连檐,寸尺无空,巷陌壅塞,街道狭小,不堪其行。"南宋初年物价飞涨,移民生活所必需的衣、食、住所需费用相当高。据《宋会要》载绍兴三年七月二十二日所下诏书中言及移民生活的艰难:"江北流寓之人,赁屋居住,多被业主骚扰,添搭房钱,坐致穷困。又豪右兼并之家占据官地,起盖房廊,重赁与人,钱数增多,小人重困。令临安府禁止,仍许被抑勒之人诣府陈告。"④《鸡肋编》卷上云:"建炎之后,江、浙、湖、湘、闽、广,西北流寓之人遍满。绍兴初,麦一斛至万二千钱。"全汉昇在《南宋初年物价的大变动》一文中比较南宋和北宋物价时说:"在绍兴四五年左右,绢一匹甚至卖钱一万文以上,比诸北宋一千文左右一匹的绢价,

---

① 事见(宋)蔡戡《定斋集》卷十四《故端明殿学士王公行状》。
② (元)脱脱等:《宋史》卷三百七十六《吕本中传》。
③ (元)脱脱等:《宋史》卷三百八十二《曾几传》。
④ (清)徐松辑:《宋会要辑稿·刑法》二之四。

实上涨十倍有多。"①京城居，大不易。尽管临安经济繁荣，但仅靠俸禄养家的中下级官员，要想在临安生存，还是相当困难的。而无官的普通文人，无以谋生，就更难在京城讨生活。

由于临安居住拥挤，虽有西湖之美，但整个城市环境还是颇为堪忧的。梁庚尧的《南宋城市的公共卫生问题》②一文认为南宋城市人口大量增加，商旅及各类流动人口活动的频繁，带来了越来越多的生活垃圾，污染城市的街道、河渠、湖泊，致使疾疫流行。而临安就是这样的城市之一。这样的生活环境，对于文人来说，是缺乏吸引力的。

其三，临安向心力减弱还和南渡后移民文人居住的分散有关，而文人的散居又和南渡时的迁移路线及南渡初政治中心的不确定有关。南渡文人多是举族南迁，在逃亡避难中，历尽艰险，待局势缓和下来后，就开始将家族安顿下来。南宋至绍兴八年才把临安定为行在所，此时许多移民文人已经定居下来。如高宗逃往海上时，曾下令随从官员"并以明、越、温、台从便居住"③。因而许多官员占籍于这几座城市。移民文人避难江西、荆湖、岭南、蜀中，选择了不同的迁移路线，而在选择移居地时，基本是就近选择适合定居的地方。南渡初期，因政治中心的不确定，移民选择移居地时，受政治因素影响较小。没有政治中心的凝聚，移居地的选择也就呈分散状态，而这种分散状态又反过来削弱了临安的向心力。

临安的吸引力下降无疑是文学中心多元化分布倾向极为重要的一个原因。虽然临安向心力减弱，但其作为政治中心的影响力还在，这也是为什么这些文学中心虽各自独立，但又

---

① 全汉昇：《南宋初年物价的大变动》。
② 见《中研院历史语言研究所集刊论文类编》（宋金卷）。
③ （宋）徐梦莘：《三朝北盟会编》卷一百三十四。

都有距离临安较近的特征。

　　这局面有点像春秋时诸侯林立的情景,尽管各自独立,然而还是有尊奉的"周天子"和"霸主",南宋移民文学中的"周天子"就是其都城临安,"霸主"是江南东路的信州。也就是说,南宋移民文学中心虽然呈现出多元化分布,但全国性的文学中心只有两个,一个是临安,一个是信州。这两个州府从移民数量上看与其他州府相差无几,但它们却具有其他州府所不具备的优势。先说临安,临安移民文人中除了李清照算名家,康与之、曾觌尚有一定名气外,没有创作成就太突出的移民文人,而李清照又是女子,影响力有限。如果单纯从移居临安的文人看,临安移民文学不足以与其他州府争雄。临安的优势在于它政治中心的地位,这使得它吸引了大量移民文人到朝中为官,尽管这些移民文人的流动性很大,但临安无疑是移民文人活动的中心。南宋著名移民文人几乎都曾在朝中任过职,如陈与义、吕本中、向子諲、朱敦儒、曾几、韩元吉、辛弃疾等。这些移民文人为临安的文学繁荣所做的贡献是其他人所无法比拟的。再看信州,信州虽然不具有政治中心的影响力,却吸引了许多著名的移民文人居住这里,先后有吕本中、曾几、韩元吉、辛弃疾在此居住,此四人在南宋初及中兴文坛都有着举足轻重的地位,他们虽身居信州,可是文学创作的影响却是全国性的,可以说,在某种程度上,信州是南宋文学的摇篮。

第一节　移民文学中心
之一：临安

　　临安作为当时的都城,是南宋的政治中心、文化中心,交通便利,经济繁荣,定居临安的北方移民包括社会各阶层,上至皇族,下至街头小贩、杂耍卖艺之流,士大夫阶层多选临安为居住地,既有政治上的考虑,也有生活便利等方面的原因。此外,更有大量在朝官临时居住这里,这些官员里面有很多能文之士。因而作为行在所的临安仍是南宋文人荟萃之地。

一、临安的城市文化历史

建炎三年,因高宗驻跸杭州,升杭州为临安府。辖钱塘、仁和、馀杭、临安、富阳、於潜、新城、盐官、昌化九县,治所在钱塘、仁和。绍兴八年,南宋将临安定为行在所,临安便由一个地方性城市一跃而升为南宋的政治中心。

杭州在唐代就已经发展为东南重要的城市。五代时,钱氏经营吴越,安定富足,后钱氏献吴越之地于宋,使得杭州免遭兵燹。北宋时杭州已经是富甲一方的繁华之地。陈亮在《上孝宗皇帝第一书》论及杭州时说:"及我宋受命,俶以其家入京师而自献其土。故钱塘终始五代被兵最少,而二百年之间,人物日以繁盛,遂甲于东南。"①从宋人的作品中可以真切地感受杭州的富庶繁华与湖光山色之美。欧阳修《有美堂记》云:"若乃四方之所聚,百货之所交,物盛人众,为一都会,而又能兼有山水之美,以资富贵之娱者,惟金陵、钱塘。……独钱塘自五代时尊中国,效臣顺,及其亡之也,顿首请命,不烦干戈,今其民幸富足安乐。又其俗习工巧,邑屋华丽,盖十馀万家,环以湖山,左右映带,而闽商海贾,风帆浪泊出入于江涛浩渺、烟云杳霭之间,可谓盛矣。"②柳永的一首《望海潮》,更是流布人口,广为传诵:

　　东南形胜,三吴都会,钱塘自古繁华。烟柳画桥,风

---

① (宋)陈亮:《陈亮集》卷一《书疏》。
② 见(宋)欧阳修:《欧阳文忠公集》卷四十。

帘翠幕，参差十万人家。云树绕堤沙。怒涛卷霜雪，天堑
无涯。市列珠玑，户盈罗绮、竞豪奢。

　　重湖叠巘清嘉。有三秋桂子，十里荷花。羌管弄晴，
菱歌泛夜，嬉嬉钓叟莲娃。千骑拥高牙，乘醉听箫鼓，吟
赏烟霞。异日图将好景，归去凤池夸。①

　　传说完颜亮看到这首词，"遂起投鞭渡江之志"②。
　　建炎三年，金兵南侵，高宗避地海上，临安也无可避免地
遭到金人的焚掠。起居舍人兼权给事中凌景夏向高宗进言
云："窃见临安府自累经兵火之后，户口所存，裁十二三。"③可
以想见临安劫后的凋敝、破败。但是到绍兴八年，临安成为
行在所后，很快就得到了恢复，城市经济、文化迅速发展。
达官贵人们流连于湖光山色之美，恣意享乐，浑然忘了恢复
中原之志。在孝宗时期的诗人林升的笔下，临安已是"山外
青山楼外楼，西湖歌舞几时休。暖风熏得游人醉，直把杭州
作汴州"④，一派歌舞升平景象。陈亮向孝宗上书，不无忧虑
地写道："及建炎、绍兴之间，为六飞所驻之地，……秦桧又从
而备百司庶府，以讲礼乐于其中，其风俗固已华靡；士大夫又
从而致园囿台榭，以乐其生于干戈之馀，上下宴会，而钱塘为
乐国矣。"⑤
　　临安不仅是繁华富庶的都市，它的文学传统更是赋予这
座城市以深厚的文化内涵。唐代有两位刺史为杭州做出极大

---

① 唐圭璋编：《全宋词》第一册，第 50 页。
② （宋）罗大经：《鹤林玉露》卷一。
③ （宋）李心传：《建炎以来系年要录》卷一百七十三"绍兴二十六年七
　　月丁巳"条。
④ （宋）林升：《题临安邸》，见（明）田汝成：《西湖游览志馀》卷二。
⑤ （宋）陈亮：《上孝宗皇帝第一书》，见陈亮：《陈亮集》卷一《书疏》。

贡献。一是李泌。李氏任杭州刺史期间，因"郡中卤水不可饮，泌乃引湖水入城，为六井，大为民利"①。一为白居易。白氏任杭州刺史时，曾筑堤捍湖，引湖水溉田，疏浚六井。白居易不仅造福于杭州百姓，而且在任杭州刺史期间，创作了许多诗篇，这些有关杭州的著名诗篇，既为杭州赢得了美誉，也在文学史上写下了浓重的一笔。其所作诗如《虚白堂》、《夜归》、《花楼望雪，命宴赋诗》、《钱塘湖春行》、《题灵隐寺红辛夷花，戏酬光上人》、《题孤山寺石榴花，示诸僧众》、《西湖晚归，回望孤山寺，赠诸客》、《杭州春望》、《湖亭晚归》、《孤山寺遇雨》、《馀杭形胜》、《早春西湖闲游，怅然兴怀，忆与微之同赏。因思在越官重事殷，镜湖之游，或恐未暇，偶成十八韵寄微之》、《答微之见寄》（小序云：时在郡楼对雪）、《新春江次》、《春题湖上》、《得湖州崔十八使君书，喜与杭、越临郡，因成长句代贺，兼寄微之》、《潮》等百篇诗②，这些诗将杭州的湖光山色、庙宇楼阁、四时景物都摄入笔端。白居易离开杭州时，极为不舍，作了《留题郡斋》、《别州民》、《留题天竺、灵隐两寺》、《西湖留别》、《重题别东楼》等诗，与杭州的山水景物、百姓官舍告别。在离开杭州后，白居易还是时时忆念杭州，在《答客问杭州》诗中感叹："官系何因得再游？"③其所作《忆江南》其二云："江南忆，最忆是杭州。山寺月中寻桂子，郡亭枕上看潮头。何日更重游？"④其对杭州是如此的缱绻多情，让人为之感动。可以说，白居易是第一个将杭州山水景物大量写入诗

① 《大明一统志》卷三十八《杭州府·名宦》。
② （唐）白居易：《重题别东楼》云："太守三年嘲不尽，郡斋空作百篇诗"。见朱金城笺校：《白居易集笺校》，上海古籍出版社1988年，第1568页。
③ 朱金城笺校：《白居易集笺校》，第1627页。
④ 同上，第2353页。

中的诗人，再加上白居易诗歌的影响很大，这些写杭州的诗篇为人所熟知。因而，自白居易始，杭州成为文人经常吟咏和向往之地。

晚唐诗人罗隐曾说钱镠讨伐朱温，唐光启中，钱镠表其为钱塘令，辟为长书记，后为给事中，迁发运使。罗隐是新城人（今浙江富阳），著有《江东甲乙集》，集中作品作于江南各地，如《台城》、《北固亭东望寄默师》、《题真娘墓》、《雪溪晚泊寄裴庶子》、《吴门晚泊寄句曲道友》、《夜泊毗陵无锡县有寄》、《金陵夜泊》、《钱塘府亭》、《题润州妙善前石羊》、《三衢哭孙员外》、《重过三衢哭孙员外》、《润州甘露寺看雪上周相公》、《姑苏台》、《刻严陵钓台》等，有关杭州的作品也很多，如《题苏小小墓》、《杭州罗城记》等。罗隐的作品多是咏史怀古，发历史感慨，江南景物还没有真正成为他笔下的审美对象，但作为晚唐时期的著名诗人，他的文学创作为杭州延续了文脉。

北宋时期，杭州已经成为文学重镇，一方面是在杭州为官者多著名文人，另一方面杭州本地也产生了一些著名文人。据《大明一统志》卷三十八《杭州府·名宦》载，北宋时期杭州名宦有翟守素、范旻、张咏、薛映、夏侯峤、王济、马亮、李及、余献卿、司马池、郑戬、杨偕、张去华、范仲淹、张方平、孙沔、李兑、梅挚、王琪、余良肱、蔡襄、陈尧佐、胡宿、赵抃、陈襄、苏颂、崔遹、苏轼、杨时、张阁、韩璀，这些名宦多是文人，其中最著名者当推范仲淹和苏轼。尤其是苏轼，他为杭州所做的贡献及其在杭州的文学创作，可以媲美白居易。苏轼两度任职杭州，一次是熙宁四年通判杭州，熙宁七年九月离杭赴密州；第二次是元祐四年三月以龙图阁学士充两浙西路兵马钤辖知杭州军事，元祐六年被召入京。在第二次任职杭州期间，疏浚六井，修苏堤。两次任职杭州期间，苏轼作有二百多首诗词，是继白居易之后于杭州有大量诗歌创作的诗人。苏轼在杭州的生活都在其诗、词中得到了反映,杭州的山水景物、厅堂庙宇也都在他的诗中留下了影像。可以说苏轼是继白居易之后又一个以其出色的创作将杭州带入文学殿堂的大诗人。

北宋时期,杭州也孕育出了一批著名文人。《大明一统志》列北宋时杭州府人物 24 人,其中著名文人有钱惟演、钱易、杨大雅、林逋、元绛、谢绛、谢景初、沈遘、周邦彦、沈晦、滕茂实等。其中钱惟演是宋初西昆体的代表人物之一;林逋是著名隐士诗人,隐居于杭州孤山;周邦彦是北宋后期的著名词人。钱惟演与周邦彦虽享有盛名,但二人文学活动主要是在京城。林逋则"结庐西湖孤山二十年,足不及城市"①,因而西湖及孤山景物成为他诗作中经常吟咏的对象,他的孤高绝俗也为杭州文化增添了超逸的色彩。

杭州有西湖与钱塘潮两处胜景,杭州人得山水之利,喜欢游玩。"临安风俗,四时奢侈赏玩,殆无虚日,西有湖光可爱,东有江潮堪观,皆绝景也"②。杭州的西湖与钱塘潮也成为文人热衷吟咏的主题,西湖之优美与钱塘潮之壮观,在文人的笔下得到了淋漓尽致的展现。

西湖在杭州城西,"旧名钱塘湖,源出于武林泉,周回三十里"③。西湖对杭州人的生活起着至关重要的作用,李泌作六井,引西湖水入城,解决了杭州的吃水问题。白居易筑堤捍湖,以西湖水溉田,惠及百姓多矣。白居易在离开杭州时的《别州民》诗中写道:"唯留一湖水,与汝救凶年。"④钱氏置撩湖兵士千人,开浚西湖。苏轼守杭州,见西湖湮塞,于元祐五年上《杭州乞度牒开西湖状》云:"杭州之有西湖,如人

---

① (元)脱脱等:《宋史》卷四百五十七《隐逸上》。
② (宋)吴自牧:《梦粱录》卷四《观潮》。
③ (宋)潜说友:《咸淳临安志》卷三十二《山川十一》。
④ 朱金城笺校:《白居易集笺校》,第 1564 页。

之有眉目,盖不可废也。"①指出西湖对杭州的重要性。西湖
也是杭州的游览胜地,有西湖十景。祝穆《方舆胜览》这样
介绍西湖:"在州西,周回三十里,其涧出诸涧泉,山川秀发。
四时画舫遨游,歌鼓之声不绝。好事者尝命十题,有曰:平
湖秋月、苏堤春晓、断桥残雪、雷峰落照、南屏晚钟、曲院风
荷、花港观鱼、柳浪闻莺、三潭印月、两峰插云。"②《咸淳临安
志》说西湖:"自唐及国朝号游观胜地,及中兴以来,衣冠之集,
舟车之舍,民物阜蕃,宫室钜丽,尤非昔比。"③吟咏西湖的诗,
最有名的要数白居易的《钱塘湖春行》和苏轼的《饮湖上初
晴后雨二首》(其二),诗中西湖之美令人向往。白居易对西
湖非常留恋,《西湖留别》云:"处处回头尽堪恋,就中难别是
湖边。"④苏轼守钱塘,"无一日不在西湖"⑤。后来写的《怀西
湖寄美叔》诗亦云:"西湖天下景,谁能得其全。三百六十寺,
寻幽遂穷年。"⑥

钱塘观潮,是杭州人的一件盛事。钱塘潮之壮观,周密
《武林旧事》中有生动的描绘:

> 浙江之潮,天下之伟观也。自既望以至十八日为盛。
> 方其远出海门,仅如银线;既而渐近,则玉城雪岭际天而
> 来,大声如雷霆,震撼激射,吞天沃日,势极雄豪。杨诚斋
> 诗云"海涌银为郭,江横玉系腰"者是也。⑦

---

① (宋)苏轼著:《东坡全集》卷五十七,影印文渊阁四库全书本。
② (宋)祝穆:《方舆胜览》卷一《临安府》。
③ (宋)潜说友《咸淳临安志》卷三十二《山川十一》。
④ 朱金城笺校:《白居易集笺校》,第1566页。
⑤ 《御选历代诗馀》卷一百十五引自《冷斋夜话》。
⑥ (宋)苏轼著:《东坡全集》卷七。
⑦ (宋)周密:《武林旧事》卷三《观潮》。

潮水气势非凡,而弄潮儿游戏潮水之中的勇敢和气魄更令人惊叹。

> 吴儿善泅者数百,皆披发文身,手持十幅大彩旗,争先鼓勇,溯迎而上,出没于鲸波万仞中,腾身百变,而旗尾略不沾湿,以此夸能。①

钱塘观潮以八月十六至十八日为盛,而八月十八日最为繁盛,斯时"倾城而出,车马纷纷","自庙子头直至六和塔,家家楼屋,尽为贵戚内侍等雇赁作看位观潮"②。"江干上下十馀里间,珠翠罗绮溢目,车马塞途,饮食百物皆倍穿常时,而僦赁看幕,虽席地不容间也"③。八月十八日之所以成为观潮最盛之日,是因为这天杭州帅座有颇为壮观的教阅水军活动。

> 每岁京尹出浙江亭教阅水军,艨艟数百,分列两岸;既而尽奔腾分合五阵之势,并有乘骑弄旗标枪舞刀于水面者,如履平地。倏尔黄烟四起,人物略不相睹,水爆轰震,声如崩山。烟消波静,则一舸无迹,仅有"敌船"为火所焚,随波而逝。④

水军之雄壮与自然之奇观相得益彰,为钱塘观潮这一盛事增添了豪迈的气概。为人所乐道的钱王射潮与此呼应,据《钱塘遗事》载:"昔江潮每冲激城下,钱氏以壮士数百人,候潮

---

① (宋)周密:《武林旧事》卷三《观潮》。
② (宋)吴自牧:《梦粱录》卷四《观潮》。
③ (宋)周密:《武林旧事》卷三《观潮》。
④ 同上。

之至，以强弩射之，由此潮头退避。"潮头退避，亦是附会，但射潮之豪壮却令人备感振奋。

钱塘潮之所以如此壮观，传说为伍子胥的怒气所化，伍子胥忠而见疑，被吴王杀害后投入钱塘江中，其怨恨化为汹涌怒涛。"时有见子胥乘素车白马，在潮头之中，因立庙以祠焉"①。传说尽管荒诞无稽，但却增加钱塘潮的人文内涵。吟咏钱塘潮的诗词不胜枚举，就中以潘阆的词《酒泉子》（其十）最为脍炙人口：

> 长忆观潮，满郭人争江上望。来疑沧海尽成空。万面鼓声中。　　弄潮儿向涛头立。手把红旗旗不湿。别来几向梦中看。梦觉尚心寒。

绘声绘色，其观潮所见所感，如在目前，令读者感同身受。

潘阆一共作了十首《酒泉子》，追忆杭州名胜，其一、其二是"常忆钱塘"，总写杭州之美。其三、其四是"常忆西湖"，其五"常忆孤山"，其六"常忆西山"，其七"常忆高峰"，其八"常忆吴山"，其九"常忆龙山"，其十"常忆观潮"。潘阆通过组词的形式，以强烈的思念之情将杭州名胜一一道来，可以说他是第一个系统地将杭州景物展示给读者的文人。潘阆的这组词"一时盛传，东坡爱之，书之于玉堂屏风；石曼卿使画工绘之作图"②。潘阆是宋初人，关于他的籍贯，一说是大名人，曾寓居杭州；一说是钱塘人。从词里所表达的感情看，笔者更倾向于他是钱塘人。潘阆和白居易、柳永、苏轼等人所创作的优秀诗词，赋予了杭州山水及城市生活以丰厚的文化内涵。

---

① （宋）李昉等编纂：《太平广记》卷二百九十一《伍子胥》。
② 《御选历代诗馀》卷一百一十四引《古今词话》。

二、临安移民文人的组成及其文学创作

(一) 移民文人的组成

临安移民文人共 41 人,主要构成人员如下表:

阶　层	人　　　名	有作品流传者
皇帝	赵构	赵构
宗室	赵不息、赵善临、赵善防	赵不息、赵善防
官僚	吴近、吴益、吴盖、吕兴祖、杨存中、杨侁、杨偰、杨㒟、杨奉直、杨由义、赵仲温、郑景纯、樊光远、应确、韩公裔、刘兴、张俊、张子琦、张子厚、张子正、张子仁、陈思恭、周煇、陈旦、韩世忠、韩彦直、韩彦古、韩彦质、张通	吴益、杨存中、杨侁、杨偰、樊光远、周煇、张俊、杨由义、韩世忠、韩彦直、韩彦古、韩彦质
御用文人	李从训、康与之、曾觌	李从训、曾觌、康与之
布衣文人	李清照、韩玉父、吕震、吕安道、柳铸	李清照、韩玉父

由上表可以看出,临安的移民文人阶层广泛,既有帝王宗子、各级官僚、御用文人,也有布衣文人,里面还有两位女性文人李清照和韩玉父。除了布衣文人外,居住临安的移民文人基本上都是受皇帝宠幸的臣子,御用文人李从训、康与之、曾觌自不必说,张俊、韩世忠、杨存中都是抗金名将,很受高宗信任,最后虽被夺去兵权,但却宠渥有加。吴近父子则是高宗皇后之父兄,赵不息、赵善防、赵善临是宗室。从其作品留存情况看,作品集存世的有李清照《漱玉词》一卷,康与之《顺庵乐府》五卷(赵万里辑本),曾觌《海野词》一卷,周煇《清波杂志》十二卷、《别志》三卷、《北辕录》一卷,赵构《翰墨志》一卷。其他单篇作品被收入《全宋诗》、《全宋词》、《全宋文》中,现将临安移民文人存世作品统计如下:

作　者	诗	词	文
李从训	1		
吴　益			1
曾　觌	2	104	5
杨存中			21
杨　倓			18
杨　偰	37		3
杨由义	1		1
赵　构①	98(另有残句7联)	15	19卷
赵不息			5
赵善防			2
樊光远			4
康与之		38,残句5	4
周　煇	1(残句)	1(残句)	2
张　俊	1(残句)	2	5
韩世忠	2		28
韩彦直			9
韩彦古	1	1	10
韩彦质	3		10
李清照	17,残句16	44	9
韩玉父	1		

① 《全宋诗》收录宋高宗诗123首,残句8联。据宋立英《〈全宋诗〉中宋高宗诗误收考》考证,其中有25首诗、残句一联属误收。这样,宋高宗诗实存98首,残句7联。

　　临安移民文人存留作品较少,从作品数量看,赵构最多;从体裁看,以词的创作成就最高,文次之,诗又次之;从创作质量看,除李清照外,康与之与曾觌尚可,其他人创作成就普遍不高。

　　下面再排比一些南渡后于高宗、孝宗两朝在临安任职的移民文人:

　　吕颐浩,绍兴元年九月至三年九月,左相。

　　翟汝文,绍兴二年,参知政事。

　　权邦彦,绍兴二年五月至三年二月,签书枢密院事兼权参知政事。

　　朱胜非,绍兴二年九月至四年九月,右相。

　　王洋,绍兴二年,校书郎,起居舍人。

　　胡安国,绍兴二年,中书舍人兼侍读、给事中。

　　辛次膺,绍兴二年,监诸司审计司。绍兴二十六年,权尚书礼部侍郎、给事中。绍兴三十二年,御史中丞。隆兴元年,参知政事。

　　席益,绍兴三年四月至四年四月,参知政事。

　　韩肖胄,绍兴三年五月至四年正月,同知枢密院事。韩肖胄绍兴八年十二月至十年二月,签书枢密院事。

　　綦崇礼,绍兴二年至绍兴四年,试吏部侍郎兼直学士院、翰林学士兼史馆修撰。

　　赵鼎,绍兴四年,参知政事、右相。绍兴七年九月至八年十月,左相。

　　沈与求,绍兴二年至绍兴四年,侍御史,参知政事。

　　喻樗,绍兴五年,秘书省正字。

　　尹焞,绍兴八年,崇政殿说书。

　　陈与义,绍兴二年至四年八月,起居郎、中书舍人兼侍讲、吏部侍郎兼权直学士院、礼部侍郎兼权直学士院。绍兴八年,参知政事。

吕本中,绍兴八年,中书舍人。

徐度,绍兴八年,校书郎。

邵博,绍兴八年,校书郎。

王庶,绍兴八年三月至十一月,枢密副使。

刘大中,绍兴八年三月至十月,参知政事。

李光,绍兴八年十二月至九年十二月,参知政事。

晁谦之,绍兴八年,尚书金部员外郎。

朱敦儒,绍兴八年,左承奉郎通判临安府。绍兴九年,秘书郎,都官员外郎。绍兴二十五年,除鸿胪少卿。

樊光远,绍兴八年九月至十年八月,秘书省正字。绍兴三十一年三月至三十二年九月,左朝奉郎、吏部员外郎。

王次翁,绍兴十年,参知政事。

万俟卨,绍兴十二年至十四年二月,参知政事。绍兴二十六年,参知政事。

李若谷,绍兴十五年至十七年,签书枢密院事、参知政事。

王之望,绍兴十五年至十八年,太学博士。隆兴二年九月至十一月,参知政事。

曾几,绍兴二十七年,提举秘书省。二十八年七月,权礼部侍郎。

贺允中,绍兴二十八年至三十年,参知政事。隆兴二年八月,知枢密院事兼参知政事。

吕广问,绍兴三十二年,权礼部侍郎。

韩元吉,绍兴三十一年至隆兴二年,司农寺主簿、司农寺丞、度支郎中。乾道七年至八年,左司郎中提领榷务都茶场、兼权中书舍人、吏部侍郎。淳熙三年至淳熙五年,吏部尚书。

晁公武,隆兴元年至隆兴二年,吏部郎中、监察御史、吏部员外郎兼国史院编修、枢密院检详诸房文字兼国史院编修、右正言、殿中侍御史兼侍讲。乾道七年,吏部侍郎、临安少尹。

钱端礼,绍兴三十年至三十一年,知临安府、户部侍郎、权户部侍郎兼权枢密都承旨。隆兴二年十一月,端明殿学士签书枢密院事。十二月参知政事兼权知枢密院事。

王之奇,乾道八年,端明殿学士签书枢密院事。

郑闻,乾道九年,端明殿学士、签书枢密院事、参知政事。

崔敦诗,乾道九年,秘书省正字。

周必大,绍兴三十年至三十二年,太学录、秘书省正字、兼国史院编修、监察御史、起居郎兼权中书舍人。隆兴元年至乾道五年不在临安。乾道六年至淳熙六年,历官秘书少监、兼权中书舍人、敷文阁待制、侍讲、兵部侍郎、太子詹事、朝奉大夫、朝散大夫兼侍读、翰林学士、礼部尚书兼翰林学士。淳熙七年五月至十六年,历任参知政事、知枢密院事、枢密使、右相、左相。

辛弃疾,淳熙元年二月至二年六月,仓部郎官。

在临安为官的移民文人以绍兴二年至绍兴九年为多,绍兴九年至绍兴二十五年较少,绍兴二十七年至孝宗乾道末又增多。从中可以看出秦桧专权时,移民文人多被排挤或不愿与其合作而离开朝廷。秦桧卒后,一些移民文人再度被起用,只是到孝宗乾道末年,南渡的移民文人多已辞世,或老病不能为官。这些在朝中为官的移民文人多居要职,地位高,文学创作成就及影响也大。

(二) 文学创作及其特点

临安移民文人的创作既有与所有移民文人创作相似的内容,即忧国思乡之作,也有包含地域特点的创作,如吟咏临安风光与城市生活之作,还有作为政治中心所具有的不同于其他地区的创作,即奉和应制之作和奏章中直面国事与社会问题的作品。

1.奉和应制之作与当时的社会现实

高宗、孝宗两朝都以中兴相标榜,皇帝需要粉饰太平、吟咏繁华之作,这类作品以康与之和曾觌所作最多。康与之本是以依附秦桧而在临安谋得官职,又因其作品受到宋高宗的喜欢,因而其御用文人的色彩较为浓厚。曾觌是孝宗为建王时府邸知客,孝宗即位后受到宠信。这种奉和应制之作许多临安的臣僚都做过。

奉和应制诗中有很多粉饰太平、歌功颂德之作。康与之有三首咏元宵节的词,都是应制之作,词中将元宵之夜写得繁华热闹,然后归结于太平盛世的再现。看其中的一首《瑞鹤仙·上元应制》:

> 瑞烟浮禁苑。正绛阙春回,新正方半。冰轮桂华满。溢花衢歌市,芙蓉开遍。龙楼两观。见银烛、星毬有烂。卷珠帘、尽日笙歌,盛集宝钗金钏。 堪羡。绮罗丛里,兰麝香中,正宜游玩。风柔夜暖。花影乱,笑声喧。闹蛾儿满路,成团打块,簇著冠儿斗转。喜皇都、旧日风光,太平再见。

将康与之的这首词与李清照的《永遇乐·元宵》比较一下,就可看出二人的精神世界与情感世界是多么的不同。李清照的词既是个人心态的抒写,也具有南渡后移民文人家国之思的普遍性,词中回忆的是昔日汴京元宵的盛况与今日个人的憔悴凄凉,不胜今昔之感。康与之的词则是写今日杭州元宵的盛况,月明灯灿,游人如织,笙歌笑语,繁华再现。若是纯粹写实也无可厚非,只是结语云"喜皇都、旧日风光,太平再见",揭出写作的真正目的,前面的铺张描写无非是为了歌颂今日的太平盛世。联系南宋偏安的局面,这样的太平景象是多么的虚妄,而作为文人进行鼓吹,又是多么地缺乏良知。

再看曾觌的一首应制之作《定风波·赏牡丹席上走笔》:

> 　　上苑秾芳初雨晴。香风嫋嫋泛轩楹。犹记洛阳开小宴。娇面。粉光依约认倾城。　　流落江南重此会。相对。金蕉蘸甲十分倾。怕见人间春更好。向道。如今老去尚多情。①

　　曾觌陪着皇帝在上苑赏牡丹席上所作的这首词,虽也联想到当年洛阳赏牡丹的情景,而今人与花俱流落江南,在异地重会,却没有任何的感伤,只有"老去尚多情"的轻飘飘的喜悦。也不妨与陈与义的那首诗作下对比。"一自胡尘入汉关,十年伊洛路漫漫。青墩溪畔龙钟客,独立东风看牡丹。"陈诗中的感情无疑是深沉凝重而又感伤无奈,这正是一个饱经乱离的诗人心态的写照。而曾觌的这首词看不到曾经有过的战乱的影响,看不到南宋偏安一隅的压抑与苦闷,有的却是太平盛世才有的轻盈与享受。

　　不光康与之和曾觌作有这种歌功颂德、粉饰太平的作品,其他文人也有这类作品。据《玉海》"绍兴中兴复古诗"条云:"十八年七月癸未,敷文阁待制张嵲献之,八月二十七日诏嘉奖。"同书还载:"十八年,黄友端进《绍兴圣统诗》一篇,二月十七日诏免解。二十一年十一月二日,程端厚献《圣德诗》,除直徽猷阁。二十二年九月二十四日,刘一止进《中兴圣德诗》,除敷文待制。十一月十一日,钱周材进《绍兴圣德诗》,除集英修撰。"②南宋朝廷通过奖励来鼓励臣子写这些歌功颂德之作,用以粉饰太平。朱敦儒《声声慢·雪》下片也云:"莫说梁园往事,休更羡、越溪访戴幽人。此日西湖真境,圣治中兴。直须听歌按舞,任留香、满酌杯深。最好是,贺丰年、天下太平。"通

---

① 唐圭璋编:《全宋词》第二册,第 1708 页。
② (宋)王应麟:《玉海》卷五十九。

过和议得来的苟且偷安、委曲求全,在文人的笔下却被歌颂成了圣治中兴。

奉和应制之作中有很多是娱乐助兴之作。如曾觌的《喜迁莺·福唐平荡海寇宴犒将士席上作》、《春光好·侍宴苑中赏杏花》、《减字木兰花·席上赏宴赐牡丹之作》、《浣溪沙·奉诏次韵张池州赏杏听琵琶》、《蝶恋花·三月上巳应制》、《蓦山溪·坤宁殿得旨次韵赋照水梅花》、《定风波·应制听琵琶作》等,皇帝游赏行乐时,需要有这样的御用文人为其作诗填词来助兴,即便是在庆功宴上,也需要有这样的作品来佐兴。这类作品除了表现作者的便捷之才及其娱乐功能外,无甚价值。

康与之与曾觌还有一些谄谀之作。如康与之为秦桧生日所作的《喜迁莺·丞相生日》一词,把秦桧吹捧成安邦定国、整顿乾坤的社稷之臣,比作"文章孔孟,勋庸周召",肉麻而可笑。曾觌在词中吹捧南宋朝廷是"臣贤主圣"[1]、"父慈子孝"[2],联系当时的社会现实,亦让人觉得齿冷。

康与之、曾觌的谄谀之作与周紫芝比起来,可谓小巫见大巫。四库馆臣评周紫芝的谄谀之作云:"是紫芝通籍馆阁,业已暮年,可以无所干乞,而集中有《时宰生日乐府四首》,又《时宰生日乐府三首》,又《时宰生日乐府七首》,又《时宰生日诗三十绝句》,又《时宰生日五言古诗六首》,皆为秦桧而作。《秦少保生日七言古诗二首》、《秦观文生日七言排律三十韵》,皆为秦熺而作。《大宋中兴颂》一篇,亦归美于桧,称为元臣良弼,与张嵲《绍兴复古颂》用意相类,殊为老而无耻,贻玷汗青。"[3]

---

① (宋)曾觌:《喜迁莺·福唐平荡海寇宴犒将士席上作》,见《全宋词》第二册,第1701页。
② (宋)曾觌:《鹧鸪天·选德殿赏灯　先宴梅堂　宴两宫　沾醉口占》,见《全宋词》第二册,第1707页。
③ (清)纪昀等:《四库全书总目》卷一五八《太仓稊米集》提要。

周紫芝是宣城人,少隐不仕,绍兴中登第,晚年居九江。其《时宰生日乐府四首序》云秦桧生日时缙绅士大夫纷纷为其作诗祝贺的情景:"凡缙绅大夫之在有位者,莫不相与作为歌诗以纪盛德而归成功。篇什之富,烂然如云,至于汗牛充宇,不可纪极,所以祈赞寿龄,无所不至。猗欤盛哉,昔未有也。"由其谄谀之作之多及序中所述当时文人谄谀秦桧之盛况,可见当时临安文坛风气之一般。

综上,奉和应制之作虽然文学价值不大,但能让我们从另外一个角度,看清当时的社会现实。

2. 吟咏临安风光与忧国思乡之作及其新特点

西湖风光与钱塘观潮已经成为杭州代表性的游览胜地,居住临安的移民文人四季的游赏都离不开西湖,八月观潮更是临安的一件盛事,因而,吟咏西湖及钱塘潮的诗词极多,到过临安的移民文人几乎没有不游赏西湖的,而游赏之后又几乎无不作诗填词以记之。前人吟咏西湖与钱塘潮的文学作品前面已经论述过,下面就看看南宋时期移民文人笔下的西湖和钱塘潮有什么特点吧。

南宋时的西湖与以前不同之处在于,因皇室与达官贵人的入驻临安,西湖沿岸私家园第更多了。如孝宗在清波门外建聚景园,"亭宇皆孝宗皇帝御扁,尝恭请两宫临幸"①。韩元吉《秋怀十首》其九写道:"江南四百八十寺,未抵西湖胜处多。不用楼台带烟雨,只看宫殿压晴波。"可见西湖边宫殿之巍峨华美。还有张俊的珍珠园,在雷峰北;刘光世的玉壶园,在钱塘门外,"湖光涵映,最为胜绝"②。这些新的景点为西湖诗词增添了新的内容,因西湖景致的增加而吟咏西湖的内容略有

① (宋)潜说友:《咸淳临安志》卷十三。
② (宋)施谔:《淳祐临安志》卷六。

不同,这也是吟咏西湖之作与前代不同之处。前人游览西湖,总是能在湖光山色中获得心灵的愉悦,而移民文人的家国之思也融入到吟咏西湖的诗词中,为西湖秀丽的风光笼上一层化不开的愁绪,这是吟咏西湖之作与前代又一不同之处。如朱敦儒《苏武慢》:

> 枕海山横,陵江潮去,雉堞秋风残照。闲寻桂子,试听菱歌,湖上晚来凉好。几处兰舟,采莲游女,归去隔花相恼。奈长安不见,刘郎已老,暗伤怀抱。　　谁信得、旧日风流,如今憔悴,换却五陵年少。逢花倒趑,遇酒坚辞,常是懒歌慵笑。除奉天威,扫平狂房,整顿乾坤都了。共赤松携手,重骑明月,再游蓬岛。

上片写词人在晚凉时节游西湖,寻桂子,听菱歌,湖上有采莲游女,这样的景色该是让人心情舒畅的,可是词人却转而伤怀,起因便是想到年华已老,却不能回到故都。下片继续抒写心绪的苦闷无聊,"慵歌懒笑",然后笔锋一转,情绪转而高昂,能让词人真正开心起来,除非是"扫平狂房,整顿乾坤都了",那时再游赏才会有真正的快乐。赵鼎《和郑有功游西湖》[①]二首亦是郁郁不乐:

> 放舟越淮楚,更作三吴游。尚馀魂梦怖,敢动乡邦愁。湖山自清绝,鉴中螺髻浮。况复得夫子,一笑忘幽忧。时时作清言,中有湖山秋。却念无家客,坎止而乘流。何当与俱归,岁晚邻一丘。(其一)
> 晚觉身名误,悠悠定孰亲。却回苕水棹,来看武林

---

① (宋)潜说友:《咸淳临安志》卷三十三。

春。避地将安往？寻山莫厌频。百钱挑竹杖，云外踏嶙
峋。（其二）

在游览西湖时，虽也夸赞西湖景色清绝，可是"无家客"的愁思
与"避地将安往"的忧虑，却很难让他开怀。

咏钱塘潮的诗词也是如此，在对潮水壮观的描写后，也有
愁绪袭来，这是以前咏钱塘潮诗词中所没有的，如曾觌的《浪
淘沙·观潮作》：

一线海门来。雪喷云开。昆山移玉下瑶台。卷地西
风吹不断，直到蓬莱。　　羯鼓噪春雷。鼍舞蛟回。歌
楼鼓吹夕阳催。今古清愁流不尽，都一樽罍。①

词的上片写潮水由海门涌来时的非凡气势，潮来一线，潮
涌如喷雪，潮水绵绵不断，连天到海，十分壮观。下片写观潮
者与弄潮儿，鼓声如绽春雷，弄潮儿如蛟龙戏水，歌馆楼台拥
满观潮的人群。夕阳西下，人们兴犹未尽。可是在这热闹的
场面中，词人却发出了不和谐的叹息："今古清愁流不尽"。虽
是"清愁"，但"愁"前冠以"今古"二字，这愁就具有了历史感，
就让人不免为之心情沉重而感伤。

临安的生活无疑是繁华热闹的，南渡后临安城的居民绝
大多数是移民，移民将北方的生活习俗也带到了临安，因而临
安生活对移民文人来说，应该不会有太多的不适应，但思乡与
忧国之情还是时时地袭扰着他们，他们的反映临安生活的诗
词中总是乐中有忧，乐无以忘忧。作为御用文人的康与之，既
写过反映宫廷生活的作品，如《舞杨花》写宫中赏花的热闹：

① 唐圭璋编：《全宋词》第二册，第1706页。

"三十六宫,簪艳粉浓香。慈宁玉殿庆清赏,占东君、谁比花王。良夜万烛荧煌。影里留住年光。"也写过乡愁极浓的《喜迁莺·秋夜闻雁》:

> 秋寒初劲。看云路雁来,碧天如镜。湘浦烟深,衡阳沙远,风外几行斜阵。回首塞门何处,故国关河重省。汉使老,认上林欲下,徘徊清影。 江南烟水暝。声过小楼,烛暗金猊冷。送目鸣琴,裁诗挑锦,此恨此情无尽。梦想洞庭飞下,散入云涛千顷。过尽也,奈杜陵人远,玉关无信。①

由秋日大雁南飞引发对沦陷故土的思念,"回首塞门何处,故国关河重省"两句,写出所有移民文人的心愿。

李清照词中思乡之情格外浓,南方生活的不习惯,也加重了她的乡愁。

> 窗前谁种芭蕉树,阴满中庭。阴满中庭。叶叶心心,舒卷有馀情。 伤心枕上三更雨,点滴霖霪。点滴霖霪。愁损北人,不惯起来听。②

院中的芭蕉,阴满中庭,这本是赏心悦目的景致,而且是"叶叶心心,舒卷有馀情",将芭蕉写得极有情致。可是在词人满怀愁绪难以入眠的夜晚,天偏又下起了绵绵细雨,雨点打在芭蕉叶上,淅淅沥沥,让词人愁情更重,这时的芭蕉带给词人的已不是愉悦。词中用"点滴霖霪"写雨,这雨不是北方的那

---

① 唐圭璋编:《全宋词》第二册,第1689页。
② (宋) 李清照:《添字丑奴儿》,见王仲闻校注:《李清照集校注》,人民文学出版社1979年,第48页。

种疾风暴雨,很快就会雨过天晴,而是南方特有的霏霏淫雨,可以连月不开,让人心绪极为烦闷。所以李清照说"愁损北人,不惯起来听"。这愁也就是朱敦儒词中所说的"愁损辞乡去国人"①的愁。对故乡旧都的怀念,让李清照避开热闹,独自一人咀嚼孤独寂寞的滋味。其《永遇乐》(落日镕金)一词让南宋末词人刘辰翁"为之涕下","每闻此词,辄不自堪"②。

李清照的乡愁是如此浓得化不开,在她留下的南渡后并不很多的词作中,这样的满怀愁绪之作却比比皆是。如《菩萨蛮》:

> 风柔日薄春犹早,夹衫乍著心情好。睡起觉微寒,梅花鬓上残。　　故乡何处是? 忘了除非醉。沈水卧时烧,香消酒未消。③

故乡难忘,就通过醉酒暂时忘却吧,"仲宣怀远更凄凉。不如随分尊前醉,莫负东篱菊蕊黄"(《鹧鸪天》)④。南渡后李清照的生活很艰难,心境也格外凄凉。靖康之难这一历史巨变彻底改变了她的生活,在她心上所留下的痛苦烙印是无法抹去的。人在暮年会格外思念故土,李清照晚年的词作中衰老与故土之思结合在一起,词境极为凄楚,"今年海角天涯。萧萧两鬓生华"⑤(《清平乐》)、"病起萧萧两鬓华,卧看残月上窗纱"⑥(《摊破浣溪沙》)等词都是这时心情的写照。

---

① (宋)朱敦儒:《采桑子·鼓浪矶》,见唐圭璋编:《全宋词》第二册,第1114页。
② 唐圭璋编:《全宋词》第五册,第4087页。
③ 王仲闻校注:《李清照集校注》,第13页。
④ 同上,第30页。
⑤ 同上,第47页。
⑥ 同上,第72页。

曾觌虽以谄谀之作为人所不齿,但作为移民文人,他也有对故国与家乡的思念,这也反映在他的词作中。《忆秦娥》与《眼儿媚》两首词充满了家国之思。

　　暗空碧。吴山染就丹青色。丹青色。西风摇落,可堪凄恻。　　世情冷暖君应识。鬓边各自侵寻白。侵寻白。江南江北,几时归得。(《忆秦娥》)

　　重劝离觞泪相看。寂寞上征鞍。临行欲话,风流心事,万绪千端。　　春光漫漫人千里,归梦绕长安。不堪向晚,孤城吹角,回首关山。①(《眼儿媚》)

曾觌曾在乾道九年以副使身份出使金国,在路经北方的国土时,心中也十分感伤。其《忆秦娥·邯郸道上望丛台有感》一词可谓这类词作的代表。

　　风萧瑟。邯郸古道伤行客。伤行客。繁华一瞬,不堪思忆。　　丛台歌舞无消息。金尊玉管空尘迹。空尘迹。连天草树,暮云凝碧。②

词人抚今追昔,无限感慨,却又欲语还休,让人无限怅惘。
　　要之,临安移民文人的吟咏临安风光与故土之思之作,反映出作为移民文人活动中心的临安,其移民文学创作与此前临安的文学创作具有不同的特征和风貌。
　　3. 奏章中的直面国事与社会问题
　　与北宋相比,南宋纯文学性的文章数量少,质量不高,倒

---

① 唐圭璋编:《全宋词》第二册,第1705页。
② 同上,第1710页。

是那些实用性的文章很有特点。因当时的内忧外患及朝政的
复杂,这些文章内容丰富,议论说理感情充沛,尤其是朝臣的
章、表、奏、疏等文,因多言国事与社会问题,又因每个人的文
风与性格差异,政论文呈现出鲜明的个性色彩。南渡初,朝臣
中多是北宋旧臣,在北宋时就已经具有一定的社会地位与文
名,因家国责任感,在其政论文中融进强烈的感情,直面国事
与社会问题,不隐晦,不怕忤逆。下面就朝中几位移民文人的
奏疏看一下移民文人政论文之特点。

建炎三年,时任司谏的赵鼎给高宗上了一道奏章,希望
高宗能忍辱负重,"折节下贤","与百姓同劳苦",以图恢复,
奏章云:

> 臣惟陛下历兹艰运,屡更变故。虽否泰循环,理之必
> 至,天其或者眷佑我宋,激励陛下益坚忧勤之念,以就中
> 兴之业乎?昔赵简子以襄子为后,谓其臣董安于曰:"是
> 其人能为社稷忍辱。"后襄子蒙受灌饮之耻,而卒灭智伯。
> 越王勾践败困会稽,既以反国,置胆于坐,饮食必尝,曰:
> "汝忘会稽之耻耶?"后亦以灭吴。区区小国之君,苟用心
> 如此,卒能有成。今陛下承隆平久逸之后,躬履艰棘。淮
> 甸之扰,仓卒播迁;二凶奸谋,乘间窃发。陛下不深以罪
> 人,而责躬克己,唯以天下为念,是能为社稷忍辱矣。其
> 亦饮食尝胆,如负会稽之耻,仰承天之所以责成之意,则
> 兴衰拨乱,此其始欤。唯夫食不加肉,衣不重彩,折节下
> 贤,与百姓同劳苦,是乃勾践之所以灭吴也。①

高宗为躲避金兵南逃至临安,又经历苗、刘之乱,这篇奏

---

① (明)杨士奇等编:《历代名臣奏议》卷八。

章就写于此后。文中先就高宗所经历之艰危,安慰说是上天用来激励其完成中兴之业的,然后以赵简子和勾践为例来激发高宗忍辱负重的心志,最后勉以衣食俭约、"折节下贤"、"与百姓同劳苦",勾践能以之灭吴,则高宗也一定能因此实现中兴。行文如长者般循循善诱。

绍兴四年十月,高宗御驾亲征,赵鼎上《论亲征疏》:

> 臣今日扈从车驾登舟出馀杭门,窃见道旁观者无问老幼,皆以手加额,咨嗟流涕。以陛下冒犯风雨,亲总师徒,激励将臣,抗御强敌,为宗庙生灵之计。自靖康用兵以来,未尝有此举措,故得民心如此。虽然,千金之子坐不垂堂,知命者不立岩墙之下。陛下以万乘之尊,履兵戈至险之地,苟怀爱君之心,莫不忧之。而臣待罪揆路,实负此责,是以不寒而栗,当食忘味。臣非不欲被坚执锐,摧锋陷阵,为士卒先,而书生懦慑之资,不娴战斗之事,又事不素备,势难遽为。府库无半岁之储,关津乏扼控之具,随宜经理,取办仓皇,徒有过差,无补毫末。所愿陛下悯怜驽钝,虑致于乖方,开广聪明,兼收于众智,下哀痛之诏,捐内帑之金。唯至诚足以感动于群情,唯劝赏足以激扬于士气。坚恻怛艰虞之念,革偷安苟且之风,则功业之成,曾无难者。此帝王之事,在陛下神谋睿断,思而勉之而已。存亡所系,安可忽诸,故于进发之初,辄贡区区之愚,倘少裨于万一,而臣亦预有荣焉,臣不胜万幸。①

文中先写百姓对高宗亲征的反映,以此说明高宗此举得民心。然后对万乘之主履险地感到自责,是自己这个做臣子

_____
① (宋)赵鼎:《忠正德文集》卷三。

的无能。最后对高宗提出建议。言辞剀切,充满对这个年轻皇帝的忠爱之情,偃勉之意。赵鼎是个忠厚长者,其奏疏中向皇帝提出治国建议及对皇帝的勉励之意,都是语重心长,情辞恳切。

王庶于绍兴八年二月任兵部尚书,绍兴八年三月至十一月任枢密副使。在绍兴八年二月奏对云:

> 今十年而恢复之功未立,臣请言其失,盖在偏听,在欲速,在轻爵赏,是非邪正混淆。诚能有功则赏,有罪则罚,其谁不服? 苟委其权于大臣而非其人,则身受其欺而国罹其祸。昔汉光武以兵取天下,不以不急夺其费。不知兵者不可使轻言兵。[1]

指出高宗"十年而恢复之功未立"的原因,言辞直率而尖锐。王庶反对议和,在高宗谋求与金人议和时,他于绍兴八年六月上疏,坚论不可与金人议和云:

> 陛下当两宫北狩之后,龙飞睢阳,匹马渡江,扁舟航海,以至苗、刘之变,艰难万状,终无所伤,天之相陛下厚矣。至今虽未能克复故疆,銮舆顺动,而大将星列,官军云屯,百度修举,较之前日,所谓小康。何苦不念父母之仇,不思宗庙之耻,不痛宫眷之辱,不恤百姓之冤,逆天违人,以事夷狄乎![2]

文中首先指出已经度过了南渡后的艰难时期,现在形势好转,

---

[1]（宋）李心传:《建炎以来系年要录》卷一一八。
[2]（宋）徐梦莘:《三朝北盟汇编》卷一百八十三。

然后连用四个排比句责备高宗与敌议和，直言无隐。在其《论不可与虏人讲和札子》更是以自己与金人使节相见的亲身感受觉得金人不可靠，力劝高宗不可与金人讲和。

> 臣前日在都堂，与赵鼎等同见虏使乌陵思谋、石少卿。除臣已曾有章疏论列虏不可与和，及再寻访得乌陵思谋在宣、政间尝来东京，虏人任以腹心，二圣北狩，尽出此贼。今日天其或者遣使送死，虽斋醢之，不足以快陛下无穷之冤。今陛下反加礼貌，大臣温言承顺。臣于是日心酸气噎，如醉如痴。臣未尝交一谈，亦未尝稍觇其面。君辱臣死，岂有所顾惜也？臣又窃听其语，诡秘谲诈，无一可信。问其来，则曰王伦恳之；问其事，则曰地不可求，听我与汝。且虏人不遣使已数年矣，王伦何者，能邀其来乎？若无虏主自己之意，思谋敢擅出此语乎？臣晓夜寻绎此语，彼必以用兵之久，人马消耗，又老师宿将死亡略尽，且虏性豺狼，互有观望，故设此策以休我兵，候稍平定，必寻干戈。今若徇目前以从其请，后来祸患，有不可胜言者矣。①

言辞激切，忠诚感人。此后王庶还连上六道论和议札子。在金人已经同意议和后，王庶于绍兴八年十一月连上两道奏札，乞免签书和议文字，在第二札子中云：

> 臣生于陕西，渐染其风气，耳目所闻见者，莫非兵事。祸乱以来，尝欲以气吞强虏，则所谓讲和者非臣之所能也。非其所能而强使之，则恐误国家之大计，故臣愿陛下惟责臣以修戎兵，不以讲和之事命臣，则缓急之际可以枝梧。

---

① （宋）徐梦莘：《三朝北盟汇编》卷一百八十三。

以和议非其所能来表明自己对议和的态度，并以乞求免签书和议文字来表明自己不妥协的立场，在不允之后，又连上两道奏札乞解枢密职事。王庶耿直、执拗的性格在其奏札中表露无遗。

此外，像辛次膺劾秦桧妻兄王仲蔎、王晦的奏章，径言"皆桧容私营救，陛下曲从其欲"①。不但直言当权宰相之回护私亲，而且将矛头直指高宗，责备其曲从秦桧之意。吕本中的《朝廷任人当别邪正奏》、《金使来当示俭约奏》等，都对朝政存在的问题予以明言，给皇帝施政提出建议。"这些论政说理之文大都有明确的现实针对性和政治功利目的，虽无意于辞采，而忠义之气、爱国激情以及强烈的忧患意识蓬勃充盈、自然流露于文字间，颇能打动人心，呈现出不同于北宋论政说理之文的新面貌"②。

4. 宋高宗的文学创作

宋高宗是一个有着很高文学艺术修养的皇帝，这得自家传，其父徽宗就是个大艺术家。他擅长书法，对书法有独到的见解，撰有《翰墨志》一书。他喜爱绘画，作有多首咏画诗。他也擅长吟诗填词，现存有《渔父词》15 首，诗 127 首，残句 7 联。《全宋文》收集其文编为十九卷，多是诏书御札，当然也多是他人代笔，但里面表达的思想应该是他的，从中可以考察他的想法。那些他自己亲自撰写的诏书御札，多以情感人，既不冷冰冰，也没有高高在上的帝王的威严。

（1）宋高宗诏书御札的文学性

御札是皇帝写给臣子的书札、手诏，和臣子代笔的诏书不同。臣子代写的诏书看不到君主的思想感情，往往缺少纯文

---

① （元）脱脱等：《宋史》卷三百八十三《辛次膺传》。
② 王水照、熊海英：《南宋文学史》，第 29 页。

学作品的感发人心的力量。宋高宗亲自撰写的诏书御札,其内心的矛盾、痛苦都能呈现出来,有的写得推心置腹,有的表达对臣子的关心有如朋友一样,语言亲切,如话家常。下面通过几个例子具体论述宋高宗的御札的文学性。

宋室南渡之初,立足未稳,外有金兵压境,内有兵匪作乱,不依靠武人是不行的。但宋朝对武人的戒备是根深蒂固的,高宗也不例外,苗、刘之变与郦琼的叛变让他对武人更不信任。在四大将势力日益强大时,他想到的是削夺他们的兵权,结果因为削夺刘光世兵权,激成郦琼兵变。岳飞是南宋主战派的名将,秦桧以谋反罪诬陷害死岳飞。这一系列事件没有高宗参与的痕迹,似乎都是秦桧一手操办,但处死大臣这样的事件没有高宗的许可,秦桧是不敢自作主张的,正如和议"悉由朕衷"一样,岳飞事件秦桧也是秉承高宗之意。宋朝有"不杀大臣"的祖宗家法,可是对武人出身的岳飞,高宗却痛下杀手。鸟未尽而弓藏,兔未死而狗烹,说到底还是不信任造成的。文征明作有《满江红》一词,慨叹高宗对岳飞态度的变化,"慨当初,倚飞何重,后来何酷!"①当初倚重岳飞时,宋高宗在给岳飞的御札中体现出他对这位统兵将领的关心爱护,语气温和亲切。在绍兴六年十月敦促岳飞东下的御札中云:

　　近张浚奏,知卿病目,已差医官为卿医治。然戎务至繁,边报甚急,累降诏旨,促卿提兵东下。卿宜体朕至怀,善自调摄,其他细务委之僚佐,而军中大计须卿决之。如兵之在远者,自当日下抽还,赴此期会。想卿不以微疾,遂忘国事。朕将亲临江浒矣,卿并悉之。②

①（清）徐轨:《词苑丛谈》卷八。
②（宋）岳珂:《金佗粹编》卷一。

　　高宗在这道御札中,敦促岳飞提兵东下,但语气并不是君主高高在上的命令式的,而是情理并重,以情感人。先关心岳飞的眼疾,然后讲到军情的紧急,岳飞地位的重要,"军中大计须卿决之",勉励岳飞以国事为重,最后告诉岳飞他将亲临江边,也就是战争的前线。作为臣子,看到这样的御札,还怎么能不为君主分忧呢? 在同月的另一份御札中更是以君臣大义激励岳飞:

　　　　古之人见无礼君者,必思有以杀之。今刘豫、刘麟四出文榜,指朕为孽庶首恶,毁斥诟骂,无所不至。朕固不德,有以招致此言,卿蒙被过恩,尚忍闻之不动心乎? 备录全文,密以示卿,主辱臣死,卿其念之。①

金扶植的伪齐刘豫南侵,出榜文骂高宗,高宗得知,非常愤怒,给岳飞的御札中希望岳飞为他雪耻。高宗愤怒的心态毫不掩饰地表露在御札中,激愤的语言,至今读来,如闻其声。
　　高宗后来积极谋求与金人媾和,虽然力主和议,但他心里也明白只有在与金人的战斗中多打胜仗,才能让金人回到谈判桌上,才有和议的可能。绍兴八年十二月赐给岳飞的御札中也明白地表达了这种想法。

　　　　朕昨与卿等面议金国讲和事,今金人已差张通古、萧哲前来议和。朕以梓宫未还,母、兄、宗族在远,夙夜痛心,不免曲意商量。然皆卿等勠力练兵,国威稍振,是致敌人革心如此。卿等之功,朕岂可忘? 若境土来复,自今尤当谨饬边备,切宜体朕此意,益加训练兵马,当作不虞之

---

① (宋)岳珂:《金佗续编》卷一。

戒，以图永久安固。①

高宗仍然是打感情牌，和岳飞说自己主张议和，是因为父亲徽宗的梓宫还没有迎还，母、兄、宗族还在金人手里，他心中很痛苦，所以不得不低声下气与金人和谈，这样说是希望能得到主战的岳飞对和议的体谅。然后称赞之所以能让敌人坐下来和谈，都是将领们的功劳，表示自己不会忘记这些将领。最后告诫岳飞一定要加强训练兵马，以防不测。话说得语重心长。

宋高宗写给岳飞的御札，说他倚重岳飞也好，说他拉拢岳飞也罢，但其在行文中注重情感的表达，以情感人，这是其御札文学性的重要体现。

宋高宗在绍兴五年《赐韩世忠手札》中对臣子的那种关心更像朋友式的：

> 今闻全师渡江，威声遐畅，卿妻子同行否？乍到，医药饮食或恐未备。有所须，一一奏来也。②

韩世忠渡过长江经理淮甸，高宗嘉之，给韩世忠写了这道手札。手札中语气如同朋友的问询和关心：听说你率领全军渡过长江，威名远播，你的妻儿和你同行吗？刚刚到那里，医药饮食恐怕没有准备。如有需要的东西，可以一一告知我。语言用的是口语，读之让人更感亲切。

宋高宗作品中还有一些真情流露之作，如绍兴七年二月，当他得知徽宗病殁，心情极为悲愤，在赐杨沂中御札中云：

---

① （宋）岳珂：《金佗续编》卷一。
② （宋）李心传：《建炎以来系年要录》卷八十七。

> 朕昨在哀迷,殆无生意,勉从群请,姑视政几。触事无聊,悲伤可述。卿,朕之心腹,义均一体,想惟痛愤,同切于怀。宜思奋扬,雪吾大耻。①

当知道身陷敌国的父亲病故,高宗的心情既悲伤又愤怒,对自己的心腹爱将吐露心声,其压抑的痛苦可想而知。

绍兴十年,高宗得知金人要来进犯,因怕议和活动会致使边备松懈,特亲自草诏嘱咐岳飞严饬边备,末后顺带云:

> 朕比因伤冷作疾,凡十日不视朝,今则安和无事。虑贻卿远忧,故兹亲诏,想宜知悉。②

说自己因冷得病,十天没有上朝,今天感觉身体好了,想到岳飞会忧念自己的身体,所以亲自草诏,让岳飞放心。在严肃的公文中,时时夹杂着感情,这是宋高宗的诏书御札的一个特点。

有人说宋高宗善伪,一贯口是心非,那他诏书御札中的感情流露是不是也是口是心非的表现呢? 笔者认为应区别对待,像他写给杨沂中的御札,没有必要作伪。人们可以对高宗的不思北伐有各种猜测,但徽宗之死,这种父子骨肉至情的流露,却不能说是伪装的。这道御札没有具体内容,他只是将自己的痛苦心情说与心腹爱将听,希望杨能体会他的心情,将来为其雪耻。他给韩世忠和岳飞的诏书御札也一样,凡是他亲自所写,必定言辞恳切,既关心又寄予厚望,这也不过是他对武将倚重的心情的流露。

---

① (明)赵琦美编:《赵氏铁网珊瑚》卷二。
② (宋)岳珂:《金佗粹编》卷二。

　　综上,宋高宗诏书御札的文学性主要体现在以情感人和言辞恳切,笔端常带感情,有别于一般的公文。

　　(2) 宋高宗的诗词创作

　　宋高宗诗存世有 98 首,残句 7 联。词有《渔父词》15 首。宋高宗的诗词清新自然,颇多闲适趣味,其《虚堂》①一诗所写景色简净清冷:

> 虚堂燕坐悄无言,欲断残香冷自烟。秋色满山林桂静,一轮霜月泻寒泉。

　　虚堂燕坐之人有自甘寂寞之意,外面的秋夜景色也是凄清的,尤其是"一轮霜月泻寒泉",不沾一点烟火气。

　　《渔父词》②十五首虽然是因看见黄庭坚所书张志和《渔父词》,引发诗兴,用其韵戏作,但里面表现出浓厚的闲适趣味,下面看一下这组词的前四首:

其一

> 一湖春水夜来生。几叠春山远更横。烟艇小,钓丝轻。赢得闲中万古名。

其二

> 薄晚烟林澹翠微。江边秋月已明晖。纵远柁,适天机。水底闲云片段飞。

其三

> 云洒清江江上船。一钱何得买江天。催短棹,去长川。鱼蟹来倾酒舍烟。

---

① (宋)岳珂:《宝真斋法书赞》卷二。
② (宋)张淏:《会稽续志》卷六。

其四

　　青草开时已过船。锦鳞跃处浪痕圆。竹叶酒,柳花
毡。有意沙鸥伴我眠。

　　如果不看这组词的写作时间,人们会误以为作于太平盛
世,可是这组词所作时间为绍兴元年,正是高宗劫后馀生所
作,因而词中表达的烟波钓叟的闲适趣味尤其引人注意。明
代郑真《跋宋高宗御墨为吴道延作》云:"古称圣人载黄屋、佩
玉玺,以为缨绂其心,今观思陵书赐近臣至忠诗四章,在万乘
之尊而悦山林深远之趣,所谓黄屋非心者也。其将逊位储嗣
退居德寿宫时耶?"①郑真看到了高宗喜欢"山林深远"的审美
趣味,以为是高宗将退位时才有的情趣,其实这种对山林隐逸
生活的喜爱之情一直都表现在他的作品中。

　　宋高宗诗也有表达恢复之志的。建炎三年,宋高宗避难
到临安,曾做过一首《中和堂诗》,序云:"孟夏壬戌,来登斯堂。
远瞩稽山,思夏后之功;俯瞰涛江,怀子胥之烈。赋古诗一
首。"下面看他这首诗:

　　六龙转淮海,万骑临吴津。王者本无外,驾言苏远民。
瞻彼草木秀,感此疮痍新。登堂望稽山,怀哉夏禹勤。神
功既盛大,后世蒙其仁。愿同越勾践,焦思先吾身。艰难
务遵养,圣贤有屈伸。高风动君子,属意种蠡臣。②

　　诗中写靖康之难后,自己率军南渡,来到吴地,看到吴地
的秀美景色,感慨于中原沦陷。登上中和堂,望见会稽山,想

───────────────

① (明)郑真:《荥阳外史集》卷四十。
② 见《咸淳临安志》卷四十二。

到夏禹为百姓操劳,功德被于后世。然后说自己愿意像越王勾践一样卧薪尝胆,忍辱负重,也希望得到像文种、范蠡这样的臣子,以助其复国。可见高宗最初是有卧薪尝胆的想法的,大臣也希望高宗能以勾践为榜样。吕颐浩于建炎元年十一月所上奏议云,"越王兵败,栖于会稽,卑词厚礼,养兵蓄锐,有待而发,一战遂收霸功"①。如果说《中和堂诗》是高宗南渡后的一首明志诗,那高宗的议和行为似乎都可以理解,也应该得到后世的谅解,大丈夫能屈能伸,高宗若真的能像勾践一样,那屈己讲和也值得后世尊敬了。可是高宗的卧薪尝胆只是说说而已,我们看到的只有屈没有伸,他在诏书中一再强调自己是"屈己"求和,他也确实能屈,绍兴八年,与金人议和时,金人使者竟然要求他跪受金熙宗诏书,后以为徽宗服丧为由,由秦桧代其接受诏书,行跪拜礼。这是很有辱国格的。高宗对金人一味地卑词厚礼,最终达成了绍兴和议。绍兴和议的内容,由《金史》中所载南宋所上誓表可知,兹录于下:

> 臣构言:今来画疆,合以淮水中流为界,西有唐、邓州割属上国。自邓州西四十里并南四十里为界,属邓州。其四十里外并西南尽属光化军,为敝邑。沿边州城,既蒙恩造,许备藩方,世世子孙,谨守臣节。每年皇帝生辰并正旦,遣使称贺不绝。岁贡银、绢二十五万两、匹,自壬戌年为首,每春季差人送至泗州交纳。有渝此盟,神明是殛,坠命亡氏,蹃其国家。②

割地纳贡,丧权辱国。高宗的做法殊无丈夫气,难怪胡铨

---

① (宋)徐梦莘:《三朝北盟会编》卷一百九十四。
② (元)脱脱等:《金史》卷七十七《宗弼传》,第1755—1756页。

上书义愤填膺,陈刚中为胡铨被贬而贺之云:"谁能屈大丈夫之志,宁忍为小朝廷之谋!"①

高宗《禁妄议边事诏》有一段其论议和好处的文字:

> 仰惟章圣皇帝子育黎元,兼爱南北,肇修邻好二百馀年,戴白之老不识兵革。朕奉祖宗之明谟,守信睦之长策,自讲好以来,聘使往来,边陲绥静,嘉与宇内,共底和宁。内外小大之臣,其咸体朕意,恪遵成绩,以永治安。如敢妄议,当重置典刑。②

这道诏书是绍兴二十六年下达的,高宗很享受偏安江南的生活,"自讲好以来,聘使往来,嘉与宇内,共底和宁"。对于胆敢妄议边事的人,高宗明令"当重置典刑"。绍兴三十二年高宗就将皇位内禅给孝宗,自己做太上皇去了。直到淳熙十四年以八十一岁高龄辞世,终其后半生,高宗再未提过卧薪尝胆。因而他的《中和堂诗》中所明之志也不过是骗人的幌子,他没有卧薪尝胆,而是在营造安乐窝,安于一隅。诗中自比勾践,不过说说而已,当不得真的。

宋高宗身上文士气重。就其平定南方兵匪之乱和农民起义、处置秦桧父子、选择继承人及对朝政的把握上,都可以看出他并不是一个庸主,但他也不是一代雄主,不是雄才大略、开疆拓土、在乱世之中建功立业的英雄人物。他只是个能为宋朝守住半壁江山的一个守成之主,而他守成的目的又是通过和议这种屈辱的方式达到的。

要之,宋高宗的诗词具有浓厚的闲适趣味,语言亦清淡自

---

① 见(宋)罗大经:《鹤林玉露》卷十三。
② (宋)李心传:《建炎以来系年要录》卷一百七十二。

然。这与其乱世之中一国之君的生活是不协调的,但却符合宋高宗的苟安心态。虽然他也有《中和堂诗》这样表达隐忍待时的作品,但只是偶一为之,不是主流。

三、临安作为政治中心对南宋文学的影响

临安作为政治中心,其对南宋文学的影响,主要体现在南宋朝廷文化政策的调整对文学所发生的影响上。南宋的文化政策调整主要体现在两个方面,一是科举考试科目的调整,二是对元祐文化的全面肯定与张扬。

(一) 恢复诗赋和继设词科对文学的影响

北宋熙宁变法后,科举考试经过长期的诗赋、经义之争,到绍圣元年,进士罢试诗赋,专治经术,成为定制。南宋建立以后,对熙宁变法全面反动,科举考试内容也随之发生变化。建炎二年分进士为诗赋、经义两科,绍兴十三年,并诗赋、经义为一科。绍兴十五年,再分诗赋、经义为两科。成为定制。不论分合,都再未废除诗赋。北宋后期的废除诗赋,使得徽宗时期的文坛相对寂寞,虽朝中有大晟词人群和一些御用文人,民间有江西派诸子,但此间的文学创作处于一个低谷状态。直到南渡后,一些移民文人如吕本中、陈与义、曾几等的文学成就才凸显出来。南宋科举考试的恢复诗赋,表明文学写作才能在朝廷选拔官员时又受到了朝廷的重视,这必然会对广大士子产生影响,学习诗赋创作成为他们应试教育的必修科目,这样的教育也必定会培养读书人的文学才能,从而促进文学创作的发展和繁荣。"南宋的别集著录数量为北宋的两倍多"[1],与南宋科举考试一直重视诗赋应该不无关系。

词科始立于北宋绍圣二年,始称宏词科,大观四年改为词

---

[1] 王水照、熊海英:《南宋文学史》前言。

学兼茂科。词科的设立本是北宋进士罢诗赋后，出现公文写作人才匮乏，为获得应用文写作人才而设。词科的设立在北宋已经培养出一批四六文写作人才，南渡后，这些人又由北方南迁，成为朝廷倚重的公文写作人才，也成为南宋初期文坛上四六文写作的名家，如汪藻、孙觌、綦崇礼、韩驹、徐俯、程俱、朱翌等。建炎三年九月除綦崇礼为翰林学士的制词云：

> 学士职清地近，极天下文章之选。非深厚尔雅，不足以代王言；非直谅多闻，不足以备顾问。矧艰难之际，干戈未宁，军国事丛，诏令数下，倚马立办，实难其人。必有敏速之思如枚皋，乃能当飞书驰檄之任，激切之词如陆贽，乃能感武夫悍卒之心。（《给事中綦崇礼可除翰林院学士制》）①

制词中指出能胜任翰林学士一职所必备的才能与修养。南宋初期，内外交困，作为朝廷喉舌的翰林学士的地位非常重要，对担任此职的人要求很高。汪藻因撰《皇太后告天下手书》，措辞得体，深切感人，受到称赞。南宋朝廷为选拔出色的公文写作人才，于绍兴三年，继设词科。词科的继设使得南宋出现了许多四六文名家。王应麟《辞学指南》列南宋"博学宏词科"题名者共 40 人，三洪（洪适、洪遵、洪迈兄弟）、二莫（莫冲、莫济兄弟）、二王（王应麟、王应凤兄弟）、三陈（陈宗召、陈贵谦、陈贵谊父子）、周必大、吕祖谦、真德秀、汤思退、唐仲友、汤邦彦等人，既以四六名家，又多为朝廷重臣及著名学者，这些人在南宋的政坛、文坛及学术领域都有相当大的影响。祝尚书认为词科"不仅为南宋造就了一大批四六文高手，同时也在相

---

① （宋）綦崇礼：《北海集》附录上，影印文渊阁四库全书本。

当程度上转变了社会风气,使北宋古文运动后居于弱势的骈体文,在江南大地突放异彩,其成就几在古文之上,至少也是平分秋色"①。

(二)"最爱元祐"对文学的影响

徽宗朝蔡京当国,对元祐党人实施严厉打击,毁元祐文人文集,这是北宋文化史上最黑暗的一页。崇宁二年四月,"诏苏洵、苏轼、苏辙、黄庭坚、张耒、晁补之、秦观、马涓文集,范祖禹《唐鉴》,范镇《东斋记事》,刘攽诗话,僧文莹《湘山野录》等,印板悉行焚毁"②。"天下碑榜额,系东坡书撰者,并一例除毁"③。"蔡京又自书奸党为大碑,颁于郡县,令监司长吏厅皆刻石"④。崇宁三年,"诏重定元祐、元符党人及上书邪等者合为一籍,通三百九人,刻石于朝堂"⑤。徽宗朝出于统治需要对元祐党人的打击,对当权者个人来说,内心也是惶愧的,因而崇宁五年,徽宗遣黄门毁掉朝堂上的元祐党人碑。但宣和五年、六年又两度重申禁毁元祐学术。元祐文人在徽宗朝文学的影响并没有因受到严禁而消失,只是由显而隐,由朝堂走向民间。学习黄庭坚诗歌的江西诗派成为徽宗朝诗坛的主流。苏轼的影响也"由显而隐,却无处不在"⑥。朱弁《风月堂诗话》的一段记载可为苏轼诗在徽宗朝影响之一斑:"崇宁、大观间,东坡海外诗盛行,后生不复有言欧公者。是时,朝廷虽尝禁止,赏钱增至八十万,禁愈严而其传愈多,往往以多相夸。士大夫不能诵坡诗者,自觉气索,而人或谓

---

① 祝尚书:《论北宋科举改制的异变与南宋文学走向》,见《宋代科举与文学考论》,大象出版社 2006 年,第 399 页
② (宋)李焘:《续资治通鉴长编》卷八十八。
③ (宋)吴曾:《能改斋漫录》卷十一。
④ (明)陈邦瞻撰:《宋史纪事本末》卷十一。
⑤ 同上。
⑥ 诸葛忆兵:《徽宗词坛研究》,第 160 页。

之不韵。"①

　　高宗即位以后，便表现出对徽宗朝政策的反拨及向元祐的复归。建炎二年，追复元祐党人官职恩数，后元祐党人子弟也多召入，赐予官职。高宗说"最爱元祐"是在绍兴四年八月，时宗正少卿兼直史馆范冲入见，高宗与其论及哲宗时朝政，范冲说："王安石自任己见，非毁前人，尽变祖宗法度，上误神宗皇帝。天下之乱，实兆于安石，此皆非神祖之意。"上曰："极是，朕最爱元祐。"②"最爱元祐"的内涵十分丰富，表明高宗对元祐是全盘接受的，包括政治、学术，当然也包括文学。高宗"最爱元祐"在文学方面的表现便是对苏轼的极度推崇与褒扬，高宗喜爱苏轼文词，曾"力购全集，刻之禁中"③。绍兴元年秋七月又诏"苏轼特赠资政殿学士、朝奉大夫"。以高宗为首的南宋朝廷对元祐的倡导影响于文学首先表现在学习苏、黄的由隐而显，人数众多，对苏文、苏词及黄诗的学习蔚然成风。

　　向子諲作为南渡时的著名词人，其词集分为"江南新词"和"江北旧词"，其对江南新词十分看重，将"江南新词"置于"江北旧词"前，而其江南新词正是学习苏词的创作成果。胡寅在《酒边词序》中称赞苏轼之词云："及眉山苏氏，一洗绮罗香泽之态，摆脱绸缪宛转之度，使人登高望远，举首高歌，而逸怀浩气超然乎尘垢之外。于是花间为皂隶，而柳氏为舆台矣。"同时指出向子諲南渡之后学习苏词，"芗林居士步趋苏堂而哜其炙者也。观其退江北所作于后，而进江南所作于前，以枯木之心幻出葩华，酌玄酒之尊弃置醇味，非染而不色，安能及此"④。

---

① （宋）朱弁：《风月堂诗话》卷上。
② （宋）李心传：《建炎以来系年要录》卷七十九。
③ （明）李日华：《六研斋笔记》三笔卷三。
④ （宋）胡寅：《斐然集》卷十九。

　　李纲、李光"在词体创作上也步趋苏轼所指出的'向上一路',成了'苏轼词派'的过渡词人"①。韩元吉"诗体文格,均有欧苏之遗"②,叶梦得在徽宗朝很受宠,曾力反元祐,南渡后也转而学习苏轼。王安中则在北宋时就已经暗中学习苏轼,周必大在为王安中《初寮集》所作《序》中说:"时方讳言苏学,而公已潜启其密钥。"并将王安中作为苏门四学士之后能继承苏轼衣钵的传人,"黄、张、晁、秦既没,系文统、接坠绪,谁出公右? 岂止袭其裳、佩其环而已"。

　　以黄庭坚为宗的江西诗派诸人,南渡后成为传播江西诗派诗风的主要力量,就中以吕本中、曾几的贡献最大,使得江西诗派的影响终南宋一朝都或显或隐地存在着。

　　其次表现在科举考试上,由于朝廷倡导苏文,因而对苏轼散文及四六的学习与模仿成为热门。陆游《老学庵笔记》中记载关于苏文在南宋受追捧的情况云:"建炎以来,尚苏氏文章,学者翕然从之,而蜀士尤盛,亦有语曰:'苏文熟,吃羊肉;苏文生,吃菜羹。'"③这种对苏轼文章的学习还是出于功利目的,为了取得科名而为之,但客观上也促进了苏轼作品的传播,扩大了苏轼作品的影响。《建炎以来系年要录》有一则关于王之望参加进士考试的记载:"之望,谷城人,初举进士,考官孙道夫异其文,欲置魁等,众议不同。他日,知贡举朱震持以示人曰:'此小东坡也。'"④显然王之望对苏轼文下过一番学习揣摩功夫,因而受到考官孙道夫的青睐,知贡举朱震

---

① 沈松勤:《宋氏南渡后"崇苏热"与词学命运》,《文学评论》2005 年第 2 期。
② (清)纪昀等:《四库全书总目》卷一百六十《南涧甲乙稿提要》。
③ (宋)陆游撰,李剑雄、刘德权点校:《老学庵笔记》卷八,中华书局 1979 年版,第 100 页。
④ (宋)李心传:《建炎以来系年要录》卷一百五十一。

更誉之为"小东坡"。四库馆臣言其诗文"皆疏畅明达,犹有北宋遗矩"①。

以苏、黄为代表的元祐文学在南宋的风行,既是元祐文学深入人心的结果,也是南宋统治者的有意提倡。恢复诗赋表明南宋朝廷对文学之士的重视,而"最爱元祐"则为文学的发展确定了方向。这两个举措对南宋文学的影响至为深远。

第二节　移民文学中心
之二:信州

一、信州在南宋成为移民文学中心的原因

信州是江南东路的重要州府,《明一统志》卷五十一《广信府·建置沿革》云:"春秋、战国,迭为吴楚之地,秦属九江、会稽二郡,汉为豫章郡之馀汗县及会稽郡之大末县地,晋宋及隋属鄱阳、东阳二郡,唐析衢之玉山、常山,饶之弋阳及抚、建二州地置信州,隶江南西道。五代时杨吴、南唐继有之,宋以信州隶江南东路。"由此可见,信州直到唐代才被划分为一个独立的行政区域,其形成年代较晚,而且是从几个不同地区划出组成,因而可以说信州自建置之初就具有多地域文化色彩,文化本身具有兼容性与包容性。

信州因其地僻山多,交通不便,在唐代还是文化较为落后的地区。白居易《送人贬信州判官》一诗中写道:"地僻山深古上饶,土风贫薄道程遥。不唯迁客须恓屑,见说居人也寂寥。溪畔毒沙藏水弩,城头枯树下山魈。若于此郡为卑吏,刺史厅前又折腰。"②在白居易的笔下,上饶还是蛮荒之地。但"信自

---

① (清)纪昀等:《四库全书总目》卷一百五十八《汉滨集提要》。
② 朱金城笺校:《白居易集笺校》,第901页。

永嘉东迁,衣冠避地,风气渐开,历唐而宋,文学之士间出"①,唐代信州有陆羽隐居茶山,撰写《茶经》,出了方棫、吴武陵、王贞白三位进士。明危素《说学斋稿》卷四《广信文献录序》言信州文化发展脉络时云:"信,东南大郡也,其山奇拔,其水清泻,其钟而为人,有文章,尚节概。自唐吴武陵父子及校书王贞白启其端绪,至于宋室南迁,中原故家多侨寓于此,而士习益盛。"

北宋信州进士中有名的如余安行(弋阳)、叶虞仲(玉山)、许几(贵溪)、沈邈(弋阳)、刘辉(铅山)、余应球、叶大用(玉山)、张宪、郑骧(玉山)、张叔夜(永丰)、余尧弼(上饶)等,历南北宋之交的有张运(贵溪)、周世修(玉山)、陈康伯(弋阳),可见南渡前信州已经有了一定的文化积淀。据嘉靖《广信府志》,笔者统计出信州在北宋、南宋时期的进士人数。

信州进士:北宋117人,南宋182人,其中高宗时62人。

上饶:北宋17人,高宗17人,此后39人。(元祐六年始有人及第)

弋阳:北宋12人,高宗2人,此后1人。(谢枋得,宝祐四年进士)

玉山:北宋20人,高宗21人,此后22人。

贵溪:北宋52人,高宗15人,此后36人。

永丰:北宋4人,高宗4人,此后14人。(崇宁二年始有人及第)

铅山:北宋13人,高宗4人,此后8人。

由上面的统计可以看出,北宋时信州进士人数已经不少,而在南渡后高宗朝的三十多年间,信州进士人数达到62人,上饶进士人数与北宋时期总数相同,玉山进士人数则超过了北宋时期的总数。南宋初进士中有方畴(弋阳)、徐人杰(玉

---

① 雍正《江西通志》卷二十六《风俗》。

山)、汪应辰(玉山)、王时敏(上饶)等在南宋文坛影响较大的文人。可见因移民的大量迁居信州,对信州文化产生的影响。

北宋时,江西以盛产文学之士著称,北宋第一流的文学大家多产于江西,欧阳修(吉州)、晏殊父子(临川)、王安石(临川)、曾巩(南丰)、黄庭坚(修水),此外,还有洪州的三洪、徐俯,临江三孔等,信州与这些地方相比,实无足夸。"而南渡以后,遂为要区,人知敦本积学,日趋于盛"①。南渡后信州成为一个重要的文学中心,显然是和这里大量的移民文人的聚居分不开。

首先,信州地理位置重要性得到提升。南渡后,政治中心南移,临安成为行在所,信州距离政治中心的距离一下子拉近了。而且信州处于闽、浙、赣交汇处,是从临安出入江西及福建的必经之地。"广信为江闽二浙往来之交,异时中原贤士大夫南徙,多侨居焉"②。"信之为郡,江以东望镇也。牙闽控越,襟淮面浙,隐然为要冲之会"③。信州因其优越的地理位置,而成为交通要冲。

其次,信州社会比较安定,没有遭受战乱的破坏。信州比较安全,兵匪盗贼皆未犯此地,在南渡初的动荡混乱中是难得的一块安宁的处所。韩元吉《信州新建牙门记》云:"虽宣和青溪之盗、建炎寇攘云扰,皆莫能犯其地。而郡治岿然独在。"④

第三,信州的自然环境也不错,物产亦丰。韩元吉在《两贤堂记》中描绘信州云:"灵山连延,秀拔森耸,与怀玉诸峰巉然相映带,其物产丰美,土壤平衍,故北来之渡江者,爱而多寓焉。"⑤

---

① 雍正《江西通志》卷二十六《风俗》引《府志论》。
② 同上。
③ 雍正《江西通志》卷四引王雷《修信州城记》。
④ (宋)韩元吉:《南涧甲乙稿》卷十五。
⑤ (宋)韩元吉:《两贤堂记》,见《南涧甲乙稿》卷一五。

"信州前距闽,北抵越,其土沃,其民阜,其东南之巨屏乎! 茂才高第常与计偕"①。信州物阜民丰,是移民选择移居地的好地方。

正因为信州符合大多数移民文人对移居地的要求,因而许多著名的文人及其家族移居于此。"建炎初,中原缙绅家多居是州"②。"渡江时,上饶号称贤俊所聚,义理之宅,如汉许下、晋会稽焉"③。信州成为南宋移民文人荟萃之地,吕本中、曾几、韩元吉、辛弃疾等南宋文坛的重要人物都寓居信州,在他们周围凝聚了一大批文学之士,使得信州成为南宋移民文学的中心之一。

二、信州主要移民文人的戚友关系及文学创作

(一) 几位主要移民文人之戚友关系

1. 吕本中

吕氏家族中人:弟吕揆中、吕弸中、吕用中、吕忱中,吕揆中南渡前已卒。子吕大猷、吕大同。侄吕大伦、吕大器、吕大凤、吕大阳、吕大麟、吕大虬、吕大兴。孙吕祖仁、吕祖泰、吕祖平。侄孙吕祖谦、吕祖俭。

江西诗派中人:在吕本中《江西宗派图》所列 25 人中,与吕本中有过交往的有:潘大临、潘大观、谢逸、谢薖、洪炎、饶节、徐俯、韩驹、汪革、李彭、晁冲之、江端本、杨符、夏倪、王直方等 15 人。

诸晁:晁载之、晁咏之、晁贯之、晁谓之、晁冲之、晁谦之。吕本中诗云:"平生亲爱独诸晁。"④

---

① 见《江西通志》卷二十六《风俗》引杨楷《学记》。
② (元) 戴表元:《剡源文集》卷一《稼轩书院兴造记》。
③ (宋) 叶适:《水心先生文集》卷二十《徐斯远文集序》。
④ (宋) 吕本中:《东莱诗集》卷十五《闲居感旧偶成十绝乘兴有作不复诠次》。

门人：林之奇、李楠、李樗、汪应辰、曾季狸、曾獬父、王时敏、章宪、章悊、周宪、王师愈、方畴、方丰之、柴渊、陈从古、晁公庆、樊世显、詹慥、范顾言叔侄、赵颖达、徐止、童尧询、蔡楠、谢敏行兄弟。

交游：向子諲、曾几、陈与义、折彦质、朱敦儒、李纲、李光、张元干、王以宁、赵鼎、尹焞、刘勉之、胡宪、胡寅、曾慥、常同、秦梓、范寥、廖刚、曾惇、士珪禅师、宗杲禅师、陈渊、潘良贵、尹穑、魏矼、蔡兴宗、李良宇、叶份、范正国、汪如愚、程瑀、刘子翚、吴说、张掞等。

2. 曾几

舅氏：孔文仲、孔武仲、孔平仲

兄：曾弼、曾懋、曾班、曾开。

子：曾逢、曾逮、曾迅。

婿：吕大器。

外孙：吕祖谦。

妹婿：吴敏。

门人：陆游、周日章、周日新等。

交游：赵鼎臣、方时敏、刘安世、李萧远、杨时、倪涛、王安中、尹东珣、吕本中、胡安国、胡寅、胡宏、韩驹、汪藻、李弥大、黄叔敖、苏云卿、程瑀、王以宁、赵子昼、程俱、尹焞、王谊、韩璜、向子諲、贺允中、王洋、晁谦之、刘子翚、曾惇、郑资之、方滋、张宗元、路彬、刘昉、韩琏、何大圭、徐兢、周堃、郑思恭、赵令衿、惠空禅师、郑望之、路采、韩元吉、谢伋、郑琰、钱端礼、罗孝芬、李光、宗杲、邓根、荣嶷、徐林、凌哲、林仲纯、沈作喆、朱翌、张孝祥、汪若容、王佐、胡沂、汤思退、吴芾、苏师德、梁仲敏、喻樗、王端朝、陈康伯、沈度、高文虎等。

3. 韩元吉

族祖：韩球。

兄弟：兄韩元龙、族兄韩元象、族弟韩元修。韩元龙娶张孝祥妹法善为继室。

子：韩淲，淲妻为晁以道之孙女，晁子阖之女。

婿：吕祖谦、孟植。

交游：尹焞、叶梦得、刘一止、曾几、贺允中、范如圭、吴芾、虞允文、傅自得、洪适、赵彦端、范端臣、赵彦堪、施钜、连必达、梁士衡、翁蒙之、徐琛、尹穑、苏峤、叶义问、周葵、沈作喆、杨安止、张祁、张孝祥、张焘、辛次膺、周必大、张元干、陆游、汤思退、辛弃疾、庞谦孺、徐度、王仲宗、赵德温、赵仲缤、沈信臣、樊光远、王嵎、朱熹、张浚、周操、何侑、张玉仲、章甫、方滋、苏玭、李远、史正志、丘崈、范成大、孟泽、曾正中、邓润甫、韩彦古、蔡迨、郭见义、陈岩肖、陈良祐、黄掞、赵师龙、毛开、汪应辰、赵蕃、陈良祐、李塾、钱端礼、叶衡、唐仲友、陈亮、黄永存、徐安国、史千、朱钦则、姜特立、钱象祖、赵善扛、李商叟、虞俦、连南夫、熊克、赵彦枏、郑汝谐、万钟、魏矼、韩历、王德和。

4. 辛弃疾

岳父范邦彦，妻兄范如山，女婿范炎、陈成父。

子：稹、秬、稏、穮、穰、穄、秸、襃、鬴。

交游：陈康伯、虞允文、李椿、王炎、李焘、傅自得、洪适、韩元吉、吴交如、王正己、赵彦端、叶衡、洪迈、施师点、陆游、卢彦德、周必大、范成大、王佐、王淮、赵像之、陈居仁、朱熹、钱之望、张栻、何异、赵兼善、汤邦彦、党怀英、丘崈、曹盅、周孚、罗愿、吕祖谦、陈傅良、楼钥、崔敦诗、陆九渊、赵汝愚、王自中、袁说友、赵蕃、韩淲、刘过、严焕、陈天麟、邓林、陈琪、许及之、胡时可、曾丰、黄人杰、赵奇暐、徐谊、朱熹、陈亮、范开、钱象祖、姜夔、李大正、郑元英、郑舜举、郑如崈、杜叔高、洪莘、彭止、马大同、刘宰、徐文卿、吴绍古、傅岩叟、赵汝鐩、朱权、杜旟、林克斋、彭龟年、黄榦、项安世。

由信州几位主要移民文人的戚友关系与交游可以看出信州移民文人具有以下特点：

（1）多文学世家后裔，与北宋文学有很深的渊源。

（2）多文坛领袖人物，创作成就大。

（3）交游广泛，与其他地区文人之间联系较为紧密，互相唱和较多。对南宋文坛影响极大。

（4）吕本中、曾几、韩元吉、辛弃疾相继移居信州，四人都是移民文学中的领袖人物，这就使得信州移民文学一直处于中心地位。

（5）门生或受其影响的文人众多，对文学的传承起着关键作用。

（6）信州移民文人中多仕途失意者。

（二）信州移民文人的创作

信州移民文人存世作品，吕本中有《东莱诗集》二十卷，《紫微词》一卷，《全宋文》辑其文二十篇。曾几有《茶山集》三十卷，已佚，四库馆臣据《永乐大典》辑为八卷，《全宋文》辑其文八篇。韩元吉有《南涧甲乙稿》七十卷，已佚，四库馆臣自《永乐大典》辑为二十二卷，《焦尾集》一卷。王洋有《东牟集》三十卷，已佚，四库馆臣自《永乐大典》辑为十四卷。辛弃疾有《稼轩词》四卷，《美芹十论》一卷，邓广铭辑有《辛稼轩诗文抄存》。

其他移民文人的诗、词、文存留情况一览表

作　者	诗	词	文
吕大猷			2
曾　逢	1		1

作　者	诗	词	文
曾　逮	2	句1	4
周　聿			6
冯　显	句1		
郑望之	2		4
郑资之			1
赵不迁			1
晁谦之	2		7
赵士衱	3		
贾逸祖		1	
尹　穑	1,又句1		13
赵　旸	2,又句1		1
赵　泽	1		
赵　涣			1
李弥大	5		
徐　兢	2		
王次张			1
庄　绰	3		4
王友直			8
折彦质	7		8
马永卿	《嬾真子》五卷(子部之杂家类)		

　　信州移民文人有别集存世者五人,诗、词、文创作在南宋均占有突出地位,吕本中、曾几的文传世者寥寥,看不出当时之创作成就,但韩元吉、辛弃疾、王洋的文均可观,在南宋文坛占有一席之地。

　　1. 诗歌创作:对江西诗派的继承与发展

　　吕本中南渡前与江西诗派中人交游,其诗亦受黄庭坚影响,讲究锤炼字句,力避俗套,苦求新意。曾季狸《艇斋诗话》说吕本中作“风声入树翻归鸟,月影浮江倒客帆”①一诗“尝呕血,自此遂得嬴疾终其身。其始作诗,如是之苦也”。吕本中《师友杂志》曾言徐俯对其诗的欣赏,“徐俯师川,少豪逸出众,江西诸人皆从服焉。崇宁初,见予所作诗,大相称赏,以为尽出江西诸人右也。其乐善过实如此”②。综观吕本中年少时所受称赏之作,都以用语精当、饶有新意为其特点,如“小艇元从天上来,白云自向杯中落”,“春尽茅檐低着燕,日高田水故飞鸥”③。吕本中靖康之难前诗作多是交游酬赠之作,内容上无甚可取,主要还是在诗歌形式上颇下功夫,但其与徐俯、韩驹等江西派诗人一样,对江西诗派的瘦硬拗峭诗风有所不满,已经酝酿着诗风的改变,南渡后,其“活法”说流传开来,对南宋诗坛影响很大。

　　吕本中对苏轼和黄庭坚都很推崇,认为二人不可偏废,苏诗可以让人思路开阔,黄诗让人有法度可循。如其《童蒙诗训》中的两则论苏黄并重,“读《庄子》令人意宽思大敢作。读《左传》使人入法度,不敢容易。此二书不可偏废也。近世读东坡、鲁直诗,亦类此”。“自古以来语文章之妙,广备众体,出奇无穷者,唯东坡一人;极风雅之变,尽比兴之体,包括众作,

①　(宋)曾季狸:《艇斋诗话》,历代诗话续编本。
②　(宋)吕本中:《师友杂志》,文渊阁四库全书本。
③　(宋)林之奇:《拙斋文集》卷一。

本以新意者,唯豫章一人。此二者当永以为法"①。其论曾几诗,认为曾波澜未阔,而要阔其波澜,须扩大规摹,需要养气,而扩大规摹的途径便是"试取东坡黄州已后诗如'种松医眼'之类及杜子美歌行及长韵、近体诗看便可见"②。教人学诗以学黄庭坚诗为主,而辅之以东坡之作。吕本中要求诗中要有响字、文贵警策等说法都是对江西诗法的继承。

吕本中认为好诗应该清新自然、圆美流转。其"活法"说直接影响了曾几的创作。吕、曾二人都经历了靖康之难及之后南迁的颠沛流离的生活,他们的诗歌创作已与江西诗派有了很大差异。

从诗歌内容上看,生活现实被诗人写入诗中,使得诗歌内容充实、丰厚,已与江西诗派的形式主义截然不同,如吕本中有诗史之称的反映靖康围城的一些纪实之作:《守城士》、《闻军士求战甚力作诗勉之》、《兵乱寓小巷中作》、《城中纪事》、《丁未二月上旬四首》、《兵乱后自嬉杂诗》二十九首、《围城中故人多避寇在临巷者雪晴往访问之坐语既久意亦暂适也》等诗,与老杜那些反映安史之乱的作品一脉相承。其《兵乱寓小巷中作》写其在金兵围困的汴京城中所见所闻:"城北杀人声彻天,城南放火夜烧船。江河梦断不得往,问君此住何因缘。窜身穷巷米如玉,翁寻湿薪煴爨粥。明日开门雪到檐,隔墙更听邻家哭。"③只有亲身经历了汴京被围才能写出这样真切感人的诗作。吕本中避难南迁一路所作诗,记述了他的逃难经历,从诗中可以比较清楚地了解他的避难生活。

曾几的诗歌虽散佚较多,但从留存的作品中也可看出其

---

① （宋）吕本中:《童蒙诗训》,见郭绍虞《宋诗话辑佚》附录。
② （宋）吕本中:《与曾吉甫论诗第二帖》,见胡仔《苕溪渔隐丛话》前集卷四十九。
③ （宋）吕本中:《东莱诗集》,卷十一。

诗中对现实生活的关注,如《闻寇至初去柳州》、《闻寇退欲还柳州寄柳守常子正》、《避寇迁居郭内风雨凄然郑顾道饷酒》、《次折仲古避寇浔州韵》等反映躲避流寇乱兵之作,真实地将当时的情状写入诗中。在《次折仲古避寇浔州韵》一诗中写到避寇期间生活的窘迫:"为问米何如?买禾可论廛。向来鱼菜市,十户八九旋。令我喜折屐,喜定翻悲怜。王师静江南,趋者人摩肩。一日百回首,我非强项宣。盛欲径梅庾,不然傍郴连。终鲜孔方兄,留滞等谪迁。"①这些反映现实生活的诗作无须雕琢语言,而自能打动人心。

从情感表达看,不同于此前江西诗派诗歌的枯涩,而是将忧国忧民的情感贯注于诗歌中,使得诗歌充满感人的力量。如吕本中的《怀京师》②:

> 北风作霜秋已寒,长江浪生船去难。客愁不断若江水,朝思莫思在长安。长安城外高十丈,此地岂容塞马傍。亲见去年城破时,至今铁马黄河上。小臣位下才则拙,有谋未献空惆怅。汉家宗庙有神灵,但语戈鋋莫狂荡。

诗中充满了对故都的怀念及希望朝廷能止息干戈、收复失地。另一首《己酉冬江上惊报》③则表达了虽身处穷荒却不忘忧国的挚诚:

> 京路萧条信不通,边尘尚欲竞南风。三年避地身多病,万里携孥囊屡空。天际每垂忧国泪,日边谁了济时

---

① (宋)曾几:《茶山集》卷一。
② (宋)吕本中:《东莱诗集》卷十一。
③ (宋)吕本中:《东莱诗集》卷十。题中"己酉"原作"丁酉",诗写建炎元年至三年避地江南事,建炎三年为丁酉,故改。

功。宣王自是中兴主,会见銮舆返故宫。

曾几的那些忧国忧民之作更为人所传诵,如《寓居吴兴》①:

> 相对真成泣楚囚,遂无末策到神州。但知绕树如飞鹊,不解营巢似拙鸠。江北江南犹断绝,秋风秋雨敢淹留。低回又作荆州梦,落日孤云始欲愁。

诗人对国事满怀忧虑而又无能为力,感情沉重而忧伤。《苏秀道中自七月二十五日夜大雨三日,秋苗以苏,喜而有作》②表达的是对民生疾苦的关怀:

> 一夕骄阳转作霖,梦回凉冷润衣襟。不愁屋漏床床湿,且喜溪流岸岸深。千里稻花应秀色,五更桐叶最佳音。无田似我犹欣舞,何况田间望岁心。

写出诗人久旱逢雨的喜悦,而这种喜悦更多的是因为看到干枯的禾苗因大雨而复苏。诗人由自己的喜悦联想到百姓因担忧庄稼而日日盼雨,如今如愿以偿,那该是何等高兴啊。诗人忧百姓之忧,喜百姓之喜,表现出一个地方官关心民生疾苦的情怀。

从诗歌语言上看,转向清新自然,无刻镂涩口之弊。吕本中提出"活法"一说,他自己的诗中已经创作了不少清淡自然之作,如《兴安灵渠》和《春晚即事》二诗③:

> 淡日清风细雨馀,阴阴溪柳映溪蒲。清流平岸舟行

---

① (宋)曾几:《茶山集》卷十一。
② 同上,卷五。
③ (宋)吕本中:《东莱诗集》卷十。

疾,野鸟时闻声自呼。

　　淡淡阴云昼掩门,隔溪杨柳暗江村。落花狼藉飞红雨,又是潺湲过一春。

诗中无僻语、无雕琢痕迹,清淡自然。《瀛奎律髓》选了《用寄璧上人韵范元实赵才仲及从叔知止》①一诗:

　　故人瓶锡各西东,吾道从来冀北空。病去渐于文字懒,南来犹觉岁时公。江回夜雨千岩黑,霜着高林万叶红。政好还家君未肯,莫教惭愧北窗风。

方回评云:“居仁和此韵凡六首。‘酒如震泽三江绿,诗似芙蕖五月红’,‘双鬓共期他日白,千花犹是去年红’,‘银杯久持浮大白,桃花且着舒小红’,皆脱洒圆活。”②

　　曾几诗被赵庚夫比作“新如月出初三夜,淡比汤煎第一泉”(《读曾文清文集》)③其诗清新自然的特点更为明显,如其《东轩小室即事五首》其一④:

　　卷书坐东轩,有竹甚魁伟。清风过其间,戛戛鸣不已。写之以素琴,音节淡如水。不惜为人弹,临流须洗耳。

襟怀恬淡,舒卷自如。历来次韵之作佳作少,因为要迁就韵脚,难免杂凑,曾几的这首《次冯子容主簿信州筑居韵》⑤却无

---

① (宋)吕本中:《东莱诗集》卷一。
② (元)方回:《瀛奎律髓》卷四十七。
③ (宋)陈起编:《江湖后集》卷八。
④ (宋)曾几:《茶山集》卷二。
⑤ 同上,卷五。

此毛病，依然清新流畅：

> 闻君卜居水云乡，欲往从之各异方。屋角树阴倾老盖，溪南山色过浮梁。薰风自在翻书叶，梅雨相欺败堵墙。长铗高歌归去好，幽栖为我觅阳冈。

再看其《松风亭四首》①：

> 长卿壁四立，杜老茅三重。茶山穷次骨，憩寂以长松。直干以栋宇，清阴自帡幪。山泉落高处，审听是松风。
>
> 客至引幽步，步及松风亭。问亭何当作，笑视何足听。俗论哄蛙黾，市声殷雷霆。时来一洗耳，两眼为君青。
>
> 有客过茅宇，煮茶坐松风。问亭果安在，笑指十八公。君看梁与栋，岂不深且雄。何必用斤斧，然后成帡幪。
>
> 回环数株松，老干极落落。清风一披拂，竽籁自然作。喧嚣世俗事，只使人意恶。谁能洗耳来，相与憩寂寞。

诗前小序云："儿得桥松十馀，四合而中空，其下可坐，故名之云。"诗人的"松风亭"非人工所建，乃自然形成，其写松风亭之诗也是纯任自然，无斧琢痕。松风、栋宇、洗耳、帡幪等词在四首诗中不厌重复，却不觉其啰唆，只是予人清风扑面之感，令人神清气爽。

曾几集中这样意脉流畅、清新自然之作还有很多，陈衍认为曾几诗有"手挥目送之乐"②。

吕本中和曾几南渡后的诗作以对江西诗风的改造而著

---

① （宋）曾几：《茶山集》卷二。
② 陈衍：《宋诗精华录》卷三《发宜兴》。

称,他们的创作虽没有跳出江西诗派的藩篱,但已为后来者指出了发展方向。

2. 稼轩词——"词的高峰"

在辛弃疾南渡之前,南宋词相较北宋词已经出现了变化,南渡文人以词抒发爱国情感,表达家国之恨、乱离之感、思乡之情,这同北宋词主要写风花雪月、个人的离愁别恨不同,词所承担的表达功能已经向诗靠拢。南渡初四名臣及岳飞、张元干、陈与义、李清照、向子諲、朱敦儒、叶梦得等人的词可谓南渡初词坛新变的开始。绍兴中后期,张孝祥、韩元吉、陆游、范成大等南渡后成长起来的一批文人开始登上文坛,他们的创作为辛弃疾的出现做着准备。绍兴末辛弃疾渡江南来,满怀报国热情与雄心壮志的词人失去了发挥自己才能的舞台,苦闷与悲愤化作一首首词倾泻而出。词人一亮相,便显示出了非凡的创作才能,他的词如刘克庄所云:"大声镗鞳,小声铿鍧,横绝六合,扫空万古,自有苍生以来所无。其秾纤绵密者,亦不在小晏、秦郎之下。"①陶尔夫、刘敬圻先生的《南宋词史》将南宋词分为四个阶段:词坛的转型期、词史的高峰期、词艺的深化期、宋词的结获期。辛弃疾处于第二个阶段,即词史的高峰期,而"稼轩体"的出现则是词史发展到高峰期的标志。②

辛弃疾定居信州上饶是在淳熙八年末,因王蔺弹其"奸贪凶暴"、"用钱如泥沙,杀人如草芥"。宋朝的台谏官可以根据子虚乌有的信息弹劾官员,辛弃疾百口莫辩,开始了长达十年的带湖闲居。绍熙三年至五年在福建任提点刑狱、福建安抚使,绍熙五年七月又一次被弹劾,开始了八年的铅山瓢泉闲居。这十八年的闲居生活是辛弃疾创作的黄金时期。在辛弃

---

① (宋)刘克庄:《后村先生大全集》卷九十八《辛稼轩集序》。
② 参看陶尔夫、刘敬圻:《南宋词史》第二章《辛弃疾与词史的高峰》。

疾之前，信州词坛南渡初有吕本中的创作，略早于辛弃疾移居信州的韩元吉也有词作，但影响都不大。直到辛弃疾来居信州，信州俨然成了南宋词的创作中心。这时南渡初的词坛名家均已辞世，后成长起来的词人创作上无法与辛弃疾争衡，辛弃疾成为淳熙及庆元、嘉泰年间的词坛领袖。在辛弃疾的周围，出现了一个与其交游唱和的词人圈子，这些词人既有信州的文人，也有其他州府的文人，他们无不对辛弃疾的词作表示倾心。在当时和此后出现了众多学习、模仿辛弃疾词作的文人，被称为辛派词人。那辛弃疾的创作何以会成为"词的高峰"？其高峰的表现又是什么？

　　邓广铭《稼轩词编年笺注》收辛词 629 首，在现存两宋词人作品中，辛弃疾的词作最多。辛弃疾也写诗文，但留存下来的数量很少，邓广铭辑校审订、辛更儒笺注的《辛稼轩诗文笺注》收辛文 18 篇，诗 142 首，另有文 1 篇、诗 1 首仅存佚句。就创作成就看，也无法与其词相比。由此可见，通过词来表达爱国情感、恢复之志、失意之悲、日常生活之点滴、友朋交往之乐趣，是辛弃疾的主动选择。对词体的重视，以词作为抒写的主要体式，是辛词达到高峰的一个前提条件。

　　辛弃疾的英雄气质与其独特的经历，是其词达到高峰的一个必要条件。辛弃疾南渡前，生活在金人占领区，所受的家庭教育是"思投衅而起，以纾君父不共戴天之愤"①，这使得"以气节自负，以功业自许"②成为辛弃疾生命的主要特征。在其二十二岁的青年时期，奋起抗金，聚众两千加入耿京义军，追杀义端、生擒叛徒张安国、率众南归，这是辛弃疾生命中

① （宋）辛弃疾：《美芹十论》，见《辛稼轩诗文笺注》，上海古籍出版社 1995 年，第 1 页。
② （宋）范开：《稼轩词序》，见施蛰存主编：《词集序跋萃编》，中国社会科学出版社 1994 年，第 199 页。

一段华彩乐章。就是这样一个英雄人物,在南渡后却找不到发挥自己才能的舞台。其南归时,正值完颜亮南侵,随后张浚北伐,这对满怀报国之志的辛弃疾来说,应该是千载难逢的建功立业的好时机,可是因南归初其职位低微,又是归正人,没有受到朝廷重视,他也就无法施展自己的才能和抱负。此后虽有扑灭茶商军、训练飞虎军的经历及成为独当一面的地方官,但其恢复中原之志一直无法付诸实施。十八年的投闲置散,让英雄在蹉跎中老去。到韩侂胄北伐时,辛弃疾的健康状况已经不容许他再有作为,"韩侂胄复有用兵意,遂除弃疾枢密院都承旨,疾速赴行在奏事。会弃疾病死,乃已。"①辛弃疾这样一位英雄人物,当他选择用词这种传统的浅斟低唱的文学形式来表达他英雄的壮志与悲慨时,词注定了要为之发生改变。

辛弃疾词中的恢复之志是南渡后大多数文人的共同志向,而词中失意的悲愤又是许多抗金志士受到主和派的摧抑、打击后所共有的情感,辛词能代表大多数人的心声,能表达出"人人心中所有,人人笔下所无"的那份感情。辛弃疾能以出色的创作才能用词这种体裁写出时代的共同心声,这是其词达到高峰的必要条件。

辛词处于词坛高峰的表现主要有以下两个方面:

第一,词风的多样性。一个创作成就杰出的文人,其作品风格不该是单一的。辛弃疾词风的多样性是其超出一般词人之处。打开《稼轩词》,一股雄豪之气扑面而来,其词多慷慨豪壮之作,如《破阵子·为陈同甫赋壮词以寄之》:

　　　　醉里挑灯看剑,梦回吹角连营。八百里分麾下炙,五十弦翻塞外声。沙场秋点兵。马作的卢飞快,弓如霹雳弦

---

① 《两朝纲目备要》卷十。

惊。了却君王天下事,赢得生前身后名。可怜白发生。①

词是写给另一位豪士陈亮的,以慷慨豪壮之词写军营生活,真可振怯起懦。辛弃疾词还有沉郁苍凉之什,如《贺新郎·别茂嘉十二弟》:

> 绿树听鹈鴂。更那堪鹧鸪声住,杜鹃声切。啼到春归无寻处,苦恨芳菲都歇。算未抵人间离别。马上琵琶关塞黑,更长门翠辇辞金阙。看燕燕,送归妾。　将军百战身名裂。向河梁回头万里,故人长绝。易水萧萧西风冷,满座衣冠似雪。正壮士悲歌未彻。啼鸟还知如许恨,料不啼清泪长啼血。谁共我,醉明月?②

辛茂嘉是辛弃疾族弟,因事被贬桂林。按常理,词人在词中可以表达离别之悲伤,对族弟的被贬还可以表达安慰之意。可是在辛弃疾的笔下,这场离别却被他写成了生死离别,词中典故也"都与家国兴亡密切相关",似乎不合常情。但"这不是一般的送别词","这首词已远远超过弟兄之情,织进了辛弃疾兄弟自身的悲剧意识与南宋当时日益弥漫的悲剧感"③。

辛弃疾词中也不乏秾纤婉丽之作。看几首辛弃疾描写农村生活图景的词。

《西江月·夜行黄沙道中》④:

> 明月别枝惊鹊,清风半夜鸣蝉。稻花香里说丰年,听

---

① 邓广铭:《稼轩词编年笺注》,第 250 页。
② 同上,第 546—547 页。
③ 陶尔夫、刘敬圻:《南宋词史》第 157 页。
④ 邓广铭:《稼轩词编年笺注》,第 312 页。

取蛙声一片。　　　七八个星天外，两三点雨山前。旧时茅店社林边，路转溪桥忽见。

明月、惊鹊、清风、鸣蝉、稻花、蛙声、疏星、微雨，构成一幅恬静优美的乡村夏夜图景，带着丰年的喜悦，有着浓郁的乡土气息。

《清平乐·村居》①：

茅檐低小，溪上青青草。醉里吴音相媚好，白发谁家翁媪？　　　大儿锄豆溪东。中儿正织鸡笼。最喜小儿无赖，溪头卧剥莲蓬。

这首词描绘的是一幅乡村风俗画。在茅檐低小、溪上青青草的背景上，一家人的生活渐次展现：一对白发老夫妇，一边喝着酒，一边亲热地聊着天，勤劳能干的大儿子在溪东锄豆，心灵手巧的二儿子正在编织鸡笼，顽皮淘气的小儿子趴在溪头剥莲蓬。一家人的生活平凡、安宁而又幸福。

《鹧鸪天·代人赋》②：

陌上柔桑破嫩芽，东邻蚕种已生些。平冈细草鸣黄犊，斜日寒林点暮鸦。　　　山远近，路横斜，青旗沽酒有人家。城中桃李愁风雨，春在溪头荠菜花。

路边桑枝上柔嫩的桑叶、东邻刚孵出的小蚕、长出嫩草的山坡上鸣叫的黄犊、夕照中栖上寒林的乌鸦，词人通过这四组

---

① 邓广铭：《稼轩词编年笺注》，第199页。
② 同上，第233页。

景物描绘出早春时的乡村景色。在山远近、路横斜的乡村中，突出挑着青旗的酒家，为乡村景色增添了一抹人情的温暖。最后将笔触凝聚在溪头的荠菜花上，它不同于城里的桃李，不畏风雨，开得春意盎然。这也就更突出词人对乡村生活的喜爱。

　　这几首小词纯用白描，可谓清婉之至，而且透发出农村生活的平和、美好，有点牧歌的情调。再看一首辛弃疾咏木樨的词。

　　　　月明秋晓，翠盖团团好。碎剪黄金教怎小，都着叶儿遮了。　　折来休似年时，小窗能有高低。无顿许多香处，只消三两枝儿。①（《清平乐·赋木樨词》）

此词也纯用白描，以口语入词，将小小木樨花写得很是妩媚。辛弃疾的两首《江神子·和人韵》②称得上称纤绵密。

　　　　梅梅柳柳斗纤秾。乱山中，为谁容？试着春衫，依旧怯东风。何处踏青人未去？呼女伴，认骄骢。　　儿家门户几重重。记相逢，画楼东。明日重来，风雨暗残红。可惜行云春不管，裙带褪，鬓云松。

　　　　胜云残日弄阴晴。晚山明，小溪横。枝上绵蛮，休作断肠声。但是青山山下路，春到处，总堪行。　　当年彩笔赋《芜城》。忆平生，若为情？试把灵槎，归路问君平。花底夜深寒较甚，须拼却、玉山倾。

　　这样的委婉缠绵之作，放在北宋婉约词诸大家中，亦毫不

---

① 邓广铭：《稼轩词编年笺注》，第 274 页。
② 同上，第 170—171 页。

逊色。让人怀疑稼轩那高亢洪亮的嗓音如何唱得出这低回宛转的小调，但这就是稼轩，在词的领域内收放自如，刚柔兼济。

第二，在不破坏词的艺术特质的同时，辛弃疾熔铸经、史、子语，使词获得了同诗歌一样的表达功能。对于辛词这一特点，叶嘉莹有很精辟的阐发。

> 其更可注意者，乃是他即使在"别开天地，横绝古今"、"牵雅、颂入郑、卫"的"大声镗鞳"的作品中，却也仍保有词之曲折含蕴的一种特美，虽然极为豪放，但却绝无浅率质直之病，这才是辛氏最为了不起的使千古其他词人皆莫能及的最为可贵的成就。①

辛弃疾词中那些秾纤婉丽之作，具有词的"深美闳约"、"要眇宜修"②的特点，这无可怀疑，但那些豪放之作，若想保有词的特质，就比较难，但辛弃疾确是努力地仍"保有词之曲折含蕴"之美，其豪放之作并不粗硬，也不同于辛派末流的粗豪叫嚣，而是将豪情贯注于圆润的词语表达中，语言极富张力，得刚柔相济之妙。将辛词与辛派词人的词比较一下，就可看出这种不同。即便是像陈亮、刘过这样辛派中的重要词人，其词作与稼轩词仍有着不小的距离。辛弃疾与陈亮曾以《贺新郎》词相唱和，下面选其中的两首比较一下。辛弃疾所作词云：

> 把酒长亭说。看渊明风流酷似，卧龙诸葛。何处飞来林间鹊，蹙踏松梢残雪。要破帽多添华发。剩水残山无态度，被疏梅料理成风月。两三雁，也萧瑟。　　佳人

---

① 叶嘉莹、缪钺：《灵溪词说》之《论辛弃疾词》，正中书局 1993 年，第 433 页。
② 王国维：《人间词话》，中华书局 2010 年，第 126 页。

重约还轻别。怅清江天寒不渡,水深冰合。路断车轮生四角,此地行人销骨。问谁使君来愁绝? 铸就而今相思错,料当初费尽人间铁。长夜笛,莫吹裂。①

陈亮和作《贺新郎·寄辛幼安和见怀韵》云:

老去凭谁说? 看几番神奇臭腐,夏裘冬葛。父老长安今馀几,后死无仇可雪。犹未燥当时生发。二十五弦多少恨,算世间那有平分月。胡妇弄,汉宫瑟。　　树犹如此堪重别,只使君从来与我,话头多合。行矣置之无足问,谁换妍皮痴骨。但莫使伯牙弦绝。九转丹砂牢拾取,管精金只是寻常铁。龙共虎,应声裂。②

上阕同表达北宋亡国、南宋偏安之恨,辛词将这种感情托景物传达出来,用"剩水残山无态度"这样形象的表达,陈词却直言"父老长安今馀几,后死无仇可雪"。单就上片看,辛词有"把酒"、"长亭"、"林间鹤"、"松梢残雪"、"破帽"、"华发"、"剩水残山"、"疏梅"、"雁",这一系列形象性的意象,有渊明、诸葛两个历史人物,作者将要表达的感情都寓于这些形象与典故中。陈词中只有"夏裘冬葛"、"长安父老"、"二十五弦"、"胡妇"、"瑟"等意象,主要以议论为主,殊少韵味。下片同表达志同道合的思念之情,辛词仍然是以景写情,陈词则直抒胸臆。综观两首词,辛词用典故、用形象化的景物,将感情表达得含蓄婉转。陈词则比较直露,略无遗蕴。感情虽同,但因表达艺术手法的差异,其境界高下也自然不同。

① 邓广铭:《稼轩词编年笺注》,第 244 页。
② 唐圭璋编:《全宋词》第三册,第 2705 页。

刘过的词也存在这种过于直露、缺少蕴藉的毛病。冯煦在《宋六十一家词选·例言》中说:"龙洲自是稼轩附庸,然得其豪放,未得其宛转。"

辛弃疾的词对南宋词坛产生的影响是无人可比的,陈洵在《海绡词说》中说:"南宋诸家,鲜不为稼轩牢笼者。"南宋另一词统,即与豪放词并行的雅词,其领袖人物姜夔,也受到稼轩的影响,"白石脱胎稼轩,变雄健为清刚,变驰骤为疏宕"①。辛弃疾在词坛的巨大影响力正是其词的高峰成就所致。

3."和平有中原之旧"——韩元吉文

《南涧甲乙稿》二十二卷中,文占了十五卷(卷八至卷二十二)。韩元吉之文,成就很高,其散体文创作,在南宋移民文人中,几无人能出其右。自其好友朱熹评其文云:"做着尽和平,有中原之旧,无南方啁哳之音。"②又经四库馆臣引用,已成定评。四库馆臣又云:"统观全集,诗体文格均有欧苏之遗,不在南宋诸人下。"③不论是"有中原之旧",还是"有欧苏之遗",都意味韩元吉之文与北宋鼎盛时期的文风有一脉相承之处,而与南渡后南宋文风的"纤巧与局促"④拉开了距离。四库馆臣对韩元吉作品的"湮没不传",感到"殆不可解",现在韩元吉已经引起了研究者的注意,但研究文章还不多,主要还是集中在其生平事迹考订、交游及诗词方面,而文尚少有人论及。在韩元吉现存的诗、文、词这三种文体中,笔者认为韩元吉的文成就高于诗和词。

读韩元吉的文章,觉其气度雍容,议论平正,语言醇雅,气

---

① (清)周济:《宋四家词选目录序论》。
② (宋)黎靖德:《朱子语类》卷一百三十九。
③ (清)纪昀等:《四库全书总目》卷一百六十《南涧甲乙稿提要》。
④ 孔凡礼:《〈韩南涧年谱〉序》,见韩酉山《韩南涧年谱》,安徽教育出版社 2005 年。

脉流畅。韩元吉文包括实用性的公文、政论文、碑志文、书信、序跋、记、赠序、铭、论等,各类文中皆有可观,此处选取"记"和"赠序"两种,来看其文之特点与成就。

《南涧甲乙稿》中存其记体文 32 篇,《全宋文》辑佚文 9 篇,共 41 篇,赠序 13 篇。记体文中包括记建筑的,如厅、堂、楼、阁、斋、贡院、寺院等,有各种杂记,如记书的《古文苑记》、记政令的《大理寺奖谕敕书记》、记事的《铅山周氏义居记》等。记体文因其所记较杂,故其写法也不主一格,表达亦较为自由,经常是描写、叙事、抒情、议论兼具。北宋记体文名篇极多,游记中如苏轼《石钟山记》、王安石《游褒禅山记》,记堂园楼阁等如欧阳修《相州昼锦堂记》、《丰乐亭记》、《醉翁亭记》、王禹偁《黄冈竹楼记》、苏轼《超然台记》等。韩元吉的记体文以写厅堂楼阁类为主,这类记体文在写法上一般要交代建其缘由、论名字含义、写其周围景色及对其进行描绘。韩元吉在学习北宋记体文的基础上,又有自己的创新。如其《两贤堂记》[①],先写上饶的地理之显、山川之美、物产之丰,以说明为什么北来渡江者喜欢居住这里。

> 並江而东,行当闽浙之交,是为上饶郡,灵山连延,秀拔森耸,与怀玉诸峰巉然相映带。其物产丰美,土壤平衍,故北来之渡江者爱而多寓焉。

然后写茶山广教寺,交代其位置,环境之优美。由茶山名字之由来,引出隐士陆羽,写出茶山的文化背景。

> 广教僧舍,在城北三里而近,尤为清幽,小溪回环,松

---

① (宋)韩元吉:《南涧甲乙稿》卷十五。

竹茂密。有茶丛生数亩，父老相传唐陆鸿渐所种也，因号茶山。泉发砌下，甚乳而甘，亦以陆子名。

接下来交代绍兴中居住在这里的两位诗人吕本中和曾几，写人们对两位诗人的尊敬与热爱。

> 虽田夫野老，能记其曳杖行吟风流韵度也。
> 而上饶之人称一时衣冠师友之盛，及二公姓字，则拳拳不忍忘。寺之僮奴，指其庭之竹，则曰此文清公所植也。山有隙地，旧以为圃，指其花卉，则曰此文清公所艺也。一亭一轩，爱而不敢动，曰此公所建立或命名也。

因为寺僧敦仁出于对两位诗人的仰慕，而为之立两贤堂。至此才写到两贤堂，水到渠成。

> 主僧敦仁者，言少年走诸方，侍其师清于草堂，清每与其徒诵二公诗语，且道其禅学之妙，敦仁窃闻之，以谓非今世之人也。不意游上饶，及见二公于此寺。今既叨洒扫之职矣，俯仰逾三十载，思再见而不可得也。将虚其室，绘二公之像，事以香火而祭其讳日焉。于是榜以两贤堂，而求为之记。

最后以作者的议论作结。作者对两位诗人的不得行其志深致感叹，对僧人敦仁"见贤能慕"表示赞赏，并借此对浇薄的世风予以批评。

> 使二公也得位以行其志，则所以致民之思者，岂不足侔于召伯哉？虽然，世之为士者，见贤不能慕，既去而忘

其人,闻敦仁之为,过于堂下,亦可以少愧矣夫!

此文起首不凡,写上饶及茶山仅用 131 字,高度概括,语言凝练而优美,给人印象深刻。接下来的叙述优容不迫,娓娓道来,而又饱含感情。写人们对两位诗人的尊敬与仰慕尤为传神。后面的议论由《诗经·召南·甘棠》生发开来,对两位诗人的赍志以殁深致惋惜。

《风鹤楼记》是韩元吉为淮西帅延玺所建之楼作。这篇记是韩元吉记体文中比较特别的一篇,写得辞情慷慨。合肥曾是重要的古战场,当年淝水之战,谢玄指挥八万人大破前秦苻坚八十万大军,打得前秦军队风声鹤唳,草木皆兵。有感于此,当延玺派人来请韩元吉为所建之楼命名并作记时,韩元吉名其为"风鹤楼"。文中云:

> 夫幼度远矣,方万窍之号,九皋之鸣,闻于天外,功名之士,盖有起舞而叹者。今遂以"风鹤"命之,亦纪其故实也。予虽不获奉侯之樽俎,从容楼上,以临淝水、望洛涧,八公之山,草木依然,英风壮气,可想而见。

写到命名之由,想到淝水之战,言辞慷慨,激情洋溢。文中关于胜败重在于人一段,则写得议论纵横。

> 以乐毅、廉颇用之则强,以庞涓、赵括用之则败,是岂在于兵,特以人为重焉。及观谢幼度之战,正今合淝。是时晋之渡江馀五十年,西北劲兵枭骑宁有在者,而能用吴楚之人以破其百万之众,至闻风声鹤唳以为王师,岂天之助者耶,亦人力尔。今朝廷视淮西几河朔比也,以为长城,以为北门,匪文武之英,智略之士,畴克任此?

句子长短相间,气盛言宜,有苏洵《六国论》之风。

韩元吉的十三篇赠序所赠之人为其友朋,多是就职于外地的下级官吏,境遇相似,但具体情况又不同。韩元吉针对不同的人,其赠序亦写得面目各异。通过赠序发表议论,表明他的各种看法和态度。

梁士衡出任仁和尉,韩元吉针对人们认为仁和尉难做之"难"提出自己的观点,"仆尝病世之君子以行道为难,夫道之行则故难矣,惟君子不以为难,则于道或庶几焉"①。然后以两组相对的比方,形象地说明就难处行道,才能看出君子。

> 更羸,天下之善射也;伯乐,天下之善御也。弯弧而毙千钧之牛,执策而驰九轨之道,岂所谓善射、善御哉?至于睨悬虱而命中,蹴蚁封而不乱,始可以为善矣。由是言之,君子之于道,不就其难而行焉,亦何用见其君子哉?

接下来论述为何梁士衡之尉于仁和,人以为尤难。

> 盖令命自朝廷而下,部使者得以移诸府,府得以移诸县,县以属诸尉而止尔。又况行畿警逻之繁,百司颁给之富,搜林薮之珍以相水衡,时甘新之献以益御羞,使客之馈将,漕运之通塞,藉以督输,板以令役,尉无一不当预,怠则无以应于上,亟则无以纾其下,是其视尉于寻常州县者,万万不侔也。

作为下级官吏的县尉,本就难做,而作为畿辅之地仁和县的县尉,尤其难做。梁士衡面对着这样的困难,韩元吉予以勉

---

① (宋)韩元吉:《送梁士衡序》,见《南涧甲乙稿》卷十四。

励，认为正因为难做，才能看出梁士衡的才能。

> 故予以谓惟庶几于道，则有以任之。昔李唐诸公，自
> 京兆一尉而显者众矣。异时职事无阙而足以致上之知，
> 设施适宜而足以徕下之誉，俾后世知君子之中，亦有所谓
> 更嬴、伯乐，非士衡畴足以副吾言哉！

既表明自己的看法，也对友人予以慰勉，议论平正通达。
《送李秀实序》①是为其友李秀实将官馀杭主簿所作。文
中也是针对"馀杭，小邑也"和"主簿，卑官也"两种说法，逐一
展开批驳，先以金、玉为喻，指出君子不以官职卑微而不为，
"使世不用君子则已，如用焉，宰天下、运四海，皆君子之事也。
然君子之在下位，虽治一官，与宰天下不殊，举一职，与运四海
不殊，贱其官而弗为，易其职而无所事，非君子然也"。然后以
馀杭为畿辅之地，是朝廷耳目之近，说明馀杭地位很重要，有
才干的人才被安排在这里做官。最后对李秀实提出期望："无
以其官之微而贱之，无以其职之下而易之，循吾道而俟焉，其
将有遇焉者矣。"
韩元吉《送李平叔序》②就"今之士咸耻于任州县之职"展
开论述，虽然是为了安慰李平叔的不遇之感，认为是"殆将大
其蕴而后发"，但这一段议论却理正词严，可谓对不良官场习
气的抨击。

> 今之士咸耻于任州县之职。夫州县非所耻也，其与
> 民甚近且亲，苟尽心焉，天下之利病与夫人情之真伪无不

---

① （宋）韩元吉：《南涧甲乙稿》卷十四。
② 同上。

若眎诸掌。故昔之语治道者,曰凡官不历州县不拟台省,盖虑其不知务也。尝以是观之,世之所谓名公卿,其详明练达,才无所不可用,卓然能有所为者,未有不自历州县也。而今之士耻焉,何哉?

韩元吉都是以君子之道勉励友人,而不是从世俗的利益观点出发,其立意高远,胸襟旷达,自非见识卑陋之人可比。韩元吉文中并非一味议论、讲道理,里面也包含很感人的抒情文字。如《送李秀实序》中有一段写与李秀实兄弟的情谊:

　　士之通经力学问而能成名以自立其家者,近推吾秀实之昆弟焉。故吾之徒岁时相与嬉游,闲暇相与往来,诗章文字,相与唱咏而酬和,杯酒谈笑,相与欢呼而谐谑,亦惟吾秀实昆弟之间为然。今其皆仕矣,行有日矣,吾之徒岁时孰与嬉游?闲暇孰与往来?诗章文字,孰与唱咏而酬和?杯酒谈笑,孰与欢呼而谐谑?以吾之私,固愿其留也。

好友陆游移倅豫章,韩元吉为之不平,《送陆务观序》①中有这样一段文字,颇为动情:

　　盖务观之于丹扬则既为贰矣,迩而迁之远,辅郡而易之藩方,其官称小大无改于旧,则又使之冒六月之暑,抗风涛之险,病妻弱子,左饘右药,不异于醝莘之商,揭囊而贾赢,造物其安取此也!夫以务观之才,与其文章议论,颉颃于论思侍从之选,必有知其先后者。既未获逞,下得一郡而施亦庶几焉。岂士之进退必有时哉!

_____

① (宋)韩元吉:《南涧甲乙稿》卷十四。

　　韩元吉的赠序中还能以极简净的笔墨刻画出被送者的形象。蔡迨是北宋蔡齐之后,南渡流落蜀中,持陆游书见韩元吉。韩元吉时为吏部侍郎,荐之朝廷,因有蜀人排之,从吏部铨得桂阳令,赴任行至吴门,暴死舟中。韩元吉的这篇序就是送蔡迨赴任所作,韩元吉对蔡迨的人品学问很是赏识,觉得应该留在朝中任用,对蔡迨远赴桂阳很是惋惜与无奈。但蔡迨的表现却让人看到一个贫穷而有操守的读书人形象。

　　　　盖肩吾名世之后也,其行峻以方,其学邃以博,其文词议论视古为无愧,吾意其器于清庙可期矣。然而吾膑几绝焉,吾言之发而未之或继也,肩吾去为郴之桂阳令,是犹见售于野人欤?肩吾不顾而笑曰:"曩者吾之仕也,贫故也。有地百里,足以行吾之志,有禄釜钟,足以惠吾之家,虽远且陋而无所待焉,岂必待于西江之水哉?"怡然无不满之色见于面。吾是以知肩吾所乐者深而所守者固,不以遇不遇为迟速也。①

　　《送连必达序》②则展示了一个廉洁爱民的下级官吏形象。连必达是个读书人,去做县尉,县尉的职事是:"尉之将送警护,法不出百里之内,设部曲,张旗帜,声金鼓,以怖远近,行色有光焉。"县尉的好处是:"一旦馘寇有加,则受赏而迁,更爵而去。"连必达显然不适合做县尉,这个任职是个意外,因而他在做县尉时的表现是:

　　　　由是必达之在尉,安静而不挠,间获盗当赏,则推而

_____

① (宋)韩元吉:《送蔡迨肩吾序》,见《南涧甲乙稿》卷十四。
② (宋)韩元吉:《南涧甲乙稿》卷十四。

与其下,曰吾躬不能捕也,安可诳人而冒法？且杀彼以荣,我亦不忍。问邑之士大夫,必曰必达盖贤也；问邑之民,必曰尉君于我有惠爱。

这个自以为不会做县尉的人,在他人眼中却是个受爱戴的贤者。

《送尹少稷序》①,通过尹稷的言行展示了一个隐士形象。尹稷隐居怀玉山三十年,曾从吕本中、曾几游。晚年为官,因附和汤思退和议而受到诟病,则另当别论。

> 无几何,少稷得用为枢密院编修官。少稷既拜命,退而言归,语其所厚者曰："吾不选于吏者三十年矣,吾才无取也。有田在怀玉之下,可耕而食也。与其讪吾志而徇时,孰若安于命以全我也？"

《送陆务观序》中一段对陆游书信的转述,则展示了一个可爱的诗人形象。

> 然务观舟败几溺,而书来诧曰,平生未行江也,葭苇之苍茫,凫雁之出没,风月之清绝,山水之夷旷,畴昔尝寓于诗而未尽其仿佛者,今幸遭之,必毋为我戚戚也。

陆游移倅豫章,韩元吉为之不平。陆游在赴任途中又几乎因船坏而溺水,这在一般人眼里都是极为郁闷难堪之事,可是陆游不但没觉得有什么不好,反而为在江上看到了从前不曾看到的景色而庆幸,用一"诧"字,将陆游亦惊亦喜的情态活

---

① （宋）韩元吉：《南涧甲乙稿》卷十四。

画出来,只有诗人会在生命受到威胁时却因见到美好的景物而忘了自身的安危,这是一个诗人才有的形象。

通过韩元吉的记体文和赠序可以看出其散文立意高,布局、谋篇各有章法,写景生动,能得其神,写人能抓住其主要特点,突出人物性格,语言醇雅,议论平正通达。

第四章　三大家族移民后的文学创作与文化选择

　　宗族制度在中国由来已久,东汉时形成的门阀士族拥有政治、经济、军事上的特权,在魏晋南北朝及隋唐时期对社会的政治、经济、文化都产生相当大的影响。尽管朝代更迭,而世家大族的地位却不可动摇。唐末五代,世家大族衰落,退出了历史舞台。宋代科举制的完善,使得许多处于社会底层的贫寒读书人进入统治阶层,"取士不问家世,婚姻不问阀阅"①,宋人的门第观念发生了改变。宋代士大夫主张通过家族来达到"管摄天下人心,收宗族,厚风俗,使人不忘本"②。认为宗族对巩固宋朝的统治有好处,"宗子之法不立,则朝廷无世臣"③。范仲淹在苏州设立义庄,救助宗族成员,成为后人效法的对象。宋代朝廷也"旌表、提倡累世义居,以法律手段制裁父母在而异籍别居者"④。宋人"敬宗收族",家族代替了以前的门阀士族,成为宋代具有凝聚力的血缘团体。宋代的大家族不再是此前的门阀士族阶层靠世袭来维系家族的地位,多是以科举起家,亦通过科举、婚姻等方式维持其家族的地位和影响。宋代有许多名望高、影响大的家族,王明清《挥

---

① (宋)郑樵:《通志》卷二十五《氏族略·氏族序》。
② (宋)张载:《张子全书》卷四《宗法》。
③ 同上。
④ 王善军:《宋代宗族与宗族制度研究》,第29页。

麈录》中历数宋代有名望的家族：

> 自祖宗以来，故家以真定韩氏为首，忠宪公家也。忠宪诸子，名连系字，康公兄弟也。生宗字。宗生子，名从玉字。玉生子，从日字。日生元字。元生子，从水字。居京师，廷有桐木，都人以桐树目之，以别"相韩"焉。相韩则魏公家也。魏公生仪公兄弟，名连彦字。彦生子，名从口字。口生子，从胄字。胄之子，名连三画，或谓魏公之命，以其名琦字析焉。东莱吕氏，文穆家也。文穆诸子，文靖兄弟也，名连简字。简字生公字。公字生希字。希字生问字。问字生中字。中字生大字。大字生祖字。河内向氏，文简公家也。文简诸子，名连传字。传字生子，从系字。系字生子，从宗字，钦圣宪肃兄弟也。宗字生子字。子字生水字。水字生土字。土字生公字。两浙钱氏，文僖兄弟名连惟字。惟字生日字。日字生景字。景字生心字。心字生之字，在长主孙则连端字，赐名也。曹武惠诸子，名连玉字。玉字生人字，慈圣光献昆季也。人字生言字。言字生日字。日字生水字。水字生丝字。高武烈诸子，连遵字。遵字生士字，宣仁圣烈兄弟也。士字生公字。公字生世字。世字生之字。晁文元诸子，名连宗字，文庄兄弟也。宗字生仲字。仲字生端字。端字生之字。之字生公字。公字生子字。李文定本甄城人，既徒京师，都人呼为"濮州李家"。李文和居永宁坊，有园亭之胜，筑高楼临道边，呼为"看楼李家"。李邯郸宅并念佛桥，以桥名目之。陈文惠居近金水门，以门名目之。王文贞手植三槐于廷，都人以"三槐"表之。王文正本北海人，以"青州王氏"别之。王景彝居太子巷，以巷名目之。王审琦太师九子，以"九院"呼之。张荣僖以位显名，以"侍

中家"目之。贾文元居厢后，宋宣献居宣明坊，亦以巷名
目之。宋元献兄弟安陆人，以"安州"表。以上数家，派源
既繁，名不尽连矣。在江南则两曾氏，宣靖与南丰是也。
曾文清兄弟亦以儒学显，又三族矣。三苏氏，太简、仪父、
明允。两范氏，蜀公与文正是也。若莆田之蔡，白沙之
萧，毗陵之胡，会稽之石，鄱阳之陈，新安之汪，吴兴之沈，
龙泉州之鲍，皆为今之望族。而都城专以戚里名家又数
家，不能悉数也。①

　　王明清列举了桐阴韩氏、相韩、东莱吕氏、河内向氏、两浙
钱氏、曹氏、高氏、昭德晁氏、濮州李家、看楼李家、念佛李家、
金水陈家、三槐王氏、青州王氏、太子王氏、九院王氏、侍中张
家、厢后贾氏、宣明宋氏、安州宋氏、两曾氏、曾几家族、三苏
氏、两范氏、莆田蔡氏、白沙萧氏、毗陵胡氏、会稽石氏、鄱阳陈
氏、新安王氏、吴兴沈氏、龙泉鲍氏等 32 家，还不包括南宋时
有名的四明史氏、楼氏、袁氏家族。
　　这里要讨论的三大家族也是王明清所列 32 家中的显族，
即桐阴韩氏、东莱吕氏和昭德晁氏。

第一节　三大家族概况

　　桐荫韩氏、东莱吕氏、昭德晁氏三大家族在北宋的政坛、
文坛上都占有举足轻重的地位，有着深厚的家学渊源，要想探
讨南渡后三大家族的文化选择，首先要对三大家族政事、学术
和文学有整体的把握和了解。

---

① （宋）王明清：《挥麈录》前录卷二。

一、三大家族政事、学术、文学综述

　　吕氏家族在北宋政坛所起的作用和影响非其他家族所能比，"本朝一家为宰执者，吕氏最盛"，"吕文穆相太宗。犹子文靖参真宗政事，相仁宗。文靖子惠穆为英宗副枢，为神宗枢使；次子正献为神宗知枢，相哲宗。正献孙舜徒为太上皇右丞。相继执七朝政，真盛事也"①。吕氏家族郡望东莱，因此被称为东莱吕氏。吕龟祥北宋初知寿州，徙家寿春。吕公著为相后，举家迁至汴京。

　　吕氏家族起家于吕蒙正，吕蒙正于宋太宗太平兴国二年考取进士第一，至端拱元年升为宰相。宋太宗淳化四年，任同平章事。宋真宗咸平四年，又为同平章事。景德二年，以疾归洛阳，封许国公。卒谥文穆。吕蒙正为吕龟祥之子，吕龟祥之兄吕龟图之子吕蒙亨，曾官大理寺丞，蒙亨为吕夷简之父。吕蒙正、吕蒙亨为从兄弟。吕氏家族后以吕蒙亨一支为盛，其政事鼎盛时期，吕蒙亨之子吕夷简父子入相。吕夷简于宋真宗咸平三年进士及第，后以刑部郎中权知开封府，于宋仁宗天圣七年、明道二年、庆历三年三度入相，前后凡十三年，卒谥文靖。吕夷简有四子，长子吕公绰曾任翰林侍读学士，知郑州、开封府等，赠户部尚书。次子吕公弼，以荫补入官，后赠进士出身。曾知郑州、秦州、太原、开封府，英宗时为枢密副使，神宗即位之初，官至枢密使。卒谥惠穆。三子吕公著，是吕本中的曾祖父，以祖荫入仕，庆历间登进士第。与王安石友善，王安石曾说："吕十六不作相，天下不太平。"②元丰初，同知枢密院。后因与安石政见不合，改外任。

---

① （宋）王明清：《挥麈录》前录卷二。
② （宋）邵伯温：《邵氏闻见录》卷十二。

哲宗时任尚书右仆射，司空、同平章军国事，封申国公。卒谥
正献。四子吕公孺累官知开封府、刑部侍郎、户部尚书，赠右
光禄大夫。

　　吕公著之子吕希哲，字原明，封荥阳子，元祐中为崇政殿
说书，坐元祐党籍贬和州居住。徽宗时历知曹州、相州、邢州。
吕希哲广交天下名士，为学不主一家，对王安石执弟子礼。吕
本中少时随侍祖父身边，亦得以结交当时的著名文人。吕希
哲之子吕好问，字舜徒，靖康元年，任御史中丞，因劝张邦昌还
政于赵构，高宗即位后任尚书右丞。

　　吕氏家族在学术上也极盛，一门入《宋元学案》者有十七
人之多，自为案主的就有吕希哲、吕本中、吕祖谦三人，只有胡
安国家族差可比肩。

> 　　考正献子希哲、希纯，为安定门人。而希哲自为荥阳
> 学案。希哲子切问，亦见学案。又和问、广问和从子稽
> 中、坚中、弸中，别见和靖学案。荥阳孙本中及从子大器、
> 大伦、大猷、大同，为紫微学案。共十七人，凡七世。①

　　吕氏家族在吕本中之前虽没有以诗文著称者，但也都喜
爱诗文。杨亿谈及当时的诗坛情况云："自雍熙初归朝，迄今
三十年，所阅士大夫多矣，能诗者甚鲜。如侍读、兵部宿擅其
名，而徐铉、梁周翰、范宗黄、夷简皆前辈"②，在杨亿所列工诗
的诸人中就有吕夷简。阮阅《诗话总龟》举吕夷简诗中警句
有："梅无驿使飘零尽，草怨王孙取次生"（《春早》）、"人归北阙
知何日，菊应东篱自去年"（《九日呈梅集仙》）、"人为介推初禁

---

① （清）黄宗羲著，全祖望补：《宋元学案》卷十九《范吕诸儒学案》之"梓
　　材谨案"，中华书局 1986 年，第 789 页。
② （宋）阮阅：《诗话总龟》卷十二《警句门》上。

火,花愁青女再飞霜"(《寒食》)①。《紫微诗话》记载了吕好问
亦喜作诗,"东莱公尝言少时作诗未有以异于众,后得李义山
诗熟读规摹之,始觉有异。"②吕氏家族所交往者也多文学之
士,如吕氏家族与以文学著称的晁氏家族的交往,吕氏家族与
江西文人的深厚渊源,都对其家族的文学创作产生影响,在北
宋与南宋之交出现了吕本中这样一位当时文坛的领袖人物。

韩氏家族在北宋曾经盛极一时,被称为"门族之盛,为天
下冠"③,"本朝势家,莫如韩氏之盛,子弟姻娅,布满中外,朝
之要官,多其亲党者"④。韩氏家族起家于韩亿,韩亿于仁宗
朝官至参知政事。韩亿有八子,第三子韩绛于神宗熙宁间两
次入相,第五子韩维于哲宗朝拜门下侍郎,第六子韩缜于哲宗
朝拜尚书右仆射兼中书侍郎。其他兄弟五人,韩纲任尚书司
门员外郎,韩综任刑部员外郎、知制诰,韩绎任职方员外郎,韩
纬任比部郎中、知解州,韩缅任光禄寺丞。被黄庭坚称之为
"八龙归月旦,三凤继天衢"⑤。王明清《挥麈录》亦称:"本朝
一家为宰执者,吕氏最盛,既列于前矣。父子兄弟者,韩忠献
亿、子康公绛、黄门维、庄敏缜。"⑥

学术方面,韩元吉四世祖韩维入《范吕诸儒学案》,韩元吉
入《和靖学案》,韩淲入《清江学案》。韩氏家族也有着文学创
作传统,韩亿、韩绛、韩维、韩缜、韩综、韩宗彦、宗道、宗文、宗
恕、宗古都有诗作流传,其中韩维尤以诗著称,《郡斋读书志》

---

① (宋)阮阅:《诗话总龟》卷十二《警句门》上。
② (宋)吕本中:《紫微诗话》,影印文渊阁四库全书本。
③ (宋)杜大珪:《名臣碑传琬琰之集》中卷四一李清臣《韩太保惟忠
墓表》。
④ (宋)李焘:《续资治通鉴长编》卷四百五十三"元祐五年十二月壬
子"条。
⑤ (宋)黄庭坚:《山谷集》卷十二《韩献肃公挽词三首》其一。
⑥ (宋)王明清:《挥麈录》前录卷二。

后志卷二著录"韩持国诗三卷",解题云:"持国最能诗,世传其酴醾绝句,它多称是。"韩氏家族的文学创作以南宋韩元吉、韩淲父子成就最高。

晁氏本澶州清丰人,北魏时晁晖为济州太守,其子孙遂居济州。宋初,晁佺迁居彭门。晁佺有三子:晁迪、晁迥、晁遘,以晁迥一支在朝中最为显赫,真宗赐第昭德坊,晁氏一门均居于京师昭德坊,故称昭德晁氏。后晁迪一支回济州济野,晁遘一支迁济南任城,晁迥一支仍居住昭德坊,晁氏遂分为三支,但晁氏子孙都以晁迥、晁宗悫为荣,虽为三支,实同一体,"三祖百孙同一体"[1]。"晁氏一姓,文献相续,殆无它杨,号本朝盛族"[2]。

晁氏一门政事方面以晁迥、晁宗悫父子地位最高。晁迥于太平兴国五年进士及第,历仕太宗、真宗、仁宗三朝,先后任翰林学士十六年,诏令多出其手,"杨亿尝谓迥所作书命,无过褒,得代言之体"[3]。三知贡举,"文苑指为宗师,朝野推为君子"[4]。一时名流,如李淑、晏殊、宋绶等,均出其门下。真宗时特拜工部尚书、集贤院学士、判西京留司御史台。仁宗即位,迁礼部尚书,以太子少保致仕,卒谥文元。晁宗悫累迁尚书祠部员外郎、知制诰,"宋绶尝谓自唐以来唯杨於陵身见其子嗣复继掌书命,今始有晁氏焉"[5]。晁宗悫"在翰林,一夕草将相五制,褒扬训戒,人得所宜"[6]。一时传为美谈。卒赐工

---

① (宋)晁说之:《积善堂》,见《景迁生集卷五》,影印文渊阁四库全书本。
② (宋)周必大:《文忠集》卷四十七《题吕紫微与晁仲石诗》。
③ (元)脱脱等:《宋史》卷三百〇五《晁迥传》。
④ (宋)吕祖谦编纂:《皇朝文鉴》卷四十三《请询访晁李》,四部丛刊初编本。
⑤ (元)脱脱等:《宋史》卷三百〇五《晁宗悫传》。
⑥ 同上。

部尚书,谥文庄。

学术方面,晁氏入《宋元学案》者有:晁咏之入《景迂学案》;晁说之为《景迂学案》案主;晁补之为东坡门人,入《苏氏蜀学略》。晁公为、晁公谔被收入《宋元学案补遗》。

文学方面,晁氏家族人才辈出,“家多异材”①,形成北宋文坛上一支以家族著称的让人叹赏的文学创作群体。“宋兴五十载至咸平、景德中,儒学文章之盛,不归乎平棘宋氏,则属之澶渊晁氏。二氏者,天下甲门也。其子孙焯掌励志,错综而藻绘之,皆以文学显名当世。”②晁氏家族“自文元而下,不但巍科清秩,中外联翩,如景迂说之、深道咏之、叔用冲之、无咎补之、伯咎公迈、子止公武、子西公遡,各以气节文章名当世。此外著书编集传世亦多。自文元至公武群从子孙数十人,著述之见于各家书目者数十种,今尚有十五种。一门著书之富,未有如是之盛者”③。晁说之、晁咏之、晁冲之、晁贯之、晁公迈、晁公武、晁公遡出自中眷晁迥一支,晁端礼、晁补之、晁谦之、晁巽之、晁公为、晁公谔出自东眷晁迪一支,晁载之出自西眷晁遘一支。晁迥曾参与杨亿等人的台阁唱和,为《西昆酬唱集》作者之一,此后晁氏家族的文学创作与北宋一朝相始终。南渡后以晁公武、晁公遡兄弟影响较大。

二、三大家族之间的戚友关系及其政治文化取向

吕氏家族与晁氏家族渊源极深,世代交好。吕本中述及吕、晁两家关系时说:“文靖(吕夷简)丈事晁文元(晁迥),而晁文庄(晁宗愨)丈事文靖。诸家事契,无如二家之深。后晁丈

---

① (宋)苏轼:《东坡全集》卷七十七《与鲁直二首》(其一)。
② (宋)俞汝砺:《晁具茨先生诗集序》,见刘克庄《后村先生大全集》卷二十四,四部丛刊初编本。
③ (清)陆心源:《仪顾堂集》卷六《刻续谈助序》。

说之事荥阳公（吕希哲），如亲子侄。"①吕本中与晁氏兄弟交往亦深，"平生亲爱独诸晁"，与晁载之、晁咏之、晁贯之、晁谓之、晁冲之、晁谦之相交游，而与晁冲之最为相契。其《闲居感旧偶成十绝乘兴有作不复诠次》第六首云："唐子直心绝可怜，夏侯苦节更谁传。诸晁事业风流在，各有残诗十数篇。"诗后自注云："唐广仁充之、夏侯髦节夫、晁载之伯禹、咏之之道、贯之季一、谓之季此、冲之叔用。"第七首是写给晁冲之的，诗云："平生亲爱独诸晁，叔也相亲共寂寥。半日不来须折简，暂时相远定相招。"写出两人友情的笃厚。《东莱吕紫微师友杂志》中记其与晁冲之的交往可为此诗之注："晁冲之叔用，文元之后。少颖悟绝人，其为诗文，悉有法度。大观后，予至京师，始与游，相与如兄弟也。……大观、政和间，予客京师，叔用日来相招，如不能至，即再遣人问讯。"吕本中南渡后卜居上饶，晁谦之亦居上饶，二人交游唱和较多。

韩氏家族与晁氏家族有姻亲关系，韩淲《涧泉日记》卷中云："公武，晁文庄之孙，冲之叔用之子，叔用有诗名。子止记闻博洽，作《易》《春秋》传，援据详甚，不肯臆说。作少尹时，先公在朝与之亲契，亦相往来。子止之亲女兄，先公之伯母也。"晁公武在临安时与韩元吉交往密切，晁公武的姐姐是韩元吉的伯母。《涧泉日记》卷上云："景迂乃淲室人之曾大父也。淲之曾大父讳璹，因元符上书，盛年致仕，与景迂往来甚厚，死乃景迂志墓。"②韩淲的妻子是晁说之的曾孙女，晁说之与韩淲的曾祖父韩璹相交甚厚。韩球之婿晁子健是晁说之孙。③

---

① （宋）吕本中：《师友杂志》。
② （宋）韩淲：《涧泉日记》卷上。
③ 见（宋）韩元吉：《南涧甲乙稿》卷二十二《太恭人李氏墓志铭》。

　　吕氏家族与韩氏家族在北宋时亦有交往，"吕夷简自北京入相，荐（韩综）为集贤校理、同知太常院"①。韩维与吕公著同入元祐党籍。明宋濂《文宪集》卷四《灵洞题名后记》云："南涧出于雍丘桐木之韩，后寓广信，其先人少师持国与程洛公、司马温公、吕申公为友，而南涧能绍家学，为一代冠冕。"南宋时吕祖谦为韩元吉女婿，韩元吉"以两女妻之"②。

　　三大家族在北宋政治舞台上发挥着重要作用，其极盛时期在哲宗绍圣以前，后因对元祐党人的打击不断升级，三大家族的政治地位衰落下去。韩氏家族尽管韩缜因党王安石曾在熙宁间两度入相，但韩维却入元祐党籍。《宋史》韩亿本传后议论说："亿有子，位公府而行各有适，绛适于同，维适于正，缜适于严。呜呼，维其贤哉！"以韩维行事为贤。晁氏家族的重要文人晁补之因受苏轼牵连，亦入元祐党籍。晁说之因"元符末坐上书入党籍"③。"方绍圣初，天下伟异豪爽绝特之士，离谗放逐，晁氏群从，多在党中"④。吕氏家族也因吕公著入元祐党籍，吕氏子孙不能居住京师，不能参加科考。钦宗即位后，元祐党人及其后裔被起用，靖康中，晁说之起为中书舍人，建炎元年，以李纲荐，除徽猷阁待制兼侍读。吕好问靖康元年诏为左司谏、谏议大夫，擢御史中丞。金人立张邦昌，吕好问心怀存宋之意，劝张邦昌请元祐太后垂帘，立康王赵构。高宗即位后，吕好问除尚书右丞。南渡后，元祐党人后裔受到朝廷眷顾，吕本中曾任中书舍人，韩元吉官至吏部尚书，晁公武曾任吏部郎中、监察御史、以敷文阁待制为四川安抚制置使、吏

① （元）脱脱等：《宋史》卷三百十五《韩亿传附韩综传》。
② （宋）韩淲：《涧泉日记》卷中。
③ （宋）李心传：《建炎以来系年要录》卷六。
④ （宋）俞汝砺：《晁具茨先生诗集序》，见刘克庄《后村先生大全集》卷二十四。

部侍郎等职。

　　吕氏家族与韩氏家族都反对和议,主张抗金北伐,吕本中、吕祖谦、韩元吉、韩淲的言行中都表明了这种态度。晁氏家族南宋时只有晁公武地位较高。隆兴元年十一月,太学生上书"请斩汤思退、王之望、尹穑,窜其党洪适、晁公武,而用陈康伯、胡铨等,以济大计"①。可见晁公武当时为清议所排,认为他是主和派。但晁公武在隆兴二年十一月奏劾汤思退,责其"自坏边备,罢筑寿春城,散万弩营兵,辍修海舡,毁拆水柜,不推军工赏典,及撤海、泗、唐、邓之戍","专为全躯保妻子之计"②,又曾论洪适草汤思退罢相制无谴责语。晁公武的这些做法是为了和汤思退划清界限还是真的反对和议,无从知晓,但这只是其个人政治品格问题,不能代表其家族。

　　三家都以传中原文献著称。南渡后,提及中原文献,多言及三家,撷拾几条如下:

　　　　　祖谦之学本之家庭,有中原文献之传。③
　　　　　昔我伯祖西垣公,躬受中原文献之传,载而之南。④
　　　　　晁氏子孙蕃衍,……奕叶联名,文献相承,举天下无他晁。⑤
　　　　　独念中原衣冠故家,日就凋零。文献相传如昭德之晁,则又鲜矣。⑥
　　　　　韩无咎,名元吉,号南涧。名家文献,政事、文学为一

---

①　(元)脱脱等:《宋史》卷三十三《孝宗纪一》。
②　(宋)徐自明:《宋宰辅编年录》卷十七。
③　(元)脱脱等:《宋史》卷四百三十四《吕祖谦传》。
④　(宋)吕祖谦:《东莱集》卷八《祭林宗丞文》。
⑤　(宋)周必大:《文忠集》卷三十五《迪功郎致仕晁子与墓志铭》。
⑥　(宋)楼钥:《攻媿集》卷一百〇八《司法晁君墓志铭》。

代冠冕。①

　　益以文昌韩公元吉,存南渡之文献,示不忘中原也。②

　　尽管三家所传中原文献内容有所不同,吕氏偏重史学,重视"前言往行",韩氏偏重文学,晁氏偏重文学和典籍的收藏、校勘,但三家都谙熟北宋朝章典故、伊洛渊源、元祐故老的前言往行,所传也都是北宋中原地区以二程为代表的经学。

　　三家都以兼收并蓄为家传,因而无论在为官,还是为学、为文上,都以见识通达、议论平正著称。

　　执政欲废王安石新经义,维以当与先儒之说并行。论者服其平。③

　　荥阳少年,不名一师。初学于焦千里,庐陵之再传也。已而学于安定、学于泰山、学于康节,亦尝学于王介甫,而归宿于程氏。集益之功,至广且大。然晚年又学佛,则申公家学未纯之害也。要之荥阳之可以为后世师者,终得力于儒。④

　　(吕祖谦)文学术业,本于天资,习于家庭,稽诸中原文献所传,博诸四方师友之所讲,融洽无所偏滞。⑤

　　(吕祖谦)有学问,有文章,气度冲和,议论平正。⑥

　　吕居仁舍人、晁以道詹事,皆故家见闻,元祐学术,晁复精于训传。后来汪圣锡内翰曾接吕舍人讲论,最为平

---

① (宋)黄昇:《花庵词选》续集卷三。
② (宋)赵蕃:《章泉稿　乾道稿》卷五《重修广信郡学记》。
③ (元)脱脱等:《宋史》卷三百一十五《韩维传》。
④ (清)黄宗羲著,全祖望补修:《宋元学案·荥阳学案》,第902页。
⑤ (清)黄宗羲著,全祖望补修:《宋元学案》卷五十一《东莱学案》。
⑥ (宋)韩淲:《涧泉日记》卷中。

正,有任重之意,伯恭得于汪为多。湖外多胡仁仲学者,
建阳亦只是藉溪刘子羽见闻,刘盖张魏公门下士也,故论
绍兴初、建炎间事,祖张为多,不甚公平。①

(晁公武)博采古今诸家,附以己闻,……其议论精
博,不主一家。②

韩无咎文做著尽和平,有中原之旧,无南方啁哳之音。③

拥有这种海纳百川的胸襟和气度,作为朝臣,就不会排斥
异己;作为学者,就不会专主一说;作为作家,就不会倡导单一
的风格。正是拥有这样的襟怀,与其他家族比,三大家族才能
在有宋一代政事、学术、文学方面绵延数世而不衰。

三、南渡后三大家族成员状况考察

靖康之难,使得许多大家族遭受致命的打击,族人或多
死于战乱,或散落异乡。沈晦感叹"自渡江来,中州衣冠,氏
族寥落"④。杨万里也说:"自建炎南渡,中原故家崎岖兵乱,
多失其序。"⑤韩氏家族在金人攻陷汴京时,"歼于颍昌,群从
散亡"⑥。向氏家族也有多人死于战乱,建炎二年,金人陷怀
宁府,知府向子韶死难,除一子鸿幸存外,其弟子褒与阖门
皆遇害。⑦

(一)韩氏家族

韩氏家族南渡后可考者,主要是韩缜和韩维两支。韩缜

---

① (宋)韩淲:《涧泉日记》卷中。
② (宋)陈振孙:《直斋书录解题》卷一《昭德易诂训传》解题。
③ (宋)黎靖德:《朱子语类》卷一百三十九。
④ (宋)沈晦:《〈南阳集〉跋》,见韩维《南阳集》。
⑤ (宋)杨万里:《诚斋集》一百三十《通判吉州向侯墓志铭》。
⑥ (宋)沈晦:《〈南阳集〉跋》,见韩维《南阳集》。
⑦ 事见(宋)李心传:《建炎以来系年要录》卷十三。

子宗武有三子：韩璆、韩璜、韩球。韩璆建炎初通判洺州，死难。其子韩黯，字少汲，以荫入官，调萍乡尉，后迁右承奉郎、佥书连州判官厅事，改广西转运司主管文字，通判廉州、肇庆府，德庆阙守，遂摄府事，又摄南恩州，六迁至右承议郎。绍兴二十三年正月戊戌卒，年四十九。葬于广东番禺县王置原。韩黯有二子，长元鼎，次元龟。元龟先于韩黯而亡。①

　　韩璜字叔夏，建炎四年九月，赐进士出身，守监察御史。十月，因程昌寓奏钟相事与傅雱不同，朝廷以真伪未明，命韩璜前往湖南劾治，会钟相为湖南安抚使向子諲所戮，璜乃还。绍兴元年春正月，韩璜劾王以宁，奏陈民间疾苦。绍兴元年三月，守右司谏。九月，奏请追夺曾纡官爵。绍兴五年秋七月，为广南西路转运判官。绍兴六年，广西提点刑狱公事。绍兴七年闰十月，劾静江守李弥大斩强盗屈巢弟事，亦坐所奏不尽实，降一官。② 韩璜行事，颇有可争议处，在秦桧与吕颐浩争权斗争中，他倾向秦桧，"多言颐浩之短"③。因其与富直柔交好，秦桧忌富，将富与韩璜俱罢谪。韩璜曾从胡安国学，《宋元学案》云："(韩璜)南渡后居衡山。……胡文定公来衡州，先生因从之讲学，而与致堂侍郎尤相善。致堂称其官广东，壁立无所污染，又尝荐之执政。及在言路，以忤秦桧出，筑室衡湘，致堂与向秘阁宣卿相过从，称三友。"④胡寅为向子忞所作《伊山向氏裕堂记》亦记三人交往之乐："寅与谏院颍川韩璜叔夏，自天柱峰南襆被枝筇，岁一再往焉。或商较文义，或把盏赋诗，逍遥襄羊，兴尽而后别，盖五柳先生所谓'谈谐无俗调，所说圣

---

① 参看(宋)洪适：《盘洲文集》卷七十五《韩承议墓志铭》。
② 事见(宋)李心传：《建炎以来系年要录》卷三十七、四十七、九十一、九十七、一百一十六。
③ (宋)李心传：《建炎以来系年要录》卷四十九。
④ (清)黄宗羲著，全祖望补：《宋元学案》卷三十四《谏院韩先生璜》。

人篇。或有数斗酒,闲饮自欢然'者也。"①

罗大经《鹤林玉露》与王明清《挥麈录》所记两则有关韩璜的轶事,颇能看出其人之性格,兹录于此。

《鹤林玉露》卷十二:

> 绍兴中,王铢帅番禺,有狼藉声。朝廷除司谏韩璜为广东提刑,令往廉按。宪治在韶阳,韩才建台,即行部诣番禺。王忧甚,寝食几废。有妾故钱塘倡也,问主公何忧,王告之故。妾曰:"不足忧也,璜即韩九,字叔夏,旧游妾家,最好欢。须其来,强邀之饮,妾当有以败其守。"已而韩至,王郊迎,不见,入城乃见,岸然不交一谈。次日报谒,王宿治具于别馆,茶罢,邀游郡圃,不许,固请,乃可。至别馆,水陆毕陈,伎乐大作,韩踧踖不安。王麾去伎乐,阴命诸倡淡妆,诈作姬侍,迎入后堂剧饮。酒半,妾于帘内歌韩昔日所赠之词,韩闻之心动,狂不自制,曰:"汝乃在此耶!"即欲见之,妾隔帘故邀其满引,至再至三,终不肯出,韩心益急。妾乃曰:"司谏曩在妾家,最善舞,今日能为妾舞一曲,即当出也。"韩醉甚,不知所以,即索舞衫,涂抹粉墨,踉跄而起,忽跌于地。王亟命索舆,诸倡扶掖而登,归船昏然酣寝。五更酒醒,觉衣衫拘绊,索烛揽镜,羞愧无以自容。即解舟还台,不敢复有所问。此声流播,旋遭弹劾,王迄善罢。夫子曰:"枨也欲,焉得刚?"韩璜之谓矣。

由此观之,胡寅说韩璜官广东"壁立无所污染",不过是朋友的回护而已。贪酒好色,被贪官污吏利用其弱点而抓住把

---

① (宋)胡寅:《斐然集》卷二十一《伊山向氏裕堂记》。

柄,不敢进行惩治,终是品行有阙焉。

王明清《挥麈录》后录卷十一:

> 韩璜叔夏为司谏,奉使江外回,赴堂白事。徐康国为
> 两浙漕,亦以职事入谒中书。康国自谓践扬之久,率多傲
> 忽。既诣省,候于廊庑,以待朝退,一绿衣少年已先在焉。
> 天尚未辨明,康国初不知为叔夏也,貌慢之,偃然坐胡床,
> 双展两足于火踏子之上,目视云霄,久之,始问曰:"足下
> 前任何处?"绿衣曰:"乍脱州县。"时方事之殷,外方多以
> 献利害得审察之命,因以求任使者。康国疑为此等,易之
> 曰:"朝廷多事之际,随材授官。乍脱州县者,未易遽干要
> 除。"有堂吏过与之揖,康国且诧于绿衣曰:"此某中奉也。
> 某在此,倘非诸公调护,亦焉能久安耶?"语未终,丞相下
> 马,遣直省吏致意康国曰:"适以韩司谏奉使回,得旨有所
> 问,未及接见。"吏引绿衣以登,回首揖康国而趋。康国始
> 知为谏官,惊怅恐怖。脚蹙踏子翻空,灰火满地,皇灼而
> 退。是时有流言刘刚据金陵叛,刚知之,束身星驰,诣阙
> 自明。适康国翌日再造,有黲袍后生武士复在焉。康国
> 反前日之辙,先揖而问之曰:"适从何来?"武士曰:"来自
> 建康。"康国遽问曰:"闻刘刚已反,公来时如何?"武士作
> 色曰:"吾即刘刚! 吾岂反者,想公欲反耳。"康国又惭而
> 去。越数日,竟为叔夏弹其"交结堂吏,臣所目睹"而罢。

这则以韩璜的不动声色与徐康国的傲慢自大形成对比,
虽作者意在写徐的不识时务,但韩璜少年得志的形象也凸显
出来。韩璜能文,现存其文有《书余襄公集后》、《甘棠桥名》。
《全宋词》收其词一首。

韩球,字美成,建炎四年十二月,任度支员外郎,被派往

饶、信诸州括钱粮。绍兴二年秋七月,任江西转运副使。绍兴五年六月,以直秘阁提点江淮等路坑冶铸钱。绍兴七年秋七月,由直秘阁京东、淮东宣抚处置使司参议官升参谋官、兼都督府随军转运副使。绍兴十三年,直宝文阁提点江、淮、荆、浙、福建、广南路坑冶铸钱。绍兴十七年,"直龙图阁新知衢州韩球都大提举四川茶马监牧公事"①,绍兴二十年卒,葬信州上饶。韩球无子,"取二犹子子之"(参看韩元吉《崇福庵记》)。其二子长曰曪,从事郎、监行在杂务杂卖场门,次曰历,迪功郎、监湖州新镇市。孙元芝、元蓍、元葵。

韩维一支,主要是宗文之子韩瑃一脉,韩瑃之孙韩元龙、韩元吉兄弟及元吉之子韩浓,在南宋政坛、文坛都有一定的地位和影响。

韩元龙,字子云,是韩元吉同母兄。绍兴二十七年,以高祖维荫补右宣教郎、知天台县,绍兴二十九年春正月,为右通直郎、司农寺主簿,同年五月,迁司农寺丞,往浙西通判平江府,秋七月还。② 乾道中,历知池州、淮南转运判官、淮东总领、中书门下省检正诸房公事、直宝文阁、权江南东路计度转运副使,仕终直龙图阁浙西提刑③。淳熙十二、十三年间卒于宣城④。与韩元吉兄弟友爱,人比之苏轼与辙。韩元吉集中颇多与其兄子云的唱和。韩元龙有子韩沆,孙韩榘。

韩元吉,字无咎,仕至吏部尚书,居上饶南涧,自号南涧翁。"政事文学为一代冠冕"⑤。有《南涧甲乙稿》七十卷,已

---

① 韩球仕历参看《建炎以来系年要录》卷四十至卷一百七十六各卷。
② 参看《建炎以来系年要录》卷一百七十六,卷一百八十一至卷一百八十三。
③ (明)凌迪知:《万姓统谱》卷二十四。
④ 参看韩西山:《韩南涧年谱》,第298页。
⑤ (宋)黄昇辑:《花庵词选》续集卷二。

佚,四库馆臣自《永乐大典》辑为二十卷。子淓,字仲止,以荫补京官,后归隐上饶。以诗著称,与赵蕃合称"二泉",人品学问为人所推重,有《涧泉集》和《涧泉日记》行世。

《南涧甲乙稿》卷十八有《祭伯父文》和《祭叔父文》,从文中所表达感情看,韩元吉与其伯父、叔父感情深厚。《祭伯父文》云:"今某乃蒙误恩易守建安,获拜墓下,感怆之情如何可言。"韩元吉父早亡,其南渡后居福建必定是依其伯父。韩元吉仅比其叔小三岁,"同学聚嬉,情若兄弟"①。其叔父没有子嗣,韩元吉以族弟元谅为其叔父嗣,元谅尉鄱阳。

韩氏家族南宋时还有一些不能确定其所属支派的后裔。

韩元杰、韩元象兄弟南渡后居太平州芜湖。韩元杰,字汉臣,韩亿五世孙。靖康间,以荫选知临颍,"大帅刘光世奇之,拔授监军。时戚方、李俦各拥兵怀反侧,朝廷遣使抚谕,莫敢前,杰匹马扣寨,酣饮连日,遂受降"②。绍兴五年九月,以刘光世荐,知濠州,在任期间,兀术入寇,韩元杰破刘麟兵,迁一官。绍兴七年夏四月,知楚州。五月罢,"坐前守濠州日,其兄元英私往宿州而不以闻也。时元英已奔刘豫,豫用为户部员外郎"③。

韩元象为元杰弟,亦以荫补官。"嗜书,尤工吟咏,论古今成败,常滚滚,听者忘倦。少以功名自负,邵宏渊别置幕中,从宏渊北伐,元象谋居多。孝宗以对便殿,擢通判严州"④。

韩元功及其子韩漳。韩元吉《南涧甲乙稿》卷十八《漳侄受官告庙文》云:"爱念从弟元功,顷者令于通山,无禄早亡。将死之言,以子见祝。今其子漳在诸侄中适又最长,因以具

---

① (宋)韩元吉:《南涧甲乙稿》卷十八《祭叔父文》。
② 乾隆《江南通志》卷一百七十三。
③ (宋)李心传:《建炎以来系年要录》卷一百十一。
④ (明)凌迪知撰:《万姓统谱》卷二十四。

奏,蒙恩补将仕郎。"同书卷三有《送漳赴分宁尉》诗,知韩漳仕为分宁尉。

韩泽,《南涧甲乙稿》卷五有《送泽赴新涂尉》诗,中有"尔父渐衰吾已老,寄书时一到南溪"。韩泽亦为韩元吉子侄辈。

僧祖航及其父三十三司户。《南涧甲乙稿》卷十八《祭三十三司户叔文》,卷六有《航弟自广涧省坟金华作二绝句送之》。知三十三司户卒葬金华,其子出家为僧。

韩易、韩元修,《祭四十四抚干叔公文》云:"族侄易、族孙元吉、元修等谨以清酌庶羞之奠,致祭于叔公四十四抚干韩公之灵。"

(二)晁氏家族

晁氏家族在南渡后散居各地,主要在江西和四川两地。"南渡以来,江、浙、蜀道所在寓居,实皆出于昭德,无他晁也"①。《明一统志》卷五十一《广信府·流寓》云:"晁谦之,字恭祖,澶州人。渡江亲族离散,谦之乃极力收恤,因居信州。仕宋,官敷文阁学士。卒葬铅山鹅湖,子孙因家焉。"

晁谦之,字恭道,是晁迪的后裔,曾祖宗简,祖仲参,父端仁。绍兴八年,晁谦之任尚书金部员外郎。绍兴九年五月,由吏部员外郎为枢密院检详诸房文字。绍兴九年秋七月,为尚书右司员外郎,八月,权户部侍郎,九月,上疏言理财之重要。绍兴十年六月,移工部侍郎。绍兴十一年夏四月,引疾乞祠,充敷文阁待制、提举江州太平观。绍兴十五年四月,以敷文阁直学士、安抚使兼行宫留守司公事。绍兴十八年春正月,由敷文阁直学士知建康府任罢。绍兴二十四年秋七月,卒于信州。②

① (宋)楼钥:《攻媿集》卷一百〇八《司法晁君墓志铭》。
② 事见《建炎以来系年要录》卷一百十九、一百二十八、一百三十、一百三十一、一百三十二、一百三十六、一百四十、一百五十五、一百五十七、一百六十七。

晁谦之与吕本中同居上饶，唱和较多，和曾几等寓居上饶的文人交往亦多。卒后曾几作有《挽晁恭道侍郎二首》。

晁巽之、晁公谞父子，南渡后居于抚州金溪县。晁公谞生于济州任城，曾祖仲参，祖端义，父巽之，巽之"超然不仕"。公谞"少承家法，笃于孝友，尝刲股以起母及仲兄之危疾"。晁谦之为其从叔，以郊恩补公谞为将仕郎，授迪功郎、监潭州南岳庙，循从政郎，调建昌军新城县主簿，继为沅州司法参军。公谞"宦情素薄，而临事殊不苟率，有可称。有五子：子骞、子与、子思、子游、子冉。有孙八人：百源、百则、百海、百制、百利、百礼、百扬、百顺。曾孙二人：世籔、世表"。①

晁升之，字升道，南渡后居抚州盱江，宝文阁学士刘弘道荐于张浚，为张浚客。张浚居潭州、连州期间，升之音问不绝。②

晁公庆，字仲石，为升之子。"公庆绍兴初与范顾言、曾裘父同学诗于吕紫微"③，吕本中作有《送晁公庆西归》，诗中云："顷从君家诸父游，谈经语道久未休。死生契阔风尘起，往事追寻三十秋。"公庆子名子毅。

晁公迈，字伯皋，一字伯咎，号传密居士，为晁咏之季子，属于晁迥一支。建炎三年，为承事郎、通判抚州军事，金人陷抚州，抚州守将印交与晁公迈，自己逃走，不久晁公迈亦以募兵为词离开，后归，蔡延世拒不纳，公迈坐罢。绍兴十年六月，晁公迈任广东提举茶盐公事、权市舶，以贪利为大食进奉使满亚里所讼，坐免官。陆游《晁伯咎诗集序》云晁公迈有诗461篇，其孙百谈辑为四卷，请陆游作序。今诗集已佚。陆游序中说晁公迈"以文学称"，"方扁舟往来吴松，啸歌饮酒，益放于诗。其名章秀句传之士大夫，皆以为有承平台阁

① 参见楼钥：《攻媿集》卷一百〇八《司法晁君墓志铭》。
② 参见周必大：《文忠集》卷四十七《题张魏公与晁升道帖》。
③ （宋）周必大：《文忠集》卷四十七《题吕紫薇与晁仲石诗》。

之风"①。公迈有七子：子京、子与、子真、子谁、子其、子肯、子象、子必。子京有三子：百龄、百忠、百孝。子谁有七子：百谈、百诩、百谟、百誉、百嵩、百该、百系。子肯有二子：百志、百勤。其次子子与，字点仲，周必大为作墓志。公迈弟公昂、公叶不知所居，似亦居抚州。

晁端规（字梦规）、端矩（字孟矩）、端准（字梦准），为晁仲询之子，属于西眷晁遘一支。兄弟南渡后居赣州。又晁仲询有孙三人：宗之、胜之、曦之。② 端规有孙名公定。

晁公为，字子莫，为晁补之长子。建炎四年，为朝请郎、知台州。③ "天台人求珍以杀人系狱，珍以金赂公为之妻，遂得不死"④。知天台县刘默向都省和御史台讼晁公为受贿事，绍兴元年秋七月，晁公为以直显谟阁、知台州任上罢。晁公为曾辩受贿事是其妻，而自己并不知情。晁虽受到参知政事范宗尹的阴庇，但这件事彻底断送了他的政治前程。绍兴四年三月，罢宫观。卒后葬于台州。

晁说之于建炎三年正月七日卒于建康舟中，葬江宁府正觉寺。其孙晁子健于绍兴二年为其编辑文集，子健时为迪功郎、监潭州南岳庙。乾道三年，子健知汀州军州主管学事、兼管内劝农事。⑤ 乾道六年，知毗陵，创东坡先生祠堂，请晁公武记之。⑥ 又据《南涧甲乙稿》卷二十二《太恭夫人李氏墓志铭》云"婿则朝散大夫荆湖南路提点刑狱晁子健"，知晁子健后

---

① （宋）陆游：《渭南文集》卷十四。
② 参看晁说之：《嵩山文集》卷十九《宋任城晁公墓表》，四部丛刊续编本。
③ 事见《建炎以来系年要录》卷三十一、七十四、八十八、九十五。
④ （宋）李心传：《建炎以来系年要录》卷四十六。
⑤ 见晁说之：《嵩山文集》附晁子健记。
⑥ （宋）晁公武：《东坡先生祠堂记》，见费衮《梁溪漫志》卷四，影印文渊阁四库全书本。

官荆湖南路提刑。后居何处，不可考。

　　晁公遡《书夜雨不少住枕上作诗后》："建炎二年，公遡随侍寓海陵，景迂伯自仪真来居。是岁十月十四日公遡侍十二叔之姑苏，请违景迂，蒙海之云……复云：'予旦夕将成枝江之行，兑弟、遡侄乃先苏台之役，相对愀然，书以为别。'呜呼，自尔之后，不复见颜色。越明年春，景迂至金陵，得疾不起。岁月惊过，于兹一纪。因阅旧书，获见此诗，想像如昨日。感叹之不足，因以记赐诗之端倪，教诲之药石云。绍兴十年二月二十日公遡谨书。"①晁公遡所说十二叔即晁说之所说兑弟，是晁说之弟晁兑之，行二十二，这里说十二，恐误。晁说之有《送二十二弟入浙》诗，诗云："世乱还家未有期，汝于何处望京师。韦郎旧恨今新恨，细学南音寄我诗。"《次韵二十二弟谢胡以纯饷米》云："十日饥肠吴越客，空将苦泪湿寒烟。喫虚兄弟嗟同病，任死图书愧满船。饮露求肥真漫与，耕云卒岁更堪怜。胡家清德今犹尔，顾我穷途一惘然。"②由上可知，晁兑之先居海陵，后至苏州为官。

　　又晁公遡《书毛诗后》云："公遡建炎庚戌侍亲寓海陵，景迂伯自仪真经张遇之难来泊念四叔舍。景迂语公遡：'吾脱身虎狼烟焰之中，无丝缕以自随。知汝有经史诸书，可悉埒于吾案上。老不能读，聊守以自娱。如爱缯人见缯而喜也。'用是白大人乞空其笥，致景迂左右。……景迂先有江南之行，复语公遡曰：'书且借行，他日相会，当复归汝。'至秣陵，景迂下世，五十四兄来居建昌，继而公遡随侍至，访书则为乌有矣，或云为人所焚，痛哉！是经公遡得之广陵，景迂俾季父注释之，得于煨烬之馀，展卷长吁，以书所历。绍兴丙子秋社。"③由此可知，晁公遡之父南渡初亦居海陵，后居建昌军。晁公遡所云念

────────────

① 见晁说之：《嵩山文集》附录，四部丛刊续编本。
② （宋）晁说之：《景迂生集》卷八，影印文渊阁四库全书本。
③ （宋）晁说之：《嵩山文集》卷二十，四部丛刊续编本。

　　四叔，可能为晁念之，其与晁兑之后居何处，不可考。

　　　　晁鼎之，南渡后居抚州金溪。

　　　　晁公宣，鼎之子，字彭年，晚号真乐居士，南渡后寓临川。
有二子：子质、子聿。孙百征。

　　　　晁祐之，建炎三年为天台令。①

　　　　晁贲之，建炎四年，知抚州②。

　　　　晁颂之，建炎四年，知洪州南昌县。③

　　　　晁公诗，绍兴十三年，于抚州金溪县建九经堂。④

　　　　晁公缝，乾道九年，为赣州雩都令⑤。

　　　　晁子绮，淳熙二年，眷录晁公迈《历代纪年》完毕，为作后记。⑥

　　　　晁子温，淳熙十二年，知常熟。⑦

　　　　晁公昂，字激仲，曾为建康帅叶梦得属下。⑧

　　　　晁公逸，字叔易，曾与王庭珪、向子諲游。⑨

　　　　晁公耄，字武子，晁说之子，曾任遂昌令，后入沿海帅幕。
叶梦得《建康集》卷二《送表弟晁公耄沿海帅幕》注云："公耄，
说之子，罢遂昌令，颇能言浙东民事。"

　　　　晁公达，绍兴三年通判筠州。绍兴二十七年，知新昌县。
绍兴末知岳州平江县。⑩

----

① 《嘉定赤城记》卷十一。
② 《弘治抚州府志》卷八。
③ 《万历新修南昌府志》卷十四。
④ （宋）吕本中：《东莱诗集》卷十九《晁公诗九经堂》。
⑤ 嘉靖《赣州府志》卷七。
⑥ 见《历代纪年》后记，续修四库全书本。
⑦ 《正德姑苏志》卷四。
⑧ （宋）叶梦得：《建康集》卷一《与晁激仲夜话》、《遣晁公昂按行濒江
　　营垒》。
⑨ 见程敦厚《晁氏崇福集序》、王庭珪《卢溪文集》卷十一《次韵向文刚晁
　　叔异游青原》、向子諲《酒边词》卷上《水龙吟》小序。
⑩ 《正德瑞州府志》卷五、《江西通志》卷十九、《弘治岳州府志》卷五。

晁公愚,乾道三年任司农寺丞兼权提点坑冶铸钱公事。①

以上为居住江西及活动于江西、两浙之晁氏概况。居住于蜀地的晁氏为晁冲之之后,即晁公武兄弟。晁冲之有六子:公休、公武、公遡、公荣、公退、公适。公荣、公退、公适事迹不可考。晁氏兄弟居嘉州。

晁公休,字子嘉,曾官汉阴令。建炎四年六月,王彦镇金州,"敛民倍常,比属县莫敢抗。汉阴令任城晁公休独不用其令,彦召至州,囚欲杀之,公休不为屈,彦亦弗敢害也"②。后被宣抚处置使张浚召为粮料官。傅察《忠肃集》所收晁公休为其所作行状,晁公休自署云"建炎二年十月,从事郎、前隆德府司士曹事晁公休状"③,知晁公休曾官隆德府士曹事。又据晁公遡《送子嘉兄赴达州司户序》,知其做过达州司户。晁公休作品除为傅察所作行状外,还有《夏日过庄严寺僧索诗为留三绝拉舍弟同赋》诗三首。

晁公武,字子止,绍兴二年进士。避难入蜀后,初为四川转运副使井度属官。绍兴十七年,以朝奉郎知潼川府,寻知合州,移荣州,得井度赠书。绍兴二十一年在荣州完成《郡斋读书志》初稿。绍兴二十七年,由金安节荐,入朝为吏部郎中。孝宗隆兴二年二月,以吏部员外郎兼国史院编修官。三月,又以枢密院检详诸房文字兼。不久为右正言,迁殿中侍御史,多所论列。十一月,太学生张观等七十二人伏阙上书,"请斩汤思退、王之望、尹穑,窜其党洪适、晁公武,而用陈康伯、胡铨等"。汤思退罢相,洪适草制,晁公武以制词中无谴责语,抨击之。徙户部侍郎。乾道元年正月,除集英殿修撰,出知泸州。

①（清）徐松辑:《宋会要辑稿·职官》四十三之一五九。
②（宋）李心传:《建炎以来系年要录》卷三四。
③（宋）傅察:《忠肃集》卷下《宋故朝散郎尚书吏部员外郎赠徽猷阁待制傅公行状》。

乾道四年三月,以敷文阁待制为四川安抚制置使。五年十一月,除敷文阁直学士。六年八月,以敷文阁直学士降授左朝请大夫,除淮南东路安抚使兼知扬州。七年四月,移知潭州。乞外宫观,不允,擢吏部侍郎。五月十二日,诏除临安府少尹。七月,以与判官不和,罢。晚居嘉州符文乡,卒葬焉。李焘为其撰墓志。①《宋史·艺文志》著录晁公武著述有《易诂训传》十八卷,《尚书诂训传》四十六卷,《毛诗诂训传》二十卷,《中庸大传》一卷,《老子通述》二卷,《老子道德经三十家注》六卷,《春秋诂训传》三十卷,《稽古后录》三十五卷,《昭德堂稿》六十卷,《读书志》二十卷(另有四卷本),《嵩高樵唱》二卷。除《郡斋读书志》外,惜皆不传。《全宋诗》辑录其诗十首,残句四。《全宋文》辑录其文十八篇。

晁公遡,字子西,公武之弟,绍兴八年进士。公遡仕历,据其文及师瑑《〈嵩山集〉序》知其历官梁山尉、洛州军事判官、通判施州,绍兴末知梁山军。乾道初知眉州,后为提点潼川府路刑狱,累迁兵部员外郎。② 其《抱经堂稿》已佚。有《嵩山集》五十四卷行世。师传甫于乾道四年刻印其《嵩山居士文集》,请师瑑作序。师瑑序云:"尝窥公所谓《抱经堂稿者》以甲乙分第,汗牛马而充栋宇。传甫之所得,殆笯中之豹,然已足盖一世矣。"其作品散失极多。

(三) 吕氏家族

吕希圆、吕宣问父子。吕希圆,绍兴甲子倅洋州,妾韩氏生宣问,宣问六岁时,母辞去,莫知所之。吕宣问,字季通,吕蒙正四世孙,徙居溧阳。后宣问调池阳录事参军,以便访母。知母在仙井,调峡州推官,后与母团聚。寻知蕲春县。③

---

① 晁公武生平参见孙猛《郡斋读书志校注》附《晁公武传略》。
② (清) 徐松辑:《宋会要辑稿·选举》二〇之二〇。
③ 事见(宋) 周应合《景定建康志》卷四八《孝悌传》。

　　吕和问、吕广问兄弟。吕和问，字节夫，广问兄①，曾官池州铜陵县丞。②南渡后，与弟广问居宁国府太平县。吕广问，字仁甫，宣和七年进士。曾祖吕宗简，为吕夷简之弟，仕至尚书刑部员外郎，赠金紫光禄大夫。祖公雅，仕至徽猷阁待制，赠少师。父希朴，仕至承议郎，赠右正议大夫。南渡初，曾知婺源，后以李光荐，任给事中，被秦桧指为李光党，罢去。后应吏部选知江州德安县，添差通判筠州，又通判虔州。绍兴二十五年十一月，召为礼部员外郎。绍兴二十六年三月，御史汤鹏举言吕广问为礼部侍郎周葵党，与葵俱罢。明年，除提举江南东路常平茶盐公事。两浙西路提点刑狱公事。绍兴二十九年秋七月，诏赴行在。绍兴三十年夏四月，直秘阁，为两浙路转运副使。十一月，守尚书右司员外郎。绍兴三十一年十二月，充参议官、秘书省正字。绍兴三十二年春正月，为中书门下省检正诸房公事，兼权行在左右司郎官。绍兴三十二年闰二月，为起居郎。夏四月，权尚书礼部侍郎。高宗曾谓大臣曰："广问老成不沽激，往时荐之者多。"③韩元吉为其所作墓志云："为人和易长者，与物无忤，而内实刚重不可犯。每读书见昔人行事有所感，或为出涕。遇憸佞狡险之徒，至不忍视其面。""少时家贫，兄弟奉亲至孝，聚族数百指，无间言。宾客过之，疏食菜羹，讲论道义，终日不厌。或见其市鱼肉而客馔无有，戏问之，公蹙然曰：'吾亲所以为养，吾徒可享哉？'及贵，有远族乞附公服属以就国子试，公曰：'是岂特欺君，非幼子毋诳之义也，不可教后生。'盖诚信不欺类如此。临终处其家事如平时，手疏边防利害为遗

---

① （宋）朱熹：《晦庵集》卷八十三《跋吕仁甫诸公帖》。
② （元）脱脱等：《宋史》卷一百二十三。
③ （宋）李心传：《建炎以来系年要录》卷一百九十九。

奏,有曰:'远斥导谀之言,力行责实之政,结人心以固本,养民力以待时。'"①有三子:得中、庶中、自中。

吕稽中,字德先,张浚宣抚川、陕,辟为计议官。绍兴二十一年春正月,知邵州。后为朝请大夫、江南东路转运判官。绍兴三十一年十一月,主管台州崇道观。吕稽中为尹焞门人。尹焞卒,吕稽中为作墓志。②

吕坚中,字景实,曾官祁阳令,胡寅为作学宫记。吕坚中为尹焞门人,与冯忠恕、祁宽同录尹焞语为《尹和靖语录》四卷。③

吕切问,字舜从,吕好问之弟。守官会稽。④

吕丕问,字季升,绍兴间曾历官右朝请大夫、枢密院计议官,行工部员外郎,右朝请大夫、知处州,直秘阁。⑤"徙居玉山县之西,以谷隐名堂,并以自号。其犹子舍人居仁尝为赋诗"⑥。《江西通志》卷四十"谷隐堂"载吕本中所赋诗云"客中不顾生事窘,所至有堂名谷隐。"此诗《东莱诗集》未收。

南渡后吕氏一门以吕好问一支最显。吕祖谦《东莱公家传》叙吕好问后裔云:

> 子男五人:长本中,尝任中书舍人,直学士院,终于左朝奉郎、提举江州太平观;次揆中,终于郊社斋郎;次弸中,尝任驾部员外郎,终于右朝请郎、主管台州崇道观;次用中,尝任兵部员外郎,终于右朝奉大夫、主管台州崇道观;次忱中,尝任提举江南东路常平茶盐公事,终于右朝

① (宋)韩元吉:《南涧甲乙稿》卷二十《吕公墓志铭》。
② 事见《建炎以来系年要录》卷一百一十七、一百六十、一百六十二、一百九十四;《伊洛渊源录》卷十一;《宋元学案》卷二十七《和靖学案》。
③ 见陈振孙《直斋书录解题》卷九、《宋元学案》卷二十七《和靖学案》。
④ 见黄宗羲著,全祖望补《宋元学案》卷三十二《荥阳学案》。
⑤ 见李心传《建炎以来系年要录》卷九十二、卷一百〇五。
⑥ 《嘉靖广信府志》卷十八。

奉郎、知饶州。女一人,适右朝奉郎蔡兴宗。孙九人,曰:
大器、大伦、大猷、大凤、大阳、大同、大麟、大虬、大兴。曾
孙十六人,曰:祖谦、祖仁、祖俭、祖恕、祖重、祖宽、祖憨、
祖平、祖新、祖节、祖宪、祖永、祖志、祖慈、祖义、祖忞,而
大凤、大阳、大同、大兴皆早夭。①

　　吕好问南渡后避地岭南,卒于桂林。有五子:本中、揆
中、弸中、用中、忱中。揆中南渡前已夭。
　　吕本中,字居仁。绍兴初赐同进士出身,曾任中书舍人,
世称吕紫微,学者称东莱先生。吕本中于绍兴十一年移居信
州上饶,绍兴十五年卒,葬信州德源山。吕本中著书甚丰,有
《春秋集解》、《童蒙训》、《师友渊源录》、《东莱诗集》二十卷、
《紫微诗话》、《紫微杂说》等。本中有二子:大猷、大同。
　　吕大猷,字允升。淳熙间任汀州府知州事。② 有子祖仁、
祖泰。
　　吕祖泰,字泰然,大猷子,寓居常州宜兴。《宋史》有传。
庆元元年夏四月,吕祖泰从兄吕祖俭因上疏留赵汝愚及论朱
熹、彭龟年不当黜,忤韩侂胄,送韶州安置,后移瑞州。吕祖泰
徒步前往省视,并居留月馀。吕祖俭去世后,庆元六年九月,
吕祖泰上书请诛韩侂胄、苏师旦,逐陈自强等,以周必大代之。
结果被杖一百,发配钦州牢城收管。吕祖泰匿迹襄、鄂间。
直到韩侂胄被诛,朝廷访得吕祖泰,嘉泰三年冬十月庚子,诏
雪其冤,嘉定元年秋七月辛丑诏“特补上州文学,改授迪公郎、
监南岳庙”③。吕祖泰贫甚,母丧无以葬,至都筹钱葬母,得寒
疾卒。

① (宋)吕祖谦:《东莱集》卷十四。
② 《福建通志》卷二十六《汀州府》。
③ 见《宋史》卷四百五十五《吕祖泰传》。

　　吕大同,字逢吉,与林之奇有书信往来。有子祖平。①

　　吕祖平,大同子。其父早卒,与母居于金华。据陆游《吕从事夫人方氏墓志铭》知其淳熙三年后"以宗祀恩,赠从事通直郎"。又据《桂胜》卷二所载知其绍熙元年,在广西与朱晞颜、曾天若、董世仪、刘源一起游桂林龙隐洞。其任何职,不可考。② 于庆元二年编辑完成吕本中集。③ 庆元二年十二月,"以潦水啮墓趾",改葬其父于旧墓少东二百步。诹日奉其母归祔,而筮未得吉,后请陆游为其母作墓志铭。庆元三年,知仙游县。开禧二年,知江阴军。嘉定六年,知常州。八年,移知徽州。十一年,改知处州。据刘克庄《后村先生大全集》卷四十三《玉牒初草》之"皇宋宁宗皇帝嘉定十一年"载:"乙巳,臣僚奏新知处州吕祖平,顷以珍玩取媚权奸,祖俭乃其堂兄,祖平恐为所累,图写宗支,指为疏族,用以自解,守江阴无善状,乞罢括苍新命。从之。"据此可知,吕祖平于宁宗嘉定十一年知处州时,被劾罢。其被弹劾的原因有三:一是"以珍玩取媚权奸";二是恐被吕祖俭牵连,"图写宗支,指为疏族";三是"守江阴无善状"。吕祖平有一子一女,子樗年,女莱孙。④

　　吕弸中,字仁武,本中弟。南渡后曾官将做监丞,绍兴八年任驾部员外郎,寻提举福建茶盐事。后移居婺州金华。有二子:大伦、大器。

　　吕大伦,字时叙。绍兴十五年任武义县丞,十二月筑豹隐

---

① （宋）陆游:《渭南文集》卷三十六《吕从事夫人方氏墓志铭》。
② 参看《福建通志》卷二十三《仙游县》。
③ （宋）陆游:《吕居仁集序》,见《渭南文集》卷十四。
④ 吕祖平事迹参见陆游《吕从事夫人方氏墓志铭》、道光《福建通志》卷四、嘉靖《江阴县志》卷十二、《咸淳毗陵志》卷八、《宋会要辑稿·职官》七五之一八。

堂,公事之退,与兄弟大器、大猷、大同等于其间讲习道义。①
吕本中寓居福州时作有《闻大伦与三曾二范聚学并寄夏三十
一四首》诗。

吕大器,字治先,祖谦父,曾几婿。绍兴七年,曾几为广西
转运使,吕大器携妻子依曾几住在桂林,是年吕祖谦出生于桂
林。绍兴十六年,为江东提举司干官。绍兴二十一年,为浙东
提刑司干官。绍兴二十五年,为福建提刑司干官。绍兴三十
二年,知黄州。乾道元年,官池州。乾道二年,任仓部郎中。
乾道四年,知江州。乾道六年,知吉州。乾道八年卒。② 陈亮
有《祭吕治先郎中文》。吕大器有二子:祖谦、祖俭。

吕祖谦,字伯恭。绍兴七年出生于桂林。绍兴十八年,以
祖恩补将仕郎。绍兴二十五年随父至福唐,从林之奇游。绍
兴二十六年,应福建转运司进士,举为首选。绍兴二十七年
年,试礼部不中,赴铨试,下等第三人。四月授迪功郎监潭州
南岳庙。十二月二十九日,迎娶韩元吉之女。绍兴三十年,赴
铨,上等第二人。绍兴三十一年正月,授严州桐庐尉。绍兴三
十二年冬,发两浙转运司解第二人。孝宗隆兴元年春试礼部,
奏名第六人。四月十二日,赐进士及第,改左迪功郎。又中博
学宏词科。六月七日,特授左从政郎,改差南外敦宗院宗学教
授。乾道六年,除太学博士。乾道七年,除秘书省正字。淳熙
三年,以李焘荐,除秘书省秘书郎,兼国史院编修官、实录院检
讨官,与修《徽宗实录》。淳熙六年,纂修《文海》成,赐名《皇朝
文鉴》。淳熙八年七月二十九日卒,享年四十五,葬明招山。
吕祖谦一生以著书讲学为主,所著有《东莱吕太史集》十五卷,
《别集》十六卷,《外集》五卷,《附录》三卷,《东莱书说》十卷,

---

① (宋)汪应辰:《文定集》卷九《豹隐堂记》。
② 吕大器仕历见吕乔年所作《吕祖谦年谱》。

《吕氏家塾读诗记》三十二卷,《春秋集解》十二卷,《左传类编》六卷,《左氏国语类编》二卷,《左氏博议》二十卷,《左氏说》三十卷,《新唐书略》三十五卷,《大事记》十二卷,《解题》十二卷,《通释》一卷,《欧公本末》四卷,《卧游录》一卷,《吕氏读书记》七卷,《闺范》十卷,《少仪外传》二卷,《观史类编》六卷,《皇朝文鉴》一百五十卷,《古文关键》二卷,《历代奏议》十卷,《国朝名臣奏议》十卷。祖谦有子名延年。

吕延年,字伯愚。以父荫补将仕郎,铨中迪功郎。曾任临安府判官,历知嘉兴府、信州、温州,迁大理寺丞。

吕祖俭,字子约,祖谦弟,受业祖谦。祖谦卒,为守丧一年。历官衢州法曹、籍田令、司农簿、通判台州。宁宗即位,除太府丞,时韩侂胄用事,排赵汝愚,祖俭因上封事言汝愚不当去,诏韶州安置。至庐陵,得旨改送吉州。遇赦,量移高安。庆元二年卒,诏令归葬。吕祖俭之谪,朱熹与书曰:"熹以官则高于子约,以上之顾遇恩礼,则深于子约,然坐视群小之为,不能一言以报效,乃令子约独舒愤懑,触群小而蹈祸机,其愧叹深矣!"祖俭在谪所,"读书穷理,卖药以自给"[1]。有《大愚集》十一卷,已佚。祖俭有子乔年。

吕乔年,字巽伯。曾从吴柔胜学。妻为四明沈焕女。嘉泰四年编辑《东莱吕太史文集》四十卷[2]。又编辑吕祖谦《丽泽论说集录》十卷,著有《东莱易说》二卷。写有《太史成公编皇朝文鉴始末》。

吕用中,字惇智。绍兴三年,为枢密院计议官。绍兴八年五月,因其兄弸中官福建,用中代其兄为驾部员外郎。十一月,上疏辩父好问受伪命之谤。绍兴九年三月,守祠部员外

---

① 事见《宋史》卷四百五十五《吕祖俭传》。
② 见吕乔年:《〈东莱吕太史文集〉跋》。

郎，此前为兵部员外郎。绍兴十年，为右宣教郎、两浙提点刑狱公事。十一月，直秘阁。绍兴十二年十二月，改知泉州。①卒后，曾几作有《挽吕惇智（用中）直阁二首》，说吕用中"名高中兴后，病著半生中"，又"舍人先即世，驾部复沈泉"②之句，知吕用中之卒在吕彌中之后。

吕忱中，字伟信。曾几《挽吕惇智（用中）直阁二首》诗后自注云："惇智昆仲惟伟信在耳。"据此可知吕忱中字伟信。绍兴十九年，为奉议郎、通判婺州事，因与知州钱端礼互诉，皆罢黜。绍兴二十五年，以右通直郎、通判信州升迁为提举江南东路常平茶盐公事。因"讦守臣林机阴事以告秦桧"，故有是命。"右承议郎知信州林机移知邵州。机尝奏秦桧父祠堂生芝草，又为桧搜求水精，民极以为扰。至是为吕忱中所讦，桧始咎之"③。绍兴二十七年春正月，吕忱中告发王晌在宣城盗常平米买银事，王晌被置狱广德军，结果按察无实，晌移徽州，行至梅家店而卒。绍兴二十九年正月，任命吕忱中知台州，因受殿中侍御史任古奏劾，任命遂寝。任古言"忱中天资阴险，所至贪墨，前此特以父尝荐秦桧，桧报私恩，连倅婺、信，后以告讦林机得江东提监。逮桧之死，迹不自安，欲欺罔朝廷以掩前过，遂按王晌常平米事兴起大狱，连逮其众，朝廷差官考实，并无事迹，缘此降罢。泰为淮东望郡，任匪其人，且将害及一方"④。又胡寅《斐然集》卷二十六《左朝散郎江君墓志铭》中有"邦光以婺州别驾吕忱中所状公行治来谒铭"，知吕忱中曾为江衮作行状。按，吕忱中行事与其三位兄长不同，也有悖于吕氏家风，

① 吕用中事见李心传《建炎以来系年要录》卷七十一、九十、一百十九、一百二十三、一百二十七、一百三十三、一百四十七。
② （宋）曾几：《茶山集》卷四。
③ （宋）李心传：《建炎以来系年要录》卷一百六十八。
④ （宋）李心传《建炎以来系年要录》卷一百八十一。

所谓"龙生九子,各不相同"。

吕康年,嘉定十三年,为鄞县主簿,以县学旧址狭隘,上言时相史弥远,史弥远命守臣俞建相地择所重建。[①]

《吕祖谦与浙东明招文化》一书中云:"吕弸中有二兄吕撰中。吕撰中之子吕大棋(规叔),是吕祖谦从叔。吕大棋始迁浙江嵊县,与其子吕祖璟创办鹿门书院。"[②]宋赵鼎臣《竹隐畸士集》卷三次韵吕本中诗题云:"昔官会稽,故侍讲吕公原明丈,请以其孙撰中者,娶余之长女,既受币矣。无何,撰中与余女未成婚而俱卒。"可知吕撰中早卒,并无子嗣,吕大棋当是其嗣子。

第二节　家学传承与移居地文化的影响

吕氏、韩氏、晁氏三大家族都以政事、文学、学术著称。南渡后,三大家族虽然政事方面与其祖先不能相比,但也都有人出任要职。文学和学术是三大家族维持其家族地位和影响的两个主要方面。由于三大家族所受移居地文化影响的不同,其文化取向也各不相同,与其移居地文化密切相关。

一、吕氏家族的家学传承与信州、婺州文化

吕氏家学重博学兼取,不主一师,主张"多识前言往行以畜德"。吕氏家学源于吕公著,形成于吕希哲,传之于吕本中,光大于吕祖谦。吕公著生活在一个英才辈出的时代,欧阳修、

---

① (宋)胡榘修,方万里、罗濬纂:《宝祐四明志》卷十二、《延祐四明志》卷十三。
② 浙江省武义县政协文史资料委员会编:《吕祖谦与浙东明招文化》,社会科学文献出版社 2006 年,第 32 页。

司马光、王安石、邵雍、程颐、程颢、苏氏父子等灿若星辰。吕公著虽然后来被列入元祐党籍，但他与新、旧两党的领袖人物关系都不错，他对儒学人物很是推重，曾荐张载、程颐、程颢，与王安石的私交也并未因政见不同受到影响。吕祖谦在转述其父吕大器关于其家与江西文人关系的话说："虽中间以国论与荆公异同，元丰末守广陵，钟山犹有书来，甚惓惓。且有绝江款郡斋之约会，公召归乃止。"①

吕希哲更是遍交当世学者，转益多师，"初学于焦千里，庐陵之再传也。已而学于安定、学于泰山、学于康节，亦尝学于王介甫，而归宿于程氏。集益之功，至广且大。然晚年又学佛，则申公家学未纯之害也。要之荣阳之可以为后世师者，终得力于儒"②。是吕氏家族中"不名一师"的典型。

吕氏家学中的"不名一师"，使得吕氏学人能够广泛地吸取他人精华，视野开阔，不偏执，能为其家学不断补充新鲜的血液，使其保持鲜活的生命力。"多识前言往行以畜德"是其家学的核心，"多识前言往行"的目的不是为了见闻该博，而是为了"畜德"，吕祖谦在讲学中就对弟子说："看史非欲闻见该博，正是要识前言往行以畜其德。"③为学的目的是为了加强、完善自身的品德修养，进而可以齐家、治国平天下，"由成己以至成物"④。

（一）吕本中、吕祖谦对吕氏家学的传承

吕本中、吕祖谦对吕氏家学的传承既体现在学术领域，也

① （宋）吕祖谦：《题伯祖紫微翁与曾信道手简后》，见《东莱吕太史文集》卷七。
② （清）黄宗羲著，全祖望补：《宋元学案》卷二十三《荣阳学案序录》。
③ （宋）吕乔年编：《丽泽论说集录》卷十《门人所记杂说二》。
④ （宋）楼昉：《童蒙训跋》，见吕本中《童蒙训》，影印文渊阁四库全书本。

体现在文学创作中。吕本中在学术上也是"不名一师",全祖
望在《宋元学案》之"紫微学案序录"案云:"大东莱先生为荥阳
冢嫡,其不名一师,亦家风也。自元祐后诸名宿,如元城、龟
山、廌山、了翁、和靖以及王信伯之徒,皆尝从游,多识前言往
行以畜其德。而溺于禅,则又家门之流弊乎!"①在介绍吕本
中生平后所加案语云:"先生尝从杨、游、尹之门,而在尹氏
为最久,故梨州先生归之尹氏学案。愚以为先生之家学,在
多识前言往行以畜德,盖自正献以来所传如此。原明再传而
为先生,虽历登杨、游、尹之门,而所守者世传也。先生再传
而为伯恭,其所守者亦世传也。故中原文献之传独归吕氏,
其馀大儒弗及也。故愚别为先生立一学案,以上绍原明,下启
伯恭焉。"②

全祖望的这两段案语,既指出吕本中学术上的师友渊源,
又指出吕氏家学的特点。吕本中在文学创作上也主张不名一
师,其《童蒙诗训》中讲到作诗之法,主张"遍考他诗"、"遍考前
作","自然功夫度越诸人"。

> 学诗须熟看老杜、欧、苏、黄,亦先见体式,然后遍考
> 他诗,自然功夫度越诸人。
> 前人文章各自一种句法。如老杜"今君起柂春江流,
> 予亦江边具小舟"。"同心不减骨肉亲,每语见许文章
> 伯"。如此之类,老杜句法也。东坡"秋水今几竿"之类,
> 自是东坡句法。鲁直"夏日扇在摇,行乐亦云卿",此鲁直
> 句法也。学者若能遍考前作,自然度越流辈。③

---

① (清)黄宗羲著,全祖望补:《宋元学案》卷三十六《紫微学案》,第
1233 页。
② 同上,第 1234 页。
③ (宋)吕本中:《童蒙诗训》,见郭绍虞《宋诗话辑佚》附录。

　　吕本中提出的"活法"说，为后来指导江西诗派诗歌创作的重要理论。在江西诗派的创作已经走向僵化的时候，吕本中与徐俯、韩驹等人自觉地提出新的诗歌创作主张，就中吕本中的"活法"说影响最大，使得江西诗派的诗歌创作又焕发出新的生机，江西诗派在南宋的创作与影响持续了相当长的时间。

　　吕氏家学不名一师的主张，使得吕本中在诗歌创作上既学江西诗派，又不囿于江西诗派，终于成为转变诗风的关键人物。吕氏家学在文学创作方面，到吕本中达到高峰。

　　吕祖谦也继承了吕氏家学，在学术上兼收并蓄，以成其大。吕祖谦从林之奇、汪应辰、胡宪游，与张栻、朱熹、陆九渊、陆九龄、陈亮等均保持良好的关系，在不同学派间予以调和，促成朱熹与二陆的鹅湖之会。吕祖谦生前与朱熹来往频繁，二人共同编辑《近思录》。朱熹对陈亮的事功学颇为反感，而吕祖谦却能涵容。陈亮云："亮平生不曾与人讲论，独伯恭于空闲时，喜相往复，亮亦感其相知，不知其言语之尽。伯恭既死，此事尽废。"①刘永翔先生言及吕祖谦的博采众家之长云："余尝谓天水诸儒惟东莱吕成公最无门户之见，可谓最擅长择善而从者矣，朱子虽号集大成，然其性狷急，于兼容之道实有所不足也。东莱家学本获中原文献之传，而又博采群贤，于朱子则取其格物致知，于象山则取其道心为一，于永嘉则取其经世致用，于眉山则取其文字波澜。"②全祖望在《东莱学案序录》中也高度赞扬吕祖谦在陶铸诸家思想方面的贡献，"小东莱之学，平心静气，不欲逞口舌以与诸公角，大约在陶铸同类以渐化其偏，宰相之量也。惜其早卒，晦翁遂日与人苦争，并

---

① （宋）陈亮：《陈亮集》卷二十《又丙午秋书》，中华书局 1974 年。
② 刘永翔：《〈吕祖谦文学研究〉序》，见杜海军《吕祖谦文学研究》，学苑出版社 2003 年。

诋及婺学。而《宋史》之陋，遂抑之于《儒林》。然后世之君子终不以为然也"①。谢山《同谷三先生书院记》曰："宋乾、淳以后，学派分而为三：朱学也，吕学也，陆学也。三家同时，皆不甚合。朱学以格物致知，陆学以明心，吕学则兼取其长，而复以中原文献之统润色之。门庭径路虽别，要其归宿于圣人，则一也。"②也指出三家中吕学兼取所长的特点。

吕祖谦继承了吕氏家族的史学传统，"多识前言往行以畜德"，必然重史。吕祖谦著有《大事记》、《十七史详节》、《左氏说》等。朱熹对此颇不满，说"伯恭于史分外仔细，于经却不甚理会"③。朱熹问他的弟子吴必大："向见伯恭，有何说？"吴必大回答说："吕丈劝令看史。"朱熹说："他此意便是不可晓！某寻常非特不敢劝学者看史，亦不敢劝学者看经。只《语》、《孟》亦不敢便教他看，且令看《大学》。伯恭动劝人看《左传》、迁《史》，令子约诸人抬得司马迁不知大小，恰比孔子相似！"④对吕氏家学的重史轻经予以批评。

吕祖谦虽然以学术著称，但并不废文学，所编《古文关键》仍体现出其家学特点，《古文关键》本是教人以作文之法，吕祖谦所选文章为韩、柳、欧、苏、曾文，在《总论》中云："学文须熟看韩、柳、欧、苏，先见文字体式，然后遍考古人用意下句处。"要求初学者"遍考古人用意下字处"，仍是博观兼取的用意。吕祖谦对苏轼文章的喜爱与吕本中对苏文的推重一脉相承。吕祖谦还整理了三苏文选，这与朱熹认为苏文害道的看法背道而驰，也引起了朱熹的不满，"渠又为留意科举文字之久，出

---

① （清）黄宗羲著，全祖望补：《宋元学案》卷五十一《东莱学案序录》，第1652 页。
② 同上，第 1653 页。
③ （清）纪昀等：《四库全书总目》卷九十二《丽泽论说集录》提要。
④ （宋）黎靖德：《朱子语类》卷一百二十二。

入苏轼父子波澜,新巧之外更求新巧,坏了心路,遂一向不以苏学为非,左遮右拦,阳挤阴助,此尤使人不满意"①。吕祖谦所编《皇朝文鉴》,去取颇有深意,所收亦广,以人存文,又不以人废言。吕乔年在《太史成公编皇朝文鉴始末》中记载传闻吕祖谦曾说其去取的原则:"国初文人尚少,故所取稍宽。仁庙以后,文士辈出,故所取稍严,如欧阳公、司马公、苏内翰、黄门诸公之文,俱自成一家,以文传世,今姑择其尤者,以备篇帙。或其人有闻于时,而其文不为后进所诵习,如李公择、孙莘老、李泰伯之类,亦搜求其文,以存其姓氏,使不湮没。或其尝仕于朝,不为清议所予,而其文自亦有可观,如吕惠卿之类,亦取其不悖于理者,而不以人废言。"②朱熹晚年对《皇朝文鉴》的编次评价非常高,以为"此书编次篇篇有意。每卷卷首必取一大文字作压卷,如赋则取《五凤楼赋》之类。其所载奏议,皆系一代政治之大节,祖宗二百年规模与后来中变之意思,尽在其间。读者着眼便见,盖非《经济录》之比也。"③

(二)由信州到金华:吕氏家族由文学转向学术

吕氏家族文学与学术并重,北宋时期,吕氏家族不乏能文之士,如本章第一节中提到的吕夷简与吕好问的诗歌创作,到吕本中,达到吕氏文学发展的高峰。吕氏家族与江西文人渊源极深,江西在北宋时期文人辈出,而吕本中与江西诗人关系又极其密切,其知交好友多江西诗人。吕本中在大观年间曾在南昌与徐俯、洪刍、洪炎、苏庠、苏坚、潘淳、汪藻、向子諲等"为同社诗酒之乐"④。在避难岭南北归时,居住临川,收故人子弟以教之。当时江西诗派的另一诗人韩驹也寓居临川。吕

---

① (宋)朱熹:《与张敬夫书》,《朱熹集》卷三十一。

② 见(宋)吕祖谦编《宋文鉴》卷首。

③ 见吕乔年《太史成公编皇朝文鉴始末》。

④ (宋)张元干:《庐川归来集》卷九《苏养直跋尾六篇》。

本中与江西文人的交往,不但影响了吕本中的诗风,也对吕本中南渡后对移居地的选择有影响。

信州在吕本中移民之前,虽然也有一定的文化积淀,但学术与文学均无足称。可是信州毕竟处于江西文学的笼罩之下,与临川等文学兴盛之地距离不远。吕本中移居信州后,曾往来信州与临川间,讲学授徒。吕本中在信州寓居茶山广教寺,茶山又是唐代陆羽隐居著述之地,吕本中寓居信州后的诗作与以前的风格有明显变化,其南渡前诗歌多是朋友间的往来酬赠,相互唱和,有着江西诗派的重形式而内容贫乏的缺点。靖康之难让吕本中的诗风发生了根本变化,其诗歌有反映汴京围城的诗史之作,有避难途中的忧国思乡之作,诗歌内容充实,感情真挚。移居信州后,他的诗作转向萧散闲适,这与其居住茶山生活的闲适不无关系。

吕本中所作《江西宗派图》既是对江西诗派诗歌创作的一个总结,也是其所受江西文化影响的产物。关于《江西宗派图》的撰写时间,有不同说法,有说是作于晚年,有说是少年戏作。但就《江西宗派图》所起的作用和影响看,绝不是戏作所能达到的水准。吕本中首次将一群受黄庭坚影响的诗人以江西诗派来命名,抓住了这样一个群体的基本特点。而此图对诗歌创作的影响更大,"此图传布,后学者乃翕然以山谷为宗,竞相步趋,江西宗派遂笼罩南宋诗坛;而宋诗之特殊风貌,因以树立"[1]。宋诗之分门别派也自此始。

吕本中在信州授徒讲学,既包括学术也包括文学创作。作为"躬受中原文献之传"的吕本中,对学术传播有一份责任感。在寓居福州时,他选中林之奇与李氏兄弟作为传人。移居信州后,汪应辰是他最有名的弟子。林之奇与汪应辰都以

---

[1] 欧阳炯:《吕本中研究》,台北文史哲出版社,1992年,第335页。

学术著称,同时也以文学知名。

　　吕本中、曾几等移民文人居住信州后,经常诗歌唱和,以其文学创作影响了信州的文学风气。吕本中在政事、文学和学术上的突出成就,使得他在家族中很受尊敬,子侄们都跟随他学习。因而,吕本中移居信州后,信州是吕氏家族文化活动的中心。吕本中的文名远远大于学术名气,他对文学的喜爱及对子侄的教育中文学写作才能的培养,都对吕氏家族后人重视文学产生影响。吕祖谦曾作《酬上饶徐季益学正》一诗,歌颂其伯祖的人品文章,言辞间充满了对吕本中的敬仰,对自己未能亲受教诲感到遗憾:

　　　　吾家紫微翁,独守固穷节。金銮罢直归,朝饭尚薇蕨。峨峨李杜坛,总角便高蹑。暮年自誓斋,铭几深刻责。名章与俊语,扫去秋一叶。冷淡静工夫,槁干迂事业。有来媚学子,随叩无不竭。辞受去就间,告戒意尤切。典刑自耆老,护持何敢阙。嗟予生苦晚,名在诸孙列。拊头虽逮事,提耳未亲接。徐侯南州秀,少也尝鼓箧。示我百篇诗,照坐光玉雪。因之理前话,讲绎霏谈屑。两都弟子员,家法严城堞。取善则未周,守旧犹有说。闭门风雨散,孤学丝桐绝。怀哉五马桥,寒迳寻遗屦。①

　　吕本中去世后,其子大猷、大同去金华依吕弸中,吕氏家族活动中心也由信州转到金华。汪应辰《豹隐堂记》所记大伦、大猷、大器、大同四兄弟相与讲习道义,已表明吕氏家族的兴趣转向学术。

　　吕祖谦是吕氏家族学术成就最高者,吕氏家学在他的手

————————

① (宋)吕祖谦:《东莱集》卷一。

中得以发扬光大。吕祖谦于孝宗隆兴元年考中进士，又中博学宏词科，时年二十七岁。博学宏词科的要求一是知识的广博，二是语言要有文采，需要有相当好的骈文写作能力。这说明吕祖谦是具备文学写作才能的。吕祖谦的伯祖吕本中、外祖曾几、岳父韩元吉都是著名文人，而且吕祖谦幼时随侍外祖父，便已识陆游，陆游称其"卓然颖异"①，吕祖谦所受文学熏陶不言而喻，可是他并没有走上文学创作道路，他的兴趣不在文学创作，而在学术。其兴趣一方面来自家传，另一方面也受环境的影响。学术本就是吕氏家学最重要的一个方面，吕祖谦所处时代又是南宋学术开始兴盛的时期，其对学术有浓厚兴趣也自然在情理之中，而金华的学术氛围对吕祖谦的影响也是一个极其重要的因素。

南宋金华是婺州州治所在地，婺州下辖金华、义乌、永康、武义、浦江、兰溪、东阳七县。婺州在北宋时还属于文化较为落后地区，南渡后由于移民文人的涌入，成为南宋有名的文化中心之一。首开婺州学术风气的是巩庭芝。巩庭芝，字德秀，东平须城人。受业于刘安世，建炎间迁居武义，在武义倡导道学，人称山堂先生。绍兴八年登进士第，授建德主簿，改知诸暨县，主管崇道观，升太平录事参军。隆兴二年卒，赠大中大夫。②宋洪咨夔所撰巩庭芝之孙巩嵘墓志铭云："靖康建炎间，中原学士大夫多避地南徙，巩至自东平，吕至自东莱，爱宝婺溪山之胜，家焉。地偏俗古，文物未振，山堂巩先生首以北方之学授徒，著录几数百人。吕成公继讲道明招精舍，负笈坌集，声气薰浃，渊源濡渐，类为世闻人。"③明宋濂为巩庭芝之的另一个孙子巩丰所作传中亦云："故武义人士知尚义理之学，亦自

①（宋）陆游：《渭南文集》卷三十一《跋吕伯恭书后》。
②参见《正德武义县志》。
③（宋）洪咨夔：《平斋集》卷三十一《吏部巩公墓志铭》。

庭芝始。"①

　　巩庭芝在武义授徒讲学,使得武义学风渐开。吕祖谦的父辈在绍兴中也有筑豹隐堂讲习道学的记载。这无疑影响了婺州的学术风气,向学之人日多。吕祖谦绍兴二十五年在福建从林之奇游,绍兴二十七年回到婺州,这年刚刚二十一岁。绍兴三十年,吕祖谦在临安,住在舅舅曾逢家里,此时胡宪为秘书省正字,汪应辰为秘书少监,吕祖谦得以从二人游。乾道二年,吕祖谦母病逝,葬于武义明招山。乾道三年,吕祖谦在武义明招山为母守丧,有学子前来讲习。自此之后,吕祖谦多次到明招讲学,还曾邀请朱熹、陆九渊等前去讲学。巩庭芝的孙子巩丰、巩嵘后来也投在吕祖谦门下,成为吕门的著名弟子。可以说,吕祖谦走上了学术之路,与婺州的学术风气不无关系。婺州后来成为浙东的学术中心,又使得吕祖谦的学术成就达到一个空前的高度。束景南在谈到婺州在南宋学术的重要地位时说,"婺州本来就是浙东众多林立的学派矛盾的漩涡中心,文化思潮交汇的焦点,吕祖谦、唐仲友都住在金华,授徒讲学相抗,陈亮在永康则天然沟通着吕学和永嘉学。吕祖谦的丽泽书院和明招堂培养出了芸芸吕学弟子,但也向来是陆学、永康学、永嘉学的学者们纷纷前来朝拜的胜地,各派的弟子营垒和界限并不明朗……"②南宋时浙东学术异常活跃,吕祖谦的金华学因其所具有的包容性,浙东各学派间道虽不同,但却能和平共存。陆九渊的心学在浙东影响也很大,著名的甬上四先生杨简、袁燮、舒璘、沈焕在四明传播陆学。正因为婺州处于这样重要的学术地位,而吕氏家学又以兼收并蓄为特点,这使得吕祖谦的学术能够在与其他众多学术派别交

①　(明)宋濂:《文宪集》卷十《巩丰传》。
②　束景南《朱熹研究》,人民出版社 2008 年,第 136 页。

流碰撞中，取其所长，终成一位集大成的学者。

　　要之，吕祖谦以林之奇、汪应辰为师，同时也继承了吕本中的文学与学术，其在金华教人以作文之法，编写《古文关键》，编纂《皇朝文鉴》，都体现出他的文学思想与文学修养，但他学术名气之大，掩盖了他的文学才能，他也不以文学为要务，主要精力放在学术上。吕祖谦的学术选择与他的学术成就，与其居住地金华所在的婺州的学术氛围及婺州在南宋学术中的重要地位密切相关。

二、韩氏家族的家学传承与信州文化的影响

　　韩氏家学形成于韩维。韩维与程颢、司马光、吕公著为友。《宋元学案》列韩维为明道同调、伊川讲友，并为《范吕诸儒学案》案主之一。韩维"历仕四朝，致身二府"①，方严清介，持论平正。曾巩草韩维中书舍人制词称其"纯明亮直，练达古今"，文彦博、宋庠言维"好古嗜学，安于静退"。②苏轼为韩维"明堂执政加恩"所作制词云："全德雅量，外为师表，忠言嘉谋，入告帷幄。望其容貌，足以知朝廷之尊；闻其风采，足以立贪懦之志。"③新旧党争中不乏意气用事，但韩维却能秉持公心，"执政欲废王安石新经义，维以当与先儒之说并行。论者服其平"④。韩维外孙沈晦在《南阳集跋》中这样描述其外祖父："晦幼养于外家，逮事外祖，清夷刚正，高洁静直，虽燕居不妄言笑，见者肃然，其操履施为常持天下之正。元祐人物论清正刚直，必以司马温公、外祖为称首。缙绅士大夫闻其风者，攘袂意消，天下莫不仰其盛德。至于履道不苟合，守正不少

---

① （宋）沈晦：《南阳集跋》，见韩维《南阳集》，影印文渊阁四库全书本。
② （宋）杜大珪编：《名臣碑传琬琰之集》卷十七《韩侍郎维传》。
③ （宋）苏轼：《东坡全集》卷一百○八。
④ （元）脱脱等：《宋史》卷三百一十五《韩维传》。

屈,求退不愿富贵,不肯挠毫发以就功名,常以帝王之学弼人主,而以孔孟之道律后进。"

　　韩维长于文学,有《南阳集》三十卷传世,其中诗十四卷,内制一卷,外制三卷,王邸记室二卷,奏议五卷,表章杂文碑志各一卷,手简歌词共一卷,附录一卷。韩元吉在《高祖宫师文编序》中说"高祖宫师文编仅三十卷,皆兵火后所辑,非旧本也。公自少喜为诗,然见子弟传录辄毁去,曰:'士大夫当以行义为先,是何足成名,吾以自适尔。'"①知韩维诗文散佚亦多。观韩维诗文,其与宋初著名诗人苏舜钦、梅尧臣、欧阳修酬赠唱和甚多,与晏殊、曾巩、王安石亦有诗文往来,所交皆当时著名文士。韩维时当北宋诗文革新之际,其诗文创作虽没有苏舜钦、梅尧臣、欧阳修等人成就高,但也体现了那个时代的特点,语言平易而气度雍容,襟怀阔大。韩维诗文也受到当时人的推重,韩元吉追述其高祖在当时文人中的影响云:"公固不以文自名者,其在家庭诲子弟,每以西汉为宗,故其笔力雄健,尤为南丰兄弟所推。曾舍人既葬,必得公之文碑于道,而豫章黄太史自言因公诗得用事法。"②程颐请韩维为其兄程颢作墓志,在给韩维的书信中这样写道:"家兄学术才行,为世所重,自朝廷至于草野,相知何啻千数。然念相知者虽多也,能知其道者则鲜矣;有文者亦众也,而其文足以发明其志意,形容其德义者则鲜矣;能言者非少也,而名尊德重,足以取信于人者则鲜矣。颐窃谓智足以知其道义,文足以彰其德,言足以取信后世,莫如阁下。"③认为韩维智足以了解明道之学,文章足以彰显明道德之义,而韩"名尊德重",又使得"言足以取信后世",足见韩维集学术、文章、道德于一身,为

①　(宋)韩元吉:《南涧甲乙稿》卷十四《高祖宫师文编序》。
②　同上。
③　《二程文集》卷二《上韩持国资政求撰兄墓志》。

人所敬重如此。

　　韩氏家学包括学术和文学。虽韩维不以文学创作为重,但韩氏家学却以文学创作为显,学术主要是传伊洛之学,重视家庭成员的品德修养,以立身清正、持论公平为尚,不盲从,不苟合。

（一）韩元吉、韩淲对韩氏家学的传承

　　韩元吉被称为"政事、文学为一代冠冕",他以曾祖韩维为榜样,绍续韩氏家学。韩元吉曾著《桐阴旧话》十卷,记其家世旧事。刊刻其高祖韩维文集,撰写《高祖宫师文编序》。于叶梦得处访得其祖韩瑶与叶梦得等人唱和的《许昌唱和集》,并拟议刊刻。其《许昌唱和集后》云:

　　　　叶公为许昌时,先大父贰府事,相得欢甚。大父以绍圣改元登第,对策廷中,有"宜虑未形之祸"之言,由是连蹇不得用。建中靖国初,几用复已,凡四为郡倅,秩满辄丐官祠,遂自许昌得请洞霄,以就休致。平生喜赋诗,一时士大夫之所推重。故晁景迁公以谓远则似谢康乐,近则似韦苏州也。中更乱离,家藏无复有者。绍兴甲子岁,某见叶公于福唐,首问诗集存亡,抵掌慨叹。且曰昔与许昌诸公唱酬甚多,许人类以成编,他日当授子。其后见公石林,得之以归,又三十馀年矣。今年某叨守建安,苏岘叔子为市舶使者,会于郡斋,相与道乡间人物之伟,因出此集披玩,始议刻之,盖叔子父祖诸诗亦多在也。箕颍隔绝,故家沦落殆尽,典型未远,其交好之美,文采风流之盛,犹可概见于此云。①

　　所有这些,都表现出其对先人的尊崇及对家学的认同。

---

① 见韩元吉《南涧甲乙稿》卷十六。

　　韩元吉南渡后师事程门高弟尹焞,而与朱熹为友,以吕祖谦为婿,其学问颇为醇正。韩元吉编有《河南师说》,"以河南雅言、伊川杂说及诸家语录厘为十卷,以尹和靖所编为卷首"①。

　　韩元吉的主要成就在文学创作方面,其《南涧甲乙稿》,陈振孙《直斋书录解题》著录为七十卷,后散佚,四库馆臣自《永乐大典》辑为二十二卷,其中诗赋六卷、词一卷、文十五卷。朱熹认为韩元吉文"做着尽和平,有中原之旧,无南方啁哳之音"②,四库馆臣评其诗文云:"统观全集,诗体文格均有欧、苏之遗,不在南宋诸人下。"不论是"有中原之旧"还是"有欧、苏之遗",都是说韩元吉诗文是继承北宋承平时期的风格,而无南宋文学创作中局促与琐碎的弊端。南宋初,诗歌创作是学江西诗派的,但韩元吉诗歌风格与江西诗派不同,与中兴四大诗人也不相似,虽然其与陆游关系极好,唱和也多。韩元吉的这点不同,可以说其学习欧、苏,但笔者认为主要来自家学。

　　先看一下韩元吉好友陆游对韩元吉诗文的评价。陆游小韩元吉七岁,以兄事之。陆游师事曾几,韩元吉也曾与曾几游。在诗文创作上,陆游对韩元吉极为推崇,不是出于虚伪的客套,而是真诚的钦佩。在《无咎郡斋燕集有诗末章见及敬次元韵》一诗中有"君文雄丽擅一世,凛凛武库藏五兵"③,以"雄丽"来形容韩诗。陆游此诗作于京口唱和之时,后有《梦韩无咎如在京口时既觉枕上作短歌》诗,诗中有"隆兴之初客江皋,连樯结驷皆贤豪。坐中无咎我所畏,日夜酬唱兼诗骚"④。可见韩元吉诗歌创作上与陆游可以匹敌,其诗思之敏捷、笔力之雄豪,令陆游也不敢撄其锋芒。陆游在韩元吉去世后,读到姜

①　(宋)陈振孙:《直斋书录解题》卷九。
②　(宋)黎靖德:《朱子语类》卷一三九。
③　(宋)陆游:《剑南诗稿》卷一。
④　(宋)陆游:《剑南诗稿》卷五十二。

邦杰寄来的韩元吉的唱和诗,怀念亡友,作《旧识姜邦杰于亡友韩无咎许近屡寄诗来且以无咎平日唱和见示读之怅然作此诗附卷末》,诗中仍以"健笔"许韩元吉,"久矣世间无健笔,相期力斡万钧回"①。在韩元吉辞世后,陆游失去挚友,极为难过。在《祭韩无咎尚书文》中陆游言及当时的文风与韩元吉文的特点:"文方日衰,荡为狂澜。组织纤弱,各自谓贤。士睨莫救,兄勇而前。……落笔天成,不事雕镂。如先秦书,气充力全。"②陆游的这段话与朱熹评韩元吉文的话意思基本相同,都指出南宋文风之坏与韩元吉文的与众不同,只不过朱熹认为韩元吉文似北宋承平时期之作,而陆游认为韩文如先秦散文。

何以韩元吉的诗笔力雄健,而文又"不事雕镂"、"气充力全"? 看一下韩元吉在《高祖宫师文编序》中的几句话,似乎可以寻其渊源。该文言及其高祖韩维"在家庭诲子弟,每以西汉为宗,故其笔力雄健"。在《富文忠公墓志铭》中,韩维缕述富弼生平中有代表性之大事,如其屡次上书言事,切中时弊;出使契丹,不辱使命;赈灾平叛,沉着灵活。文中感叹:"噫! 天之生大贤不数,生则必福其家,泽其民。如公之为相,则首定储位,以启神圣,为社稷无疆之休;其奉使,则辩折强虏,攘其奸萌,易干戈为和好;其抚东夷,则安辑流冗,以食以处,续将绝之命者数十万人。"③铭文如《汉书》之人物传记,无粉饰之语,却写得非常生动,"端厚沈正、临事而慎"的一代名臣形象跃然纸上。无雄健之笔力,不能至此。

韩维文就有笔力雄健的特点,韩元吉诗文笔力雄健可谓渊源有自。再看其为张孝祥诗集所作序中的一段话:

---

① (宋) 陆游:《剑南诗稿》卷二十。
② (宋) 陆游:《渭南文集》卷四十一。
③ (宋) 韩维:《富文忠公墓志铭》,见《全宋文》卷一千〇七十,第234页。

　　　　自唐以来,诗人浸盛,有得于天才之自然者,有资于
　　学问而成之者。然才之不足,不能卓越宏大,则失之浅近
　　而无法;学之不至,不能研深雅奥,则失之蹈袭而无功。
　　舍李、杜而降,咸有可议者矣。①

　　由这段话,可以看出韩元吉对当时诗坛的看法,认为李、
杜以下,都有不足处,也就是说他对宋代诗人都有看法。这样
的观点也就决定了他不会去学宋代诗人中的任何一家,不会
在学苏学黄中做选择,所以他的诗也就不苏不黄。他取法前
代,向古人学习,文宗秦汉、诗取盛唐,这就避免了南宋诗文中
的弊端。这样的观点也得力于韩氏家学中的不盲从、不苟合,
有自己的观点和立场。方回认为韩元吉诗"与尤、杨、范、陆相
伯仲"②,四库馆臣言其诗"不在南宋诸人之下",可见韩元吉
在当时诗坛的地位和成就,只是后来诗文散佚,文名湮没不
传,致使后人以其交游皆当代胜流而赞其师友渊源,借以推重
其文学地位,不知当日文人亦以结交韩无咎为荣。
　　韩淲没有走仕途经济之路,以父荫短暂出仕后,便隐居上
饶。《宋元学案》将韩淲列入《清江学案》,为刘清之门人,但韩
淲也不以学术著称,而是以文学创作闻名,所谓"大江以南推
二泉,其一谓韩氏涧泉也"③。韩淲以清节为人称道,颇有祖
上家传之风。《东南纪闻》记载了一条韩淲的轶事,颇能显示
其清节自持的品格。

　　　　韩淲,字仲止,上饶人,南涧尚书之子,以荫补京官,

---

① (宋) 韩元吉:《南涧甲乙稿》卷十四《张安国诗集序》。
② (元) 方回:《瀛奎律髓》卷二十评韩元吉《红梅》诗。
③ (清) 黄宗羲著,全祖望补:《宋元学案》卷五十九《清江学案》之"文节
赵章泉先生"。

清苦自持。史相当国，罗致之，不少屈。一为京局，终身不出，人但以韩判院称。南涧晚年有宅一区，伏腊粗给。至仲止，贫益甚，客至不能具胡床，只木杌子而已。长沙吴某得广东宪，还至京，拥迓吏甚盛，道候仲止，立马久之，厅事阒寂无人。未几，一老妪启户出，吏亟以刺状授之，抵于地，径入去。吴惭退，访樟丘文卿，亦故旧也，色尚未和。樟丘曰："得非见拒于仲止乎?"曰："然。"樟丘曰："是非君所知，且相与共食，食毕与同往。"于是联裾行至厅事，樟丘以杖叩屏者再，内徐问为谁，樟丘自称曰："文卿"。复徐言吴某也在此。仲止乃出，吴谢曰："适候谒移时。"仲止笑曰："松风吹耳，不闻喝道也。"时方暑，于是席地饮，极欢而去。次日，吴专状遣吏送酒钱若干，仲止出问曰："你官人交割了也?"吏错愕曰："本官方拜见，自此却去上任。"仲止作色云："便是近来官员，不曾到任，先打动公使库物色，韩某一生不会受此钱。"使吏领赍去，其清节如此。①

立身处事，清苦而能自持，不屈己干人，不受不义之赠，无怪乎时人以高节称许之。周文璞《寄韩涧泉》诗云："穷冬孤陋只书痴，肯为凶荒强忍饥。师友渊源似公者，舆台贫贱亦安之。"②活画出韩淲酷爱读书、师友渊源却不以贫贱为意的高士形象。

韩淲有《涧泉日记》和《涧泉稿》传世，《涧泉日记》三卷系四库馆臣自《永乐大典》辑得，主要内容为记史事、品评人物、考证经史、品定诗文、杂记山川古迹等几个方面。韩淲因家学

---

① （元）佚名：《东南纪闻》卷一。
② （宋）周文璞：《方泉诗集》卷三。

渊源,故能"多识旧闻,不同剿说,所记明道二年明肃太后亲谒太庙事,可证《石林燕语》之误。大观四年四月命礼部尚书郑允中等修哲宗正史事,亦可补史传之遗。其他议论率皆精审,在宋人说部中固卓然杰出者"①。《涧泉日记》在品评人物与品定诗文方面,持论平正,如其论北宋学者和南渡之后学者的两条:

> 本朝庆历间诸公,韩魏公、富郑公、欧阳公、尹舍人、孙先生、石徂徕,虽有愤世疾邪之心,亦皆学道有所见、有所守。下至王介甫、王深甫、曾子固、王逢原,犹守道论学。至东坡诸人,便只有愤世疾邪之心,议论利害是非而已。伊川诸儒,复专以微言诏世。天下学者始各有偏。渡江六十年,此意犹未复也,因借富公集漫记所叹于此。
>
> 渡江以来,李伯纪第一流,赵元镇尽有德望,只是才少。张敬夫卓然有高明处,虽未十分成就,而拳拳尊德乐道之意,绝出诸贤之上。吕伯恭拳拳家国,有温柔敦厚之教。朱元晦强辩自立处,亦有胆略。盖张之识见、吕之议论、朱之编集,各具所长。②

就各家长短,娓娓道来,不存门户之见,不以一己之好恶而有所偏废。

韩淲诗文湮没已久,今存《涧泉集》二十卷系四库馆臣自《永乐大典》辑得,诗二千四百馀首,词七十九首,制词一首,铭二首。四库馆臣云:"观淲所撰《涧泉日记》于文章颇深,又制行清高,恬于荣利,一意以吟咏为事,平生精力俱在于斯,故虽

---

① (宋)韩淲:《涧泉日记》提要。
② 同上,卷中。

残缺之馀，所存仍如是之夥也。"四库馆臣认为"浪诗稍不逮其父，而渊源家学，故非徒作"。方回对韩浪诗评价极高，《瀛奎律髓》卷十二选了韩浪的《风雨中诵潘邠老诗》，方回评云："此诗悲壮激烈。第一句用潘邠老句，若第二句押不倒，则馁矣，此第二句虽是借韵，轩豁痛快，不可言喻。三、四非后生晚进胸次，至第六句则入神矣，至第八句则感极而无遗矣！世称韩涧泉名下无虚士。"

韩元吉、韩浪父子在传承家学的同时，以其突出的文学创作成就使得韩氏家族文学创作达到顶峰。

(二) 韩氏家族对文学的坚守与信州文化

信州作为南宋的移民文学中心之一，其文学创作风气很盛，自吕本中、曾几等人移居信州后，当地及其他地区的年轻士子都前去从之游学。当韩元吉移居信州，加入信州移民文人的行列时，信州已经有了较浓的文学创作空气。淳熙六年，韩元吉应邀作《两贤堂记》，对寓居信州的这两位先贤致以景仰之意。韩元吉于淳熙七年提举太平兴国宫，开始了在上饶的闲居生活，至其淳熙十四年辞世，在上饶闲居七年。闲居期间，韩元吉也写了很多萧散闲适之作，与吕本中诸人的闲适之作一脉相承。其《次韵赵文鼎同游鹅石五首》①就表达了这种萧散闲适的趣味：

> 缭绕云山溪水南，溪光溶漾滴晴岚。不知日暖花争艳，但觉风和酒易酣。
>
> 桃花临水唤人看，花在嶙峋翠石间。莫惜持杯酬烂漫，更须持杖俯潺湲。
>
> 长忆湖山天意新，诏恩大尹宴群臣。休寻辇毂纷华

---

① (宋) 韩元吉：《南涧甲乙稿》卷六。

梦,且作林泉自在人。

　　潋潋烟波带月华,渡头江迥两三家。细倾社瓮鹅儿
酒,共听山村杨白花。

　　几年家住玉溪头,乘兴时来上钓舟。古寺幽情未曾
到,寻春一为野僧留。

　　淳熙八年末,辛弃疾移居上饶带湖,开始长达八年的闲居
生活。辛弃疾与韩元吉交往频繁,唱和亦多。辛弃疾以词著
称,其词作也影响了韩元吉词的创作。韩元吉《焦尾集序》①
表达了他的词学观:

　　礼曰:"士无故不撤琴瑟。"古之为琴瑟也,将以和其
心也,乐之不以为教也。士之习于琴者既罕,而瑟且不复
识矣,其所恃以为声而心赖以和者,不在歌词乎? 然汉魏
以来,乐府之变,玉台诸诗已极纤艳。近代歌词,杂以鄙
俚,间出于市廛俗子,而士大夫有不可道者。惟国朝各辈
数公所作,类出雅正,殆可以和心而近古,是犹古之琴瑟
乎? 或曰:歌词之作多本于情,其不及于男女之怨者少
矣,以为近古何哉? 夫《诗》之作,盖发乎情者,圣人取之
以其止于礼义也。《硕人》之诗,其言妇人形体态度,摹写
略尽,使无孔子而经后世诸儒之手,则去之必矣,是未可
与不达者议也。予时所作歌词,间亦为人传道,有未免于
俗者,取而焚之,然犹不能尽弃焉,目为《焦尾集》,以其焚
之馀也。淳熙壬寅岁居于南涧,因为之序。

　　韩元吉对宋词中的俗艳鄙俚之作不满,认为只有雅正之

_____

① (宋) 韩元吉:《南涧甲乙稿》卷十四。

作才可以"和心而近古"。但其词作中也有不俗的,所以保存下来,名为《焦尾集》,即取其焚馀之意。《全宋词》收韩元吉词八十首,这八十首词确无倚红偎翠、浅斟低唱之作,即便是像《六州歌头·桃花》这样风情旖旎之作也是绝无仅有。《焦尾集序》作于淳熙壬寅岁,即淳熙九年,也就是韩元吉在上饶闲居的第三个年头,这说明雅正的词风是韩元吉后期词作有意的追求。后人将韩元吉归于稼轩豪放词风一类,其实韩元吉词的豪放特征早已显现,其《水调歌头·雨花台》作于乾道三年江南东路转运判官任上,词云:"泽国又秋晚,天际有飞鸿。中原何在,极目千里暮云重。今古长干桥下,遗恨都随流水,西去几时东。斜日动歌管,荦荦舞西风。 江南岸,淮南渡,草连空。石城潮落、寂寞烟树锁离宫。且斗尊前酒美,莫问楼头佳丽,往事有无中。却笑东山老,拥鼻与谁同。"词人抚今追昔,满怀黍离之感,词情悲慨。韩元吉于辛弃疾为前辈,但辛弃疾的词作成就极高,充满英雄豪气,因而在与辛弃疾的交往中,他的词也就不能不受到辛弃疾的影响,其《水龙吟·寿辛侍郎》等词写得慷慨激昂,酷似稼轩。焚后所作词中多"铿鞳之音",无婉媚之作。

要之,韩元吉的文学创作既受到信州前辈诗人的影响,也受到与其同居信州、同为移民文人的辛弃疾的影响,同时其文学创作及与其他文人的交游唱和又丰富了信州文学的内涵,影响了信州后来文人的创作。

信州有隐逸的传统,茶山自陆羽隐居以后,常有名士隐居那里,据《江西通志》卷四十三《山川》载:"茶山,在府城北,唐陆鸿渐尝居此,号东冈子。刺史姚骥尝诣其所居,凿沼为溟渤之状,积石为嵩华之形,后隐士沈洪乔葺而居之。"①南渡后,吕本中与曾几又相继居住那里。王洋寓居上饶,曾作《刘隐君

---

① 《江西通志》卷四十三。

墓志铭》，为贵溪隐士刘靖共所作。尹穑南渡后隐居怀玉山，
从吕本中、曾几游，刘克庄《后村诗话》说其"及接吕居仁、曾吉
甫议论，在山中读书二十年，名论极重"①。吕本中作有《尹穑
少稷方斋》，描写尹稷隐居读书的情景。

> 人圆君方君但方，凿圆枘方君不忙。富贵可取君则
> 忘，闭门读书声琅琅。旧书重叠堆在床，点勘同异分偏
> 傍。运精竭思心力强，十年足不离僧房。荒山野路秋水
> 长，客虽欲来嫌路妨。幽兰无人为君芳，采菊落英充糇
> 粮，客虽不来有馀香。②

吕本中、曾几、王洋、韩元吉、辛弃疾等居住信州，都是在
其离开仕途或仕途失意后，因而这些移民文人在信州的创作
多闲适之作。如《东莱诗集》卷十八《即事四绝》其一云："老来
于世转无求，事业声名种种休。伴得邻僧忍饥惯，闭门无饭读
《春秋》。"即写其居住茶山广教寺的生活，恬淡无欲。曾几《茶
山集》卷二《即事》云："朝随粥鱼作，夕与栖鸟眠。中间复何
事，野饭炊山田。摩腹步修庑，披襟坐南轩。薰炉郁佳气，茶
鼎浮轻烟。闲开竹窗帙，静憩蒲团禅。庶几永白日，亦用销残
年。"将广教寺的寓居生活写得安闲适意，无俗虑萦心。韩元
吉《闲居遣兴》云："著雨柔桑暗，吹风小麦齐。江深涵日净，野
阔并云低。车马能相问，琴书故可携。村村花自好，不奈子规
啼。"写暮春时明净优美的景色，这样的日子与朋友游，又以琴
书相伴，其雅兴自不待言。即便是满怀报国之志与悲愤之感
的英雄词人辛弃疾，在其闲居信州期间，也写作了一些闲适趣

---

① （宋）刘克庄：《后村诗话》卷七。
② （宋）吕本中：《东莱诗集》卷十九。

味的作品,如《行香子·山居客至》:

> 白露园蔬,碧水溪鱼。笑先生钓罢还锄。小窗高卧,风展残书。看《北山移》,《盘谷序》,《辋川图》。　白饭青刍,赤脚长须。客来时酒尽重沽。听风听雨,吾爱吾庐。笑本无心,刚自瘦,此君疏。①

颇有点五柳先生的意味了。

信州的隐逸风尚因移民文人的来居而进一步强化,这也影响了后来的诗人赵蕃和韩淲,被并称为"二泉"的这两位移民后裔文人,都走隐居之路。赵蕃曾奉祠家居三十年,韩淲归隐上饶,家居二十年。韩淲虽是世家子弟,其父韩元吉又曾官至吏部尚书,但韩淲对出仕却殊无兴趣,更倾心于隐居生活,即便其生活清苦乃至贫甚,都不肯为俸禄而去做官。韩淲对隐居生活的选择,是其受信州隐逸文化的影响和对信州隐逸文化认同的结果。

韩淲诗风与乃父不同,受江西诗风影响很大,后人把他与赵蕃视作嘉定中江西诗派的代表诗人,如方回就说:"上饶自南渡以来,寓公曾茶山得吕紫微诗法,传至嘉定中,赵章泉、韩涧泉正脉不绝。今之学永嘉四灵者,不复知此。"②对二泉极为推崇,而且认为传江西诗派的二泉是诗坛正脉,贬斥四灵为代表的学晚唐的诗人,说二泉诗"旨清骨淡"。

吕本中等江西诗派诗人将江西诗派的创作风格带入南宋,并对江西诗风加以改造,使得南宋初仍是江西诗派的天下,即便在江西诗风影响下的中兴四大诗人出现,实现了诗风

---

① 邓广铭:《稼轩集编年笺注》,第 494 页。
② (元) 方回《桐江续集》卷十五《次韵赠上饶郑圣予并序》。

的转变,但承江西一脉的诗人仍然存在,而韩淲就是传承江西诗风的一个重要诗人。信州又是南渡后江西诗派的大本营,吕本中与曾几两位江西诗派领袖级人物,居住上饶期间,从之学者甚多。韩淲处在这样的文学环境中,诗风自然受江西诗派影响。韩淲诗之清近曾几,其诗清而有味,有江西诗派之峭,但不拗涩,迹近自然。其隐逸生活反映在诗中,使得其诗更少了几分尘俗烟火气。如其《避暑》一诗:"亭午暑未凉,竹阴访泉石。泉源彻底清,石色半痕碧。幽处鸟声流,闲中人意适。风微一幅巾,林深转虚寂。"①此诗有韦应物诗风味。《清明》:"既喜寒食晴,复值清明雨。山空洗雨花,零落蔽泥土。修林发新叶,青绿粲莫数。虽云风日异,景物俱可睹。犁鉏动远村,愈觉爱农圃。形迹欣得闲,持醪醉为主。"②又有陶渊明风味。韩淲诗也有写得意境阔大、词气慷慨的,如被方回称为"悲壮激烈"的《风雨中诵潘邠老诗》:"满城风雨近重阳,独上吴山看大江。老眼昏花忘远近,壮心轩豁任行藏。从来野色供吟兴,是处秋光合断肠。今古骚人乃如许,暮潮声卷入苍茫。"③这首诗让人想起陈与义的《登岳阳楼二首》中的第一首:"洞庭之东江水西,帘旌不动夕阳迟。登临吴蜀横分地,徙倚湖山欲暮时。万里来游还望远,三年多难更凭危。白头吊古霜风里,老木苍波无限悲。"④由陈诗又进一步联想到杜甫的《登高》:"风急天高猿啸哀,渚清沙白鸟飞回。无边落木萧萧下,不尽长江滚滚来。万里悲秋常作客,百年多病独登台。艰难苦恨繁双鬓,潦倒新停浊酒杯。"⑤三首诗都是诗人于秋天登高时所

① (宋)韩淲:《涧泉集》卷一。
② 同上。
③ 同上,卷十四。
④ (宋)胡穉笺注:《增广笺注简斋诗集》卷十八。
⑤ (清)仇兆鳌:《杜诗详注》卷二十。

作,都是作于暮年,又都是作于动荡的年代,充满了家国悲感。由此也可看出江西诗人对老杜的学习与所受老杜诗风的影响。韩淲于其诗中又能融晚唐诗风,与赵蕃合选的《二泉选唐诗绝句》,"选诗重晚唐,体现了南宋诗学风尚"①。其诗风已超越了此前的江西诗风,并开启了南宋诗坛宗晚唐的风气。②

韩淲词《全宋词》收 197 首,综观其词风,不类稼轩,而近白石。夏承焘说姜夔"拿江西诗风入词"③,形成了"清刚"的风格。韩淲作为江西诗派传人,其词风与诗风亦相似,也有清峭的特征。如其《柳梢青》:"云淡秋空。一江流水,烟雨濛濛。岸转溪回,野平山远,几点征鸿。　　行人独倚孤篷。算此景、如图画中。莫问功名,且寻诗酒,一棹西风。"④词中景极清,而人极孤寂。"莫问功名,且寻诗酒",又将本可能接下去写的寥落心情荡开,而转向洒脱。又如其《踏莎行·七夕词》:"雨意生凉,云容催暮。画楼人倚阑干处。柳边新月已微明,银潢隐隐疏星渡。　　今古佳期,漫传牛女。一杯试与寻新句。幽怀冷眼是青山,旧欢往恨浑无据。"⑤秦观咏牛女的《鹊桥仙》通篇写的都是牛女相会及对真挚爱情的歌颂,韩淲此词与秦词正相反,写牛女的只一句"银潢隐隐疏星渡",通篇写的都是地上的人的感情,写的也不是真挚永恒的爱情,而是情已不在,多少欢恨无凭。画楼之上独倚阑干之人,仰望牛女,也没有对美好爱情的憧憬与渴望,而是以"幽怀冷眼"相对。这样的词也就没有了秦观词所具有的缠绵往复的柔情,而代之

---

① 查屏球《〈赘笺唐诗绝句〉源流》,光明日报 2020 年 1 月 6 日。
② 参看王友胜:《〈注解章泉涧泉二先生选唐诗〉的诗学主张与诗学史意义》《〈长江学术〉》2011 年 11 月 15 日;查屏球:《〈赘笺唐诗绝句〉源流》《〈光明日报〉》2020 年 1 月 6 日)
③ 夏承焘:《姜白石词编年笺校》,上海古籍出版社 1981 年。
④ 唐圭璋编:《全宋词》第四册,第 2879 页。
⑤ 同上,第 2881 页。

以清冷寂寞的怅惘。

　　要之,韩淲的诗与词都是江西诗派影响下的创作,这与韩淲的居住地信州作为南渡后江西诗派传播中心的地位密切相关。

三、晁氏家族的家学传承与蜀地文化的影响

　　晁迥、晁宗悫父子两代任翰林学士,掌朝廷诏制,皆以文才著称,这奠定了晁氏家族以文学为家学的传统,就如杜甫所称"诗是吾家事",晁氏子孙文学之士辈出,"家传文学,几于人人有集"①,可谓宋代第一文学家族。晁氏家族又有喜欢藏书的传统,而且善于校雠。俞汝砺在《晁具茨先生诗集序》中云:"自王文献、李文正、毕文简、赵文定四三公,富有百氏九流之书,而晁氏尤瑰富闳溢,所藏至二万卷。故其子孙焯掌励志,错综而藻绘之,皆以文学显名当世。"指出晁氏藏书之富及藏书对子孙文学创作的影响。晁公武在《郡斋读书志》之"自序"中言其家族的文学与藏书传统,并以其家族精于校雠而自负,"公武家自文元公来,以翰墨为业者七世,故家多书,至于是正之功,世无与让焉。"后人对晁氏的藏书与校雠之功也颇多赞美,如宋人魏了翁在《眉山孙氏书楼记》中就特别指出晁氏家族的校雠之功高于其他藏书家,"晁文元累世之富,校雠是正,视诸家为精。"②晁氏子弟喜读书、勤于著述,形成了以文学创作为主,喜欢藏书并精于校雠的家学传统。

(一) 晁公武、晁公遡对晁氏家学的传承

　　晁公武、晁公遡兄弟是晁氏家族移民后传承晁氏家学比较突出的两个,二人是晁冲之之子。晁冲之,字叔用,一字叔

---

① (清) 纪昀等:《四库全书总目·嵩山集提要》。
② (宋) 魏了翁:《鹤山先生大全集》卷四一。

道,是北宋晁氏家族之字辈中有名的诗人,尝受学于陈师道,也是吕本中《江西宗派图》所列江西诗派人物之一。绍圣初以党祸被谪,遁栖具茨山下,故世称具茨先生。有《晁具茨先生诗集》十五卷、词一卷。晁冲之与吕本中交好,吕本中称其"少颖悟绝人,其为诗文,悉有法度"①。刘克庄在《江西诗派小序》中评晁冲之其人其诗云:"余读叔用诗,见其意度沉阔,气力宽馀,一洗诗人穷恶酸辛之态。其律诗云:'不拟伊优陪殿下,相随于蔿过楼前。'乱离后,追叙承平事,未有悲哀警策于此句者。晁氏家世贵显,而叔用不肯于此时陪伊优之列,而甘随于蔿之后,可谓贤矣。它作皆激烈慷慨,南渡后,放翁可以继之。"②

据《宋史·艺文志》知晁公武著述很多,所著有《易诂训传》十八卷、《尚书诂训传》四十六卷、《毛诗诂训传》二十卷、《中庸大传》一卷、《春秋故训传》三十卷、《石经考异》一卷、《稽古后录》三十五卷、《通鉴评》十卷、《郡斋读书志》二十卷、《老子通述》二卷、《昭德堂稿》六十卷、《嵩高樵唱》二卷。惜除《郡斋读书志》外,皆已亡佚。《全宋诗》收其诗12首及残句4联,《全宋文》收其文18篇。《昭德堂稿》有六十卷,可见晁公武的文学创作亦不少,只是现存的零篇断句难窥其全貌,但于一斑中亦约略可知全豹。晁公武绍兴二十八年应普籧之请作《合州清华楼记》③,其中一段景物描写及抒情文字,可以看出晁公武出色的文章写作能力:

　　　　予谢不能,而坚请不置,因取古人秀句以"清华"名之。且为之言曰:今兹楼高出雉堞之上,挟光景,临云气。倚槛纵观,仰则两山错出,林峦蔽亏于其前,俯则二

①（宋）吕本中:《东莱吕紫微师友杂志》。
②（宋）刘克庄:《后村先生大全集》卷二十四。
③（民国）《合川志》卷三十七。

水交流,岛屿映带于其外。当霜气澄鲜,浅濑清激,及夫雨潦时至,狂澜怒奔,而迅帆轻楫,常出没涛泷瀇澉之间。当风日骀荡,花明草薰,及夫林叶变衰,呈露岩岫,而猿鸟腾倚,每隐见于丛薄晻霭之际。其水木之变态异容盖如此。虽文章若甫与樵固尝极思摹写,而莫得其梗概焉,亦可谓瑰伟绝特矣。《传》曰:"登高望远,使人心悴然。"是以王仲宣顾瞻荆山而怀土,不以穷达异其情;范文正公临睨洞庭而忧世,不以进退易其志。虽若不同,其有慨于中则一也。何当与公杖屦挈壶觞共饮其上,耳目感触亦必有慨于中。酣而歌,歌长而慷慨;醉而舞,舞数而凌乱。徜徉徙倚,而不顾日之夕也。然公久以治最闻于时,将大摅其蕴以致君利民。而予斥废以来,无田庐可归,旅思弥恶。文正之志,公盖有焉;仲宣之情,予则未能忘也。

这一段文字写景语言极为生动,而抒发登高怀远之情,感情又极为浓烈,可以想见其人之慷慨豪迈。晁公武诗虽仅存12首,但就其存诗观之,其诗颇有乃父"慷慨激烈"之风,如《南定楼》:"水接荆门陆控秦,卧龙陈迹久尤新。剑关驿外青山旧,锦里祠边碧草春。更筑飞楼看泸水,拟将遗恨问洪钧。南方已定虽饶富,北望中原正惨神。"①南定楼在泸州,据《大明一统志》卷七十二《泸州·宫室》载:"南定楼,在州治内,宋郡守晁公武建,取诸葛《出师表》中语为名。"诗第一句以"水接荆门陆控秦"写南定楼的位置,气象阔大。第二句很自然地转向写诸葛亮。接下来的六句都是围绕着诸葛亮来写,但用意又不纯是在写诸葛亮。"南方已定虽饶富,北望中原正惨神"表达的不正是生活在南宋偏安环境中作者自己的感慨吗? 其

---

① 《全宋诗》第34册,第21568页。

另一首《登金山》也写得豪迈阔大，"东游寻胜即登临，浮玉知名冠古今。万壑波涛喧海口，千年岩岫据江心。雨篷烟棹征帆远，晓磬昏钟佛屋深。诗客分留风景在，凭君一为发长吟。"①由此两首诗观之，其诗作不逊其父。

如果说晁公武的文学创作是承其家学自然而然的结果，那他的《郡斋读书志》就是继承家学并将之发扬光大的有意追求，其《郡斋读书志》自序已经明白地表达了这种想法："今三荣僻左少事，日夕躬以朱黄雠校舛误。篇终，辄撮其大旨论之。岂敢效二三子之博闻，所期者不坠家声而已。"

马端临《文献通考》卷二百三十八《昭德晁公文集》引后溪刘氏序云："国家丙午之变，中原衣冠，不南渡则西入于蜀。其入于蜀者，有能言当时理乱兴衰之由，而明乎得失之迹，历历道往事、诵京洛之遗风者，鲜矣。藉令有之，而能达之乎文辞，可使耳目尚接乎而后之人有传焉者，亦又鲜焉。昭德晁公盖能言当时理乱兴衰之由，而明乎得失之迹，道往事，诵遗风，而又能达之乎文辞以传者也。其经事之多，尝艰之久，而学日益强，文日益力，犹以为未足。"晁公武之所以成为"能言当时理乱兴衰之由，而明乎得失之迹，历历道往事、诵京洛之遗风者"，与其家族为北宋文献之宗，其家族成员及亲友多朝中贵要，因而谙熟朝章典制有关，而其"能达之乎文辞"，亦是得益于其家学。

晁公武文集已佚，其弟公遡有《嵩山集》五十四卷传世，其中诗赋十四卷，文四十卷，包括表、启、札子、书、序、传、记、杂著、墓志等。师璿序中说晁公遡有《抱经堂稿》"以甲乙分第，汗牛充栋"，则《嵩山集》只是其作品的一部分而已，可见晁公遡著述之宏富。晁公遡诗风与其兄公武不同，不像晁公武那样慷慨激昂，而是平淡，于平淡中见真挚。如其《自过犍为山

---

① 《全宋诗》第 34 册，第 21570 页。

水益佳》：“客游三十年，不出夔与巴。江恶崖石粗，十步九褒斜。自过赖里西，山水日夕佳。冥冥见远树，渺渺铺平沙。两岸何所有，郁郁皆桑麻。良畴散牛羊，支流入鱼蛇。清绝益可爱，岂复忆汉嘉。怳如涉荆吴，是耶复非耶？儿女长硖中，老妻发已华。兹来始及此，举首亦惊嗟。”于其诗文中亦可看出晁公遡是个温和、重情、淡泊名利、关心民生疾苦的人。王士禛尝评晁公遡的诗文，谓其诗“在无咎叔用之下。盖体格稍卑，无复前人笔力，因由一时风会使然，而挥洒自如，亦尚能不受羁束。至其文章，劲气直达，颇有崟崎历落之致，以视景迁《鸡肋》诸集，犹为不失典型焉。”认为晁公遡诗不如晁补之和晁冲之，但也称赞其诗能“挥洒自如”，“不受羁束”。对晁公遡的文则颇赞赏，认为不在晁说之《鸡肋集》之下。

晁公遡诗集中对家族有极深的认同，并为之感到自豪。如其《喜三十二弟来》一诗：

> 吾家全盛时，冠盖霭云屯。上车入华省，下车趋里门。宗族百馀人，圭璋叠玙璠。黄尘暗河洛，分散各南奔。豫章老风霜，宁有枝叶繁。识者犹爱重，知为千岁根。闻汝居沈黎，乡党颇见尊。尚蒙五世泽，勿鄙三家村。当令化箕子，所在诵文元。念汝今远来，白首共盘飧。会合良亦难，乱离忍复言。少留无遽归，同姓可不敦。①

其与族弟相见，回忆家族全盛时冠盖云集、宗族百口的盛况。靖康之难后零落离散，相见亦难。勉励族弟宗先祖文元公之风，化育乡里。体现出对家族的认同及对家风的承继。

晁公遡少失怙恃，依其姑父孙仁宅，对父亲的思念寄托在

---

① （宋）晁公遡：《嵩山集》卷四。

其几个姑母身上,在其诗文中提到姑母,都充满浓浓的亲情。如有诗云"我思见诸姑,正复如父存"①。在《王修职墓志铭》中写道:"某常念先君鲜兄弟,有如见其姊,其犹先君焉。既幸见仲于高氏,叔于种氏,季于孙氏,独恨不得见安氏之姑。姑有婿而贤,由其女相之,姑亦足以有声晁氏矣。"②这种亲情也正是家族富于凝聚力的原因之一。晁公遡淡于功名,而笃于兄弟之情,如其《送子嘉兄赴达州司户序》中的一段:

> 先君惟国之忧,不忍舍而去。留佐东道,师败于宁陵,某不能从死,独与兄弟扶携而东。方乱,市无车驷可驾而奔,就有焉,贫不能得。茕然其幼也,会天雨雪,足涂潦,不能胜,数步一仆,罢曳不能起,相持而恸,更掖之以进。时又四方所征兵集梁下者皆散归,剽道上,于是危。得脱度淮,盖濒九死幸而存,至今常与兄弟言:"已不幸早孤,独兄弟在,其可须臾离也?他日苟不死,当共弃人世,求山川胜绝处,买田筑室,岁时伏腊,斗酒自劳。闲暇葛巾藜杖,上下山坂徜徉焉,亦可以老矣。使得官,则当仕他州,将不得集处如田亩间也。"以是愈不欲为吏,又经乱来,尤不喜与人别。每朋友去,亦悒悒作数日恶。今既仕历三四年,乃始得合。其间或因缘檄召置旁郡,或转徙滋益远,则邈乎其归也,故初与兄弟约不仕。然家储亡素者,欲弗仕不能也。于是往即焉,涕泣以诀。③

写到当时避难的艰难,表达兄弟能相守终老的愿望,感情

---

① (宋)晁公遡:《王元才携家来过有诗见示因简此作》,见《嵩山集》卷二。
② (宋)晁公遡:《嵩山集》卷五十三。
③ 同上,卷四十七。

真挚,言辞恳切。

(二) 晁公武兄弟与蜀地文化

晁公武的目录学贡献是与蜀地刻书业的发达、藏书的兴盛有着密切关系,晁公遡的诗歌创作则打上了深刻的蜀地文化的烙印。

1. 晁公武目录学的贡献与蜀地刻书、藏书文化

晁公武的《郡斋读书志》"是我国现存最早的、具有解题的私家藏书目录"①,以收录丰富、体例完备、内容翔实著称。《郡斋读书志》收书 1 492 部②,基本上囊括了南宋以前的各类重要著作,唐及北宋的书籍收录尤为完备。"有一些在当时已属罕见,可补《旧唐书·经籍志》、《新唐书·艺文志》、《宋史·艺文志》之阙"③。《郡斋读书志》按当时通行的四部分类法著录,有总序、大序、小序,书有解题。在集部增设文说类,在史部增设史评类。《郡斋读书志》是晁公武自己藏书的著录,因而内容翔实可靠,尤长于考证、校雠,所撰解题评论亦称中肯。

这样的目录学著作能充分发挥"辨章学术,考镜源流"的作用。而《郡斋读书志》在目录学史上的贡献更是巨大,"目录之有解题而得以保存至今者,主要有《郡斋读书志》、《直斋书录解题》、《玉海》(主要是其艺文部)和《四库全书总目》四种,而后三种皆祖述或取资于《读书志》"④。

《郡斋读书志》是晁公武于绍兴二十一年撰写于知荣州任上,他自己说是因"僻左少事","日夕躬以朱黄雠校舛误。篇终,辄撮其大旨论之"。这是《郡斋读书志》成书的时间保证,

---

① 孙猛:《郡斋读书志校证·前言》,见《郡斋读书志校证》,上海古籍出版社,1990 年。
② 据孙猛统计,见《郡斋读书志校证·前言》。
③ 同上。
④ 孙猛:《郡斋读书志校证·前言》。

因有闲暇，才有精力和心情去做。他进一步申明自己撰写此书的目的不是为了显示"博闻"，而是希望能"不坠家声"，这是他撰写的动机。晁氏家族有喜欢藏书、精于校雠的家学传统，这是晁公武能撰成此书的个人条件，而井度赠书则是晁公武完成此书的先决条件。晁公武撰写《郡斋读书志》所依据图书是其个人收藏，他的藏书包括井度所赠五十箧、其家旧藏劫馀及他自己搜集到的藏书三部分，井度赠书和晁公武自己搜集的图书都与蜀地密切相关。

蜀地是雕版印刷的发源地，朱翌在《猗觉寮杂记》中说："雕版文字，唐以前无，唐末益州始有墨版。"王应麟在《困学纪闻》中也说："唐末益州始有墨版，多术数书、小学……"宋代蜀中刻书业发达，蜀刻与浙刻、建刻并称。蜀地刻书业的兴盛，使得保存在当地官府和民间的书籍数量极多。靖康之难，北宋官府的藏书多被金人掠走，民间藏书也多毁于兵火，而蜀中幸免于难，图书未遭损毁。井度本人喜欢藏书，还主持刻书，刻印了大字本"眉山七史"。《郡斋读书志》卷二《宋书》解题记载井度刊刻眉山七史的始末："靖康丙午之乱，中原沦陷，此书几亡。绍兴十四年，井宪孟为四川漕，始檄诸州学官，求当日所颁本。时四川五十馀州，皆不被兵，书颇有在者，然往往亡阙不全，收合补缀，独少《后魏书》十许卷，最后得宇文季蒙家本，偶有所少者。于是'七史'遂全，因命眉山刊行焉。"井度这样的藏书家兼官僚的参与和提倡，也促进了蜀中刻书与藏书的繁荣。井度也从事图书的编纂校勘，《郡斋读书志》载有井度所编书三种：《蜀三神祠录》五卷、《分灯集》二十五卷、《会解楞严经》十卷。可以说，井度为晁公武著《郡斋读书志》做了前期的资料准备工作。如果晁公武未移居蜀中，不识井度，没有接受井度赠书，其是否能著《郡斋读书志》，难以揣度，即便能著，恐怕不会这样顺利，著述也未见得这样丰富。晁公武在

《郡斋读书志·序》中已经明言收集图书之难,"夫世之书多矣,顾非一人之力所能聚;设令笃好而能聚之,亦将老至而耄且及,岂暇读哉!"晁公武既有丰富的藏书,又有时间去阅读,这样才有条件去著述《郡斋读书志》。井度将自己历时二十年之久,用去其不知多少俸禄所收藏的书籍没有留给子孙,而是赠给同样喜欢读书藏书的晁公武,成就了藏书史上的一段佳话,也成就了学术史上一部重要学术著作的诞生,可谓功德无量。而这一切又都是和蜀地的刻书、藏书文化密不可分。

2.晁公遡的诗歌创作与蜀地文化

晁公遡诗受蜀地文化影响非常明显,打开诗集,触目皆是蜀地景物,所写人物也多是蜀人,正如其诗中所言"客游三十年,不出夔与巴",蜀中山水景物、民风民俗、历史人物都成为其诗歌所写的主要内容,因而其诗地域色彩非常浓厚。光看诗题,含有蜀地地名、山川的就极多,如《恭南道中有感》、《游仙都山》、《乐温舟中作》、《宁江幕府七首》、《合江舟中作》、《碛内》、《蜀江》、《眉州燕游杂咏十首》、《巴城》、《巴江》、《中岩十八咏》、《送谭廷硕司户归鱼复》、《涪川寄蒲舜美桐烟墨来试之良佳因成长句》、《寄泸南子止兄》、《白宋瑞自益州和予池上诗来因用韵奉简》、《寄洪雅令孙良臣》、《谢王元才见惠峨嵋山菩萨石》、《送李检法赴夔州任》、《寄郭信可时假守忠州》、《从宋宪登万景楼》、《望峨嵋山作》、《凌云寺》、《眉山史颐老秀才遣人寄诗用其韵答之》等。

晁公遡写蜀地风光的诗如《龙爪滩》:"龙爪滩前江水平,蟆颐山下春草生。白石既出细可数,杂花初开远更明。日落尽见楼阁影,天晴易闻钟鼓声。至今回思三峡路,蛇退猿愁心甚惊。"诗中写出了景物所特有的蜀地色彩。

晁公遡诗中还有写蜀地风俗,如写饮食风俗的《谢张文老饷酥》中的一段:"清晨坐堂上,忽得故人书。近自玉垒州,远饷金城酥。闻由笮都出,来与枸酱俱。开视静如练,缄题投比珠。甚知故人厚,病中怜老夫。岂惟减肺渴,兼可濡肠枯。因之想风味,更过酪醍醐。"①诗中写友人送他笮都酥,酥是用牛羊乳制成的酪类食品,笮都是古代部族名,主要分布在今四川雅安和凉山地区。诗中提到的枸酱,是蜀地特产,用枸叶所作,蜀人以为珍味,这种食品《史记》中就已经提到②。《前起居舍人何资深竹光酒法奇甚近得其法酿成以饷李仁甫》写到蜀地之酒,虽然主要是写竹光酒法所酿之美酒,但诗开头提到蜀酒,"旧闻蜀酒浓,今乃举此觞。可怜如甘言,难置烈士肠"③。诗人以形象的比喻写出蜀酒味甜,不合其胃口。

晁公遡诗中还写到蜀地的历史传说和历史人物,其《师永锡少出通义其归携伯浑诗来因用其韵伯浑顷尝相送至下岩也》一诗中写到蜀地的历史传说:"益州古建国,远自蚕丛来。吾敢怪鳖灵,人有化牛哀。"④写到古蜀国的开国君主蚕丛及受禅的君主鳖灵,据说蚕丛善养蚕,而鳖灵善治水,杜宇把帝位禅让给鳖灵,鳖灵即位后称丛帝,又称开明帝。⑤ 晁公遡写蜀地历史人物的有怀古咏史诗《题先主庙》和《子云》等,《题先主庙》中有"当时大耳儿,甚似隆准公。夫岂忘故都,崎岖巴蜀中。划然成三分,正尔陋两雄。武侯抱遗恨,秦陇竟莫通。独怜晋昌明,千载时始逢"⑥。写刘备经营蜀中,与孙、曹鼎立。慨叹诸葛亮生不逢时,无法统一中原。《子云》一诗云:"子云

---

① (宋)晁公遡:《嵩山集》卷三。
② 见司马迁《史记》卷一百十六《西南夷列传》。
③ (宋)晁公遡:《嵩山集》卷六。
④ 同上,卷三。
⑤ (晋)常璩:《华阳国志》卷十二。
⑥ (宋)晁公遡:《嵩山集》卷五。

世所贱,既死名乃传。至今读其书,共言以为贤。必待成丘垅,何如用当年。贵耳不重目,斯人真可怜。"①对扬雄的生时不为人所重,而死后却为人传颂的现象深感不平,对"贵耳不重目"的世风予以批判。

晁公遡诗中还写到蜀地的进士考试。蜀地因距离临安路途遥远,去临安参加进士考试极为不便,南宋在四川设立了类省试。其《今岁试士竟置酒起文堂延主司且作诗送之》一诗写的就是考试的盛况:

> 吾州俗近古,他邦那得如。饮食犹俎豆,佣贩皆诗书。今年属宾兴,诏下喧里闾。白袍五千人,崛起塞路衢。入门坐试席,正冠曳长裾。谈经慕康成,对策拟仲舒。吟诗必二雅,作赋规三都。传文选主司,考阅须鸿儒。果然提权衡,未尝谬锱铢。得者固惊喜,失者亦欢呼。乡党为叹息,是事盖久无。老守蒙此声,增重西南隅。何以为子谢,举觞挽行车。少留尽一醉,归驾且勿驱。②

诗中先说所在州读书风气之盛,然后写参加考试者人数之多,接下来写考试情景,考经、策、诗、赋四场,又写考官评阅及应试者对考试结果的反映。古代诗歌中虽然咏写科考的诗不少,但这样全面反映科举考试情况的诗作并不多,晁公遡的这首诗可以说生动地记录了当时四川考试的情景。

更为难能可贵的是,晁公遡诗中写到蜀地官吏的横行、官府对百姓的盘剥、民生的艰难,反映出一个正直的有良知的地方官对民生疾苦的关怀。如其《自叹》和《麦》二诗:

---

① (宋)晁公遡:《嵩山集》卷十。
② 同上,卷五。

巴蜀久凋敝，伤哉远朝廷。大道舞狐狸，嘉谷困蝗螟。我尝行其野，所在闻惟腥。叹息莫能救，熟视涕泪零。今年不自意，属当按邦刑。平时语云何，敢遽忘生灵。拟于万仞渊，挽以一寸莛。贤者相告戒，安坐看空囷。愚者顾之笑，谓我不自宁。我非恶静乐，独行苦伶仃。糜费廪中粟，奔走阁前铃。恐如执金椎，而讼麦青青。果欲中世用，诸公乃仪型。(《自叹》)①

层云挟雨来，四郊树木苍。东风吹春促，尚带花药香。年华不可驻，倏见夏日长。近传陵陂麦，宿昔青已黄。邻舍思煮饼，隔墙闻沸汤。里胥忽在门，先当输官仓。(《麦》)②

《自叹》写巴蜀因离朝廷太远，地方官吏横行，人民困苦不堪，诗人为之伤心却毫无办法。今年刚好任地方的司法长官，自念可以惩治不法官吏，可是却受到贤者的告诫和愚者的嘲笑，可见正道直行之难。《麦》写的是丰收的年景，给人以惬意之感，尤其是写到麦子黄熟，人们的那种喜悦，"邻舍思煮饼，隔墙闻沸汤"，可是所有这些愉快的情绪都被最后两句破坏掉了，"里胥忽在门，先当输官仓"，诗至此戛然而止，没有写人们的反映，诗人自己也没有发表议论，但读者尽可以想象人们的悲愤与无奈。

要之，晁公武、晁公遡兄弟的文献著述及文学创作，都深深打上了蜀地文化的烙印，是移民文人受移居地文化影响的典型。

---

① (宋)晁公遡：《嵩山集》卷四。
② 同上，卷二。

第五章 南宋移民文人的贡献与影响

　　当宋高宗在战乱中登上皇位，一个新的朝代建立了，这个新王朝与北宋有着割不断的联系，不仅仅是血缘，还有文化。南宋移民文人在这个新王朝建立之初要做两件事，一是为宋朝保住文脉，也就是让文学不因战乱而中断。南宋移民文人一方面通过自己的创作，为南宋文学奠定基础，另一方面将创作经验传授给年轻一代，为南宋培养文学人才，从而保证了文学发展的连续性。二是为南宋文学具有不同于北宋的新面貌而做的努力，也就是实现文学转型。一方面他们通过自己的创作对诗风、词风、文风的改变产生影响，另一方面就是提出新的理论来影响年轻一代的创作。可以说，移民文人这两个目的都达到了。南渡初期文学承续北宋文学而来，但创作题材及作品内容上已经有了很大变化，乱离之感、思乡之情、爱国之音、恢复之志，汇成南宋初期文学格外富有生命力的歌唱。到中兴四大诗人及辛弃疾的出现，南宋文学终于具有了自己的面目。如果说在保持文学的连续性上，移民文人的创作既有主观的因素，也有客观的自然而然的影响，但在文学转型方面则是有意识地做出努力。这是移民文人在文学史上的贡献。

　　移民文人对移居地的文化发展也做出了很大贡献，移民文人及其后裔在移居地兴办书院、学堂，提高了移居地居民的文化素养,为当地培养了人才。他们的创作及文学活动影响了当地的学风和文风。与当地文人的交流,客观上也促进了不同文化的交融。对当地自然景物的吟咏,提高了自然景观的人文内涵。移民后裔文人则发展为当地的文化中坚。

第一节　南宋移民文人在文学史上的贡献与影响

移民文人在文学史上的贡献与影响主要就是体现在为南宋文学的重建与转型所做的努力上。下面主要从五个方面,即保证了文学发展的连续性、为南宋文学注入了新的内容、为南宋文学奠定了爱国主义的基调、为南宋诗风的转变所做的贡献、辛弃疾的创作将宋词推向高峰,具体论述南宋移民文人在文学史上的贡献与影响。

一、保证了文学发展的连续性

移民文人因北宋灭亡而进入南宋,一些移民文人在北宋期间就已经积累了丰富的创作经验,在乱离之中,自然而然地会用文学来反映生活、记录生活中的点滴,抒发自己的感慨与苦闷,表达对故国与家乡的思念。这种创作对作家自己来说,是自然而然的,是他自己文学创作的一部分,但对南宋文学来说,这部分创作则是移民文人将北宋文学带入南宋,为南宋文学的发展提供了基础。

北宋末期诗歌创作上是江西诗派的天下,效法黄庭坚的江西诗派是最能代表宋诗面目的一个诗歌流派。吕本中将这一派学习黄庭坚诗歌创作的诗人编为《江西宗派图》,共有25人,人们便以江西诗派称之。后方回又将陈与义、吕本中、曾几列入江西诗派,并提出了"一祖三宗"说。江西诗派的重要诗人徐俯、韩驹、吕本中、洪炎、洪刍、饶节、陈与义、曾几等都经历了靖康之难,其中韩驹、吕本中、陈与义、曾几都属于移民文人,韩驹居于临川,吕本中、曾几居于信州,陈与义晚年居湖州。韩驹于绍兴五年(1135)辞世,陈与义于绍兴八年(1138)辞世,吕本中于绍兴十五年(1145)辞世,曾几于乾道二年(1166)辞世。他们都经历了南渡的避难生涯,在避难途中及移居后有大量的诗歌创作,这几位移民文人在北宋时都已成名,这些诗作是他们北宋时期文学创作的延伸,尽管诗作内容、风格与北宋比有了很大变化。他们将自己的作品和创作风格带入南宋,他们南渡后的诗歌创作成为南宋初文学的主要组成部分。他们不仅自己从事诗歌创作,还指导、传授后学,为南宋培养诗歌创作人才。从这四位著名的江西诗派移民文人的辞世时间看,他们完成了南宋诗歌与北宋诗歌的衔接,并通过吕本中、曾几的创作与诗法传授影响了中兴诗坛。中兴四大诗人的出现标志着南宋文学鼎盛时期的到来,成功实现了诗歌风格的转变,而移民文人为之起了铺路作用。

　　由北宋南渡的移民词人有李清照、朱敦儒、向子諲、康与之、曾觌、吕本中、陈与义等。词这种体裁在南北宋之交变化最为明显,词本是酒席间佐欢侑酒的歌唱,北宋虽有苏轼的"举首高歌",不为曲子所束缚,但整个北宋词坛仍是以传统的婉约词为主,词写艳情,写个人的离愁别绪,表达的是一己之悲欢。南渡后,这些长于填词的文人将避难生活、亡国之恨用词这种体裁反映出来,这就使得词面貌一新。

　　李清照北宋时期的词作主要写其闺阁生活及离愁别恨,南渡后其词题材内容及表现的情感都发生了变化,家国之恨融入词中,多悲今悼昔、咏物自伤之作。变中也有不变,李清照的婉约词风并没有发生变化,仍是恪守词的传统风格,如其《词论》所云:词"别是一家"。

朱敦儒在北宋过着诗酒疏狂的生活,其词有睥睨功名富贵、傲视王侯的气概,如其著名的《鹧鸪天·西都作》(我是清都山水郎)。南渡让他经历了国破家亡的人间巨变,其人转而关注现实,其词充满家国之悲。

向子諲把自己的词作分为江南新词与江北旧词,其江北旧词主要也是承晏、欧等婉约词风,词的内容也不出传统婉约词的范围。江南新词则向苏轼词风靠拢,词的题材也更多现实内容。

在这些移民词人自身的词作中就鲜明地体现出北宋时期和南宋时期的不同特点,这样的变化有着时代的原因与作者自身的人生体验的影响。不论是北宋时期的创作,还是南迁之后的创作,都是同一个词人创作的不可分割的组成部分,作者的创作才情、创作经验是南渡后词作发生变化的基础,而这个基础的形成是在北宋时期。正如陶尔夫、刘敬圻先生《南宋词史》中所说:"南渡词人将北宋一百六十馀年间所积累的丰富经验全部移植到南宋这一狭小土地当中,使之扎根成长,为南宋词的进一步繁荣打下了坚实基础。"①虽然说的是南渡词人,但用来说移民词人对南宋词的繁荣所做贡献也是合适的。这些移民词人南渡后的创作既是北宋时期创作的延续,同时又以其崭新的内容开启了后来移民文人辛弃疾的创作,宋词在移民文人的手中保持了它发展的连续性。

南宋初以文著称的也多移民文人,如吕本中、韩驹都曾任中书舍人,掌制诰。綦崇礼是四六名家,曾任翰林学士。王洋也曾任过中书舍人,其四六文受到周必大的称赞。吕颐浩、赵鼎、王庶、范宗尹等著名宰辅的政论文,或言辞剀切,或语重心长,或条分缕析,或激情洋溢,虽以实用为目的,但都体现了那

_____

① 陶尔夫、刘敬圻:《南宋文学史》,第 101 页。

个时代文的特点。南宋文一直都以实用为目的,很少纯文学性的散文作品,原因是多方面的,但与南渡初移民文人对文的实用性功能的强调不无关系。

韩元吉是南渡后成长起来的移民文人,南渡时他刚十岁,尽管年幼,但毕竟亲身体验了那段艰难的避难生活。他的文学创作主要在高宗绍兴中后期及孝宗年间,他接触的移民文人多,创作或多或少地会受到那些年长的移民文人的影响,而他的家学渊源与其自身的文学才能使得他成为当时有影响力的文人,诗、词、文兼擅,在朝中地位也较高。他上承老一辈移民文人,下接年轻的移民文人辛弃疾,并与辛弃疾同为中兴文坛移民文人的杰出代表,与其他中兴文人一起创造了南宋一代文学的辉煌。

要之,北宋的大片国土沦入金人之手,南宋的土地也曾遭受金人铁蹄的蹂躏,但南宋文学不是建立在一片废墟之上。北宋虽然灭亡,但那些北宋的文人还在,他们所负载的北宋的文化因子与文学创作经验还在,由他们把这些传授给年轻一代,并以他们自己的创作为南宋文学重建奠定了坚实厚重的基础。

二、为南宋文学注入了新的内容

靖康之难打破了人们原本和平安宁的生活,整个社会处于兵荒马乱之中。对个人来说,逃难、避兵、亲人离散、远走他乡、有家难归;对朝臣来说,战还是和,争论不休,或因言获罪,贬死异乡;对国家来说,内忧外患,兵连祸结,外有金人威胁,内有游寇、流民武装的袭扰,局促于南方而尚未偏安。所有这些,在移民文人的笔下都得到反映,南宋初的文学创作已经摆脱了北宋末文学内容的贫乏苍白,而将现实生活与文学创作紧密相连。

避难生活成为移民文人创作的一个重要内容,避难中的游览、唱和、所思所感都被移民文人摄入笔端,文学为那个时期人们的生活留下了活生生的图景。下面摄取一组南宋移民文学作品中避难生活的画面,以见南宋文学题材内容上的新变。

> 剥啄谁敲户,仓皇客抱衾。只看人似蚁,共道贼如林。两岸论千里,扁舟抵万金。病夫桑下恋,万一有佳音。①

这是绍兴元年冬,曾几寓居柳州,听说流寇武装来袭柳州,他的诗描绘了人们纷纷逃亡避难的情景。

> 旌旗摩日甲生光,俘馘黄巾第几(阙)。灭贼未须占斗蚁,拓疆行且见神狼。燕然刻石功昭汉,太华题诗事后唐。从此儿童传姓氏,风流何止继韩康。②

绍兴二年闰四月,岳飞在贺州击破游寇曹成,吕本中听到消息后与友人韩端卿为之作诗唱和,表达喜悦的心情和对岳飞功业的赞美。

> 苍黄避地出连州,邃谷深岩懒转头。归路始知山水好,少留村驿当闲游。
>
> 稍离烟瘴近湘潭,疾病衰颓已不堪。儿女不知来避地,强言风物胜江南。
>
> 岭外从来不识春,青梅年年已尝新。深山忽有残花在,知与清明待北人。③

---

① (宋)曾几:《闻寇至初去柳州》,《茶山集》卷四。
② (宋)吕本中:《闻岳侯破贺州贼次韩端卿韵》,《东莱诗集》卷十。
③ (宋)吕本中:《阳山归路三绝》,《东莱诗集》卷十二。

　　绍兴三年春,吕本中北返至阳山所作《阳山归路三绝》写其路上的所见所感。第一首写归路上因时局稍安而有闲情游览,起首却先言仓皇避难时的无心观赏,今昔对比,避难中的心酸艰难自不待言。第二首写儿女们对沿途风景的赞美,诗人叹息儿女年幼,不知此行是避难,却被沿途景色所吸引,说这里美过江南。儿女们的喜悦心情与诗人的"疾病衰颓"及忧国忧民之情又形成了对比。第三首是在深山中看到还有未凋谢的花,而触动了他这个北人的思乡之情。回想岭南不像北方四季分明,在那里感受不到春天来临的喜悦。南北生活对比,更加深了诗人对故土的思念。

　　　　风住尘香花已尽,日晚倦梳头。物是人非事事休,欲语泪先流。　　　闻说双溪春尚好,也拟泛轻舟。只恐双溪舴艋舟,载不动,许多愁。①

　　绍兴四年,李清照避居金华,于暮春时节感时伤世,遂作此词。上片写所见所感,见到的是百花凋零的暮春景象,用"倦梳头"来表现词人自己的无情无绪、萧索落寞的心情,而之所以如此,是因为"物是人非事事休",赵明诚已经病逝,北方在金人的统治之下,词人有家归不得,在经历了辗转流徙的逃难后,夫妻二人收藏的金石书画损失殆尽,所有这些怎能不让她"欲语泪先流"。下片写其所闻所感,听说双溪春色尚好,可以游赏,词人也想出去散散心,可是这浓重的愁思,只怕双溪的小船载不动啊。词人不说她没心情去游赏,却以这样新奇的想法写出其愁之深重。
　　以上是移民文人避难生活的写照,这样的题材内容在北

---

① (宋)李清照:《武陵春》,王仲闻校注《李清照集》,第61页。

宋文学作品中是没有的,只有经历了那场历史的沧桑巨变的南宋移民文人笔下才会有。

南宋移民文学内容上的另一个突出之处是抒写乱离之感、家国之恨,使得作品或悲歌慷慨,或沉重感伤,具有感发人心的力量。这样的作品很多,看一下陈与义的《元日》[①]和晁公遡的《感事三首》[②]其一。

　　五年元日只流离,楚俗今年事事非。后饮屠苏惊已老,长乘胙艋竟安归。携家作客真无策,学道刳心却自违。汀草岸花知节序,一身千恨独沾衣。(《元日》)
　　中原耆旧老江东,泪洒军前草木风。巫峡山高苦霜雪,附书那有北来鸿。(《感事三首》其一)

陈诗抒写避难楚地漂泊异地的感伤。晁诗抒写南渡已久,寓居蜀地的诗人对故乡的思念。这些诗作所抒发的感情是亲身经历了靖康之难的诗人所特有的,因而其不同于远贬或远游时的那种漂泊感和思乡之情,这也是感情抒发上移民文人不同于北宋诗人之处。

移民文人为南宋文学所注入的新内容,使得南宋初期文学充满生气,卓然独立于北宋文学之外。

三、为南宋文学奠定了爱国主义的基调

南宋文学一直贯穿着爱国主义的传统,终南宋一朝,渴望恢复与故国之思一直是南宋文学的主旋律。从南渡初的岳飞到中兴时期的陆游,再到南宋末的文天祥,这些充满爱国激情

---

① (宋)胡穉笺注:《增广笺注简斋诗集》卷二十四。
② (宋)晁公遡:《嵩山集》卷九。

的文学作品在国难当头时,鼓舞了无数的仁人志士。岳飞留下的作品不多,但一首《满江红》却以其慷慨激昂的报国热情而受到人们的喜爱,居于爱国诗词之首。陆游的诗歌创作奏响了南宋文学中爱国主义的最强音,其诗中抒发爱国之情的作品极多。钱钟书先生在《宋诗选注》中写到陆游时这样描绘陆游的爱国情感:"爱国情绪饱和在陆游的整个生命里,洋溢在他的全部作品里;他看到一幅画马,碰见几朵鲜花,听了一声雁唳,喝几杯酒,写几行草书,都会惹起报国仇、雪国耻的心事,血液沸腾起来,而且这股热潮冲出了他的白天清醒生活的边界,还泛滥到他的梦境里去了。"①处于民族危亡关头的梁启超更是对陆游诗歌的爱国情感发生强烈共鸣:"诗界千年靡靡风,兵魂销尽国魂空;集中什九从军乐,亘古男儿一放翁!""辜负胸中十万兵,百无聊赖以诗鸣;谁怜爱国千行泪,说到胡尘意不平!"②

南宋文学中抒发爱国情感的作品具有普遍性,与陆游同时的范成大于宋孝宗乾道六年使金,范成大有机会踏上南宋人深情眷恋的故国土地,作有"使金纪行诗"七十二首和一卷日记《揽辔录》。《州桥》一诗写金人沦陷区的父老盼望南宋军队:"州桥南北是天街,父老年年等驾回。忍泪失声询使者,几时真有六军来。"读之让人心酸。当诗人到燕山,住在会同馆,听说议留使者之言,他写了《会同馆》一诗:"万里孤臣致命秋,此身何止一沤浮。提携汉节同生死,休问羝羊解乳不。"以苏武为榜样,表达了誓不辱使命的决心。杨万里于光宗绍熙元年奉命去迎接金国派来的"贺正使",此间作有《初入淮河》,其一写道:"船离洪泽岸头沙,人到淮河意不佳。何必桑干方是

---

① 钱钟书:《宋诗选注》,第171—172页。
② 梁启超:《读陆放翁集》,见《饮冰室合集》第四十五册。

远,中流以北即天涯。"对淮河以北的大片国土沦落金人之手感到痛心。稍后的姜夔,在其《扬州慢》词中写到久经战乱后扬州的破败:"过春风十里,尽荠麦青青。自胡马窥江去后,废池乔木,犹厌言兵。"通过昔日繁华的扬州今日的荒凉景象的描写,表达伤心故国残破的哀痛之情。抒发爱国之情在南宋末文学作品中更是汇成一股洪流,在宋亡后仍然有着巨大的历史回响。

　　南宋文学的爱国主义传统也是对移民文学的继承和发扬。南宋文学的开篇便以其炽热的爱国之情为南宋文学奠定了爱国主义的基调,如四名臣中的赵鼎、李纲的创作。移民文人中只有少数像岳飞这样统兵的将领,亲临前线,写出报国杀敌的壮烈诗篇,而大多数是文士,不能"上马击狂胡,下马草军书"①,但这并不影响其作品爱国情感的表达,这种爱国情感包括抗金恢复的渴望、对国家的忧患意识、对故国的思念及对国计民生的关注等,这样的文学作品在几乎所有的移民文人创作中都有不同程度的体现。吕本中、陈与义、曾几、韩驹等人的诗歌,李清照、岳飞、李纲、赵鼎、向子諲、朱敦儒等人的词,爱国之情贯注在他们的作品中,这也为后来的文人所继承。

　　陆游所受曾几的影响为人们所熟知,其《跋曾文清公奏议稿》更是成为人们所乐道的陆游爱国思想的渊源所自。这篇跋文作于开禧二年,正值韩侂胄北伐,文中云:"绍兴末,贼亮入塞,时茶山先生居会稽禹迹精舍,某自敕局罢归,略无三日不进见,见必闻忧国之言。先生时年过七十,聚族百口,未尝以为忧,忧国而已。后四十七年,先生曾孙黯以当日疏稿示某。于今某年过八十,仕忝近列,又方王师讨残虏时,乃不能以尘露求补山海,真先生之罪人也。"②曾几的忧国之言对陆

---

① (宋)陆游:《观大散关图有感》,见《剑南诗稿》卷四。
② (宋)陆游:《渭南文集》卷三〇。

游影响是这样深刻，以致其八十多岁时，回忆起往事，还为北伐时不能为国出力感到愧对先师。四库馆臣据陆游此跋云："据此则几之一饭不忘君，殆与杜甫之忠爱等，故发之文章，具有根柢，不得仅以诗人目之，求诸字句间矣。"①曾几的忧国忧民之作也是其作品中成就最高的部分。

移民文人后裔在成长过程中，耳濡目染，所受爱国思想的熏陶也是自然而然地浸入心髓。韩淲虽过着隐居生活，但其作品中却不乏对国事的关注与对故国及家乡的思念，这与其父韩元吉及其他移民文人的影响分不开。在《晚晴》一诗中，韩淲慨叹："何时复三京，万世开太平。"②在《感兴十首》其十中韩淲写道："赤县神州久陆沈，宣和遗恨莫追寻。饶渠熟客资谈柄，须有夫差报越心。"诗中用了夫差打败越国、为父报仇雪耻的典故。据《史记》卷三十一《吴太伯世家》载，吴王阖闾在与越国交战中受伤而死，死前立太子夫差，曾对夫差说："尔而忘句践杀汝父乎？"夫差回答说："不敢。""三年乃报越"。韩淲的这首诗感慨中原沦陷既久，要想恢复，君主须有夫差报仇雪耻的决心。

辛弃疾南归前，便受到祖父爱国思想的影响，心怀报国之志。南渡后辛弃疾有心杀贼，却无路请缨，其爱国情感只能借助于文学作品得以宣泄。辛弃疾和陆游可谓南宋中兴文坛的双璧，爱国情感在他们的作品中得到高度张扬，这在文学创作上也是与南宋初期移民文学中的爱国之情一脉相承。

南宋移民文人以其饱含爱国情感的创作为南宋文学奠定了爱国主义的基调，经过此后文人的进一步发扬光大，形成了南宋文坛的爱国主义传统。

———————

① （清）纪昀等：《四库全书总目》卷一百五十八《茶山集提要》。
② （宋）韩淲：《涧泉集》卷一。

四、在诗歌艺术上积极探索,为南宋诗风的转变做出了贡献

南渡前后还是江西诗派主导诗坛,南宋诗风的转变也主要体现在跳出江西诗派的窠臼,形成不同于江西诗派的新风格。

黄庭坚提出"夺胎换骨"、"点铁成金"的诗歌创作方法,形成了生新瘦硬的诗风。江西诗派诗人步黄庭坚诗法,在诗歌创作技巧上刻意求新,到北宋末创作流弊日显,过于追求形式而诗歌内容贫乏。江西诗派的几位代表人物也意识到了这个问题,提出一些新的主张,如韩驹提倡"遍参"与"悟",其《赠赵伯鱼》诗云:"学诗当如初学禅,未悟且遍参诸方。一朝悟罢正法眼,信手拈出皆成章。"①徐俯说"目力所及,皆诗也。君但以意剪裁之,驰骤约束,触类而长,皆当如人意,切不可闭门合目,作镂空忘实之想。"②这种说法已与江西诗派的"资书以为诗"背道而驰。吕本中提出了"悟入说"和"活法说",吕本中在《夏均父集序》中这样解释"活法":"学诗当识活法。所谓活法者,规矩具备,而能出于规矩之外;变化不测,而亦不背于规矩也。是道也,盖有定法而无定法,无定法而有定法。知是者,可以与语活法矣。谢玄晖有言:'好诗流转圆美如弹丸。'此真活法也。"③曾几在《读吕居仁旧诗有怀其人作诗寄之》云:"居仁说活法,大意欲人悟。常言古作诗,一一从此路。岂为如是说,是亦造佳处。其圆如金弹,所向若脱兔。"认为吕本中的"活法"说,主要还是从"悟入"。吕本中自己讲"悟入"是这样说的:"作文必要悟入处,悟入必自工夫中来,非侥幸可

---

① (宋) 韩驹:《陵阳集》卷一。
② (宋) 曾敏行:《独醒杂志》卷四。
③ (宋) 刘克庄:《后村先生大全集》卷九十五《江西诗派序》引。

得也。如老苏之于文，鲁直之于诗，盖尽此理矣。"①吕本中提
倡活法，但也强调学问的重要。

　　吕本中的"活法"说影响深远，最终促成了南宋诗风的转
变。活法说的影响一方面使得江西诗派自身的诗风发生了变
化，另一方面使得一些诗人最终摆脱江西诗风的牢笼，形成新的
诗歌风格。最早受吕本中"活法"说影响的当属移民文人曾几，
曾几的诗歌虽然还有江西诗风的痕迹在，但其后期的创作已经
脱离了江西诗风的雕镂瘦硬，而变得清淡自然。钱钟书先生认
为曾几的风格"比吕本中还要轻快，尤其是一部分近体诗，活泼
不费力，已经做了杨万里的先声"②。被方回称为江西正脉的
赵蕃、韩淲也都受到"活法"说的影响，二人诗中都提到活法，
如赵蕃说"活法端知自圆融，可须琢刻见玲珑。涪翁不作东莱
死，安得斯文日再中"③。韩淲云："活法要须能自悟，危机何
用苦寻思。"④赵蕃与韩淲的诗虽仍与江西诗派一脉相传，但
因"他们的创作参融了中晚唐诗风"⑤，所以二泉的创作已与
早期江西诗派的诗风明显不同，其作品中多境清语工之作。

　　中兴四大诗人的创作是南宋诗风转变的关键，四大诗人
都或多或少受到"活法"说的影响，陆游师事曾几，曾几将"活
法"说传授给他。陆游诗中曾追忆从曾几学诗的情景，"忆在
茶山听说诗，亲从夜半得玄机。常忧老死无人付，不料穷荒见
此奇。律令合时方帖妥，工夫深处却平夷。人间可恨知多少，
不及同君叩老师。"⑥陆游《自吟》其二云："六十余年妄学诗，

①（宋）吕本中：《童蒙诗训》，见《宋诗话辑佚》附录。
②　钱钟书：《宋诗选注》，第 127 页。
③（宋）赵蕃：《淳熙稿》卷十七。
④（宋）韩淲：《涧泉集》卷十四。
⑤　王水照、熊海英：《南宋文学史》，第 172 页。
⑥（宋）陆游：《追怀曾文清公呈赵教授赵近尝示诗》，见《剑南诗稿》卷二。

工夫深处独心知。夜来一笑寒灯下,始是金丹换骨时。"可见陆游作诗还是受江西诗派影响,注重工夫。杨万里的诗活泼轻快,张镃在《携杨秘监诗一编登舟因成二绝》其二中评论杨万里的诗云:"造化精神无尽期,跳腾踔厉即时追。目前言句知多少,罕有先生活法诗。"①刘克庄也认为杨万里的诗得到活法的精髓,"后来诚斋出,真得所谓活法,所谓流转圆美如弹丸者,恨紫微公不及见耳"②。范成大诗歌也受到江西诗派的影响,《四库全书总目》卷一百六十《石湖诗集》提要说范成大"自官新安掾以后,骨力乃以渐而遒,盖追溯苏、黄遗法,而约以婉峭"。尤袤留存下来的诗不多,但"犹见江西余习"③。

中兴四大诗人受活法说影响的意义不在于其受了江西诗派多少影响,而在于他们的诗歌创作受到了活法说的启发,最终跳出了江西诗风的笼罩,而自成一格。陆游虽然以曾几为师,但其诗风"不嗣江西"④,更近唐诗。陆游有"小太白"之称,其诗既有豪放的一面,又有清新婉丽的一面。杨万里则形成了独具特色的"诚斋体",师法自然,以口语、俗语入诗,想象力极为丰富,新鲜活泼,幽默风趣。范成大的诗"圆妥不如务观,活泼不如廷秀,而折衷两家,较杨为温润,较陆为尖新,自足成龙尾。偶用江西法,亦模仿东坡,而得力处在晚唐皮陆"⑤。尤袤诗亦以清淡见长。四大诗人之学江西诗派,而又能不为江西诗派所囿,正是因为以"活法"说作为其作诗的指导思想,又能取法唐人,诗歌自然圆熟而不拗峭。此外,四大诗人既能取材于现实生活,又有意追求个人独特的诗风,不局促于江西

---

① (宋)张镃:《南湖集》卷七。
② (宋)刘克庄:《后村先生大全集》卷二十四《"江西宗派"总序》。
③ 王水照、熊海英:《南宋文学史》,第169页。
④ (宋)姜特立:《应致远谒放翁》,见《梅山续稿》卷五。
⑤ 钱钟书:《手稿集》,转引自王水照、熊海英《南宋文学史》,第168页。

诗风之内，他们的创作终于实现了诗风的转变。

五、辛弃疾的创作将宋词推向高峰

辛弃疾对南宋文学最大的贡献便是将宋词推向高峰。这个高峰是相对于宋代词坛来说，也适用于整个词史，在词的发展史上，辛弃疾就是一座无法逾越的高峰。本文第三章论述了辛弃疾词创作达到高峰的条件及其高峰的具体表现，下面主要论述其词达到高峰的文学史意义及影响。

辛弃疾的词彻底颠覆了"词为艳科"的传统，提高了词体的地位。北宋词承晚唐五代词，风格主婉约，内容上以写艳情相思、离愁别恨为主，其功能主要也是娱乐。苏轼词是北宋词中的别调，他放开粗豪的嗓子，唱起豪迈雄壮的歌曲，甚至他都不要唱，就是要在小词中写进他的疏放与旷达，虽然新了天下人耳目，却被指责不协音律。苏轼以诗为词，属于破体。李清照《词论》明确提出尊体，提出词"别是一家"，词应该有属于自己的不同于诗的特征，比如音乐上的合律，内容上的写情，风格上的婉约等。苏轼的创作在北宋只是个别现象。辛弃疾的词作不仅继承了苏轼开创的豪放词风，而且破体为文，词的内容、形式都发生了极大变化。其词无意不可入，将所有能写入诗歌的内容都以词这种形式来表达。他的词喜用典故，熔铸经、史、子语，丰富了词的语言。辛词在破体的同时，也能尊重词体的特征，其词能做到刚柔兼济、令慢皆工。如果说苏轼以诗为词还受到当时人的讥讽与批评，辛弃疾的以文为词却引发了一股学习辛词的热潮，连婉约派词人也受到辛词的影响。以词表现重大的社会题材和内容，抒发个人的志向和抱负，就使得词不再流连于酒宴佐欢侑酒，而是可以走上庙堂，与诗并驾齐驱。

辛弃疾的词是其完整人格的表现。诗词有别，文人用诗来言志,用词来言情,同一个文人在诗中和词中表现出的是两种面目。欧阳修的艳词颇为旖旎风流,与其古文家的面目与文坛领袖及朝廷重臣的身份似乎不合,所以才会有人为了维护欧阳修,说欧阳修的词是别人伪托。在北宋诗或词中所看到的文人人格是不完整的,表现的只是他的一个侧面,只有把他的诗和词放在一起看,那个人的形象才会比较完整。苏轼第一个在词中表现其人豪迈旷达的一面,被讥为以诗为词。从辛弃疾的词能看出词人完整的人格,其词中既有少年时的豪情万丈:"少年横槊,气凭陵、酒圣诗豪馀事"(《念奴娇》),也有中年时报效国家、建功立业的慷慨壮志:"了却君王天下事,赢得生前身后名"(《破阵子》),还有老年时豪情不减的狂态:"回首叫、云飞风起,不恨古人吾不见,恨古人、不见吾狂耳。"(《贺新郎》)这是辛弃疾豪的一面。辛弃疾也有儿女柔情的一面,他的几首《临江仙》词写得情深义重,如"金谷无烟宫树绿,嫩寒生怕春风。博山微透暖薰笼。小楼春色里,幽梦雨声中。 别浦鲤鱼何日到,锦书封恨重重。海棠花下去年逢。也应随分瘦,忍泪觅残红。"辛弃疾有为老妻祝寿之词,写出普通家庭的融融之乐,这时的他是个好丈夫:"寿酒同斟喜有余。朱颜却对白髭须。两人百岁恰乘除。 婚嫁剩添儿女拜,平安频拆外家书。年年堂上寿星图。"(《浣溪沙·寿内子》)他也是个严厉的父亲,对儿子的无理要求绝不姑息,《最高楼》小序云:"吾拟乞归,犬子以田产未置止我,赋此骂之。"词云:"吾衰矣,须富贵何时。富贵是危机。暂忘设醴抽身去,未曾得米弃官归。穆先生,陶县令,是吾师。 待葺个、园儿名佚老。更作个、亭儿名亦好。闲饮酒,醉吟诗。千年田换八百主,一人口插几张匙。休休休,更说甚,是和非。"辛弃疾年轻时也曾走马章台,"老子当年,饱经惯、花期酒约。行乐处,轻裘缓带,绣鞍金络。明月楼台箫鼓夜,梨花院落秋千索。共何人、对饮五三钟,颜如玉。"(《满江红》)苦闷时,也会向乐中消忧,"倩何人,唤取红巾翠袖,揾英雄泪"(《水龙吟·登建康赏心亭》)。总之,辛弃疾本人在词中的形象是这样生动,展示了他性格的各个侧面。

辛弃疾影响下的辛派词人的出现使得南宋词坛豪放与婉约分镳并驰。苏轼词风虽也有模仿者,但苏轼的周围并没有形成一个苏派词人,因而尽管苏轼以其豪放之作展示了不同于传统婉约词的另一种风格,但苏轼词作在北宋并没有真正起到改变当时词坛风气的作用。辛弃疾的周围则团结了一批学其词风的词人,这些人的创作形成一股潮流,在南宋词坛成为与姜夔的雅派词并列的一支,这就打破了婉约词一统词坛的状况。辛派词人的重要作者有陆游、陈亮、刘过,他们与辛弃疾性情相投,都是生性豪爽之人,又都是怀抱爱国热情的志士。其中陆游年长于辛弃疾,其词创作成就不如辛弃疾,但词风与辛词有相似之处,陈亮和刘过则是学习、效法辛词。辛派词人的出现并在词坛产生巨大影响,是文学史上极其重要的文学现象。尽管辛派末流的粗豪叫嚣受到了批评,但辛弃疾的创作一直都受到好评。王国维对南宋词颇不看好,但对辛弃疾却不吝赞美:"南宋词人,白石有格而无情,剑南有气而乏韵。其堪与北宋人颉颃者,唯一幼安耳。……其实幼安词之佳者,如《摸鱼儿》、《贺新郎·送茂嘉》、《青玉案·元夕》、《祝英台近》等,俊伟幽咽,固独有千古,其他豪放之处亦有'横素波,干青云'之概,宁梦窗辈龌龊小生所可语耶?""东坡之词旷,稼轩之词豪。无二人之胸襟而学其词,犹东施之效捧心也。""长调自以周、柳、苏、辛为最工。""稼轩《贺新郎》词'送茂嘉十二弟',章法绝妙,且语语有境界,此能品而几于神者。然非有意为之,故后人不能学也。"①辛弃疾与辛派词人的出现

---

① 王国维:《人间词话》。

改变了词坛格局,豪放之作得到了词坛的认可。

第二节　对移居地文化发展所做的贡献和影响

　　移民文人分布十分广泛,而且多是聚族而居。在移居地,移民文人一方面要融入到当地的生活中去,就要与移居地的文人进行交往,这样的交往包括相互间的诗词唱和,共同参与一些文化活动,客观上促进了不同文化的融合;另一方面,移民文人要对子弟进行教育,大家族一般都设有私学或私塾。由于移民文人的文化地位较高,在移居地是很受尊敬的,当地人也会把子弟送到移民文人这里受教。一些移民文人及其后裔还在当地兴办学堂、书院,使得受教育的人数众多,直接影响了当地的学风、文风,也为当地培养了大量人才。移居地的景观经过移民文人的吟咏,其人文内涵得以丰富,一些地方成为后世游览的名胜。移民后裔文人在文学和学术上的成就,使得他们中大多数都成为当地的文化中坚。

一、授徒讲学,提高了移居地居民的文化素养,为当地培养人才

　　宋代的学校教育和前代比是很发达的,地方各州县均设有县学、州学,中央设有国子监、太学、四门学。学校主要教授儒家经典,为宋代朝廷选拔官员而培养人才。宋代的学校还有培养专门人才的武学、律学、算学、画学、书学等。尽管宋代的学校教育发达,但是学校的教师水平毕竟参差不齐,因而,有实力的家族所办的私学经常是聘请名师,或者家族里的著名学者来讲学。

　　南渡初期,一些官方学校因战乱而废弃,移民子弟的教育

主要以家族办学的方式进行。随着家族办学影响的扩大,当地人子弟及外地求学人数增多,办学规模也随之扩大,这极大地提高了移居地居民的文化素养,为当地培养了众多人才。移民文人及其后裔还通过创办书院、书堂,或去书院讲学,扩大自己的影响,培养更多的人才。书院萌芽于唐,兴起于五代,到宋代大为兴盛,而南宋时书院数量又远远超过北宋。北宋时期的著名书院有白鹿洞书院、岳麓书院、应天府书院、嵩阳书院、石鼓书院、茅山书院等。据曹叶松《宋元明清书院概况》统计,宋代共有书院 203 所,北宋占 24％强,南宋占 75％强,书院最多的是江西,有 80 所,其次是浙江,有 34 所,再次是湖南,有 24 所,而民办又多于官办。① 书院一般是教学与学术研究并存,学术上也相对自由。

　　吕氏家族成员南渡后由吕本中负责家族的教育,吕本中编有《童蒙训》,对子弟进行启蒙教育,其内容包括伦理道德教育及文学启蒙。吕本中在信州,从其学者很多,信州的汪应辰、王时敏、方畴、周宪等后来都成为著名的文人。

　　吕祖谦在金华讲学,办有丽泽堂。据嘉靖《金华县志》记载:"丽泽书院,在旌孝门外。宋吕成公作书堂于城西,观前二湖,悦焉,取《易》兑象之意,以'丽泽'名。及卒,乡人为祠宇以祭。"丽泽堂就是后来丽泽书院的前身,丽泽书院和岳麓书院、白鹿洞书院、象山书院被王应麟称为南宋四大书院。在吕祖谦之前,巩庭芝在武义明招寺聚众讲学,有弟子数百人,使得武义学风渐开。吕祖谦讲学丽泽堂和明招寺,从其学者数以千计。吕祖谦不仅讲学术,也教人以科举考试知识,他本人既是进士出身,又中博学宏词科,有丰富的考试经验。他编著的

---

① 参见郭齐家:《中国古代的学校和书院》,北京科学技术出版社 1995年,第 90 页。

《古文关键》就是教人以作文之法,为科举考试使用的教材。吕祖谦门人极多,著名人物也多,其中潘景宪是金华人,著名学者。乔行简是婺州东阳人,于端平三年拜相,著有《周礼总说》《孔山文集》。葛洪是婺州东阳人,历官至工部尚书、端明殿学士、参知政事,著有《涉史随笔》,奏议、杂著文二十四卷。王介,本吴人,后徙金华,从吕祖谦学,累官集英殿修撰,知襄阳府、庆元府、嘉兴府、京西安抚使,著有诗文、奏议、外制二十五卷、《春秋臆说》十卷及《通鉴解》等。此外,著名的还有金华戚如琥、戚如珪、戚如玉兄弟,汪大度、汪大章、汪大亨、汪大明兄弟,武义巩丰、巩嵘、巩岘兄弟,义乌楼孟恺、楼仲恺、楼叔恺、楼季恺兄弟等。金华《道光县志》卷七称:“祖谦门人多知名者。邑有王介、潘畤、潘景宪、杜旟、戚如琥、如珪、如玉、叶邦、夏明诚、汪淳、张垓、时沄、时澜、时钥、时锜、汪大度、郑宗强诸人。”黄廷之作《金华征献略·序》也称:“金华山水甲于他方。山有仙华灵动之奇,水有双溪秀瀄之胜。灵萃所钟,英贤迭出。自秦汉以迄唐宋,代有闻人,至南宋而极盛。东莱吕成公以中原文献倡导于兹,一时从游之士居台鼎者,则有若乔文惠、葛端献,其馀树名节、建功业者指不胜数。”吕祖谦病逝后,由其弟祖俭主讲丽泽堂。由上可见,吕祖谦为婺州及浙东培养了大量的人才。

胡安国父子在衡山讲学,影响也极大,从学的湖湘子弟极多,如黎明(长沙人),扬训(湘潭人)、彪虎臣(湘潭人)、谭知礼(潭州善化人)、乐洪(衡山人)、毛以谟(衡山人)、彪居正(湘潭人)、赵棠(衡山人)等。自从胡氏讲学衡山,为湖湘培养了众多的人才,湖南成为一个重要的学术中心。岳麓书院始建于北宋,两宋之交,遭战火毁坏。乾道元年,湖南安抚使知潭州刘珙重建岳麓书院,并延请胡氏弟子张栻主讲岳麓书院。乾道三年,张栻与朱熹在岳麓书院举行会讲,成为学术史上的一件盛事。岳麓书院虽非胡氏所建,但南宋时岳麓书院却成为传播湖湘学的重要阵地。

辛弃疾在闲居上饶与铅山期间，也曾创办书院，并在多地讲学。江汝璧《广信府志》卷十二有关稼轩书院的记载云："稼轩书院在期思渡，乃宋秘阁修撰稼轩先生寓居，旧名瓢泉书院，后毁于火。"《明一统志》卷十五云："稼轩书院，在铅山县南二里，宋辛弃疾读书处，初名瓢泉书院，后以其号名。"韩淲《涧泉集》卷十六《午睡期思堂》一诗，表达对辛弃疾的怀念之情。由以上资料可知，辛弃疾曾在期思创办书院，书院的名字不同，也许是因不同时期而叫法不同，但书院应是辛弃疾讲学之所。辛弃疾办有黄沙书院，据宋陈文蔚《克斋集》卷十《游山记》云："嘉定己巳秋九月，傅岩叟拉予与周伯辉，践傅岩之约。……予遂趋而从之，度北岸桥，过黄沙辛稼轩之书堂，感物怀人，凝然以悲。"辛弃疾《黄沙书院》诗序云："黄沙书院面势甚佳，欲以维摩庵名之，特未定也，预以一绝记之。"①张玉奇则推测辛弃疾讲学之地还有鹅湖、西岩、云岩、灵山②。辛弃疾门人姓名可考者有范开和杨民瞻。范开整理《稼轩词》，并为之作序。

授徒讲学是移民文人在移居地从事文化传播的一种主要方式，各地的移民文人多数都有这样的经历，这为移居地培养了许多人才。在那些较为偏僻的地区，移民文人的授徒讲学也使得移居地居民的文化素养得以提高。

二、影响当地的学风、文风

移民文人通过自己在移居地的文化活动及其文学创作，对当地的学风、文风产生影响。信州仍然是最突出的例子。

---

① 关于稼轩书院与黄沙书院，参看程继红著：《带湖与瓢泉——辛弃疾在信州日常生活研究》，第49—53页。
② 参见张玉奇：《辛词艺术论》，香港天马图书有限公司1993年，第5—6页。

自吕本中、曾几移居信州后，信州文风大盛，诗歌创作也以学习江西诗派为主。中兴四大诗人出现后，江西诗风在诗坛的影响减弱，南宋诗坛开始诗法晚唐，四灵、江湖诗派都以学习晚唐诗著称，但在信州，赵蕃、韩淲仍以江西诗风著称诗坛。吕本中在信州也传播学术，玉山汪应辰是其高足，王时敏学术亦受其影响。吕本中为信州培养了学术人才，对信州学风影响亦较为深远。

辛弃疾对信州词风影响亦大，而且江西词风也在其地域影响范围之内。辛弃疾与信州籍及信州的词人唱和很多，如韩元吉（寓居上饶）、徐斯远（信州玉山人）、徐安国（上饶人）、赵蕃（移民后裔，信州玉山人）、赵善扛（移民后裔，信州玉山人）、赵不迁（寓居上饶）、韩淲（移民后裔，上饶人）。信州之外与辛弃疾唱和的江西籍词人及寓居江西的词人还有洪适（鄱阳人）、洪迈（鄱阳人）、洪莘之（鄱阳人）、刘过（吉州人）、杨炎正（庐陵人）、赵彦端（寓居饶州徐干）、京镗（南昌人）、石孝友（南昌人）、吴绍古（鄱阳人）、姜夔（鄱阳人），这些人中，韩元吉、赵善括、杨炎正、刘过、京镗与辛弃疾同属豪放词风，韩元吉年长于辛弃疾，词风本就有清刚的一面，在与辛弃疾的唱和中，受到辛词的影响，词风愈趋豪放。赵善括"与辛弃疾友，词气俊迈似之"①。京镗、杨炎正以词抒发个人的胸襟抱负及对国事的关注，与辛弃疾为同调，在唱和中也不同程度地受到辛词的影响。刘过则是辛派词人的代表人物。此外，被认为亲炙辛弃疾的还有移民后裔文人程珌，程珌先世为河北洺州人，南渡后移居徽州休宁，当时属江南东路。雅词派的领袖人物姜夔也被认为受到辛弃疾词风的影响。与辛弃疾交往的词人尽管词风上不是都宗稼轩，只有一部分属于辛派词人，但辛弃

---

① （清）庄仲方：《南宋文范》卷一"作者考"。

疾在与这些人的交游唱和中,却扩大了词的影响。当时的江南东路与江南西路词人众多,相互之间唱和甚夥,这与辛弃疾的影响不无关系。

南宋末年,文人又一次面临国破家亡的惨痛现实,继承辛词豪放词风的词作也大量涌现,而以江西籍词人为首,刘辰翁(庐陵人)、文天祥(吉安人)、刘将孙(辰翁子,庐陵人)、邓剡(庐陵人)、罗志仁(临江军新喻人)、黎庭瑞(鄱阳人)、赵文(庐陵人)、赵功可(庐陵人)等人的词作可以看作远绍稼轩,是稼轩词在江西影响的最后回响。这批江西遗民词人与江浙一带的白石、梦窗派词人虽然词作内容相似,都是吟咏亡国的哀痛,但其基本情调和词风却相去甚远。刘扬忠在《唐宋词流派史》中论及宋末江西词坛所受稼轩词风影响时说:“江西自南宋建立以来的作词风气,极易培养出追随和认同稼轩派的作者。宋末元初江西移民词人们,本就在这块稼轩的基地上出生、成长,受地域与时代审美风尚的熏染和滋育,加上猝逢家国巨变,像一百多年前的‘靖康’之变那样,客观环境使得他们感到有许多话要说,于是自然而然地继承稼轩词风,以悲慨直率或沉郁雄浑之调,寓身世家国之悲,抒愤懑哀痛之怀……这样,这一派词人在艺术上所发扬的,自然主要就是稼轩风了。”①

吕祖谦的金华学派、胡安国的湖湘学派,虽是以学者的居住地来命名学派,但也带有强烈的地域色彩。这样的学派,其接受者中必定以当地人为多,当地的学风也必然为其所影响。金华在吕氏家族移居之前,是个没有多少文化积淀的地方。武义自巩庭芝移居后,才学风渐开。吕祖谦讲学于金华与武义两地,使得金华成为当时的学术中心。婺州虽然也有唐仲

---

① 刘扬忠:《唐宋词流派史》,福建人民出版社1999年,第547页。

友、陈亮等其他学派存在,但以吕祖谦的学说影响最大,吕祖谦通过大规模的讲学及邀请朱熹、陆九渊等其他著名学者来讲学,扩大了金华学的影响,整个浙东都受到吕祖谦学风的影响,永嘉事功学的陈傅良、叶适等都与吕祖谦保持着良好的交往。在吕祖谦去世后,虽然婺学失去了核心人物,其弟子也多转向其他学说,南宋学派纷纭的学术最后一统于朱熹的理学,但吕祖谦的金华学作为当时的一个重要学派,其影响不绝如缕。吕祖谦为婺州培养了大量的人才,为婺州奠定了深厚的学术基础,金华自此也成为一个以学术著称的地区。

胡安国父子在衡山讲学,开了湖湘地区的学术先河,继之张栻讲学岳麓书院,进一步扩大了湖湘学的影响。湖湘学作为与朱熹闽学、陆九渊心学、吕祖谦金华学并称的一大学术流派,在南宋影响极大,而在湖湘地区,受其影响者亦众,形成了该地的学术传统。

三、与当地文人的交流,促进了不同文化的交融

同一移居地的移民多是来自不同的地区,其本身便负载着不同地区的文化,而移居地的文化又与众多移民原居地文化不同,移民文人间的交往、移民文人与移居地文人间的交流,客观上促进了不同文化的交融。移民文人与移居地文人或曾同朝为官、或有共同的文学爱好,所以交流起来并不是那么困难,移民文人要融入当地的生活中去比那些普通的移民要容易得多。由于移民文人多有"中原文献之传",南来后受到南方文人的尊重,南方的年轻士子多以移民文人为师,接受北方文化的影响。南方文人对中原故家是极为仰慕的,中原故家的谙熟朝章国典、见闻博洽、家法井然,都为其所欣羡,"中原故家典刑"是他们学习的榜样。南宋文人的作品中多次提到"中原故家",如:

先君工部久与公周旋,钥赘倅丹丘,以父执事公,公
相与殆忘辈行。治郡之绩皆所亲见,侍坐从容,犹得窥中
原故家典刑。(楼钥《朝散郎李公墓志铭》)①

中原故家,存者无几。典刑尚在,言议可纪。(楼钥
《奉议郎黄君墓志铭》)②

自建炎南渡,中原故家崎岖兵乱,多失其序。秘阁寓
湘中,纠合群从,恤孤继绝,始按程氏书建家庙,正神主,
严祭祀事。恩泽生产,先犹子,后己子,长幼雍肃,侯率而
守之,故江南称旧族之有家法者,曰伊山向氏。(杨万里
的《通判吉州向侯墓志铭》)③

公既中原故家,见闻所趋,与南士异。(叶适《胡朝奉
大夫知峡州宋公墓志铭》)④

南方文人乐于接受北方文化的影响,而移民文人在移居
地也自然会受到当地文化的熏染,文人间的交游是促进文化
融合的一种主要方式。吕氏家族、胡氏家族、韩氏家族、晁氏
家族这些有影响的移民文学家族已经谈得很多了,曾几、辛弃
疾、陈与义、向子諲、朱敦儒这些著名文人在移居地的交游也
不必再说,下面看看普通文人在移居地是如何做到融进移居
地文化的。楼钥为姜柄所作墓志记述了姜氏家族南渡后移居
四明的发展历程,由此可以看出一个初无文学地位的家族在
移居地如何融入到当地的文化中去。南渡前,姜氏居汴京,富
甲京师。但姜氏家族北宋时没有什么政治地位,也非读书世
家。姜氏虽延请名儒,在家塾中教授子弟,但北宋时姜氏子弟

① (宋)楼钥:《攻媿集》卷一百〇一。
② 同上,卷一百〇三。
③ (宋)杨万里:《诚斋集》卷一百三十。
④ (宋)叶适:《水心集》卷二十二。

并没有中进士者。靖康之难,姜氏家财散尽,移居四明,"兵火流离,赀财荡尽,铢积寸累,以立门户。虽事力不及上世之一二,而儒风浸昌矣"。姜氏家族子弟开始走科举之路,姜柄之父姜浩"记览多闻,教子弟尤力"。姜浩之弟姜涛于绍兴十二年登进士第,姜家始有进士出身者。姜柄的四个哥哥姜模"四取漕荐",姜械"蒙孝宗召,特除阁职"。姜朴"虽抱疾不仕,其子有场屋声"。姜桐与姜柄同升礼部。姜柄参加进士考试,一再受挫,但其"必欲以科第发身。感慨奋发,早夜力学,不知饥渴寒暑,蚊虻嘬肤,洛颂不辍。谓事不成则无面目见先人于地下,卒遂其志",姜柄与姜桐之子姜光同登进士第。六年后,姜光之弟姜燧又复登第。此后,姜氏家族入太学者相继,走上了读书仕进之路。也就进入了当地的主流文化圈。

姜氏家族还通过婚姻来提高家族的社会地位,姜柄之母为钦宗朱皇后侄女,但南宋时朱氏家族地位已衰落。姜柄之妻为魏杞之侄女,魏杞南渡后移居四明,隆兴年间曾出使金国,不辱使命,孝宗乾道二年为右仆射。魏杞因入相,在四明社会地位较高,攀上魏杞这样的亲戚,姜家在四明便也有了照拂。

姜柄善于与人交往,楼钥墓志中说姜柄"善与人交,同僚相与如至亲",可见姜柄极擅长处理人际关系,这样他在四明就能与当地的大家族及名流有着良好的人际交往。姜柄与袁樱为好友,与楼钥亦交好,其卒后,袁樱"为述其平昔大概,文核而事实",楼钥为其作墓志。袁氏与楼氏均是四明的世家大族。

姜柄恪守礼法,受到吕祖俭的称赞,姜柄也接受了四明及婺州学术的影响。姜柄之父卒,有人对姜柄说"可以免解官",姜柄说:"吾忍为此哉!"于是为父守丧,楼钥《墓志》云:"倚庐三年,哭不绝声,不茹荤,亦不入于家。寺丞吕子约时仕于明,见其居处容貌,愀然动色,遂相与讨论丧礼,洗末俗之陋。后数年贻书朋旧,犹曰君执丧有礼,足勉世俗,士友所共钦也。"姜柄的这种做法对当地人的丧俗会有影响。姜柄也受到了浙东浓厚的学术空气的影响,对学术产生兴趣,《墓志》说他"初止锐意举业,年二十六七翻然自以昨非为悔,有志于古人为己之学,折节虚心,亲近师友。里社先达及四方贤士大夫遇之必敛衽求益,反覆叩请。其在兰溪,与婺女诸贤尤稔,陶染既久,惩忿矫薄,见于践履,临事规规典刑中,其进殆未已也"。

姜柄亦有文人高士的性情与格调,《墓志》说他"生长膏粱,而丰度高胜,简澹清苦,无声色之奉,又不喜饮酒。藏书数千卷,凝尘满室,萧然如物外人。即所居超莲堂池西累石创亭,名曰'磻坞',时从雅士徜徉其中,坐无杂宾。尤工小楷,作诗清婉有思致。文节公于诗少许可,闲居惟雪窗张武子为山中客。碧溪泉石胜绝,君每至甥馆,遇游赏,必参坐论诗"。其自身的文学才能也使得他很容易参与进当地文人的文学活动中。张良臣是移居四明的著名诗人,魏杞对其极为推崇,姜柄与魏杞的关系,让他有机会与张良臣切磋诗艺。①

从姜柄的经历可以看出他所受移居地文化的影响,亦可看出他是如何融入到移居地的文化中去。南宋移民可以说是不同地域文化的一次全面接触与融合,这种融合的表现之一便是不同地域文人之间的相互了解与文化尊重,南宋再没有南人、北人之分,在北宋曾引发政争的地域歧视消除了;表现之二为移民文人后裔的土著化,尽管移民文人后裔还会对从未回去过的故土表示怀念,但是他们已经完全融入到当地的生活与文化中去;表现之三是词这种具有南方特征的文学样

------

① 有关姜柄的事迹均引自楼钥:《知钟离县姜君墓志铭》,见《攻媿集》卷一〇六。

式,南渡后经移民文人的创作,为其增添了刚健的风骨,使得宋词不再是软媚之作,而往往是刚柔兼济。无论是南渡初的词作,还是南宋前期的辛派词人,乃至南宋后期的白石派词人,词中都表现出一种不同于软媚词风的气格。

四、对移居地自然景物的吟咏,提高了其人文内涵

　　游赏优美的自然景色,会让人感到心灵愉悦,游赏有人文内涵的自然风光,在欣赏自然美的同时,还会引发人的联想,引起人的深思。当我们攀登泰山时,会想到"会当凌绝顶,一览众山小",一种豪迈之情油然而生;登华山时,也会想起"西上莲花峰,迢迢见明星。素手把芙蓉,虚步蹑太清。霓裳曳广带,飘拂升天行"。在艰险的华山,这样的诗句给人以飘飘欲仙之感;仰望着黄河的源头,"君不见黄河之水天上来"的诗句会冲口而出,对造化的神奇陡升敬意;俯瞰万里长江滚滚东流,"大江东去"的词句又会在耳边回旋,会被一种历史的悲怆感攫住。这样的景观已经不是纯自然景观,经过文人的吟咏,而获得了丰富的人文内涵。

　　南宋移民文人诗词中有大量吟咏自然风光的篇章,这是南方山水的一次大发现,南方山水被大量写入诗词中,这些诗词所写山水不限于此前的著名游览之地。因文人移居地的广泛,其所居之地的山水不见得有什么名气,但因移民文人居住那里,这些山水风光进入到他们的视野,因其作品的流传而广为人知。

　　信州的茶山,因唐代陆羽隐居于此,种几亩茶园,并在此著《茶经》而得名。在移民文人移居信州之前,茶山并没引起过多的关注,可是自从吕本中、曾几寓居茶山广教寺,茶山开始频繁出现在文学作品中。曾几被称为曾茶山,其作品集也以"茶山"命名。在曾几的诗作中,有多首写及其在茶山的生

活,如《山房》、《香寂圃》、《寓广教僧寺》、《觅梅》等诗。一些诗人和曾几唱和,在他们的唱和中,茶山除了称呼曾几外,也是他们诗中经常提到的曾几居住之地,如王洋的《次曾吉父韵》、《曾吉父以诗招客次韵》、《和曾吉父求梅于筱父二章》。

　　韩元吉移居信州,茶山也是其经常游览之地。在其所作《两贤堂记》中写到广教寺所在地茶山:"广教僧舍在城西北三里而近,尤为幽清,小溪回环,松竹茂密。有茶丛生数亩,父老相传唐陆鸿渐所种也,因号茶山。泉发砌下,甚乳而甘,亦以陆子名。"①这篇记中所写的"两贤"便是指曾居住茶山的吕本中和曾几。韩元吉及其以后诗人的作品中,茶山不仅仅是一处游览之地,而经常是和曾、吕两位诗人联系在一起,如韩元吉《李彭元携曾吉甫诗卷数帖见过》一诗中有"十年松竹暗茶山,君有诗声旧将坛"②,写景怀人。韩淲《涧泉集》中也有多首写及茶山,其游茶山的诗有《茶山》、《同尹一游茶山齐贤继来》,其《茶山》一诗写道:"人日游茶山,点检山下泉。载惟两贤祠,绵邈桑苎仙。岂无高洁怀,何有香火缘。雨晴动春事,草树含芳妍。独来宴坐久,湛然还惘然。扶舆度归路,寻友了闲篇。"③写茶山人日的风景,怀念两贤。赵蕃对曾几极为推崇,其写茶山之诗,常和曾几相关联,如"我居怀玉山,茶山非一游。每观文清竹,凛若人好修"④。"我向茶山得屡行,至今人说老先生。九原不作吾安仰,宗武宗文贤弟兄"⑤。(诗中自注:茶山寄公兄弟诗云:"欲寄宗文与宗武,一春风雨大江横。")

　　茶山经过这些移民文人的吟咏,其人文意蕴层层沉积,使

―――――――――

① (宋)韩元吉:《南涧甲乙稿》卷十五。
② 同上,卷四。
③ (宋)韩淲:《涧泉集》卷一。
④ (宋)赵蕃:《赠曾槃乐道》,见《淳熙稿》卷一。
⑤ (宋)赵蕃:《投曾秀州逢四首》,见《淳熙稿》卷十七。

之获得了丰富的文化内涵。此外，信州的灵山、上饶带湖、铅山鹅湖也成为信州移民文人笔下经常写到的游览之地。

　　双溪是金华江水名，今称婺江。据《浙江通志》卷十七《山川九》引《名胜志》："双溪，在城南（按：指金华城南），一曰东港，一曰南港。东港源出东阳县大盆山，经义乌西行入县境，又汇慈溪、白溪、玉泉溪、坦溪、赤松溪，经石碕岩下，与南港会。南港源出缙云黄碧山，经永康、义乌入县境。又合松溪、梅溪水，绕屏山西北行，与东港会于城下，故名。"元吴师道《敬乡录》卷十二《八咏楼赋序》云："余乡自古号佳山水，而双溪为之冠。"双溪虽然有名，但以双溪入诗词，广为人知的恐怕还属李清照的"闻说双溪春尚好，也拟泛轻舟，只恐双溪舴艋舟，载不动，许多愁"①。另一移民文人苏籀则以"双溪"名其作品集，苏籀是苏辙之孙，苏迟之子。苏迟于建炎二年知婺州，与其子籀、简、策卜居婺州。四库馆臣认为苏籀"迎合干进"，有愧乃祖，但以为"其诗文雄快疏畅"，"亦未可遽废焉"。苏籀《双溪集》十五卷传世，其中有写双溪景色的《临双溪一首》。

　　双溪上有八咏楼，吴师道《八咏楼赋序》云："溪上有楼突然，以沈隐侯'八咏'得名，学士大夫题诗满壁。"②八咏楼是沈约所建，原名玄畅楼，沈约作有《登玄畅楼》诗，后又作《八咏诗》，后因沈约诗改玄畅楼名八咏楼。许多诗人都吟咏过八咏楼，南宋移民文人中王铚作有《题沈休文八咏楼》，吕祖谦作有《登八咏楼有感》，李清照作有《题八咏楼》。李清照的《题八咏楼》如今已经成为金华宣传八咏楼的代表诗篇，"千古风流八咏楼，江山留与后人愁。水通南国三千里，气压江城十四州"。李清照南渡后曾寓居金华，后移居临安，其在金华所作咏及金

---

① （宋）李清照：《武陵春》（风住尘香花已尽）。
② （元）吴师道：《敬乡录》卷十二

华景物的诗词,为金华留下了一笔丰厚的文学遗产。

这样的吟咏山水之作还有很多,就不一一列举了。

五、移民后裔文人成为当地的文化中坚

"南人多是北人来"①,韩淲诗中所反映的正是南渡后移民后裔已经土著化,而这些移民后裔数量又非常之多。南宋起居舍人兼权给事中凌景夏在绍兴二十六年给皇帝进言时说:"切见临安府自累经兵火以后,户口所存,裁十二三,而西北人以驻跸地,辐辏并集,数倍土著。"②吴松弟据《咸淳临安志》卷二载乾道五年前后有户 26 万,推算临安当时土著人户7.1 万,外来移民及其后裔约 18.9 万户左右。③ 又据《宋史·地理志》推算出平江府淳熙十一年土著居民约 8.3 万户,外来移民及其后裔约 9 万户。④ 移民及其后裔的数量均远远超过土著居民。移民后裔文人的队伍也极为庞大,但因移民后裔的土著化,加入当地的户籍,有些文人的移民后裔身份已经不可考。本论文附录二所列的移民后裔文人也只是南宋移民后裔文人的一小部分,若是细细考去,数量会非常惊人。

移民后裔文人在父祖的移居地,已经完全融入当地的生活与文化中去了,移居地对其来说,就是乡里。一些移民后裔由于其突出的文学或学术成就,而成为当地的文化中坚。下面就几个州府的移民后裔文人情况,讨论其在当地文化中的地位和影响。

(一) 临安府

在临安的移民后裔文人中,宗室文人和张俊的后人成就

---

① (宋) 韩淲:《次韵》,见《涧泉集》卷十七。
② 见(宋) 李心传:《建炎以来系年要录》卷一百七十三。
③ 吴松弟:《中国移民史》(第四卷),第 279 页。
④ 同上,第 282 页。

较为突出。赵必拆、赵汝湜、赵汝谈、赵汝谠皆以文名,尤其是
赵汝谈、赵汝谠兄弟齐名,"天下称为二赵"①。赵汝谈,字履
常,号南塘,登淳熙十一年进士第,太宗八世孙。《宋史》本传
云其"生而颖悟","丞相周必大得其文,异之,语参知政事施师
点曰:'是子他日有大名于世。'"赵汝谈"尝从朱熹订疑义十数
条,熹嗟异之。佐丞相赵汝愚定大策。"赵汝谠,字蹈中,登嘉
定元年进士第。赵汝谈有《南塘集》九卷、《南塘易说》三卷、
《南塘书说》三卷,已佚。《南唐四六》一卷,存。《全宋诗》收其
诗15首,从其诗中可知其与巩丰、赵蕃、曾景建交游唱和。
《全宋文》辑其佚文15篇。赵汝谠有《嬾庵集》,已佚,《全宋
文》收其文三篇。赵汝谠为叶适门人,编次《水心先生文集》,
并为之作序。

张俊后裔张仲实、张宗元、张镃、张枢、张炎均有文名,而
又以张镃、张炎最为著名。

张镃,字功甫,张俊曾孙,有《南湖集》二十五卷,已佚,四
库馆臣从《永乐大典》辑为十卷,有《仕学规范》四十卷。张镃
为贵介公子,生活豪纵,其诗词创作成就颇高,四库馆臣言
其诗学颇为精深,"如尤袤、陆游、辛弃疾、周必大、范成大诸
人皆相倾挹,而杨万里尤推之,《诚斋诗话》谓其'写物之工,
绝似晚唐'"②。姜夔曾依张镃,二人同赋《齐天乐》咏蟋蟀,姜
夔在词的小序中说:"丙辰岁,与张功父会饮张达可之堂。闻
屋壁间蟋蟀有声,功父约予同赋,以授歌者;功父先成,辞
甚美。"③

张炎,字叔夏,号玉田,又号乐笑翁,有《山中白云词》八卷,
《乐府指迷》一卷。张炎是南宋末年雅词派的代表人物之一,受

---

① (元)脱脱等:《宋史》卷四百十三《赵汝谈、赵汝谠传》。
② (清)纪昀等:《四库全书总目》卷一百六十《南湖集》提要。
③ 夏承焘:《姜白石词编年笺校》,第69页。

姜夔词风影响很大，与姜夔并称"姜张"。张炎在南宋灭亡后所作词多抒发身世之感，寄托亡国之痛，"往往苍凉激楚"①。

（二）庆元府

庆元府的王㧑、王应麟、王应凤父子。王㧑，字谦父，是王晞亮之子，嘉定十六年进士，理宗淳祐七年，除提举编修国朝会要，预修四朝史。王㧑父祖南渡由开封移居四明。王㧑之子王应麟、王应凤兄弟均进士及第，又同中博学鸿词科。王应麟，字伯厚，号厚斋，淳祐元年登第，宝祐四年中博学鸿词科。历官起居郎、吏部侍郎、中书舍人兼直学士院、礼部尚书兼给事中。王应麟著述宏富，学问渊博，是南宋末著名学者，著有《玉海》二百卷、《困学纪闻》二十卷、《深宁集》一百卷（已佚）、《玉堂类稿》二十三卷（已佚）等二十几种著作。王应凤，字仲仪，号默斋，王应麟之弟。宝祐四年登进士第，开庆元年中博学鸿词科，曾官太常博士。有《默斋稿》，已佚。

除了王氏父子，高元之、姜柄、徐子寅、安昭祖、安刘、路康等移民后裔亦是庆元府的重要文人。庆元府宗室文人众多，如赵善悉、赵善湘、赵汝楳、赵与懽等，均有作品流传。

（三）婺州

婺州的巩氏后裔文人巩丰、巩嵘。巩丰，字仲至，号栗斋，巩法之子。孝宗淳熙八年进士，曾官汉阳军学教授、江南东路提刑司干办公事、知临安县、提辖左藏库。巩丰有《东平集》二十七卷，已佚。《两宋名贤小集》存《栗斋诗集》一卷。巩丰为吕祖谦门人，与叶适、陆游、杨万里、韩淲、赵蕃等交好，卒后叶适志其墓。叶适《巩仲至墓志铭》中伤其不为世用，对其文学才能尤为称赏，"仲至学敏而早成，自童丱时前辈源续古今音节事之，因革总统，如注水千丈之壑，迎前随后，宿艾骇服，以

---

① （清）纪昀等：《四库全书总目》卷一百九十九《山中白云词》提要。

为积数十年灯火,勤力聚数十家,师友讲明,犹不能到也。其文无险怪华巧,而以理屈人,片词半牍,皆清朗得言外趣,尤工为诗,多至三千馀首"①。叶适《哀巩仲至》赞美巩丰的诗文云:"君文早贵重,蜀锦载云车。离离三千首,雅正排淫哇。石碑富规制,玉策垂芬葩。简牍尤妙美,一字不可加。"②陆游《夜读巩仲至闽中诗有怀其人》对巩丰诗歌也很是赞赏:"诗思寻常有,偏于客路新。能追无尽景,始见不凡人。细读公奇作,都忘我病身。兰亭尽名士,逸少独清真。"③杨万里历数隆兴以来的著名诗人,巩丰名列其中,"自隆兴以来,以诗名者,林谦之、范至能、陆务观、尤延之、萧东夫,近时后进有张镃功父、赵蕃昌父、刘翰武子、黄景说岩老、徐似道渊子、项安世平甫、巩丰仲至、姜夔尧章、徐贺恭仲、汪经仲权"④。

巩嵘,字仲问,巩丰弟。淳熙二年进士。与兄俱从吕祖谦游。有《厚斋文集》八十卷,已佚。

婺州的吕氏后裔文人有吕祖谦、吕祖俭、吕延年、吕乔年等,就中又以吕祖谦的影响最大,因吕氏家族前面论及已多,此处从略。婺州还有苏氏家族的苏谔、苏诵、苏诩、苏林等,可以说这些移民后裔构成了婺州文人的创作主体。

(四) 泉州

泉州的傅自得之子傅伯寿、傅伯成、傅伯拱,傅伯成之子傅康,也都是一时俊彦。傅伯寿,字景仁,是傅自得长子。隆兴元年进士,乾道八年应博学宏词科入选。曾任翰林学士、端明殿学士签书枢密院事,撰《高宗实录》五百卷。卒后十六年,其弟伯成辑其遗文为三十八卷,请真德秀作序,真在序中云:

---

① (宋) 叶适:《水心集》卷二十二。
② 同上,卷七。
③ (宋) 陆游:《剑南诗稿》卷五十五。
④ (宋) 杨万里:《诚斋集》卷一百十五。

"初公以词学进，侍郎黄公钧称其文犹濯锦于蜀江，而相国虞雍公亦谓其璞玉而加琢，异时研索日以精，渟蓄日以富，笑谈戏剧，辄成文章，至其为诗，有三百馀韵者。"①

傅伯成，字景初，号竹隐，傅自得次子，隆兴元年与兄伯寿联名擢第。累迁工部侍郎、集英殿修撰、知建昌，嘉定八年，除宝谟阁直学士、通奉大夫，致仕。卒赠开府仪同三司，谥忠简。少从朱熹学。有《竹隐居士集》三十卷，已佚。

傅伯拱，是傅自得幼子，曾向朱熹请字，朱熹字之曰"景阳"。朱熹在《傅伯拱字序》中称其"风骨秀爽，异于常儿"②。

傅康，《闽中理学渊源考》言其"少受学孟父伯寿，为文赡典"③。累迁司农少卿兼右司谏，晚年知袁州，直徽猷阁致仕。

泉州的移民后裔还有李詝、胡仲恭、胡仲参、宗室后裔赵时焕、赵密夫等。福建因福州和泉州是宗室移民的两个居住地，因而福建文人中宗室文人极多，笔者据《淳熙三山志》和《福建通志》统计福建宗子获得科名的有 380 人。

信州的移民后裔赵蕃、韩淲、赵善扛等，也是信州的文化中坚人物。叶适《水心集》卷十二《徐斯远文集序》云："初渡江时，上饶号称贤俊所聚，义理之宅，如汉许下、晋会稽焉。风流几泯，议论将绝，斯远与赵昌父、韩仲止扶植遗绪，固穷一节，难合而易忤，视荣利如土梗，以文达志，为后生法。"因赵蕃与韩淲前面已论及，兹不赘述。

台州文人也是以移民后裔为主体，如钱象祖、王卿月、吕昭远、桑世昌、曹耜、曹耘等。宗室移民后裔占据了很大的比重，笔者据《赤城志》统计台州南宋宗室获得科名的有 154 人之多。

---

① （宋）真德秀：《西山文集》卷二十七《傅枢密文集序》。
② （宋）朱熹：《晦庵集》卷十六。
③ （清）李清馥：《闽中理学渊源考》卷三十一。

　　湖湘地区胡氏后裔胡大壮、胡大本、胡大原、胡大时及许玠、万俟绍之、李大谦、李芾等也是当地的文化中坚。

　　其他地区也是如此，移民后裔在移居地文化中占有重要地位，为移居地文化发展做出了重要贡献。

结　　语

　　南宋除了临安和信州两个全国性的移民文学中心外，还有一些地方性的移民文学中心，创作和影响也不容忽视，如两浙路的湖州、台州、绍兴府，江南东路的饶州，江南西路的抚州、吉州，福建路的泉州、荆湖南路的潭州等。移民文学中宗室文学也是一个值得考察的对象，南宋宗室的生活与北宋比发生了巨大的变化，宗室参加科考的人数相当多，也出现了一些较有名气的文人。

　　因为本文是南宋移民文学研究，故而那些也经历过南渡、对南宋文学发展有着重要贡献和影响的非移民文人没有进入研究视野，在这里略作补充。籍贯原属南方的文人，南渡后多在故乡居住。如著名词人张元干和叶梦得，张元干南渡后回家乡福州居住，叶梦得是苏州吴县人，晚年隐居湖州弁山石林。诗人徐俯是洪州分宁人，洪炎是南昌人，四六名家汪藻是饶州德兴人，王庭珪是吉州安福人，胡铨是江西庐陵人，李光是越州上虞人，洪皓父子四人是饶州鄱阳人，周紫芝是宣城人。张元干、李光的词中充满爱国激情，胡铨的上疏中痛斥和议，这些作品与移民文人的创作一起为南宋文学奠定了爱国主义的基调。汪藻与三洪均是南宋四六名家，洪遵、洪适、洪迈三兄弟同中博学宏词科。诗人徐俯由于作品散佚，看不到其南渡后的创作，但其作为江西诗派领袖人物的影响是不容忽视的。叶梦得被称为继承苏轼衣钵，其词作成就较高，在南宋影响亦大。但总的说来,南渡初非移民文人没有移民文人数量多,创作成就总体上不如移民文人高,其人生体验中也缺少移民文人的漂泊异乡的不适应与孤独感,因而其创作中也就少了对故乡的魂牵梦绕的思念。但现实生活中,移民文人与非移民文人并没有截然的分界线,他们或同朝为官,或同居一州,或是私交好友,或经常往来唱和,在文学创作上互相交流、互相影响,共同为南宋文学的重建与转型做出了贡献。

福建路、两浙路与江南东、西路北宋时就是考取进士较多的地区,南方人又以长于文学著称。宋氏南渡,文学重心南移,更加促进了南方文学的发展,南方出现了大批文学之士,如中兴文坛,虽然有辛弃疾与韩元吉这样的著名移民文人,也有赵蕃、韩淲、吕祖谦这样以文学著称的移民后裔文人,但中兴四大诗人均是南方人,陆游是绍兴人,杨万里是吉水人,范成大是苏州人,尤袤是无锡人,其他文人如陈亮是婺州永康人,姜夔是饶州鄱阳人,张孝祥是历阳乌江人,楼钥是明州鄞县人,叶适、陈傅良是永嘉人,刘过是吉州太和人。这也意味着南方文人逐渐取代移民文人而成为文学创作主体。但这些以南方文人为主的文学创作又无不是在移民文学的影响下成长发展起来的。

附录一　移民文人分布列表

说明：

一、有关各路及州府的情况，均依据《宋史地理志汇释》（郭黎安编著，安徽教育出版社，2003年1月）。

二、本表中所列移民文人均是能考出其移居地者，移居地不明者均未列入。这也是一个不完全的统计，仅就笔者所能查知的列入表中，遗漏在所难免。

三、作品部分，有作品集传世者，列作品集，无作品集传世者，列《全宋诗》、《全宋文》、《全宋词》、《全宋文》中所收录作品所在册数、卷数或页码。

一、两浙路移民文人分布列表

熙宁七年，两浙路分为两路，寻合为一；九年，复分；十年，复合。两浙路有府二：平江、镇江；州十二：杭、越、湖、婺、明、常、温、台、处、严、秀。县七十九。南渡后，复分两路。西路包括临安、平江、镇江、嘉兴四府，安吉、常、严三州，江阴一军；东路包括绍兴、庆元、瑞安三府，婺、台、衢，处四州。

（一）两浙西路

1. 临安府：治钱塘、仁和（今杭州市）。辖县九：钱塘（治今杭州市）、仁和（治今杭州市）、馀杭（治今市西南條杭镇苕溪北岸)、临安(治今临安县)、富阳(治今富阳市)、於潜(治今临安县西於潜镇)、新城(治今富阳市西南新登镇)、盐官(治今海宁市西南盐官镇)、昌化(治今临安县西昌化镇)。

姓　名	迁出时间	移居时间	迁出地	迁入地	依　据　资　料	作　品	备　注
李从训	建、绍同		开封	临安	《图绘宝鉴》卷四	《全宋诗》31/20085	
吴近	建炎		同上	同上	曹勋《松隐集》卷三五《大宁郡王吴公墓铭》		
吴益(1124—1171)字叔谦	同上		同上	同上	《宋史》卷四六五《吴益、吴盖传》,曹勋《松隐集》卷三五《大宁郡王吴公墓铭》	《全宋文》222/4921	近子
吴盖 字叔平	同上		同上	同上	同上		近子
吕震	靖康		同上	同上	陈造《江湖长翁文集》卷三五《吕正将墓志铭》		
吕安道	同上		同上	同上	同上		震子
吕兴祖	同上		同上	同上	同上		震孙

续　表

姓　名	迁出时间	移居时间	迁出地	迁入地	依　据　资　料	作　品	备　注
李清照	建炎	绍兴五年始移居杭州	济南	临安	徐培均《李清照集笺注》附"李清照年谱"	《漱玉词》一卷　徐培均《李清照集笺注》、黄墨谷《重辑李清照集》、王学初《李清照集校注》等	
张通	同上		凌仪（安徽）	同上	郑元祐《侨吴集》卷一二《张子昭墓志铭》		
曾觌（1109—1180）字纯甫	同上		开封	同上	《宋史》卷四〇七本传	《海野词》一卷。《全宋诗》36/22520《全宋词》2/1696《全宋文》206/4575	
杨存中（1101—1165）字正甫。	同上		代州（山西）	同上	《宋史》卷三六七本传	《全宋文》194/4294	本名沂中，绍兴间赐名
杨倓	同上		同上	同上	《宋史》卷三六七《杨存中传》、《宋宰辅编年录》卷一八	《全宋文》219/4870	存中子，中进士第
杨偰字子宽	同上		同上	同上	《南宋馆阁录》卷七、《宋诗纪事》卷七《宋诗馆阁录》卷四七	《全宋诗》37/23237《全宋文》209/4644	存中子，绍兴十五年进士

续　表

姓　名	迁出时间	移居时间	迁出地	迁入地	依　据　资　料	作　品	备　注
杨阆	建炎		代州	临安	《咸淳临安志》卷六一		存中子
杨奉直	同上		开封	同上	《浙江通志》卷二〇三		
杨由义 字宜之	同上		同上	盐官	《咸淳临安志》卷六七《杨由义传》	《全宋诗》33/20910 《全宋文》224/4973	奉直子
赵构 (1107—1187) 字德基	同上		同上	临安	《宋史》卷二四《高宗本纪》	《翰墨志》一卷 《全宋诗》35/22213 《全宋词》2/1671 《全宋文》201/4439—4557	
赵不息 (1121—1187) 字仁仲	建、绍同		同上	余杭	《水心集》卷二六《故昭庆军承宣使知大宗正事赠开府仪同三司崇国赵公行状》	《全宋文》220/4878	绍兴二十七年进士
赵善防			同上	同上	《水心集》卷二六《故昭庆军承宣使知大宗正事赠开府仪同三司崇国赵公行状》、《咸淳临安志》卷四八	《全宋文》284/6439	不息子
赵善临			同上	同上	同上		同上

续　表

姓　名	迁出时间	移居时间	迁出地	迁入地	依　据　资　料	作　品	备　注
赵仲温	建炎		开封	徐杭	《建炎以来系年要录》卷七九、卷八九		
郑景纯（1091—1137）字梦得	同上		同上	临安	曹勋《松隐集》卷三六《郑门司墓铭》		
樊光远字茂建	同上		同上		《咸淳临安志》卷六一、《国朝进士表》、《咸淳临安志》卷六七	《全宋文》195/4298	绍兴五年进士
应确	同上		同上		《文献集》卷一〇下《故民应公碑》		政和进士
韩公裔（1092—1166）字子展	同上		同上	临安	《宋史》卷三七九本传		
康与之字伯可	同上		宛丘（河南）	同上	周南《山房集》卷四《康伯可传》	《顺庵乐府》五卷·不传。有赵万里辑本。《全宋词》2/1687《全宋文》188/4140	
刘兴	同上		杞县（河南）	同上	戴良《九灵山房集》卷二三《元赠江浙行枢密院都事刘君墓志铭》		

续　表

姓　名	迁出时间	移居时间	迁出地	迁入地	依　据　资　料	作　品	备　注
周辉(1127—?)字昭礼	孝宗乾道、淳熙年间	晚年寓居杭州	泰州(江苏)	临安	《浙江通志》卷一九四、刘永翔《清波杂志·前言》	《清波杂志》十二卷、《别志》三卷《全宋诗》43/26825《全宋词》3/1610《全宋文》225/4989	父邦
张俊(1086—1154)字伯英	建炎		成纪(今属甘肃)	同上	《宋史》卷三六九本传、周麟之《海陵集》卷二三《张循王神道碑》	《全宋诗》29/18808《全宋文》176/3851	子子颜居平江府
张子琦	同上		同上	同上	同上		俊子,武义大夫
张子厚	同上		同上	同上	《绍兴十八年同年小录》第一一〇《张宗元》		俊子,宗元父,磁祖
张子正	同上		同上	同上	《张循王神道碑》、《建炎以来系年要录》卷一四〇、一四四,一九四《姑苏志》卷五七,周麟之《海陵集》卷三《张子颜子正仁除直显谟阁》		俊子

续 表

姓 名	迁出时间	移居时间	迁出地	迁入地	依 据 资 料	作 品	备 注
张子仁	建炎		成纪	临安	同上		俊子
陈思恭	建、绍同		熙州(甘肃)	同上	陈亮《龙川集》卷二八《陈春坊墓碑铭》、《建炎以来系年要录》卷一五		
韩玉父	同上		秦(甘肃)	同上	《宋诗纪事》卷八十"韩玉父《题漠口铺序》"	《全宋诗》33/21262	
陈旦	同上		襄阳(湖北)	同上	宋濂《文宪集》卷二三《故谘议陈府君墓碣》		国子助教
韩世忠(1089—1151)字良臣	建炎		延安(陕西)	同上	《莘编》16/1067(9)、《宋史》卷三六四本传	《全宋诗》30/19220 《全宋词》2/1340 《全宋文》181/3972	
韩彦直	同上		同上	同上	《宋史》卷三六四《韩世忠传》附子彦直传	《全宋文》242/5420	世忠子
韩彦古(?—1192)字子师	同上		同上	同上	同上	《全宋诗》45/27726 《全宋词》4/2214 《全宋文》276/6261	世忠子

续　表

姓　名	迁出时间	移居时间	迁出地	迁入地	依　据　资　料	作　品	备　注
韩彦质	建炎		延安	临安	同上	《全宋诗》45/27725《全宋文》259/5824	世忠子
柳铸	同上		解州（山西）	同上	《浙江通志》卷一九五《寓贤》		

2. 平江府：治吴、长洲二县（今苏州市）。辖县六：吴（治今苏州市）、长洲（治今苏州市）、昆山（治今昆山市）、常熟（治今常熟市）、吴江（治今吴江市）、嘉定（治今上海市嘉定区）。

姓　名	迁出时间	移居时间	迁出地	迁入地	依　据　资　料	作　品	备　注
王述	建炎		开封		楼钥《攻媿集》卷九五《签书枢密院事赠资政殿大学士谥节愍王公神道碑》	《全宋诗》35/22052《全宋文》223/4960	伦子
王逸	同上		同上		同上		同上
王万 字处一	理宗时		豫州（安徽）	常熟	《宋史》卷四一六本传	《全宋文》335/7723	嘉定十六年进士

续　表

姓　名	迁出时间	移居时间	迁出地	迁入地	依　据　资　料	作　品	备　注
王绹 (1074—1137) 字得公	绍兴		开封	吴门	张守《毗陵集》卷一三《资政殿大学士左光禄大夫王公墓志铭》	《论语解》三十卷、《孝经解》五卷、《群史编》八十卷、《内外制》四十卷、《奏议》三十卷、《内典略录》一百卷、《进读事实》五卷。《全宋诗》24/15742、《全宋文》174/3804	崇宁五年上舍赐第
王文矞	建炎		洛阳	吴江	《宋诗纪事》卷三三 葛胜仲《寄题吴江王文矞解元瞩庵》		
孔道	同上		商河 (山东)		刘宰《漫塘集》卷三五《故长洲开国守丞孔公行述》		元忠父
丘砺 字师说	建炎初		朐山 (山东)	常熟	《姑苏志》卷五○《人物》		兄礴
丘岳 字山甫,号朐山	淳祐十年	淳祐十年	镇江	同上	《姑苏志》卷五○《人物》	《全宋诗》59/36816	嘉定十年进士,祖琚,父松自朐山徙镇江

续　表

姓　名	迁出时间	移居时间	迁出地	迁入地	依　据　资　料	作　品	备　注
米友仁 (1069—1151) 字玄晖，一字 君仁	建、绍间		襄州 (湖北)		《宋诗纪事》卷四五、郁逢庆《书画题跋记》卷四《米有仁潇湘奇观卷》	《全宋诗》22/14956、《全宋文》143/3082	芾子
张子颜	建炎		成纪 (今属 甘肃)	平江府	《张循王神道碑》、《建炎以来系年要录》卷一四〇、一四四，周麟之《海陵集》卷五、卷一三《张子颜子正子仁并除直显谟阁》	《全宋文》219/4865	俊子
印应雷	理宗		通州 (江苏)	常熟	《江南通志》卷一四五《人物志》、《姑苏志》卷三四《冢墓》	《全宋文》346/7992	嘉熙中进士
印应飞 字德远	同上		同上	同上	《万姓统谱》卷九九		应雷弟，进士
宋无	宋末		襄阳	湖州	《宋季忠义录》卷一五	《翠寒集》一卷	后徙居苏州
成闵 (1094—1174) 字居仁	建炎	绍兴间	邢州 (河北)	同上	《宋史》卷三七〇本传。据《宋史》本传，闵谪居襄州，乾道初听自便，归居湖州，可知此前居湖州。乾道九年致仕，淳熙元年辞世。其移居地应为湖州	《全宋文》185/4067	

续　表

姓　名	迁出时间	移居时间	迁出地	迁入地	依　据　资　料	作　品	备　注
李衡（1100—1178）字彦平	建炎	绍兴末	江都（江苏）	昆山	《宋史》卷三九〇本传,《宋会要辑稿·选举》三四之二三,《中吴纪闻》卷六《乐庵》	《全宋诗》33/21280	绍兴十五年进士
孟忠厚	同上		洺州（河北）	长洲	《宋史》卷四六五本传,楼钥《攻媿集》卷一〇八《直秘阁孟君墓志铭》	《全宋文》188/4140	
周积	靖康		临淮（江苏）	苏州	刘宰《漫塘集》卷三二《故马帅周周防御扩志》		虎曾祖
周恩	同上		同上	同上	同上		虎祖
周宗礼	同上		同上	同上	同上		虎父
郭大任	建炎		淄州（山东）	长洲	周南《山房集》卷五《郭子东扩志》		子东父
周彦恭	同上		东平（山东）	苏州	周南《山房集》卷四《康伯可传》		
许仲咨			京兆（陕西）	吴县	《宋季忠义录》卷一二,《宋元学案补遗》		洞父

续表

姓　名	迁出时间	移居时间	迁出地	迁入地	依　据　资　料	作　品	备　注
张汇字东卿	绍兴十年		兖州（山东）	昆山	《直斋书录解题》卷五	《金国节要》三卷	
富元衡	建炎		开封	常熟	《江南通志》卷一一九《选举》、《御定佩文斋高书画谱》卷三五	《全宋文》185/4075	
富嘉谋	同上		同上	同上	《重修琴川志》卷八	《全宋文》292/6646	富弼后裔
曾杼（1106—1173）字钦道	同上		晋江（福建）	同上	《姑苏志》卷五〇、《重修琴川志》卷八	《全宋诗》35/22203《全宋文》200/4423	
开赵	绍兴二十九年		沂州	苏州	《姑苏志》卷四二、《宋会要辑稿·兵》一六之三三		
程沂字咏之			河南	昆山	陆友仁《吴中旧事》《中吴纪闻》卷六		
董仲永（1104—1165）字德之	建炎	建绍间	开封	苏州	《松隐集》卷三六《董大尉墓志》	《全宋文》198/4375	

续　表

姓　名	迁出时间	移居时间	迁出地	迁入地	依　据　资　料	作　　品	备　注
赵思	建、绍间		洛阳	常熟	《重修琴川志》卷八	《全宋文》224/4974	绍兴二十四年进士
赵监	建炎		解州（山西）	昆山	《咸淳玉峰续志》		祖鼎居衢州，绍兴十二年进士
赵公义	同上		开封	常熟	袁燮《絜斋集》卷一七《秘阁修撰赵君墓志铭》		伸夫祖
赵洗之	同上		同上	吴门	袁燮《絜斋集》卷一七《朝请大夫赵公墓志铭》		公升父
巽褚 字公范	同上		朐山（山东）	苏州	《万姓统谱》卷四		登政和壬辰进士
巽师旦（1131—1197）字周卿	同上		同上	同上	《万姓统谱》卷四、《吴郡志》卷二八	《全宋诗》45/27713 《全宋文》242/5419	褚子，绍兴十八年进士
史正志，字志道，号乐闲居士、柳溪钓翁、吴门老圃	同上		江都（江苏）	丹阳	《至顺镇江志》卷一八《侨寓》、《江南通志》卷一四四、《宋诗纪事》卷五〇	《建康志》十卷、《全宋诗》38/23750 《全宋文》220/4882	绍兴二十一年进士

续　表

姓　名	迁出时间	移居时间	迁出地	迁入地	依　据　资　料	作　品	备　注
龚颐正 字养正	不详		历阳（安徽）	吴中	《南宋馆阁录》卷七、《四库总目提要》、《芥隐笔记》《宋诗纪事》卷五九	《芥隐笔记》、《元祐党籍列传谱述等常谈》《全宋诗》45/27724《全宋文》268/6061	
边岊	建炎	建绍间	开封	平江	《淳祐玉峰志》中		
边悼德 字公辩	同上	同上	同上	昆山	《淳祐玉峰志》中、《万姓统谱》卷二八	《脂子》五十卷,已佚。《全宋诗》43/26824《全宋文》206/4581	岊孙，绍兴十五年进士
王迈	隆兴乾道间		安吉	同上	《咸淳玉峰续志》	《全宋文》324/7444—7460	乾道进士第
陈宗召	淳熙间		福清（福建）	同上	《淳祐玉峰志》	《全宋文》282/6391	淳熙二年进士,子贵谊、贵谦
龚溪 字深文	宋末		镇江	吴	《宋诗纪事》卷七五《至顺镇江志》卷一九《侨寓》	《全宋诗》66/41201	原籍高邮,祖昞,父基先徙镇江

3. 镇江府：治丹徒（今镇江市）。辖县三：丹徒（治今镇江市）、丹阳（治今丹阳市）、金坛（治今金坛市）。

姓名	迁出时间	移居时间	迁出地	迁入地	依据资料	作品	备注
丘璵	绍兴三十一年		朐山（山东）	镇江	《至顺镇江志》卷一八《侨寓》		岳祖
丘伯松	同上		同上	同上	同上		岳父
向子莘 字天民	建、绍兴间		河内（河南）	同上	《嘉定镇江志》卷一九《侨寓》		
李婑（?—1144）字子建	建炎		泗州（安徽）	金坛	《京口耆旧传》卷七	《全宋诗》27/17932	
刘公彦 字彦辅	建、绍兴间		密州（山东）	同上	《京口耆旧传》卷八		
范邦彦 字彦美	绍兴三十二年		邢台（河北）	润州	《至顺镇江志》卷一九《侨寓》		辛弃疾岳父
范如山 字南伯	同上		同上	同上	刘宰《漫塘集》卷三四《故公安范大夫及夫人张氏行述》、《至顺镇江志》卷一九《侨寓》		邦彦子

续表

姓名	迁出时间	移居时间	迁出地	迁入地	依据资料	作品	备注
侯恪	建炎	绍兴十四年	京兆(陕西)	金坛	《京口耆旧传》卷九	《全宋文》207/4596	
侯晏 字齐彦	同上	同上	同上	同上	同上		恪子
高恰孙 字商叟			开封	京口	《至顺镇江志》卷一九《侨寓》	《屠龙集》十卷	
袁秀发 字彦实			泰州(江苏)	同上	《至顺镇江志》卷一八《侨寓》		咸淳七年进士
孙虎臣	宋末		亳州	同上	《至顺镇江志》卷一九《侨寓》	《全宋文》335/8211	
梁栋(1243—1305) 字隆吉	金亡后		鄂(湖北)	同上	《宋遗民录》卷一二胡通《梁先生诗集序》、《至大金陵新志》卷一四	《梁先生诗集》《全宋诗》69/43630	其先相州人。度宗咸淳四年进士
陆秀夫(1238—1279) 字君实	嘉熙二年		盐城(江苏)	镇江	《宋史》卷四五一本传、《宝祐四年登科录》卷二	《全宋诗》68/43150 《全宋文》359/8326	理宗宝祐四年进士
莫仑 字子山,号两山。	宋末		江都(江苏)	丹徒	《宋诗纪事》卷七〇、光绪《丹徒县志》卷三五	《全宋诗》68/43232	度宗咸淳四年进士

续 表

姓　名	迁出时间	移居时间	迁出地	迁入地	依据资料	作品	备注
汤克昭字晦叔	靖康	不详	山阳（江苏）	京口	《至顺镇江志》卷一九《侨寓》		祖某靖康自郓州迁山阳
汤孝信			山阳	同上	《至顺镇江志》卷一九《侨寓》		
尧允恭字克逊	淳祐	淳祐	海陵（江苏）	同上	《至顺镇江志》卷一九《侨寓》		
赵彦俦	建炎		河南	都昌	《绍兴十八年同年小录》、《江西通志》卷五〇		绍兴十八年进士
同丘仲时	建、绍同		济南（山东）	丹徒	《蠹斋铅刀编》卷二		
龚炳字文伯	建炎		高邮（江苏）	镇江	黄溍《文献集》卷八上《江浙儒学副提举致仕龚先生墓志铭》	《全宋诗》56/35222	
龚基先	同上		同上	同上	《至顺镇江志》卷一八《侨寓》	《全宋文》341/7878	父炳·子潗宋末徙吴
萧汉杰			益都（山东）	同上	《至顺镇江志》卷一九《侨寓》	《友山集》《全宋词》	宝祐四年进士

4. 嘉兴府（秀州）：治嘉兴（今嘉兴市）。辖县四：嘉兴（治今嘉兴市）、华亭（治今上海市松江区）、海盐（治今海盐县）、崇德（治今桐乡市西南崇福镇）。

姓　名	迁出时间	移居时间	迁出地	迁入地	依　据　资　料	作　品	备　注
丁益	建炎		德清（浙江）	华亭	戴良《九灵山房集》卷一四《殷府君墓志铭》		
王昇字逸老	建绍间		开封	崇德	《至元嘉禾志》卷一三		
王遂	靖康	建绍间	大名（河北）	华亭	《松雪斋集》卷八《有元故征士王公墓志铭》		此前曾徙居金陵
王明清字仲言	建炎	庆元	汝阴（安徽）	嘉禾	《宋诗纪事》卷五八、《四库总目提要·挥麈录》	《挥麈三录》、《玉照新志》、《投辖录》、《清林诗话》、《全宋诗》43/26873、《全宋文》241/5380	侄子
王用亨字子安			开封	崇德	《宋诗纪事》卷五七	《全宋诗》50/31443	淳熙同进士
王希吕字仲行	绍兴		宿州（安徽）	嘉兴	《宋史》卷三八八本传	《全宋文》273/6183	乾道五年进士

续表

姓　名	迁出时间	移居时间	迁出地	迁入地	依　据　资　料	作　品	备　注
王观国	建炎		开封	华亭	《云间志》	《全宋文》174/3800	乾道五年进士。
木盈 字诀之	建炎二年		济南	崇德	《至元嘉禾志》卷一三		建炎二年进士。
白翼	建炎		文水（山西）	嘉兴	《文苑集》卷一九《元故湛渊先生白公墓铭》		良辅父
朱敦儒 字希真	同上	绍兴十六年	洛阳	嘉禾	《宋诗纪事》卷四四《宋史》卷四四四本传、《建炎以来系年要录》卷一五五	《岩壑老人诗文》一卷、《樵歌》《猎较集》。《全宋词》2/1078 《全宋文》161/3503	前居广东南雄州。绍兴五年赐进士出身
李正民 字方叔	同上		扬州	海盐	《宋诗纪事》卷三八	《大隐集》三十卷，已佚，现有四库馆臣辑自《永乐大典》十卷。《全宋诗》27/17456 《全宋文》163/3535—3542	政和二年进士。子洪居湖州移居
李长民	同上		同上	同上	《宋诗纪事》卷四〇		正民弟

续表

姓　名	迁出时间	移居时间	迁出地	迁入地	依据资料	作　品	备　注
张子修字德夫	建炎		开封	石门	《浙江通志》卷一九四《嘉兴府·寓贤》引《弘治嘉兴府志》		
时傲字传之	同上	建炎三年	彭城（安徽）	崇德	《浙江通志》卷一九四《嘉兴府·寓贤》引《正德崇德志》	《全宋文》334/7687	
吴泽	淳祐六年	淳祐六年	建康	嘉兴	《松雪斋集》卷八《义士吴公墓铭》	《全宋文》282/6394	原籍汝南，父建居建康
吴森	同上	同上	同上	同上	同上		泽子
岳珂（1183—?），号亦斋，又号倦翁、东儿	嘉熙		彭德（福建）	嘉兴	《宋史》卷三六五下，《南宋文范·作者考》，《两宋明名小集》卷三五七，《宋元学案补遗》卷六九，《千顷堂书目》卷二九，《宋诗纪事》卷六四	《玉楮集》八卷，《鄂国金陀粹编》二十八卷《续编》三十卷，《桯史》十五卷，《愧郯录》十五卷，《全宋文》320/7355—7360	祖飞居江州，父霖居彭德
周枨（1098—1187）字仲应	建炎		济南	海盐	周必大《文忠集》卷六二《中散大夫赐紫金鱼袋周公神道碑》		
许克昌字上达	建绍间		洙州（河南）	华亭	《云间志》（中）、《明一统志》卷九		绍兴三十年进士

续　表

姓　名	迁出时间	移居时间	迁出地	迁入地	依　据　资　料	作　品	备　注
陈□	建、绍间		泰州（江苏）	华亭	《云间志》（中）		绍兴八年进士
姜处恭 字安礼	绍兴末		台州	嘉兴	《水心集》卷二五《姜安礼墓志铭》，《吴兴备志》卷一五，洪迈《夷坚志》丙卷四		建炎南渡，曾祖窎自淄州移居台州
孙朝彦	建、绍间		开封	华亭	《云间志》（中）		绍兴二年进士
葛温卿	同上		同上	同上	《云间志》（中）		绍兴五年进士
赵善沐	同上		同上	同上	《云间志》（中）		绍兴三十二年进士
盖经（1129—1192）字德常	建炎		平江（江苏）	同上	卫泾《后乐集》卷一七《盖经行状》，《南宋馆阁录》卷七，《宋诗纪事》卷五一	《全宋诗》43/27202	原籍开封，南渡后其父家平江，后徙华亭。绍兴三十年进士

续　表

姓　名	迁出时间	移居时间	迁出地	迁入地	依　据　资　料	作　品	备　注
郑闻（?—1174）字仲益	建炎		开封	华亭	《南宋馆阁录》卷七、《宋宰辅编年录》卷一七、《至元嘉禾志》卷一五、《大明一统志》卷九《松江府·流寓》	《全宋词》3/1514、《全宋文》220/4876	绍兴二十一年进士
刘希孟	同上		东光（山东）	同上	顾清《东江家藏集》卷二九《故静庵处士刘翁配凤孺人合葬墓表》		

5. 湖州：治乌程、归安（今湖州市）。辖县六：乌程、归安（治今湖州市），安吉（治今安吉县北安城镇东南西苕溪东岸）、长兴（治今长兴县）、德清（治今德清县）、武康（治今德清县西干秋镇）。

姓　名	迁出时间	移居时间	迁出地	迁入地	依　据　资　料	作　品	备　注
王巇（?—1182）字季夷	建、绍同		北海（山东）	湖州	《渭南文集》卷三九《王氏墓表》、《宋诗纪事》卷五一、《直斋书录解题》卷二〇	《北海集》二卷，已佚。《全宋诗》38/23847	

续　表

姓　名	迁出时间	移居时间	迁出地	迁入地	依　据　资　料	作　品	备　注
朱胜非 （1082—1144） 字藏一	建炎	绍兴六年	蔡州 （河南）	湖州	《宋史》卷三六二本传,《建炎以来系年要录》卷一〇二,《宋宰辅编年录》卷一五	《渡江遭变录》一卷,《秀水闲居录》三卷,《绀珠集》十二卷。《全宋文》167/3634—3635	崇宁二年上舍登第
朱存之	建、绍间		扬州	乌程	牟巘《牟民陵阳集》卷二四《朱雪崖墓志铭》		
李迎 （1103—1174） 字彦将	建炎	建绍间	济源 （河南）	同上	周必大《文忠集》卷七五《朝奉大夫致仕李君迎墓表》,《直斋书录解题》卷一八	《济溪老人遗稿》一卷,已佚。《全宋诗》34/21757	
李结	同上	同上	同上	同上	《吴兴备志》卷一三	《全宋文》242/5402	迎子
李洪 （1129—?） 字可大	建炎	不详	海盐 （浙江）	湖州	《四库全书总目·芸庵类稿》,《宋诗纪事补遗》卷六,陈贵谦《芸庵类稿序》	《芸庵类稿》二十卷,已佚,现有四库馆臣辑自《永乐大典》六卷。《全宋诗》43/27133《全宋文》241/5384—5385	正民子,正民由扬州迁居海盐

续 表

姓　名	迁出时间	移居时间	迁出地	迁入地	依 据 资 料	作　品	备　注
何彦猷	建、绍同	绍兴十二年	高唐（山东）	德清	《建炎以来系年要录》卷一四四、《明一统志》卷四〇《湖州府·流寓》		
胡舜申	建炎		泗州（安徽）	湖州	《玉照新志》卷三、《姑苏志》卷五六	《乙巳泗州录》一卷、《己酉避乱录》一卷。《全宋文》182/3999	
张岩翁 字肖翁	绍兴三十二年		开封	同上	《宋史》卷三九六本传、《吴兴备志》卷一三	《琴操谱》十五卷、《调谱》四卷、《闲静本论》五卷、《略论》五卷。《全宋文》272/6165	
赵子偁 （?—1144）	建炎		河南	同上	《宋史》卷二四四本传		孝宗父
赵伯圭 （1119—1196） 字禹锡	同上		同上	同上	《攻媿集》卷八六《皇伯祖崇宪靖王行状》	《全宋文》224/4973	子偁子、孝宗兄

6. 常州：治晋陵、武进（今常州市）。辖县四：晋陵（治今常州市）、武进（治今常州市）、宜兴（治今宜兴市）、无锡（治今无锡市）。

姓名	迁出时间	移居时间	迁出地	迁入地	依据资料	作品	备注
胡松年 (1087—1146) 字茂老	建炎	绍兴五年	海州（江苏）	宜兴	《宋史》卷三七九本传,《建炎以来系年要录》卷八六	《全宋文》177/3880	政和二年上舍
都㴑 (1097—1152) 字子进	同上	建绍间	大名（河北）	无锡	孙觌《鸿庆居士集》卷三四《宋故左中大夫直秘阁知鄂州军州事都公墓志铭》	《全宋文》183/4030	政和同上舍出身
赵士彭 (1095—1160) 字端质	同上	同上	河南	常州	孙觌《鸿庆居士集》卷三八《宋故左中奉大夫直龙图阁赵公墓志铭》,《咸淳临安志》卷四七	《全宋文》186/4088	宣和元年试上舍出身
苏迟 (1070—1126) 字仲豫	建、绍间		许昌（河南）	宜兴	《文忠集》卷一六八《宋元学案》卷九九	《全宋诗》22/14970 《全宋文》174/3804	轼次子
苏籀 字季文	同上	同上	同上	毗陵	《建炎以来系年要录》卷三七、一六八,《宋史翼》卷四	《全宋诗》31/19669	过子
苏峤 字季真	同上	同上	同上	宜兴	《南涧甲乙稿》卷九《举苏峤自代状》,《宋史翼》卷四下	《全宋文》210/4670	轼曾孙·过孙
苏岘 (1118—1183) 字叔子	同上		同上	同上	《南涧甲乙稿》卷二一《朝散郎秘阁修撰江南西路转运副使苏公（岘）墓志铭》	《全宋文》214/4758	峤弟

续表

姓名	迁出时间	移居时间	迁出地	迁入地	依据资料	作品	备注
喻樗（?—1180）字子才，一曰子材，号湍石，又号玉泉	建炎	绍兴间	开封	无锡	《宋史》卷四三三《儒林传》、《无锡县志》卷五、《景定严州续志》卷五、《南宋馆阁录》卷八、《宋元学案》卷二五	《玉泉论学》十卷 《全宋文》206/4582	建炎二年进士《景定严州续志》卷五。南渡后曾寓居严州桐庐
过孟玉	建炎三年		和州（安徽）	同上	《宋诗纪事补遗》卷四〇		

7. 建德府（严州）：治建德（今市东北梅城镇）。辖县六：建德（治今市东北梅城镇）、淳安（治今县西旧淳城镇）、桐庐（治今桐庐县）、分水（治今桐庐县西北分水镇）、遂安（治今淳安县西南旧狮城镇，已没入新安江水库）、寿昌（治今建德市西南寿昌镇）、神泉（熙宁七年置）。

姓名	迁出时间	移居时间	迁出地	迁入地	依据资料	作品	备注
赵士疁	建、绍间		河南	遂安	《文宪集》卷二三《太初子碣》		

(二) 两浙东路

1. 绍兴府：本越州，大都督府，会稽郡，镇东军节度。大观元年，升为帅府。旧领两浙东路兵马钤辖。绍兴元年，升为府。治会稽，山阴(今绍兴市)。辖县八：会稽(治今绍兴市)、山阴(治今绍兴市)、嵊(旧剡县)、诸暨(治今诸暨市)、余姚(治今市东南姚江北岸)、上虞(治今市东南丰惠镇)、萧山(治今萧山市)、新昌(治今县)。

姓 名	迁出时间	移居时间	迁出地	迁入地	依 据 资 料	作 品	备 注
王衣 (1074—1135) 字子裳	建炎		济南	会稽	《宋史》卷三七七本传、蔡崇礼《北海集》卷三五《故右中大夫充集英殿修撰提举江州太平观历城县开国男食邑五百户赐紫金鱼袋王公墓志铭》	《全宋文》145/3136	子恢张后居信州
王俣	同上		宛丘 (河南)	同下			衣父
王速 (1117—1178) 字致远，一作王速字致君	绍兴八年		同上	馀姚	楼钥《攻媿集》卷九○《国子司业王公行状》、《直斋书录解题》卷四一八	《补注杜诗》三卷、《王司业集》二十卷。《全宋文》212/4702	隆兴元年进士

续表

姓　名	迁出时间	移居时间	迁出地	迁入地	依　据　资　料	作　品	备　注
王绖之 字性之	建、绍间		汝阴（安徽）	嵊县	《浙江通志》卷一九五《绍兴府·寓贤》，《宋诗纪事》卷四三	《雪溪集》八卷（今存五卷），《默记国老谈苑》二卷，《王公四六话》二卷，《侍儿小名录》一卷。《全宋诗》34/21285《全宋文》182/3992	
王彦国	建炎		招信（安徽）	馀姚	《玉照新志》卷三		
陈懋 字公建	绍兴		襄阳	同上	宋鐮《文宪集》卷二三《故诸暨陈府君墓碣》		陈旦子
尹焞（1071—1142）字德充	绍兴十年		长安（今属陕西）	诸暨	朱熹《伊洛渊源录》卷一一《尹焞墓志铭》	《尹和靖集》一卷、《论语解》十集、《孟子解》十四卷。附卷。《全宋诗》23/15430《全宋文》142/3051—3053	曾居洺州、虎丘
李易（?—1142）字顺之	建炎		扬州	嵊县	《宋诗纪事》卷四三	《李敷文诗集》一卷《全宋诗》27/17445《全宋文》190/4195	建炎二年进士

续　表

姓　名	迁出时间	移居时间	迁出地	迁入地	依　据　资　料	作　品	备　注
邢佐	建炎	绍兴	开封	会稽	《东莱集》卷一二《邢邦用墓志铭》		邦用父
吴炯，应作吴炯，字子骏	同上		兴国军永兴县	同上	《四库全书总目提要·五总志提要》，朱嘉锡《四库提要辩证》卷一五，《建炎以来系年要录》卷一五四,《宋诗纪事补遗》卷四二	《五总志》一卷 《全宋文》197/4346	
吕忆	靖康		青州（山东）	新昌	顾清《东江家藏集》卷三〇《新昌吕处士墓志铭》		
马纯，字子约	建炎		单州（山东）	会稽	《建炎以来系年要录》卷一六二，《宋诗纪事》卷四六	《陶朱新录》 《全宋诗》25/16882	
孙端，字子尚	绍兴间		开封	同上	《宋诗纪事》卷五一		
程迥，字可久	靖康		宁陵	余姚	《宋史》卷四三七本传	《南斋小集》已佚。 《全宋诗》46/28601 《全宋文》254/5714	隆兴元年进士

续　表

姓　名	迁出时间	移居时间	迁出地	迁入地	依　据　资　料	作　品	备　注
嵇琬	建炎		应天府	上虞	叶适《水心集》卷一三《将仕郎嵇君墓记》		
杨浙	同上		开封	同上	《宋史》卷四六五《杨次山传》		次山祖
赵子臻（一作子嶙）字公远	建、绍间		河南	诸暨	仲并《浮山集》卷四《赵公远祠记》，周必大《文忠集》卷一七《跋赵湖州祠堂记》		进士第
赵不晦	建炎		同上	余姚	楼钥《攻媿集》卷一○三《朝奉郎主管云台观赵公墓志铭》		誉誉父
赵伯述	同上		同上	同上	楼钥《攻媿集》卷一○三《知婺州赵公墓志铭》		师龙父
赵籍	同上		密州（山东）	会稽	楼钥《攻媿集》卷九八《龙图阁待制赵公神道碑》		卒莘郇，子粹中、大猷居郇
韩肖胄（1075—1150）字似夫	同上		安阳（河南）	绍兴府	《宋史》卷三七九本传，《浙江通志》卷一九五《绍兴府·寓贤》	《全宋诗》24/15822《全宋文》146/3141	曾祖琦，祖宗彦，父治

续 表

姓 名	迁出时间	移居时间	迁出地	迁入地	依 据 资 料	作 品	备 注
韩肖胄	建炎		同上	绍兴府	同上	《全宋文》158/3404	
韩诚			河南	同上	《宋史》卷四七四《韩侂胄传》		侂胄父
薛安靖	绍兴元年		沧州		《宋会要辑稿·兵》一五之三,《万姓统谱》卷一一八,《宋史》卷二六《高宗本纪》	《全宋文》183/4029	
吕昭亮	绍兴十七年后		历城(山东)	会稽	袁甫《蒙斋集》卷一八《主簿吕君圹志》,《建炎以来系年要录》卷一五六	《全宋文》319/7323	撝子、颐浩孙,前居台州
李显忠(1110—1178)字君锡	绍兴九年	绍兴间	青涧(陕西)	绍兴	《宋史》卷三六七本传,《江西通志》卷九五《瑞州府·寓贤》	《全宋文》206/4579	绍兴三十一年谪居抚州,乾道元年还绍兴府

2. 庆元府(明州):治鄞县(今宁波市)。辖县六:鄞(治今宁波市)、奉化(治今奉化市)、慈溪(治今宁波市西北慈城镇)、定海(治今宁波市东北旧镇海)、象山(治今象山县)。

姓　名	迁出时间	移居时间	迁出地	迁入地	依　据　资　料	作　　品	备　注
卞大亨 字嘉甫,自号松隐居士	靖康	绍兴中	泰州(今属江苏)	象山	《宝庆四明志》卷八	《松隐集》二十卷、《尚书类数》二十卷、《改注杜诗》三十卷、《传信方》一百卷	
卞圜 字子车	同上	同上	同上	同上	同上	《全宋文》242/5405	大亨子,绍兴三十年进士
王仲	建炎		开封	郓	《攻媿集》卷一〇七《王夫人墓志铭》		
王厷 (1119—1178) 字正夫	同上		同上	同上	楼钥《攻媿集》卷一〇七《王夫人墓志铭》《诚斋集》卷八四《三近斋馀录序》	《三近斋馀录》已佚。《全宋诗》38/23710	仰子
王麐 (安道)	同上	乾道间	同上	同上	《文献集》卷八下《前承务郎王公墓志铭》《延祐四明志》卷五		晞亮父
王晞亮	同上	同上	同上	同上	《文献集》卷八下《前承务郎王公墓志铭》	《全宋文》194/4283	麐父
王次翁 (1079—1149) 字庆曾,一字庆鲁,号两河	同上		济南	同上	《宋史》卷三八〇本传,楼钥《攻媿集》卷九〇《侍御史直朝请大夫直秘阁致仕王公行状》	《全宋文》156/3346	崇宁三年别头试第一

续表

姓名	迁出时间	移居时间	迁出地	迁入地	依据资料	作品	备注
王伯庠 (1106—1173) 字伯礼	建炎		济南	鄞	《宋诗纪事》卷四四	《全宋诗》35/22202 《全宋文》199/4394	饮翁子,绍兴二年进士
王伯序	同上		同上	同上	《宝庆四明志》卷一〇		饮翁子,绍兴五年进士
王端叔	同上		中原	奉化	戴表元《剡源文集》卷一八《题万竹王君诗后》	《紫甘集》	
安时	同上		开封	明州	楼钥《攻媿集》卷一〇四《安光远墓志铭》	《全宋诗》28/18289	昭祖父
朱翌 (1097—1167) 字新仲	同上	绍兴	舒州(安徽)	鄞	《宝庆四明志》卷八、《延祐四明志》卷四,《宋诗纪事》卷三九	《灊山集》三卷、《鄞川志》五卷 《全宋诗》33/20809 《全宋词》2/1518 《全宋文》188/4149	政和八年赐同上舍出身
李璜 字德劭,自号 檗庵居士	建·绍间		扬州	四明	《攻媿集》卷五二《檗庵居士文集序》《宋诗纪事》卷五〇	《檗庵居士文集》十二卷,已佚。 《全宋诗》32/20288 《全宋文》188/4141	

续　表

姓　名	迁出时间	移居时间	迁出地	迁入地	依　据　资　料	作　品	备　注
李宗质（1112—1184）字文叔	建炎	绍兴八年	洛阳	鄞	楼钥《攻媿集》卷一〇一《朝散郎李公墓志铭》、《诚斋集》卷一七《李台州传》、《延祐四明志》卷一		
吕宝之	同上		河东（山西）	同上	《九灵山房集》卷二九《沧洲翁传》		
姜宽	靖康		开封	同上	楼钥《攻媿集》卷一〇六《知钟离县姜君墓志铭》		诰父
姜浩（1109—1185）字浩然	同上		同上	同上	楼钥《攻媿集》卷八三《祭姜总管》、卷一〇六《知钟离县姜君墓志铭》		
姜涛	同上		同上	同上	《宝庆四明志》卷一〇、《宋元学案补遗》卷六		浩弟·绍兴十二年进士
高世埴	建炎		同上	同上	楼钥《攻媿集》卷一〇三《高端叔墓志铭》		元之文
徐立之	建炎四年		登州（山东）	四明	楼钥《攻媿集》卷九一《直秘阁广东提刑徐公行状》		子黄父

续 表

姓 名	迁出时间	移居时间	迁出地	迁入地	依 据 资 料	作 品	备 注
郭维	建炎、绍兴		河南	昌国	《昌国州图志》卷六		父受
张良臣 字武子，一字汉卿、号雪窗	同上		拱州（河南）	鄞	《攻媿集》卷七〇《书张武子诗集后》,《延祐四明志》卷五,《宋诗纪事》卷五三	《雪窗小集》一卷 《全宋诗》46/28456 《全宋文》254/5716	隆兴元年进士
张邵 (1096—1156) 字彦才	建炎	绍兴	和州（安徽）	四明	《宋史》卷三七三本传,《文忠集》卷六三五《敷文阁待制赠少师张公神道碑》,张孝祥《代诸父祭伯父文》	《鳙轩集》一卷,与洪皓、朱弁唱和利集,邵为之序。 《全宋文》186/4095	登宣和三年上舍第。建炎三年使金,绍兴十三年方还
张孝忠 字正臣	同上		同上	同上	同上	《野逸堂词》一卷 《全宋诗》51/32226 《全宋文》254/5720	邵子
冯湛 (1125—1195) 字莹中	同上		秦州（甘肃）	奉化	《絜斋集》卷一五《武功大夫阁门宣赞舍人鄂州江陵府驻扎御前诸军都统制冯公行状》	《全宋文》224/4970	
黄子游 (1080—1167) 字叔言，一字叔隐	靖康		宛丘（河南）	同上	《文忠集》卷三三《朝请大夫致仕赐紫金鱼袋黄公子游墓志铭》《延祐四明志》卷四	《全宋文》157/3397	

续　表

姓　名	迁出时间	移居时间	迁出地	迁入地	依　据　资　料	作　品	备　注
焦煓 字公路	建炎		山东	鄞	《郧峰真隐漫录》卷三六《跋赵恭夫所藏焦公路帖》《宋元学案》卷三○《刘李焦诸儒学案》之"布衣焦公路先生煓"		
路瓯	建、绍同		河南	象山	《絮斋集》卷二○《路子餴墓志铭》		康父
赵不陋	建炎		同上	明州	《宋史》卷四一三赵善湘		善湘父
赵善待 (1128—1188) 字时举	同上	绍兴二十四年	同上	四明	《絮斋集》卷一七《朝请大夫赠宣奉大夫赵公墓志铭》		不茶子，隆兴元年进士
魏杞 (1120—1183) 字南夫	建、绍同		焦山（安徽）	鄞	《宋史》卷三八五本传、《宝庆四明志》卷九	《山房集》三十卷、《三苏言行编》皆佚。《全宋诗》38/23724《全宋文》220/4876	绍兴十二年进士
赵伯起	建炎		河南	同上	《攻媿集》卷一○四《赵深甫墓志铭》		师滈父

续　表

姓　名	迁出时间	移居时间	迁出地	迁入地	依　据　资　料	作　品	备　注
潘致尧	建炎		济南	四明	《攻媿集》卷七五《跋潘刑部致尧诗卷》		绍兴元年进士
潘致祥	同上		同上	同上	《絜斋集》卷二一《蒋安人潘氏墓志铭》		致尧弟
蒋克勤	宋末		光州	象山	程文海《雪楼集》卷一七《故绍兴路儒学教授蒋君墓志铭》		
韩居仁字君美	建、绍同		开封	明州	《宋元学案》卷七〇《沧州诸儒学案》下		
赵粹中(1124—1187)字叔达	同上		密州	鄞	《攻媿集》卷九八《龙图阁侍制赵公神道碑》、《南宋馆阁录》卷七下,《宝庆四明志》卷九下	《全宋文》222/4922	粹子,绍兴二十四年进士
赵大猷	同上		同上	同上	同上		粹中弟,绍兴二十四年进士
董耘(?—1137)字武子	建炎	绍兴间	东平(山东)	明州	《建炎以来系年要录》卷二〇、卷一〇八	《全宋文》149/3218	建炎三年居高邮军

3. 瑞安府（温州）：治永嘉（今温州市）。辖县四：永嘉（治今温州市）、平阳（治今平阳县）、瑞安（治今瑞安市）、乐清（治今乐清市）。

姓　名	迁出时间	移居时间	迁出地	迁入地	依据资料	作　品	备　注
吕光远	建炎	建绍间	洛阳	永嘉	《乐江家藏集》卷三○《故承事郎吕君墓志铭》		
高世则（1080—1144）字仲贤，号无功	同上		亳州（安徽）	温州	《水心集》卷一六《朝请大夫司农少卿高公墓志铭》、《宋史》卷四六四本传	《全宋诗》25/16663、《全宋文》158/3400	
高百之	同上		同上	同上	同上		世则子
高世定	同上		同上	同上	同上		与世则为堂兄弟
高木之	同上		同上	同上	同上		世定子
康执权 字平仲	建、绍间		开封	温州永嘉	《建炎以来系年要录》卷一三、一五、二四《宋诗纪事》卷四八	《全宋诗》33/20909、《全宋文》182/3998	
刘光世	建炎	绍兴七年	保安军（陕西）	温州	《宋史》卷三六九本传、《建炎以来系年要录》卷一○、卷一一四○		

续表

姓　名	迁出时间	移居时间	迁入地	迁出地	依据资料	作　品	备　注
刘宪佐	建炎	绍兴七年	保安军	温州	《建炎以来系年要录》卷一四七		光世子
刘尧仁	同上	同上	同上	同上	同上		同上
刘正平	同上	同上	同上	同上	同上		光世孙

4. 婺州：治金华（今金华市）。辖县七：金华（治今金华市）、义乌（治今义乌市）、永康（治今永康市）、武义（治今武义县）、浦江（治今浦江县）、兰溪（治今兰溪市）、东阳（治今东阳市）。

姓　名	迁出时间	移居时间	迁出地	迁入地	依据资料	作　品	备　注
王渼明(1069—1153)字子冡	建炎		应天府(河南)	兰溪	《双溪集》卷一五《故中奉敷文阁王公墓志铭》	《全宋文》138/2971	
王良臑	同上	绍兴间	大名(河北)	武义	《明一统志》卷四二《金华府·流寓》		
王焕之	同上	同上	同上	同上	同上	《王氏叙传》	良臑子

续　表

姓　名	迁出时间	移居时间	迁出地	迁入地	依　据　资　料	作　品	备　注
吴兑立	建、绍间		新郑（河南）	武义	黄谱《文献集》卷九《上海县主簿吴君墓志铭》		
吕弸中 字仁武	建炎		开封	金华	《宋元学案》卷二七下、《东莱集附录》卷一《年谱》、《宋诗纪事》卷五二		本中弟
吕大器 字治先	同上		同上	同上	《东莱集附录》卷一《年谱》、汪应辰《文定集》卷九《豹隐堂记》《宋元学案》卷二六下		弸中长子，祖谦父
吕大伦 字时叙	同上		同上	同上	同上		弸中次子
张嵲	同上		同上	黎州	吕祖谦《东莱集》卷一一《大梁张君墓志铭》		峻父
柳森	同上		杭州	浦江	黄谱《文献集》卷一○下《翰林待制柳公墓表》、《浙江通志》卷一九五《金华府·寓贤》		父铸由解州迁杭州
潘正夫 （？—1152） 字辇著	同上		河南	黎州	《宋史》卷二四八《哲宗四女传》、《金石萃编》卷一三五	《全宋诗》31/20073 《全宋文》173/3778	

续　表

姓　名	迁出时间	移居时间	迁出地	迁入地	依　据　资　料	作　品	备　注
巩庭芝（?—1164）字德秀，人称山堂先生	建炎		郓州（山东）	武义	《浙江通志》卷一九五《金华府·寓贤》引《正德武义县志》，《宋元学案补遗》卷二〇下，洪咨夔《平斋集》卷三一《史部巩公墓志铭》		绍兴八年进士
巩湋	同上		同上	同上	《水心集》卷一四《杨夫人墓表》		庭芝子·丰父
巩湘	同上		同上	同上	《浙江通志》卷一二五《选举》，《金华贤达录》卷八		庭芝子·绍兴十二年进士
苏迟（?—1155）字伯充	建炎二年	建炎二年	眉州（四川）	婺州	《建炎以来系年要录》卷五、六、二〇、三四、三七、三八、四〇、四五、六六、八八、九六、一四五，《浙江通志》卷一一五，韩淲《涧泉日记》卷上、陈思《小字录》	《全宋诗》22/14657	苏辙长子
苏籀 字仲滋	建炎	建炎		同上	《建炎以来系年要录》卷六八、一〇六、一二五、吴师道《敬乡录》卷七、韩淲《涧泉日记》卷下、《四库全书总目》卷二一一《栾城遗言提要》	《双溪集》十五卷、《栾城遗言》一卷	迟子

续表

姓　名	迁出时间	移居时间	迁出地	迁入地	依　据　资　料	作　品	备　注
苏简（?—1166）字伯业	建炎	建炎	眉州	婺州	《建炎以来系年要录》卷四三、五一~七九、一八三、一八七	《山堂文集》二十卷，已佚。《全宋诗》31/19668	籀弟
苏策（?—1168）字伯行	同上	同上	同上	同上	《建炎以来系年要录》卷五一~五六		简弟

5. 处州：治丽水（今市西二里小括山）。辖县六：丽水（今市西二里小括山）、龙泉（治今龙泉市）、松阳（治今遂昌县东南西屏镇）、遂昌（治今遂昌县）、缙云（治今缙云县）、青田（治今青田县）。南渡后，增县一：庆元（治今庆元县）。

姓　名	迁出时间	移居时间	迁出地	迁入地	依　据　资　料	作　品	备　注
赵期义	建炎		亳州（安徽）	缙云	黄谱《文献集》卷一○下《格庵先生赵公阡表》		

续　表

姓　名	迁　出时　间	移　居时　间	迁　出地	迁　入地	依　据　资　料	作　　品	备　注
赵彦堪(1121—1163),字任卿	建、绍间		河南	处州	《南涧甲乙稿》卷二二《左奉议郎知太平州芜湖县丞赵君墓表》		绍兴二十七年进士
郑桂,字德宗			山阳(陕西)	缙云	《缙云县志》卷六		
沈晦(1084—1149),字元用·号胥山	建炎	建炎三年	杭州	松阳	《宋史》卷三七八本传,《宋元学案》卷二七下,《咸淳临安志》卷六六,《光绪松阳县志》卷九《流寓》	《全宋词》2/940 《全宋文》174/3796	宣和六年状元
董务,字星如			扬州	同上	《光绪松阳县志》卷九《流寓》		

6. 衢州：治西安(今衢州市)。辖县五：西安(治今衢州市)、礼贤(治今江山市西南礼贤镇)、龙游(治今衢州市东北北龙游镇)、信安(治今常山县)、开化(治今开化县)。

姓　名	迁出时间	移居时间	迁出地	迁入地	依　据　资　料	作　　品	备　注
马伸 字时中	建炎		东平(山东)	龙游	《宋史》卷四五五本传、《宋元学案》卷三〇、《明一统志》卷四三《衢州府·流寓》		绍圣四年进士
张世杰 (?—1279)	金末		范阳(北京)	信安	《宋史》卷四五一本传、《宋季三朝政要》卷五		
张叔坚 (1122—1169) 字正卿	建、绍同		开封	衢州	吕祖谦《东莱集》卷一三《张监镇墓志铭》	有诗书解《合》十卷	
王瑮 字正玉	同上		大名(河北)	同上	《建炎以来系年要录》卷一五九、一六七、《宋诗纪事》卷三九、嘉庆《西安县志》卷三九	《全宋诗》229/18619 《全宋文》161/3506	政和五年上舍出身
孔端友	建炎		曲阜	同上	《建炎以来系年要录》卷一八、《明一统志》卷四三、《万姓统谱》卷六八		
孔玠	同上		同上	同上	同上		端友子
孔传 原名若古 字世文、晚号杉溪	同上		同上	同上	《宋元学案补遗》卷三、《四库全书本总目提要·东家杂记》《万姓统谱》卷六八	《杉溪集》、《东家杂记》二卷、《全宋文》138/2988	道辅孙

续　表

姓　名	迁出时间	移居时间	迁出地	迁入地	依　据　资　料	作　品	备　注
孟若蒙	绍兴间		南京	衢州	《挥麈录·前录》卷一		南京鸿庆宫道士，能诗文。归老于衢
柳臧（1071—1136）字伯玉	建、绍间		合肥	江山	孙觌《鸿庆居士集》卷三三《宋故左中奉大夫致仕柳公墓志铭》	《全宋文》141/3034	崇宁五年进士
柳滋	同上		同上	同上	同上		臧子
柳璩	建炎		淮阳（河南）	同上	同上		臧弟
赵鼎（1085—1147）字元镇，号得全居士	同上		解州（山西）	常山	《宋史》卷三六〇本传、《文忠集》卷五四《忠德文稿》、卷三《跋赵忠简公诗帖》、《耻堂存稿》《文定集》卷二〇《祭赵忠简公文》、《建炎以来系年要录》卷一三八《南宋馆阁录》卷七、《宋元学案》卷四四、《福建通志》卷五二《漳州·流寓》、《宋诗纪事》卷三六	《忠正德文集》十卷、《得全居士集》三卷，已佚。四库馆臣自《永乐大典》辑成《忠正德文集》十卷。《全宋诗》28/18388《全宋词》2/1221《全宋文》174/3806—3814	徽宗崇宁五年进士。绍兴十年，谪居漳州，绍兴十四年至十七年，谪岭南，卒于吉阳军

续 表

姓　名	迁出时间	移居时间	迁出地	迁入地	依　据　资　料	作　　品	备　注
赵子昼(1089—1142)字叔问	建炎	建炎同	河南	衢州	程俱《北山集》卷三二《宋故徽猷阁直学士左中奉大夫致仕常山县开国伯食邑九佰户赠左通奉大夫赵公墓志铭》,《宋史》卷二四七本传,《宋元学案补遗》卷六	其家集而藏之得二十卷。《全宋文》181/3974	大观元年进士
赵令衿	同上		同上	同上	《宋史全文》卷二上,卷二四四,建炎以来系年要录》卷一六八,《明一统志》卷四三《衢州府·流寓》	《全宋文》177/3878	
赵子觉字彦先、号雪斋	同上		同上	同上	《咸淳临安志》卷五一	《全宋诗》51/32123	令衿子
赵坚之	同上		开封	同上	《文献集》卷九下《退藏山人赵君墓志铭》		
樊清	同上		南阳	常山	《东江家藏》卷二八《樊公行状》《浙江通志》卷一九五《衢州府·寓贤》引《常山县志》		历翰林学士、尚书左丞、参知政事、资政殿学士、谥文懿
樊端	同上		同上	同上	同上		清弟

7. 台州：治临海（今临海市）。辖县五：临海（治今临海市）、黄岩（治今台州市西南旧黄岩）、宁海（治今宁海县）、天台（治今天台县）、仙居（治今仙居县）。

姓　名	迁出时间	移居时间	迁出地	迁入地	依　据　资　料	作　品	备　注
于定远	建、绍间		诸城（山东）	黄岩	《赤城志》卷三四		中特科
王之望（?—1170）字瞻叔	建炎	绍兴初	谷城（湖北）	临海	《宋史》卷三七二本传、《赤城志》卷三四	《汉滨集》六十卷,已佚,四库馆臣自《永乐大典》辑为十六卷。《全宋诗》34/21681《全宋文》197/4351—4372	绍兴八年进士
王思正	同上		开封	台州	《攻媿集》卷一〇二《太府卿王公墓志铭》		卿月父
成大亨 字正仲	同上	绍兴初	河间（河北）	天台	《赤城志》卷三四	《全宋文》141/3035	元符三年进士
卢知原 字行之	同上	绍兴中	山东	临海	《赤城志》卷三四、《宋史》卷三七本传	《全宋文》142/3054	

续表

姓名	迁出时间	移居时间	迁出地	迁入地	依据资料	作品	备注
吕颐浩（1071—1139）字元直	建炎	建炎四年	济南	临海	《宋宰辅编年录》卷一五、《南宋馆阁录》卷七《宋史》卷三六二本传《赤城志》卷三四	《吕忠穆公奏议》一卷、《吕忠穆集》十五卷、《全宋诗》23/15054《全宋词》2/924《全宋文》141/3042—3050	前居扬州，绍圣元年进士。一说元祐九年《赤城志》
吕摭	同上	同上	同上	同上	同上		颐浩子
吕抚	同上	同上	同上	同上	袁甫《蒙斋集》卷一八《主簿吕君扩志》、《建炎以来系年要录》卷五五、《明一统志》卷八四《苍梧·流寓》		颐浩子，后移居绍兴
吕抗	同上	同上	同上	同上	《建炎以来系年要录》卷五五		同上
林表民字逢吉号玉溪			曲阜	同上	《四库全书总目提要·赤城集》	《玉溪吟稿》十八卷《赤城志》四卷《全宋词》4/2990《全宋文》323/7419	

续　表

姓　名	迁出时间	移居时间	迁出地	迁入地	依据资料	作　品	备　注
姜夔	建炎	绍兴中	淄州	临海	《水心集》卷一四《姜安礼墓志铭》		
姜仲思	同上	同上	同上	同上	同上		夔子
姜攽	同上	同上	同上	同上	同上		夔孙
姜洪 字廷言	同上	同上	同上	同上	《赤城志》卷三四	《全宋文》224/4974	夔孙
范宗尹 (1100—1136) 字觉民	同上	绍兴初	襄阳 (湖北)	同上	《宋史》卷三六二本传,《建炎以来系年要录》卷一〇四,《赤城志》卷三四	《全宋诗》33/20921 《全宋文》193/4251	宣和三年上舍登第
范椿	同上	同上	同上	同上	《赤城志》卷三四		宗尹子
范宗伋	同上	同上	同上	同上	同上		宗尹弟
桑庄	同上	同上	高邮	天台	《赤城志》卷三四	《茹艺广览》三百卷藏于家	曾几为其撰墓志
郭仲荀 (?—1145) 字传师	同上	绍兴中	洛阳	临海	《赤城志》卷三四,《建炎以来系年要录》卷二九,六八,八八	《全宋诗》29/18433	

续表

姓名	迁出时间	移居时间	迁出地	迁入地	依据资料	作品	备注
曹勋（?—1174）字公显，一作功显	建炎	绍兴十五年	开封府祥符县	天台	《攻媿集》卷一〇三《工部郎中曹公墓志铭》、《攻媿集》卷五二《曹忠靖公松隐集序》，《宋史》卷三七九本传《建炎以来系年要录》卷一五二，《赤城志》卷三四	《松隐集》四十卷《全宋诗》33/21032《全宋词》2/1565《全宋文》191/4200—4208	宣和五年赐同进士出身
张焜	同上		洛阳	同上	《文宪集》卷二三《故务光先生张公墓碣铭》	《全宋文》282/6410	焘弟
张师正 字子正	建、绍同		开封	临海	《赤城志》卷三四		
贺允中（1090—1168）字子忱	建炎	绍兴初	蔡州（河南）	天台	《赤城志》卷三四，《南涧甲乙稿》卷二〇《资政殿大学士左通议大夫致仕贺公墓志铭》	《全宋诗》31/19602《全宋文》182/3985	政和五年进士,孙敔仁、敔义、敔礼
贺昶	同上	同上	同上	同上	同上		
林宪 字景思，号雪巢	同上	乾道	奉符（山东）	临海	《赤城志》卷三四，《南涧甲乙稿》卷二〇《资政殿大学士左通议大夫致仕贺公墓志铭》	《雪巢小集》二卷，已佚。《全宋诗》37/23094	此前居吴兴。中特科。贺允中孙婿。

续表

姓　名	迁出时间	移居时间	迁出地	迁入地	依　据　资　料	作　　品	备　注
蔡崇礼 （1082—1142） 字叔厚	建炎		北海 （山东）	临海	《宋史》卷三七八本传 《赤城志》卷三四	《北海集》六十卷·已佚。《四库馆臣自《永乐大典》辑为四十六卷，附录三卷。 《全宋诗》27/17835 《全宋文》167/3638—3660	徽宗重和元年上舍合第
蔡向 字瞻明，一字子平，自号净空居士	同上		东平 （山东）	同上	《赤城志》卷三四《建炎以来系年要录》卷一七，一六六	《浍水集》·已佚。 《全宋诗》33/21234 《全宋文》181/3980	
钱忱 （?—1161） 字伯成	同上	绍兴初	开封	同上	《赤城志》卷三四，《宋史》卷六五《外戚传下》	《全宋文》145/3125	
钱端礼 （1109—1177） 字处和，号松窗	同上	同上	同上	同上	《攻媿集》卷九二《观文殿学士钱公行状》，《赤城志》卷三四，《宋史》卷三八五本传	《松窗集》·已佚。《读史提要》十五卷。 《全宋诗》36/22518 《全宋文》206/4576	忱子

续表

姓名	迁出时间	移居时间	迁出地	迁入地	依据资料	作品	备注
钱端仁	建炎	绍兴初	开封	临海	《赤城志》卷三四		忱子
钱稔	同上	同上	同上	天台	《赤城志》卷三四		
钱徽之	同上	同上	同上	同上	同上		稔子
谢克念	同上		上蔡（河南）	台州	《水心集》卷一〇《上蔡先生祠堂记》《建炎以来系年要录》卷一〇一		良佐子
谢偕	同上		同上	同上	同上		克念子
谢克家字任伯	同上	绍兴初	同上	临海	《赤城志》卷三四,《建炎以来系年要录》卷三六,卷四一	《全宋文》145/3133	绍圣四年中第
谢伋字景思,号药寮居士	同上	同上	同上	同上	《赤城志》卷三四,《宋诗纪事》卷四四	《药寮丛稿》二十卷,《四六谈麈》一卷。《全宋诗》34/21772《全宋文》190/4198	克家子
谢克明	同上	同上	同上	同上	同上		克家弟
谢杰	同上	同上	同上	同上	同上		克明子

续表

姓名	迁出时间	移居时间	迁出地	迁入地	依据资料	作品	备注
韩昭 字用晦,自号大同居士	建炎	绍兴初	真定(河北)	仙居	《赤城志》卷三四		缜曾孙
李擢 (?—1153) 字德升	同上	同上	奉符(山东)	临海	《建炎以来系年要录》卷三、卷六九,《赤城志》卷三四	《全宋文》188/4141	元符三年进士
李益谦 字相之	同上	同上	同上	同上	《宋诗纪事补遗》卷四八	《全宋文》219/4864	擢子,吏部侍郎
李益能 字举之	同上	同上	同上	同上	《宋诗纪事补遗》卷四八	《全宋文》241/5400	擢子,益谦弟。宗正丞
虞似良 字仲房,自号横溪真逸	同上	建炎中	馀杭	黄岩	《赤城志》卷三四	《全宋诗》48/30110 《全宋文》219/4864	
林仰	建、绍同		长乐(福建)	临海	《赤城志》卷三四		绍兴十五年进士
林同	同上		同上	同上	同上	《全宋文》353/8176	仰子,绍兴二十四年中进士第

续表

姓名	迁出时间	移居时间	迁出地	迁入地	依据资料	作品	备注
李龟朋 字才翁、自号静斋	建炎	绍兴末	长安(陕西)	临海	《赤城志》卷三四	《全诗》36/22519	龟年弟。中特科。绍兴末随钱忱寓临海
应恕 字仁伸、号艮斋先生	淳熙初		括苍(浙江)	同上	同上		
洪拟 (1071—1145) 字成季、一字逸叟、世称净智先生	靖康		丹阳(江苏)	台州宁海	《宋史》卷三七八一本传《赤城志》卷三四	《净智集》十六卷,已佚。注杜甫诗二十卷《全宋诗》23/15432《全宋文》142/3055	哲宗绍圣元年进士
杨揆 (?—1160)	建炎	绍兴八年	真定(河北)	台州	《建炎以来系年要录》卷五九、卷七六、卷九、卷一六九、卷一七一、卷一八二、卷一八四,《宋史全文》卷二二上,《浙江通志》卷一九五《寓贤》	《全宋文》209/4644	《全宋文》小传云其南渡居临安仁和,屏居台州二十年
赵子英	同上	绍兴间	开封	台州黄岩	袁桷《清容居士集》卷三二《翰林学士嘉议大夫知制诰同修国史赵公行状》	《全宋文》198/4376	

续 表

姓 名	迁出时间	移居时间	迁出地	迁入地	依 据 资 料	作 品	备 注
赵子祐 (1103—1167)	建炎		河南	黄岩	《攻媿集》卷一〇三《赵明道墓志铭》		
赵伯直	同上		同上	同上	同上		子祐子

二、江南东、西路

江南东、西路在宋代经历了数次分分合合。宋太祖开宝八年平定南唐后,设置江南路。至道三年,将江南路分为东、西两路。宋真宗天禧四年,将江南路复分为东、西两路。宋高宗建炎四年,将江南东、西两路合为江南路。绍兴初,复分为东、西两路。在池州府的隶属上也有变化,江州北宋时隶属于江南东路,南渡后隶属于江南西路。绍兴元年复分东、西两路的时,将抚州、建昌军隶属于江南东路。不久,又将抚州、建昌军还于江南西路,南康军还于江南东路。江南东西两路所辖范围包括现在的江西省、安徽长江以南部分、江苏的南京一带,湖北的大冶一带。江南西路(除婺源兴国军)与江南东路的信州、饶州、婺源合起来相当于今天的江西全省。

江南东路有江宁一府，宣、徽、江、池、饶、信、太平七州，南康、广德二军。南渡后，有建康、宁国二府，徽、池、饶、信、太平五州，南康、广德二军。

江南西路有洪、虔、吉、袁、抚、筠六州，兴国、南安、临江、建昌四军，转运使司设在洪州。南渡后，有隆兴一府，江、赣、吉、袁、抚、筠六州，兴国、建昌、临江、南安四军。

（一）江南东路

1. 建康府（江宁府）治所在上元、江宁（今南京市），辖上元（治今南京市）、江宁（治今南京市）、句容（治今句容市）、溧水（治今溧水县）、溧阳（治今溧阳市）五县。宋初置昇州，真宗天禧二年，诏以昇州为江宁府。建炎三年五月，高宗南渡至江宁府，即府治建行宫，改名为建康府。13 人。

姓名	迁出时间	移居时间	迁出地	迁入地	依据资料	作品	备注
王玮 字君端	建绍间		成纪（甘肃）	建康	《景定建康志》卷四三		
盛新	建炎		亳州（安徽）	同上	同上		
王端朝（1123—1166）（高）字季羔	建绍间		潭渊（河南）	溧阳	《明一统志》卷六《南京·流寓》《南宋馆阁录》卷八《景定建康志》卷四九，《宋元学案补遗》卷三四		中博学宏词科

续 表

姓名	迁出时间	移居时间	迁出地	迁入地	依据资料	作品	备注
李处全（1134—1189）字粹伯、号晦庵			丰县（江苏）	溧阳	《四库全书总目提要·晦庵集》、《明一统志》卷六《南京·流寓》、《景定建康志》卷四九《儒雅传》	《松庵集》六卷、《晦庵词》一卷。《全宋词》3/2235、《全宋文》174/3801	绍兴三十年进士
吴坚	南宋中期		汝南（河南）	溧阳	《松雪斋集》卷八《义士吴公墓铭》		
吴寔	同上		同上		同上		
吕宣同 字季通	建、绍间		开封	溧阳	《景定建康志》卷四八下		蒙正四世孙
吕希圆	同上		同上	同上	同上		宣同父
崔敦诗（1139—1182）字大雅	绍兴		通州（江苏）	同上	韩元吉《南涧甲乙稿》卷二一《中书舍人兼侍讲直学士院崔公墓志铭》、《姑苏志》卷五一《人物》、《南宋馆阁录》卷八下、《宋元学案补遗》卷四○	有《文集》三十卷、《内外制稿》二十三卷、《通鉴总要》五卷、《制海》十卷、《监韵》五卷、《读史》十卷	绍兴三十年进士

续表

姓　名	迁出时间	移居时间	迁出地	迁入地	依　据　资　料	作　　品	备　注
崔敦礼 字仲由	绍兴		通州	溧阳	崔敦礼《宫教集》卷六《地藏经文变相图记》,《宋元学案补遗》卷四下,《宋史翼》卷二八	《宫教集》十二卷,《刍言》三卷	敦诗兄,绍兴三十年进士
赵彦美 字公美	建炎		祁州	建康	《景定建康志》卷四三		
赵士呼 字岩老 (1126—?)	同上	绍兴九年	河南	同上	《景定建康志》卷四三		前避难岭南

2. 宁国府,2 人。

姓　名	迁出时间	移居时间	迁出地	迁入地	依　据　资　料	作　　品	备　注
吕广问 (1103—1175) 字仁甫	靖康	建、绍间	开封	太平县	《南涧甲乙稿》卷二○《吕公墓志铭》,《新安文献志》卷九三《吕待制广问传》,《宋末馆阁录》卷八下,《宋元学案》卷二七	《全宋文》197/4347	崇简曾孙。初居宁国府太平,后徙新安

续表

姓名	迁出时间	移居时间	迁出地	迁入地	依据资料	作品	备注
吕和问 字节夫	靖康	建绍间	开封	太平县	《晦庵先生朱文公文集》卷八三《跋吕甫诸公帖》、《宋元学案》卷二七		广问兄

3. 徽州,本名歙,宣和三年改歙州为徽州。治所在歙县(今歙县),辖歙(治今歙县)、休宁(治今休宁县)、祁门(治今祁门县)、婺源(治今婺源县)、绩溪(治今绩溪县)、黟(治今黟县)六县。13 人。

姓名	迁出时间	移居时间	迁出地	迁入地	依据资料	作品	备注
赵子晖	靖康		开封	婺源	《攻媿集》卷一〇二《益阳县丞赵君墓志铭》		伯㙓父
赵公迈 (1115—1179) 字志行	建、绍间		河南	徽州	陈泌《复斋先生陈公文集》卷二一《参议赵公墓志铭》		绍兴二十四年年赐进士出身
赵士祹	建炎		同上	歙	《新安文献志》卷九三《赵刑部菩瑑传》		

续　表

姓　名	迁出时间	移居时间	迁出地	迁入地	依据资料	作　品	备　注
赵泽	建炎		河南	歙	《宋元学案补遗》卷二、《宋诗纪事补遗》卷二八		士褵子
赵不列	同上		同上	休宁	《新安文献志》卷九三《赵刑部善璙传从曾孙必赞从玄孙良金》		必赞高祖
赵崇忠	同上		同上	婺源	同上		良金祖
赵伯固	同上		同上	同上	《新安文献志》卷九三《赵司法希衢传子与格孙孟戆从孙孟楼》		希衢祖
赵彦翮	同上		同上	歙	《新安文献志》卷九三《赵提干时壁传》		
宋既字益谦	同上		当涂（安徽）	新安	《新安文献志》卷九三《宋尚书既传》《咸淳临安志》卷四七	《全宋文》186/4091	
权邦彦（1080—1133）字朝美	同上		河间（河北）	婺源	杨万里《诚斋集》卷一二四《权密兼参知政事权公墓志铭》、《宋史》卷三九六本传、《宋元学案补遗》卷一九下、三三下	有遗稿十卷。号瀚海残编，藏于家。《全宋文》157/3397	登崇宁四年太学上舍第

4. 池州，治所在贵池（今市），辖贵池（治今市）、青阳（治今县）、铜陵（治今县）、建德（治今东至县）、秋浦（治今县东北广阳镇）、东流（治今东至县西北东流）六县，永丰一监。5人。

姓　名	迁出时间	移居时间	迁出地	迁入地	依　据　资　料	作　品	备　注
丁执中	建炎		徐州	石埭	魏了翁《重校鹤山先生大全集》卷八一《赠奉直大夫丁公墓志铭》，《宋元学案》卷六一下《丁黼传》		
丁述	同上		同上	同上	同上		执中子
丁焘亭（1123—1196）字岩老	同上		同上	同上	同上		执中孙，黼父
程端中	建、绍间		河南府	池州	《宋史翼》卷三〇，《宋元学案》卷一六、《宋季忠义录》卷一五，《大清一统志》卷八三《池州府·人物》	《全宋文》135/2917	颐长子
程易 字从道	同上		同上	同上	《新安文献志》卷六五《诸军统制休宁县开国伯食邑九百户赠协忠大夫累赠太尉程公全神道碑》	《全宋文》185/4072	端中子

5. 饶州，治所在鄱阳（今波阳县），辖鄱阳（今波阳县）、浮梁（治今景德镇市东北浮梁旧县）、乐平（治今乐平市）、德兴（治今德兴市）、余干（治今余干县）、安仁（治今余江县东北锦江镇）六县，一监永平。15人。

姓　名	迁出时间	移居时间	迁出地	迁入地	依　据　资　料	作　品	备　注
徐度 字敦立，一字敦立	建炎		谷熟（河南）	德兴	《南来馆阁录》卷八、《宋元学案》卷二七、《四库全书总目·却扫编提要》、《直斋书录解题》卷四	《却扫编》三卷、《国纪》五十八卷。《全宋文》183/4013	处仁子。特赐进士出身
辛次膺（1092—1170）字起季	同上		莱州（山东）	浮梁	《宋史》卷三八三本传、《建炎以来系年要录》卷九○、一七五、《江西通志》卷一一七《广信府》、一一○《广信府》《宋诗纪事》卷三八	《全宋诗》31/20072 《全宋文》184/4045	徽宗政和二年进士。曾居镇江
吴亿 字大年	建、绍间		蕲春（湖北）	余干	《直斋书录解题》卷一八、《全宋词》第二册"吴亿小传"	《溪园集》十卷 《全宋词》2/1524	
程昌寓（禹）	建炎		顺昌（河南）	饶州	《宋史》四三七《程迥传》、《三朝北盟汇编》卷一三二、一四○、《南宋制抚年表》卷二○、三八、五九。	《全宋文》154/3320	

续表

姓名	迁出时间	移居时间	迁出地	迁入地	依据资料	作品	备注
赵不求	建炎		开封	馀干	《宰辅年表》卷一九、《至元嘉禾志》卷三		前居嘉兴府崇德
赵善应(1118—1177)字彦远,又字庆公,号辛庵	同上		同上	同上	朱熹《晦庵先生朱文公文集》卷九二《右行赵君彦远墓碣铭》,《宋史》卷三九二本传,《江西通志》《饶州府·人物》《浙江通志》卷一九四《嘉兴府·寓贤》		不求子,汝愚父
赵公旦	同上		许(河南)	同上	《江西通志》卷六二《建昌府·名宦》《江西通志》卷五〇《选举》		绍兴八年进士
赵彦端(1121—1175)字德庄,号介庵	同上		同上	同上	韩元吉《南涧甲乙稿》卷二一《直宝文阁赵公墓志铭》	《介庵集》十卷、外三卷,已佚。《全宋诗》38/23743《全宋文》220/4879—4880	公旦子,与父同登绍兴八年进士
赵令畤(1061—1134)字德麟	同上		河南	德兴	《宋史》卷二四四《宗室》《宋元学案补遗》卷九六,徐度《却扫编》下	《侯鲭录》八卷,《聊复集》一卷。《全宋诗》22/14436《全宋文》133/2864	

续　表

姓名	迁出时间	移居时间	迁出地	迁入地	依据资料	作品	备注
刘方	建炎		开封	鄱阳	朱熹《晦庵先生朱文公集》卷九〇《朝奉刘公墓表》	《全宋诗》72/45225	
郑毂	同上	绍兴间	大梁（今属河南）	饶州	《江西通志》卷九六《饶州府·寓贤》		父肇自大梁徙居金陵
薛仁辅 字汝弼	同上		河东（今属山西）	乐平	《江西通志》卷九六《饶州府·寓贤》	《全宋文》188/4139	
赵镠老 字渭师	建、绍间		东平（今属山东）	饶州	《江西通志》卷九六《饶州府·寓贤》、《姑苏志》卷五一	《拙庵杂著》三十卷、外集四卷。《全宋文》3/2108《全宋词》242/5408	谪饶州，遂家焉。前居平江府
张运	同上		贵溪（江西）	鄱阳	《大清一统志》卷二四〇《饶州府·流寓》	《全宋文》188/4138	
江万里（1198—1275）字子远，号古心	咸淳九年		都昌（江西）	饶州	《宋史》卷四一八本传、《南宋馆阁续录》卷九、《大明一统志》卷五〇《饶州府·流寓》、道光《都昌县志》卷二二	《全宋诗》61/38122《全宋词》4/3530《全宋文》341/7873	理宗宝庆二年进士

6. 信州，治上饶。辖县六：上饶（治今市西北）、玉山（治今玉山县）、弋阳（治今弋阳县）、贵溪（治今贵溪县西一里）、铅山（治今铅山县东南永平镇）、永丰（治今广丰县）。41人。

姓名	迁出时间	移居时间	迁出地	迁入地	依据资料	作品	备注
吕本中（1084—1145）初名大中，字居仁。学者称东莱先生	建炎元年	绍兴十一年	开封	上饶	《宋史》卷三七六、《南宋馆阁录》卷八、《渭南文集》卷一八《吕居仁帖》《后村先生大全集》卷九《吕紫微诗序》《宋元学案》卷三六	《春秋集解》《童蒙训》《师友渊源录》、《东莱诗集》二十卷，《外集》三卷《紫微诗话》《紫微杂说》。《全宋文》174/3797—3798	此前曾流寓桂林、贺州、临川、抚州、衢州。绍兴六年，赐进士出身
吕大猷	同上	同上	同上	同上	章定撰《名贤氏族言行类稿》卷三六	《全宋文》242/5423	本中子
吕大同	同上	同上	同上	同上	陆游《渭南文集》卷三六《吕从事夫人方氏墓志铭》		同上
曾几（1084—1166）字吉甫，自号茶山居士	建炎	绍兴十九年	河南	同上	陆游《渭南文集》卷三二《曾文清公墓志铭》《南涧甲乙稿》卷一五下《两贤堂记》《南宋馆阁录》卷七、《宋元学案》卷三四	《论语文》二卷、《胡氏传家录》五卷、《茶山集》三十卷，已佚。四库馆臣据《永乐大典》辑为八卷。《全宋文》174/3800	寓居茶山七年。绍兴末，隐于绍兴稽山下。乾道二年，卒于平江府

续　表

姓　名	迁出时间	移居时间	迁出地	迁入地	依　据　资　料	作　品	备　注
曾逵 字原伯	建炎	绍兴十九年	河南	上饶	《渭南文集》卷四一《祭曾原伯大卿文》、《宋元学案》卷三四	《全宋诗》72/45435 《全宋文》271/6118	儿子
曾逮 字仲躬、学者称习庵先生	同上	同上	同上	同上	周必大《文忠集》卷四八《题曾逮侍郎戒其子荣清廉帖》、《宋元学案》卷二九、《宋诗纪事》卷四八	《习庵集》十二卷·已佚。《全宋诗》38/24216 《全宋词》2/1759 《全宋文》223/4956	儿次子
韩元吉（1118—1187）字无咎、号南涧	建炎元年	乾道二年后	颍昌（河南）	同上	陈振孙《直斋书录解题》卷八"南涧甲乙稿"七十卷"条、《南涧甲乙稿》卷五一《广信府·流寓》、《一统志》卷二二《安人卢氏墓志铭》	《桐阴旧话》十卷《河南诗说》十卷、《南涧甲乙稿》七十卷、现存二十二卷、《焦尾集》一卷	维四世孙。南渡后流寓闽中，先居邵武，后迁建安。淳熙七年，始居南涧。
宋孝先	建炎绍间		陈州（河南）	同上	韩元吉《南涧甲乙稿》卷二二《朝奉大夫新知泰州宋公墓志铭》、《建炎以来系年要录》卷七六		

续　表

姓　名	迁出时间	移居时间	迁出地	迁入地	依　据　资　料	作　　品	备　注
周聿	建绍间		青州（山东）	上饶	《攻媿集》卷七五《跋周侍郎三帖》，《明一统志》卷五一《广信府·流寓》，《江西通志》卷九六《广信府寓贤》	《春秋大义》，《易说》。《全宋文》176/3854	
冯显（1118—1177）字子容	建炎		偃师（河南）	同上	韩元吉《南涧甲乙稿》卷二一《宣教郎新知衢州江山县冯君墓志铭》	《全宋诗》38/23701	绍兴三十年进士
郑望之（1078—1161）字顾道	同上	绍兴二年	彭城（河南）	同上	汪藻《浮溪集》卷一九《信州郑固道侍郎寓居记》，《宋史》卷三七三本传，《明一统志》卷五一《广信府·流寓》	《靖康奉使录》一卷《全宋诗》25/16469《全宋文》156/3352	崇宁五年进士
郑资之	同上		同上	同上	《明一统志》卷五一《广信府·流寓》，《建炎以来系年要录》卷二〇	《全宋文》197/4348	望之弟
赵不迁字留臣	同上		开封	同上	《江西通志》卷九六《广信府寓贤》	《全宋文》283/6438	《稼轩词》字晋臣（赵晋臣嘉，赵晋臣和韵）

续表

姓　名	迁出时间	移居时间	迁出地	迁入地	依　据　资　料	作　品	备　注
赵不遏字茂嘉	建炎		开封	上饶	周必大《文忠集》卷六〇《筠州判官厅记》《南轩集》卷三四《跋赵不遏寿昌堂记》		不迁见《稼轩词》有寿赵茂嘉词
王洋（1087?—1154?）字元渤，自号王南池	同上		山阳	同上	《建炎以来系年要录》卷四四、五三、五七、五八、一五六，韩淲《涧泉日记》卷中，周必大《文忠集》卷一〇《王元渤右史文集序》，《江西通志》卷九六《广信府·寓贤》	《东牟集》三十卷，已佚，四库馆臣自《永乐大典》辑为十四卷	
周璧字仲固	建绍间			同上	《江西通志》卷九六《广信府·寓贤》，《东牟集》卷七下《陈大理寺丞制》，吕本中《东莱诗集》卷一八《辛酉之冬周提营壁惠竹简》，《周仲固尚论斋》		
王传字若起	同上		蓬莱	同上	《江西通志》卷九六《广信府·寓贤》，吕本中《东莱诗集》卷一四《王传岩起乐斋》		

续　表

姓　名	迁出时间	移居时间	迁出地	迁入地	依　据　资　料	作　品	备　注
马永卿 字大年,自号 嫩真子	建、绍间		扬州	铅山	《江西通志》卷九六《广信府· 寓贤》,《四库全书总目·元 城语录解》	《嫩真子》五卷,《论 语解》十卷,《易拾遗》 二卷,《元城语录解》 二卷	大观三年进 士
晁谦之 (?—1154) 字恭道	建炎		澶州 (今属 河南)	同上	《建炎以来系年要录》卷一六 七,《明一统志》卷五一《广信 府·流寓》,《宋诗纪事》卷四 二,《宋元学案补遗》卷五	《全宋诗》32/20337 《全宋文》185/4069	
赵士礽 字诚甫	同上		河南	同上	《樊榭集》卷一一《少傅赵公 夢》,陈文蔚《克斋集》卷一二 《向夫人墓志铭》,《江西通 志》卷一〇《广信府·墓》, 《宋诗纪事补遗》卷九二	《全宋诗》30/19211	大观元年锁 试第一。 子不逊
赵彦孟	同上		同上	同上	袁燮《絜斋集》卷一八《运判 龙图赵公墓志铭》		充夫文
詹复仁 字仲仁	同上		崇安 (福建)	同上	《江西通志》卷九六《广信府· 寓贤》		《江西通志》 云是景祐进 士。恐误

续　表

续　表

姓　名	迁出时间	移居时间	迁出地	迁入地	依　据　资　料	作　品	备　注
贾逸祖字元放			邯郸（河北）	铅山	徐元杰《楳埜集》卷一一《汲古贾先生赞》《江西通志》卷九六《广信府·寓贤》	《全宋词》3/2074	卒葬东里，赵蕃题："有宋诗人贾元放墓"
贾遵祖字季承			赵郡（河北）	同上	《宋诗纪事补遗》卷五四		淳熙二年进士
辛弃疾（1140—1207）字幼安，号稼轩居士	绍兴三十二年	淳熙八年末移居上饶。庆元二年徙居铅山	济南	铅山带湖	《宋史》卷四〇一本传、谢枋得《叠山集》卷三《辛稼轩先生墓记》《明一统志》卷五一《广信府·流寓》、邓广铭《辛稼轩年谱》	《稼轩词》四卷、《美芹十论》一卷、邓广铭辑有《辛稼轩诗文抄存》	
吕丕同字季昇	建炎		河南	玉山	《建炎以来系年要录》卷九二、一〇五、《嘉靖广信府志》卷八《隐逸》、《江西通志》卷四〇		日本中叔
尹穑字少稷	同上	建绍同	兖州（山东）	侨居玉山，后徙上饶。	《宋史》卷三七二本传、日本中《东莱诗集》卷一九《尹稿少稷方斋》《明一统志》卷五《广信府·流寓》《宋诗纪事》卷五二	《全宋词》45/27855《全宋文》197/4349	绍兴三十二年与陆游同赐进士出身

续表

姓　名	迁出时间	移居时间	迁出地	迁入地	依　据　资　料	作　品	备　注
赵旸 字义若	建炎		郑州	玉山	赵蕃《章泉稿》卷五附《章泉先生墓表》《宋史》附卷四五《文苑传·张即之附赵蕃》，《瀛奎律髓》卷二七，《宋诗纪事》卷三四《大清一统志》卷二四二《广信府·流寓》	《全宋诗》22/14511 《全宋文》175/3830	蕃曾祖。哲宗绍圣元年进士
赵泽	同上		同上	同上	赵蕃《章泉稿》卷五附《章泉先生墓表》	《全宋诗》21/13908	蕃祖
赵涣	同上		同上	同上	同上	《全宋文》186/4088	蕃父
李弥大 （1080—1140） 字似矩、号无碍居士		建炎？	苏州	同上	《宋史》卷三八二《李弥逊附李弥大》《吴郡志》卷三三，《明一统志》卷五《广信府·流寓》《宋诗纪事》卷三六	《全宋诗》25/16654	弥逊弟。崇宁三年进士
田有嘉 （1077—1142） 字会之	建炎		开封	贵溪	胡寅《斐然集》卷二六《朝议大夫田公墓志铭》		
刘靖共 字子直	同上		东明（河南）	贵溪 弋阳	王洋《东牟集》卷一四《刘隐君墓志》		

续　表

姓　名	迁出时间	移居时间	迁出地	迁入地	依　据　资　料	作　品	备　注
叶翰 字简齐，别号 遹隐			处州（浙江）	弋阳	《江西通志》卷九六《广信府·寓贤》		元符进士
徐兢 （1091—1153）字明叔，号自信居士	建炎		和州（安徽）	同上	《江西通志》卷九六《广信府·寓贤》、《宣和奉使高丽图经·附〈宋故尚书刑部员外郎徐公行状〉》	《宣和奉使高丽图经》四十卷 《全宋诗》31/19672 《全宋文》183/4030	宣和间赐同进士出身
刘进行	乾道间		西安（浙江）	永丰	《江西通志》卷九六《广信府·寓贤》		
王次张 （1108—1181）字汉老	建炎	建绍间	济南	信州	韩元吉《南涧甲乙稿》卷二二《中奉大夫提举武夷山冲右观王公墓志铭》	《全宋文》200/4431	衣子。 前居越州
折彦质 （?—1160）字仲古，号葆真居士	同上		河西（山西）	同上	李之仪《姑溪居士后集》卷二〇附《折公墓志铭》、《建炎以来系年要录》卷五五、一五四	《葆真居士集》一卷 （两宋明贤小集）《全宋诗》31/19605 《全宋文》176/3851	可适子。 后谪居昌化军，移郴州

续　表

姓　名	迁出时间	移居时间	迁出地	迁入地	依　据　资　料	作　品	备　注
庄绰 字季裕	建炎		颍州 (河南)	信州	《建炎以来系年要录》卷四三、《鸡肋编》附录二、《宋诗纪事》卷四四	《杜集援证》、《灸膏肓法》、《鸡肋编》三卷。《宋助编》三卷佚。《全宋诗》34/21469《全宋文》151/3263	前居平江
宋援 字佺道,号易斋			菁社 (山东)	同上	《江西通志》卷九六《广信府·寓贤》		
晁升之 字升道	建、绍间			盱江	周必大《文忠集》卷四七《题张魏公与晁升之诗》		孙子毅
晁公庆 字仲石	同上			同上	周必大《文忠集》卷四七《题吕紫微与晁仲石诗》		升之子、子毅父。曾学诗于吕本中
王友直	绍兴三十二年		博州 (山东)	信州	《宋史》卷三七〇本传	《全宋文》222/4921	前居平江府

7. 太平州,治所在当涂(今当涂县)。辖当涂(治今当涂县)、芜湖(治今芜湖市)、繁昌(治今繁昌县西北旧县镇)三县。5人。

姓名	迁出时间	移居时间	迁出地	迁入地	依据资料	作品	备注
张孝祥（1132—1170）字安国，学者称于湖先生	绍兴初		历阳（安徽）	芜湖	《于湖居士文集》附录《张南轩赠学士安国公归芜湖序》、《宋史》卷三八九本传、《南涧甲乙稿》卷一四《张安国诗集序》、《南宋馆阁录》卷八、《宋元学案》卷四一	《于湖居士文集》四十卷《于湖词》一卷	高宗绍兴二十四年进士第一
陆同	建炎		历阳（安徽）	同上	《明一统志》卷一五《太平府·流寓》、《万姓统谱》卷一四一		
杨正八	建炎		开封	太平州	《东江家藏集》卷二《封安人杨氏墓志铭》		千乙祖
韩元象 字中文，一字季阳	建炎	建绍同	颍川（河南）	芜湖	《宋诗纪事补遗》卷四七、《万姓统谱》卷二四		元杰弟。嗜书，尤工吟咏
韩元杰（1107—1156）字汉臣	建炎	绍兴七年	颍川	同上	《建炎以来系年要录》卷一四、《万姓统谱》卷二四、《宋诗纪事补遗》卷三八	《全宋诗》35/22232	

（二）江南西路

1. 隆兴府（洪州），本洪州，隆兴元年，以孝宗潜藩，升为府。治所在南昌，辖南昌、新建（今南昌市）。辖南昌（治今南昌市）、新建（治今南昌市）、奉新（治今奉新县）、丰城（治今丰城市）、分宁（治今修水县）、武宁（治今武宁县）、靖安（治今靖安县）、进贤（治今进贤县）八县。8人。

姓　名	迁出时间	移居时间	迁出地	迁入地	依　据　资　料	作　品	备　注
宋映（1086—1161）字景晋	建炎		开封	新建	周必大《文忠集》卷三一《徽猷阁待制宋公（映）墓志铭》、《建炎以来系年要录》卷一九一		
许翰（?—1133）字崧老	同上		襄邑（河南）	分宁	《宋史》卷三六三本传,《游宦纪闻》卷九	《襄陵集》二十四卷,《玄解四卷》、《玄历》一卷	哲宗元祐三年进士
赵子照	同上		河南	洪州	赵善括《应斋杂著》卷四《赵运干墓志铭》		可大父
赵可大	同上		同上	同上	同上	《全宋文》220/4878	
赵绩之	靖康		曹州（山东）	进贤	《吴文正集》卷七六《故逸士赵君墓志铭》		
刘龟年（?—1178）字且老	建炎	绍兴年间	鄱阳	洪州	朱熹《晦庵先生朱文公文集》卷九○《朝奉刘公墓表》		放曾孙。祖方自祥符徙居鄱阳

续　表

姓　名	迁出时间	移居时间	迁出地	迁入地	依　据　资　料	作　品	备　注
刘肃（1130—1191）字子信	建、绍间		扬州	奉新	《罗鄂州小集》卷四《刘子信墓志铭》		
苏云卿	绍兴间		广汉（四川）	洪州	刘子翚《屏山集》卷二〇《苏云卿传》、《宋史》卷四五九《隐逸》下、《明一统志》卷四九《洪州》、《宋诗纪事》卷四五《流寓》	《全宋诗》33/20805	

2. 江州，治所在德化（今九江市）。辖德化（今九江市）、德安（今德安县）、瑞昌（今瑞昌市）、湖口（今湖口县）、彭泽（今彭泽县）五县，广宁一监。12人。

姓　名	迁出时间	移居时间	迁出地	迁入地	依　据　资　料	作　品	备　注
李若谷	建、绍间		曲周（河北）	江州	《建炎以来系年要录》卷一五六、一六一，《容斋随笔》卷五《李林甫秦桧》，《明一统志》卷五五《九江府·流寓》	《全宋文》182/4000	若水兄，绍兴十七年除参知政事

续　表

姓　名	迁出时间	移居时间	迁出地	迁入地	依　据　资　料	作　品	备　注
岳飞 (1103—1141) 字鹏举	建炎	绍兴二年	汤阴 (河南)	德化	《宋史》卷三六五本传、《明一统志》卷五二《九江府·名臣》	《岳武穆集》。 《全宋诗》34/21593 《全宋词》2/1615 《全宋文》196/4335—4342	岳飞曾两次驻军江州
祁宽 字居之	建、绍间		均州 (湖北)	江州	《宋元学案》卷二七《和靖学案》之"隐君祁先生宽"		
高衡 (1138—1198) 字仲一	绍兴三十一年	淳熙九年	海州 (江苏)	同上	周必大《文忠集》卷六五《淮西帅高君夔神道碑》,卷七六《大恭人司徒氏墓志铭》	有集十卷《奏议》十卷	
张俊大 字元英	宋末		蕲州 (湖北)	同上	刘岳申《申斋集》卷一一《张元英墓志铭》		
燕玫	建炎		考城 (湖南)	同上	程文海《雪楼集》卷二一《资德大夫湖广等处行中书省右丞燕公神道碑铭》		
王庶 (?—1142) 字子尚·号当叟	同上	绍兴十二年	庆阳 (甘肃)	同上	《宋史》卷三七二本传、《建炎以来系年要录》卷一四五,《宋元学案补遗》卷九六、《江西通志》卷九六《九江府·寓贤》	《全宋诗》27/17439 《全宋文》184/4051—4052	

续　表

姓　名	迁出时间	移居时间	迁出地	迁入地	依　据　资　料	作　品	备　注
张所	建炎元年	建炎元年	青州（山东）	江州	《宋史》卷三六三本传，《建炎以来系年要录》卷九，《江西通志》卷六《九江府·寓贤》，《明一统志》卷二四《青州府·人物》，《宋元学案补遗》卷三四	《全宋文》158/3403	后贬岭南，卒于贬所

3. 吉州，治所在庐陵（今吉安市）。辖庐陵（今吉安市）、吉水（治今吉水县）、安福（治今安福县）、太和（治今泰和县）、龙泉（治今遂川县）、永新（治今永新县）、永丰（治今永丰县）、万安（治今万安县）八县。27 人。

姓　名	迁出时间	移居时间	迁出地	迁入地	依　据　资　料	作　品	备　注
尚佐均	建炎		安阳	吉州	《翟忠惠集》卷三《国子博士尚佐均除秘书郎制》，《宋元学案补遗》卷八下	《全宋诗》24/15825	

续　表

姓　名	迁出时间	移居时间	迁出地	迁入地	依　据　资　料	作　品	备　注
尚大伸(1117—1178)字道长	建炎		安阳	吉州	周必大《文忠集》卷三四《武昌签判尚崇大伸墓志铭》、卷三六《亡姊尚夫人墓志》,《宋元学案补遗》卷八下	有"家集"十五卷,《和陶诗》一卷	佐均子
周洗	靖康		郑州	吉州	周必大《文忠集》卷一五《大父秦公试耀州倡酬诗卷》		必大祖
周利见	同上		同上	同上	《文忠集》卷三六《尚氏墓志铭》		洗子,必正父
周利建	同上		同上	同上	《文忠集》卷一九《先大师潭州益阳县清修寺留题记》,《御定佩文斋书画谱》卷三五	《全宋文》192/4228	洗子,必大父
周必正(1125—1205)字子中,自号乘成	同上		同上	同上	《渭南文集》卷二八《监丞周公墓志铭》,《宋史翼》卷一四	有文集三十卷,《全宋诗》38/24214,《全宋文》224/4961	洗孙,利见子,必大从兄

姓　名	迁出时间	移居时间	迁出地	迁入地	依据资料	作　品	备　注
周必大(1126—1204)字子充,一字洪道	靖康		郑州	吉州	《宋史》卷三九一本传《攻媿集》卷九四《宋故仕益国公赠太师溢文忠周公神道碑》《渭南文集》卷一五《周益公文集序》、集三〇《跋周益公诗卷》、《宋元学案》卷五	《文忠集》二百卷、《年谱》一卷、《附录》一卷、《省斋历官表奏》十二卷	诜孙、利建子、绍兴二十一年进士
高公轩	建炎		开封	同上	刘才邵《樆溪居士集》卷一二《大师人薛氏墓志铭》		
康襄字南仲	靖康	绍兴中	开封	卢陵	王庭珪《卢溪文集》卷四四《故右奉直大夫康公墓志铭》		
张允蹈	建炎		亳州(安徽)	吉州	刘诜《桂隐文集》卷二《赠张汉鼎赴岭南》	《全宋文》187/4120	
张巽(1127—1200)字叔保	同上		同上	同上	《诚斋集》卷一一九《朝奉大夫知永州张公行状》、《文忠集》卷七三《永州张使君蘖塞志铭》、《宋史翼》卷二一		允蹈子

续表

姓名	迁出时间	移居时间	迁出地	迁入地	依据资料	作品	备注
赵介（1125—1198）字节夫	建、绍间		宝鸡（陕西）	吉州	《文忠集》卷七二《高州赵君介墓志铭》		
赵不独（1106—1176）字彦荣	绍兴七年		洛阳	同上	《诚斋集》卷一二八《铃辖赵公墓志铭》		"戎马既息，易以诗书"
赵公呼	建炎		开封	同上	《文忠集》卷七四《承直郎知东安县赵君墓志铭》		彦伯文
赵叔聚	建炎		河南	同上	《文忠集》卷七五《宗室崇道武经公育墓志铭》		公育祖
赵守之	同上		同上	同上	同上		公育文
赵伯深 字逢原	建、绍间		同上	安福	《文忠集》卷五五《跋赵逢原得导诗卷》		
赵伯疃	建、绍间		同上	同上	《卢溪文集》卷四五《故吕氏宜人墓志铭》		

续表

姓　名	迁出时间	移居时间	迁出地	迁入地	依　据　资　料	作　品	备　注
刘滁	建炎		开封	吉州	《南轩集》卷四〇《教授刘君墓志铭》		靖之父
胡洪范	咸淳间		环州（甘肃）	吉水	《江西通志》卷九五《吉安府·寓贤》		
路植	绍兴间		河南	安福	《江西通志》卷九五《吉安府·寓贤》		
解潜（?—1149）字亨叔	建炎	绍兴间	蓝田（陕西）	南安军	《万姓统谱》卷七九、《南宋制抚年表》《明一统志》卷五八《南安府·流寓》	《全宋文》156/3352	谪居南安十九年
晁端规字梦规	建、绍间		澶州（河南）	赣州	《文忠集》卷五五《晁氏二图序》		孙公定
晁端矩字梦矩	同上		同上	同上			端规弟
晁端准字梦准	同上		同上	同上			同上

4. 袁州，治所在宜春（今宜春市）。辖宜春（治今宜春市）、分宜（治今分宜县南）、萍乡（治今萍乡市）、万载（治今万载县）四县。5人。

姓　名	迁出时间	移居时间	迁出地	迁入地	依　据　资　料	作　品	备　注
阮阅 字闳休，一字美成，又号松菊道人	建炎		舒城（安徽）	宜春	《江西通志》卷六〇，胡仔《苕溪渔隐丛话·序》	《郴江百咏》一卷、《诗话总龟》前集四十八卷·后集五十卷	神宗元丰八年进士
知浃 一作智浃	建绍间		汾州（山西）	袁州	《建炎以来系年要录》卷一四四，《明一统志》卷七《袁州·流寓》		
张逌	建炎		宁州（甘肃）	宜春	陆游《渭南文集》卷三八《朝奉大夫直秘阁张公墓志铭》		蹈父
吴师古			宜兴	袁州	《宋史》卷三七四《胡铨传》，《建炎以来系年要录》卷二六，《宋史翼》卷七，《明一统志》卷一〇《常州府·人物》，《江西通志》卷九五《袁州府·寓贤》		进士。谪居

5. 抚州,治所在临川(今临川市)。辖临川(治今临川市)、崇仁(治今崇仁县)、宜黄(治今宜黄县)、金溪(治今金溪县)、乐安(治今乐安县)五县。14人。

姓名	迁出时间	移居时间	迁出地	迁入地	依据资料	作品	备注
王瓒	建炎		安阳(河南)	抚州临川	周必大《文忠集》卷三二《外祖奉议郎王公圹墓志铭》		
孟泽(1118—1181)字德润	同上		开封	临川	《南涧甲乙稿》卷二一《承议郎新通判兴国军孟君墓志铭》		淳熙二年进士
孟奂 字济文	同上		澶渊(河南)	同上	吴澄《吴文正集》卷五七《题澶渊孟氏族谱后》,《宋元学案》卷七七,《江西通志》卷八〇《抚州府·人物》		
晁公迈 字伯咎,一字伯绍,号传密居士	同上		郑州	抚州	《渭南文集》卷一四《晁伯咎诗集序》,《建炎以来系年要录》卷二九,一三六	诗集四卷,已佚。《历代纪年》十卷《纪谈录》十五卷。《全宋诗》33/21238	咏之季子
晁子与(1114—1201)字点仲	同上		同上	同上	《文忠集》卷七《迪功郎致仕晁子与墓志铭》		迈次子

续 表

姓　名	迁出时间	移居时间	迁出地	迁入地	依　据　资　料	作　品	备　注
晁巽之	建炎		济州（山东）	抚州	《攻媿集》卷一〇八《司法晁君墓志铭》		
晁公遡（1105—1165）	同上		同上	同上	《攻媿集》卷一〇八《司法晁君墓志铭》、《宋元学案补遗》卷三下《万姓统谱》卷三〇		巽之子
晁鼎之				抚州金溪	《六安晁民五届续修支谱》		端智子
许忻 字子礼	建炎		襄邑（湖北）	抚州	《宋史》卷四二一本传、《建炎以来系年要录》卷一六〇、《南宋馆阁录》卷八、《宋元学案》卷九、《江西通志》卷九〇《抚州府·寓贤》	《全宋文》183/4009	宣和三年进士
范温 字元实	绍兴初		福岛（山东）	同上	《宋会要辑稿·兵》十五之四、《铁围山丛谈》卷四	《潜溪诗眼》一卷,已佚。《全宋诗》22/14391 《全宋文》182/3995	
张澂（?—1143）字如莹,一字达明,号潸品	建炎		舒州（安徽）	临川	《文忠集》卷四六《题张右丞如莹奏疏》、《宋诗纪事》卷四二、《江西通志》卷九五《抚州府·寓贤》	《潸品集》《全宋文》173/3772	

续表

姓　名	迁出时间	移居时间	迁出地	迁入地	依　据　资　料	作　品	备　注
韩璜 （?—1151） 字美成	建绍间		颖州 （河南）	抚州	《南涧甲乙稿》卷一五《崇福庵记》,《南涧甲乙稿》卷二二《大恭人李氏墓志铭》	《全宋文》182/3991	维孙
薛公采	建炎		汝州 （河南）	同上	《江西通志》卷九五《抚州府·寓贤》		
韩驹 （1080—1135） 字子苍	同上		仙井监 （四川）	同上	《宋史》卷四四五《文苑七》,《后村先生大全集》卷五《韩子苍诗后》,周必大《文忠集》卷一九《跋韩子苍诗草》,《明一统志》卷六二七《成都府·人物》,《江西通志》卷九五《抚州府·寓贤》,《宋元学案补遗》卷九	《陵阳集》五十卷	徽宗政和初赐进士出身
李壁 （1159—1222） 字季章，号雁湖	开禧二年	开禧二年	眉山 （四川）	同上	真德秀《西山先生真文忠公文集》卷四一《故资政殿学士李公神道碑》,《南宋馆阁录》卷三九,《宋宰辅编年录》卷二〇,《大清一统志》卷二四七《抚州府·流寓》,《宋元学案》卷七一	《雁湖集》一百卷,《临汝闲书》一百五十卷,《注荆公集》,五十卷《中兴十三处战功录》二十卷,《内外制》二十卷.《全宋词》4/2876	绍熙元年进士

续 表

姓名	迁出时间	移居时间	迁出地	迁入地	依据资料	作品	备注
尹墩 字致道	不详		平江府	临川	《江西通志》卷九五《抚州府·寓贤》		和靖后
林文仲 字次章	淳熙间		闽清	抚州	《江西通志》卷九五《抚州府·寓贤》		公选之孙,淳熙二年进士
孙觌（1081—1169）字仲益,别号鸿庆居士	建炎		晋陵	同上	《直斋书录解题》卷一二,《文忠集》卷五《鸿庆居士集序》《宋元学案补遗》卷六,《江西通志》卷九五《抚州府·寓贤》	《鸿庆居士集》四十二卷	大观三年进士。政和四年举词学兼茂科

6. 瑞州（筠州）。本筠州,宝庆元年,避理宗讳,改为瑞州。治所在高安（今高安市）。辖高安（治今高安市）、上高（治今上高县）、新昌（治今宜丰县）三县。

姓名	迁出时间	移居时间	迁出地	迁入地	依据资料	作品	备注
吴顺之（1088—1063）字伯思	建绍间		洛阳	筠州	《文忠集》卷三一《靖州太守吴君顺之墓志铭》	《全宋诗》29/18903 《全宋文》179/3914	

续表

姓名	迁出时间	移居时间	迁出地	迁入地	依据资料	作品	备注
余古	绍熙二年		临安	筠州	《咸淳临安志》卷六七,《江西通志》卷九五《瑞州府·寓贤》,《宋史翼》卷一五	《全宋文》287/6522	

7. 临江军,治所在清江(今樟树市西南临江镇)。辖清江(今樟树市西南临江镇)、新淦(治今新干县)、新喻(治今新余市)三县。

姓名	迁出时间	移居时间	迁出地	迁入地	依据资料	作品	备注
赵伯逖 字德蕴	靖康		开封	清江	《攻媿集》卷一○二《孟阳县丞赵君墓志铭》		前居徽州婺源
许奇 字彦国	建炎	建炎三年	同上	新喻	《江西通志》卷九五《寓贤》	《黄衣隐绪》	
伍朔 字国正		绍兴间	宁化(福建)	同上	《江西通志》卷九五《寓贤》		绍兴间知洪州·遂家焉

续表

姓　名	迁出时间	移居时间	迁出地	迁入地	依　据　资　料	作　品	备　注
胡思诚 字达孝,自号 溶溪居士	建炎		澧州 (河南)	清江	《江西通志》卷九《寓贤》	《溶溪集》	
佘彦忠 号清心	不详	不详	邵武 (福建)	新喻	《江西通志》卷五《寓贤》		由邵武访亲 至新喻,遂 家峰下
向子諲 (1086—1153或 1085—1152) 字伯恭	建炎		开封	临江军	《文定集》卷二一《向公墓志铭》、《澹庵文集》卷二六《向公墓表》、《五峰集》卷三七本传、《改斋集》卷五《向侍郎行状》、《宋史》卷三七七本传、《岁林居士文集序》、《嗟庵先生朱文公文集》卷一九《向芗林案朴酒边集序》、《斐然集》卷一九《向芗林案朴酒边集后序》、《宋元学案》卷三五遗》卷二〇《宋诗纪事》卷三五	《酒边词》二卷。《全宋文》175/3830	
向浯 字伯源,一作 伯元	同上		同上	同上	《嗟庵先生朱文公文集》卷八三《跋向伯元遗戒》、《宋元学案》卷四二		子諲仲子
向洛	同上		同上	同上	《宋元学案》卷三四		子諲幼子

8. 建昌军：治所在南城（今南城县）。北宋辖南城（治今南城县）、南丰（治今南丰县）二县。南渡后，增新城、广昌二县。

姓名	迁出时间	移居时间	迁出地	迁入地	依据资料	作品	备注
王羲叟 字夏卿	建绍同		郑州	建昌军	《建炎以来系年要录》卷七八、《江西通志》卷九五《寓贤》		
谢尧仁 字梦得	同上		建宁（福建）	南丰	《江西通志》卷九五《寓贤》、《宋诗纪事》卷七〇	《鹿峰笔集》、《于湖居士文集序》。《全宋诗》50/31023《全宋文》282/6392	
谢驿 字处厚	同上		同上	同上	同上	《全宋诗》53/33311	尧仁子，能诗

三、福建路

宋太宗太平兴国二年，设置两浙西南路、转运使司治福州。雍熙二年，改名为福建路，治所迁至建州。宋仁宗即位之初，将治所迁还福州。①（另说太宗太平兴国三年设置两浙西南路，治所在建州，此

① 王文楚：《北宋诸路转运司的治所》，《文史》第28辑，中华书局，1987年。

后至建炎二年，治所一直是在建州的。①有福州、建州、泉州、南剑州、漳州、汀州六州，邵武军、兴化军二军。南渡后，升建州为府。

1. 福州，治所在闽、侯官二县（今福州市）。辖闽（治今福州市）、侯官（治今福州市）、福清（治今福清市）、古田（治今古田县东北旧县）、永福（治今永泰县）、长溪（治今霞浦县）、长乐（治今长乐市）、罗源（治今罗源县）、闽清（治今闽清县）、宁德（治今宁德市）、怀安（治今福州市西北南台岛上）、连江（治今连江县）十二县。

姓　名	迁出时间	移居时间	迁出地	迁入地	依　据　资　料	作　品	备　注
王瓛	建炎		光州（河南）	长溪	黄灝《文献集》卷一○上：故参知政事行中书省事国信使赠荣禄大夫平章政事上柱国追封闽国公谥忠愍王公祠堂碑》		
王梳	同上		同上	同上	同上		瓛子
李晞	建炎		开封	福州	《后村先生大全集》卷一五六《韩母李氏墓志铭》		
吴琼字景玉	建绍间		同上	闽	《绍兴十八年同年小录》、《淳熙三山志》卷二八		高宗绍兴十八年进士

① 李昌宪：《也谈北宋转运司的治所》，《中国历史地理论丛》1992年第2辑。

续表

姓名	迁出时间	移居时间	迁出地	迁入地	依据资料	作品	备注
林庸	建、绍间		光州	福清	《至顺镇江志》卷一九		
陈确	建炎	建绍间	固始（河南）	同上	《重校鹤山先生大全集》卷八七《参知政事陈公神道碑》		贵谊曾祖。贵谊父宗召迁居湖州武康
陈大刚	同上	同上	同上	同上	同上		贵谊祖
林俊	建炎	建绍间	开封	长溪	《文溪稿》卷一二《学士林君墓志铭》		
林洛字伯华	建、绍间		安庆府	同上	《淳熙三山志》卷三〇		绍兴五年进士
陈经国字世显	同上		开封	怀安	《淳熙三山志》卷二八、《绍兴十八年同年小录》		绍兴十八年进士
郑居津字知要	建炎		河南	闽	《福建通志》卷五二《福州流寓》、《万姓统谱》卷一〇七		
赵士璂	同上		同上	福州	林之奇《拙斋文集》卷一八《荣国大夫人王氏墓铭》		

续　表

姓名	迁出时间	移居时间	迁出地	迁入地	依据资料	作品	备注
赵公填	建炎		郓（山东）	长乐	《后村先生大全集》卷一四二《虚斋资政赵公神道碑》		以夫祖
刘懋	建、绍间		北方	闽	《齐东野语》卷一一《未汉章本末》,《建炎以来系年要录》卷一五八、二〇〇、《文忠集》卷九五《昭庆军节度使提举佑神观刘懋乞致仕六月二日至旨依所乞》		
李纲（1083—1140）字伯纪、号梁溪	建炎四年	建炎四年	无锡	长乐	《宋史》卷三五八本传,《浮溪集》卷二二《落职鄂州居住李公制》《梁溪全集》附录《李公行状》,李绂撰《李忠定公年谱》《宋元学案》卷二五,《宋诗纪事》卷三八	《梁溪集》一百八十卷·附录六卷	政和二年进士。部武人,自其祖始居无锡。建炎元年谪居鄂州,建炎四年掣家避居长乐

2. 泉州,治所在晋江（今泉州市）。辖晋江（今泉州市）、南安（治今南安市东丰州）、同安（治今同安县）、永春（治今永春县）、惠安（治今惠安县）、安溪（治今安溪县）、德化（治今德化县）七县。

姓　名	迁出时间	移居时间	迁出地	迁入地	依　据　资　料	作　品	备　注
王安中 (1076—1134) 字履道，号初寮	靖康	绍兴初	中山府（河北）	泉州	《宋史》卷三五二本传、《文忠集》卷五三《初寮先生前后集序》《宋元学案》卷九八、《宋诗纪事》卷三七	《初寮集》四十卷,《后集》十卷《内外制》二十四卷,已佚。四库馆臣据《永乐大典》辑为八卷。《初寮词》一卷。	哲宗元符三年进士
王辟章	建炎		同上	同上	同上		安中子
王柟 (?—1173) 字嘉叟	同上		同上	同上	《建炎以来系年要录》卷一五九、《重校鹤山先生大全集》卷五四《王侍郎复斋诗集序》《宋诗纪事》卷五一《瀛奎律髓》卷八、《福建通志》卷五二《泉州·流寓》	《复斋诗集》十五卷、《复斋制表》二卷,已佚。《全宋诗》37/22993《全宋文》221/4895	安中孙
李郁 (1085—1146) 字汉老、号云龛	同上		巨野（山东）	同上	《文忠集》卷六九《资政殿学士中大夫参知政事赠太师李文敏公神道碑》《建炎以来系年要录》卷二二、《宋史》卷三七五本传、《福建通志》卷五二《泉州·流寓》	《草堂集》一百卷,已佚。《全宋诗》29/18434《全宋文》175/3821—3824《全宋词》2/1231	崇宁五年进士

续　表

姓　名	迁出时间	移居时间	迁出地	迁入地	依据资料	作　品	备　注
李镇(1109—1165)字伯玉,自号万如居士	建炎		巨野	泉州	《晦庵集》卷九二《朝请大夫李公墓碣铭》	有文十卷,梅百咏一篇,已佚。《全宋诗》36/22530	郎子
傅自得(116—1183)字安道	同上		济源(河南)	同上	《晦庵集》卷八《朝奉大夫直秘阁主管建宁府武夷山冲佑观傅公行状》、《南涧甲乙稿》卷九《举傅自得自代状》,《宋史翼》卷一,《宋元学案补遗》卷一、《福建通志》卷四五《人物》	《至乐斋集》四十卷	絮子
赵士晤(1108—1153)晤一作唔,字公美	同上		河南	同上	《后村先生大全集》卷一五八《赵孺人墓志铭》,《宋史》卷二四七,《大清一统志》卷三二八《名臣》		
赵不猜	建绍间		同上	晋江	《后村先生大全集》卷一五四《赵安人墓志铭》		土晒子
赵存诚	同上		高密(山东)	泉州	《福建通志》卷五五《泉州·流寓》		

续　表

姓　名	迁出时间	移居时间	迁出地	迁入地	依　据　资　料	作　品	备　注
赵思诚	建、绍同		高密	泉州	《筠溪集》卷四〈除中书舍人制〉《除知泉州制〉、《宋诗纪事补遗》卷四一	《全宋文》148/3200	存诚弟
赵涣	同上		同上	同上	同上		存诚从弟

3. 建宁府，本建州，绍兴三十二年以孝宗旧邸升郡为府。治所在建安、瓯宁（今建瓯市）。辖建安（治今建瓯市）、瓯宁（今建瓯市）、浦城（治今浦城县）、嘉禾（治今建阳市）、松溪（治今松溪县）、崇安（治今武夷山市）、政和（治今政和县）、瓯宁（治今建瓯市）七县。丰国一监。

漳州，治所在龙溪（今漳州市）。辖龙溪（治今漳州市）、漳浦（治今漳浦县）、龙岩（治今龙岩市）、长泰（治今长泰县）四县。

邵武军，治所在邵武（今邵武市）。辖邵武（治今邵武市）、光泽（治今光泽县）、泰宁（治今泰宁县）、建宁（治今建宁县）四县。

兴化军，治所在莆田（今莆田县）。辖莆田（治今莆田县）、仙游（治今仙游县）、兴化（今仙游县东北古邑）三县。

汀州，治所在长汀（今长汀县），辖长汀（治今长汀县）、宁化（治今宁化县）、上杭（治今上杭县北中寨）、武平（治今武平县）、清流（治今清流县）五县。南渡后，增莲城（治今连城县）一县。

姓　名	迁出时间	移居时间	迁出地	迁入地	依　据　资　料	作　品	备　注
赵士㒟（1084—1153）字立之	建炎	绍兴十一年	河南	建州	《宋史》卷二四七、《北海集》卷四《除知大宗正事制》	《全宋文》174/3796	此前居临安。谪居建州十二年，卒
林公武	建炎初		不详	同上	《福建通志》卷三二《建宁府·流寓》		
岳霖（?—1192）号商卿	同上		河南	漳州	《南轩文集》卷九、《宋会要辑稿·职官》七二、《食货》二、《攻媿集》卷三四《知广州岳霖敷文阁待制致仕制》，《宋纪纪事本遗》卷八、《两宋名贤龙溪县志》卷八、《福建通志》卷五二《漳州·流寓》云岳震，误	《全宋诗》45/27850	飞三子。前居江州
赵汝良	嘉定十二年			同上	《宋会要辑稿·兵》一六之一六		

续表

姓　名	迁出时间	移居时间	迁出地	迁入地	依　据　资　料	作　品	备　注
任贤臣	建炎		蔡州（河南）	邵武军	《晦庵集》卷九二《宜人王氏墓志铭》		
杜律（1111—1170）字文振	建、绍间		开封	同上	《南涧甲乙稿》卷二〇《右通直郎知袁州万载县杜君墓志铭》、《宋元学案补遗》卷三		杞次子
杜杞字变言	同上		京兆（陕西）	同上	《后村先生大全集》卷一四一、《杜尚书墓志铭》、《宋元学案补遗》卷三	《减斋集》十二卷	铎父
赵不衰（1107—1179）一名基,字梦周	建炎		河南	同上	《晦庵集》卷九一《武经大夫赵公墓志铭》、《宋史》卷二四〇七下		善俊父前居贵溪七阳
赵士崿	同上		同上	同上	卫泾《后乐集》卷一八《赵公墓志铭》		
赵善长	嘉定十二年		同上	兴化军	《宋会要辑稿·兵》一六之一六		
郑少齐	建、绍间		荥阳	兴化军莆田	黄公度《知稼翁集》（下）《送郑少齐赴官严州序》		

续　表

姓　名	迁出时间	移居时间	迁出地	迁入地	依　据　资　料	作　品	备　注
李汝明	建、绍同		济南	汀州	《永乐大典》卷七八九四《汀州府进士题名》		绍兴二十七年王十朋榜进士
赵汝舟	嘉定十二年		山东	同上	《宋会要辑稿·兵》一六		

四、荆湖南、北路

宋初置荆湖北路，宋太宗雍熙二年，与荆湖南路合并为荆湖路。宋真宗咸平二年，分置荆湖北路。转运使司治所在江陵。宋高宗绍兴元年，以鄂、岳、潭、永、郴、道六州和桂阳军为东路，道六州置安抚司。以鼎、澧、沅、靖、郴、全七州和武冈军为西路，在鼎州置安抚司。绍兴二年，罢东、西路，仍分为南、北路安抚司。南路治所在潭州，北路治所在鄂州。不久，北路治所迁江陵。

荆湖北路，有江陵、德安二府，鄂、复、鼎、峡、岳、归、澧、辰、沅、靖十州，荆门、汉阳二军。南渡后，有江陵、德安三府，鄂、岳、归、澧、复、辰、沅、靖九州，汉阳、荆门、寿昌三军。

荆湖南路，常德、德安三府，有潭、衡、道、永、邵、郴、全七州、武冈一军、桂阳一监。南渡后，增茶陵军。

南渡后,京西路只存襄阳府、随州、枣阳、光化军、信阳军,和荆湖北路合称为京湖路。故把京西路的移民文人也放在这里。

（一）荆湖北路与京西路

常德府,本鼎州,乾道元年以孝宗潜藩升为常德府。治所在武陵（今常德市）。辖武陵（今常德市）、桃源（今桃源县）、龙阳（今汉寿县）三县。南渡后,增沅江县（治今沅江市）。

鄂州,治所在江夏（今武汉市武昌）。辖江夏（治今武汉市武昌）、武昌（治今鄂州市）、蒲圻（治今蒲圻市）、咸宁（治今咸宁市）、通城（治今通城县）、嘉鱼（治今嘉鱼县）、宝泉七县。南渡后,武昌县升为寿昌军。

姓名	迁出时间	移居时间	迁出地	迁入地	依据资料	备注
王实，字仲弓	靖康		许昌（河南）	鄂州咸宁	《来诗纪事补遗》卷二七	陶子。诗祖陶、谢,韦、杜
李兴	绍兴十一年		王屋（河南）	鄂州	《建炎以来系年要录》卷一四〇,《三朝北盟会编》卷二〇六	
姬德	金末		绛州（山西）	同上	苏天爵《滋溪文稿》卷一四《姬先生墓碣铭》	文龙父
砚汝翌	靖康	建绍间	颍州（安徽）	德安	苏天爵《滋溪文稿》卷七《元故国子司业砚公墓碑并序》	前此曾侨居于邓郡

续　表

姓　名	迁出时间	移居时间	迁出地	迁入地	依据资料	作　品	备　注
袁溉字道洁	建炎初	建绍间	汝阴（河南）	江陵府	薛季宣《浪语集》卷三二《袁先生传》		前潼川路富顺监
郭雍（1091—1187）字子和	建绍间		洛阳	峡州	《宋史》卷四五九《隐逸》，《水心集》卷一八《朝议大夫知处州蒋公墓志铭》《渭南文集》卷二七《跋兼山先生易说》	《传家易解》十一卷，《中庸说》一卷《全宋文》183/4008	忠孝子。隐居长阴山
王震（1079—1146）字东卿	建炎		开封	武陵	《斐然集》卷二六《左朝请大夫王公墓志铭》	有文集二十卷	
杜昉	建炎初		密州（山东）	同上	《大明一统志》卷六四《常德府·流寓》		
邢倞	靖康		郑州	同上	《宋史》卷四七一《邢恕传》，《东都事略》卷九九，《建炎以来系年要录》卷一、卷二八、《北海集》卷五《邢倞责英州团练副使英州安置制》《三朝北盟汇编》卷六三，《大明一统志》卷六四《常德府·流寓》		恕子，绛父

续表

姓　名	迁出时间	移居时间	迁出地	迁入地	依　据　资　料	作　品	备　注
邵宏渊	建炎		大名（河北）	武陵	《建炎以来系年要录》卷一六、一六六、一九六，一九三；《大明一统志》卷六四《常德府·流寓》	《全宋文》198/4378	
师严 字道立	宋末		襄阳	同上	《南宋文范作者考》下，《宋诗纪事》卷七八	《全宋诗》69/43383	
董道隆 字德从	建炎		濮州（河南）	常德府	魏了翁《鹤山集》卷八○《朝散郎知宜州董君墓志铭》		
王元	金末		南阳	襄阳府	《元诗纪事》卷三三		
杨宏道	同上		淄川	同上	《元诗纪事》卷三○		

（二）荆湖南路

潭州，治所在长沙（今长沙市）。辖长沙（治今长沙市）、衡山（治今衡山县）、安化（治今安化县东南伊溪东岸启安坪）、醴陵（治今醴陵市）、攸（治今攸县）、湘乡（治今湘乡市）、湘潭（治今湘潭市东南下摄司）、益阳（治今益阳市）、浏阳（治今浏阳市）、湘阴（治今湘阴县）、宁中（治今宁中县）、善化（治今长沙市）十二县。

衡州，治所在衡阳（今衡阳市）。辖衡阳（今衡阳市）、耒阳（治今耒阳市）、常宁（治今常宁县西北三里）、安仁（治今安仁县）、茶陵（治今茶陵县）五县。南渡后，升茶陵为军。

永州，治所在零陵（今永州市）。辖零陵（治今永州市）、祁阳（治今祁阳县西南十里老山湾）、东安（治今东安县南紫溪）三县。

桂阳军，本桂阳监，绍兴三年，升为军。治所在平阳（今桂阳县）。辖平阳（今桂阳县）、蓝山（治今蓝山县）二县。南渡后，增临武县（治今临武县）。

姓　名	迁出时间	移居时间	迁出地	迁入地	依　据　资　料	作　　品	备　注
李植 字元直	建炎	绍兴九年	泗州（江苏）	潭州醴陵	《宋史》卷三七本传、《澹庵集》卷一五《李元直文集序》、《宋元学案》卷九九	《临淮集》十卷	
胡安国（1074—1138）字康侯	建炎		崇安（福建）	衡山	胡寅《斐然集》卷二五《先公行状》，胡寅《斐然集》卷二〇《悼亡别记》，《宋史·一统志》卷五本传、《大明·一统志》卷六三《长沙府·陵墓》、《闽中理学渊源考》卷三、《宋元学案》卷三四，《宋诗纪事》卷三三	《春秋传》三十卷、《通旨》一例）一卷、《通旨》一卷、《胡文定公武夷集》十五卷。《全宋文》146/3146—3149	绍圣四年进士

续 表

姓 名	迁出时间	移居时间	迁出地	迁入地	依 据 资 料	作 品	备 注
胡黄 字明仲，一作字仲刚，或作仲虎，学者称致堂先生	建炎		崇安	衡山	《宋史》卷四三五、《鹤山先生大全集》卷五《致堂先生胡公斐然集序》、《闽中理学渊源考》卷三、《宋元学案》卷四一、《宋诗纪事》卷四〇	《致堂论语详说》二十卷、《读史管见》三十卷、《致堂斐然集》三十卷	安国弟之子，安国养为己子。宣和三年进士
胡宏 (1106—1162) 字仁仲，号五峰	同上		同上	同上	《南轩文集》卷一四《胡仁仲遗文序》、《龙川文集》卷五、《宋史》卷四三、《闽中理学渊源考》卷三、《宋元学案》卷四二、《宋诗纪事》卷四五	《五峰论语指南》一卷、《皇王大纪》八十卷、《胡子知言》一卷、《五峰集》五卷	安国季子
胡宁 字和仲，学者称茅堂先生	同上		同上	同上	《宋史》卷四三五、《闽中理学渊源考》卷三、《宋元学案》卷三四	《春秋通旨》《全宋文》193/4252	安国次子
张栻 (1133—1180)，字敬夫，号南轩	隆兴二年		绵竹(四川)	潭州	《宋史》卷四二九本传	《论语解》、《孟子详说》、《南轩先生文集》四十四卷	浚子
侯寘 字彦周	建炎		东武(山东)	长沙	《直斋书录解题》卷二一、《四库全书总目提要·懒窟词》	《懒窟词》一卷《全宋词》3/1846《全宋文》193/4250	巽谦之甥

续表

姓名	迁出时间	移居时间	迁出地	迁入地	依据资料	作品	备注
贾林 字仲山	建炎		郓州（山东）	衡山	张栻《南轩集》卷四一《贾仲山墓志铭》《宋元学案补遗》卷五〇		
贾森	同上		郓州（山东）	同上	《宋元学案补遗》卷五〇		林兄
赵隆之	同上		河南	同上	李孝光《五峰集》卷三《赵监庙墓表》		
赵师孟（1109—1172）字醇叟	绍兴五年		河南	同上	张栻《南轩集》卷四〇《训武郎赵公醇叟墓志铭》、《建炎以来系年要录》卷一九八、《绍兴十八年同年小录》《宋元学案》卷四二		绍兴十八年进士。父伯庄
刘锜（1078—1162）字信叔	建炎		德顺军（甘肃）	浏阳	《宋史》卷三六六本传、欧阳守道《巽斋文集》卷八《清溪刘武忠公诗集序》、《宋诗纪事补遗》卷四八	《清溪诗集》三卷，已佚。《全宋诗》33/21030 《全宋词》5/4882 《全宋文》149/3220	
韩璜 字叔夏	建、绍间		开封	衡山	《宋元学案》卷三四、《建炎以来系年要录》卷三七	《全宋词》2/1278 《全宋文》179/3925	宗武子，建炎四年赐进士出身

续 表

姓　名	迁出时间	移居时间	迁出地	迁入地	依　据　资　料	作　品	备　注
王镇 字靖之	建炎	淳熙二年	开封	衡山	《文忠集》卷七《朝议大夫赐紫金鱼袋王君镇墓碣》		
王蕃	同上	建炎四年	同上	永州			镇父
贾谠（?—1147）	同上	绍兴间	同上	同上	《斐然集》卷二六《吴国太夫人王氏墓志铭》《建炎以来系年要录》卷一五六《贾谠浮溪文阁直学士不允批答》	《全宋文》156/3352	前徙寓建康
滕康	同上	绍兴	应天府（河南）	同上	《宋名臣言行录别集》上、《宋史》卷三七五本传	《翰墨丛纪》五卷,有文集二十卷。《全宋文》175/3825	崇宁五年进士
向子忞（1097—1165）字宣卿,一作寅卿	同上	绍兴二十八年	开封	衡阳	王庭珪《卢溪文集》卷四七《故左奉直大夫直秘阁向公行状》《斐然集》卷九《应诏荐右承议郎向子忞》《斐然集》卷二一《伊山向氏有裕堂记》、《宋元学案补遗》卷三四		子罶诤

续表

姓　名	迁出时间	移居时间	迁出地	迁入地	依据资料	作　品	备注
向沈 （1108—1171） 字深之	建炎		开封	衡阳	《南轩文集》卷三九《向君墓表》、《宋元学案》卷三四		子韶子
向澹 （1122—1181） 字节之	建绍间		同上	同上	《诚斋集》卷一三〇《通判吉州向侯墓志铭》	《全宋文》221/4894	子忞子
向澤	同上		同上	同上	王庭珪《卢溪文集》卷四七《故左奉直大夫直秘阁向公行状》		同上
宋文仲			开封	衡州	《宋元学案》卷七一《县名宋先生文仲》		
李椿 （1111—1183） 字寿翁	建炎		洺州（河北）	同上	《宋史》卷三八九本传、《嗨庵集》卷九四《敷文阁直学士李公墓志铭》、《诚斋集》卷一六《李侍郎传》、《宋元学案》卷三四	《全宋文》207/4597—4600	升子
郑思恭 （1099—1171） 初名安恭，字子礼	同上		襄邑（河南）	同上	《南涧甲乙稿》卷二〇《秘阁修撰郑公墓志铭》	《全宋诗》37/23289 《全宋文》190/4197	雍子

续 表

姓　名	迁出时间	移居时间	迁出地	迁入地	依 据 资 料	作　品	备　注
王子钦	靖康		北方	桂阳军	孙觌《鸿庆居士集》卷三一《送王子钦归夔子序》		
刘芮字子驹，号顺宁	建绍间		东平（山东）	湘中	《诚斋集》卷八二《顺宁文集序》、《五峰集》卷三《刘开州墓表》、《宋元学案》卷二○、《宋诗纪事》卷五七	《全宋诗》35/22343	挚曾孙。胡安国师

五、成都府路、潼川府路、利州路、夔州路

成都府路、潼川府路、利州路、夔州路所辖范围主要是四川、贵州，因而放在一起考察。

宋太祖乾德三年平蜀，设置西川路。宋太宗太平兴国二年，分西川路为两路，即西川路和东川路。太平兴国七年，取消东川路，仍归西川路。宋真宗咸平四年，分西川路为益州、利州两路。宋仁宗嘉祐四年，改益州路为成都府路。成都府路有成都一府、眉、蜀、彭、绵、汉、嘉、邛、简、黎、雅、茂、威十二州、永康、石泉二军、仙井一监。五十八县。南渡后，蜀州因是宋高宗潜藩、淳熙四年，升为崇庆府。嘉州以宁宗潜邸、于庆元元年升为嘉定府。这样，成都府路有成都、崇庆、嘉定三府、眉、彭、绵、汉、黎、雅、茂、简、威、隆十一州，永康、石泉二监。

真宗咸平四年，分峡西路置夔州路和梓州路。徽宗重和元年，升梓州路为潼川府路。

潼川府路有潼川、遂宁二府，果、资、昌、叙、普、合、荣、渠九州，长宁、怀安、广安三军，富顺一监。

夔州路绍庆有夔、黔、施、忠、万、开、达、涪十州，恭、珍三州，南平、云安、大宁三军，大宁一监。南渡后，有重

庆、咸淳、绍庆三府。夔、达、涪、万、开、施、播、思八州，云安、云安、南平、梁山、梁山，南平三军，大宁一监。

咸平四年，分西川路为益州路和利州路。绍兴十四年，分利州路为东、西两路。

利州路有兴元一府，利、洋、阆、剑、文、兴、蓬、政、巴九州，剑门关。南渡后，有兴元、隆庆、同庆三

府，利、金、洋、阆、巴、西、文、蓬、龙、阶，西和、凤十二州，大安、天水二军。

（一）成都府路

1. 嘉定府，本嘉州，以宁宗潜邸升府。治所在龙游（今乐山市）。辖龙游（今乐山市）、洪雅（治今乐山市）、夹江（治今夹江县）、峨眉（治今峨眉山市）、犍为（治今犍为县）五县、丰远一监。

姓　名	迁出时间	移居时间	迁出地	迁入地	依　据　资　料	作　品	备　注
邵伯温（1057—1134）字子文	靖康		河南府	犍为	《建炎以来系年要录》卷七八《宋史》卷四三三本传，《宋元学案》卷一〇，《宋诗纪事》卷三五	《邵氏闻见录》二十卷、《邵氏辨诬》《庆德集》一卷《易学辨惑》一卷。《全宋诗》20/13487《全宋词》2/819《全宋文》128/2780	雍子

续　表

姓　名	迁出时间	移居时间	迁出地	迁入地	依据资料	作　品	备　注
邵博 （?—1158） 字公济	建炎		河南府	犍为	《建炎以来系年要录》卷一二、《渭南文集》卷二六《题邵公济诗》《江湖长翁集》卷一《题邵太史西山集》、《宋史翼》卷二○、《南宋馆阁录》卷八《宋诗纪事》卷五○、《宋元学案补遗》卷一○下	《西山集》五十七卷,已佚《邵氏闻见后录》三十卷《全宋诗》33/21025《全宋词》2/1161《全宋文》184/4054—4056	伯温次子。绍兴八年赐同进士出身
邵溥 字泽民	同上		同上	同上	《建炎以来系年要录》卷一八、《宋史翼》卷一○、《宋元学案》卷三○	《邵氏集》《全宋文》173/3769	伯温长子。进士及第
晁公武 字子止,号昭德先生	同上		钜野 （山东）	符文	《南宋馆阁录》卷八、《四川通志》卷一六五	《郡斋读书志》二十卷《全宋诗》34/21567《全宋文》210/4660	冲之子
晁公遡 字子西	同上		同上	东川	《宋会要辑稿·选举》二○之二○、《宋诗纪事》卷四八、《万姓统谱》卷三○、《四库总目提要·嵩山集》	《抱经堂稿》,已佚。《嵩山集》五十四卷《全宋文》211/4680—4701	公武弟,绍兴八年进士

续　表

姓　名	迁出时间	移居时间	迁出地	迁入地	依　据　资　料	作　品	备　注
蔡洤 字靖吾	绍兴		许昌	犍为	韩元吉《南涧甲乙稿》卷一〇《荐蔡洤劄子》、卷一四《送蔡洤靖吾序》,韩淲《涧泉日记》卷中、《涧南文集》卷二八《跋蔡洤吾所作遂甯府君墓志铭》、《宋元学案》卷二七	《全宋文》259/5825	延庆曾孙
刘蓍	建绍间		东光（河北）	龙游	《大明一统志》卷七二《嘉定州》《嘉定志·流寓》		挚后,甲文

2. 成都府

姓　名	迁出时间	移居时间	迁出地	迁入地	依　据　资　料	作　品	备　注
范圭 (1116—1164) 字元功,更字信伸,以旧字行于党友间	绍兴九年		许州（河南）	成都府	李石《方舟集》卷一五《范元功墓志铭》	有文集十卷臧于家 《全宋文》210/4674	范镇曾孙

续 表

姓　名	迁出时间	移居时间	迁出地	迁入地	依　据　资　料	作　品	备　注
赵怀恩	建、绍间		西宁州（青海）	成都府	《宋会要辑稿·兵》一七之二三、二二四，《建炎以来系年要录》卷一〇六		

（二）夔州路

姓　名	迁出时间	移居时间	迁出地	迁入地	依　据　资　料	作　品	备　注
王之奇（?—1173）字能甫	建炎	绍兴十年	庆阳（甘肃）	巫山	蔡戡《定斋集》卷一四《故端明殿学士王公行状》，《宋会要辑稿·职官》四一之一三	《全宋诗》34/21470《全宋文》210/4672	庶子、前居南康军、江州、乾道八年赐进士第
王之荀	建炎	同上	同上	同上	《宋宰辅编年录》卷一五		庶子
崔嘉彦 字子虚	建炎		成纪（甘肃）	夔州	《晦庵集》卷七九《卧龙庵记》、《西原庵记》，《永乐大典》卷二七四一—《江州图经志》	《全宋文》276/6262	

续表

姓　名	迁出时间	移居时间	迁出地	迁入地	依　据　资　料	作　品	备　注
邢焕（？—1132）字文仲	建炎		祥符（河南）	忠州	《宋史》卷四五本传		女为高宗皇后

（三）利州路

姓　名	迁出时间	移居时间	迁出地	迁入地	依　据　资　料	作　品	备　注
马彦	绍兴三十一年		商州（陕西）	巴州	魏了翁《重校鹤山先生大全集》卷七七《知江原县兼权通判成州马君墓志铭》		
马士宁	同上		同上	同上	同上		彦子
马范之字器之	同上		同上	同上	同上		士宁子

（四）潼川府路

姓　名	迁出时间	移居时间	迁出地	迁入地	依　据　资　料	作　　品	备　注
古革（1105—1154）字通老	建、绍同		钜野（山东）	遂宁府	《永乐大典》卷一〇八八九《古革墓铭》		政和初以算学登第
李延智	同上		开封	昌州永昌	《舆地纪胜》卷一六一《昌州·人物》	《全宋文》284/6445	
李士观	建炎		同上	合州	《重校鹤山先生大全集》卷七一《朝奉郎权发遣大宁监李君炎震墓志铭》		炎震曾祖
李敏随	同上		同上	同上	同上		士观子

六、广南西路

姓　名	迁出时间	移居时间	迁出地	迁入地	依　据　资　料	作　　品	备　注
颜博文字持约	建炎		德州（山东）	贺州	《图绘宝鉴》卷三、《宋诗纪事》卷四二	《全宋词》2/1272	政和八年进士

续表

姓名	迁出时间	移居时间	迁出地	迁入地	依据资料	作品	备注
欧阳櫶（?—1141）字德瀰，自号静退居士	建、绍间		河南	连州	《攻媿集》卷五二《静退居士文集序》、《建炎以来系年要录》卷一三，四八，六二，六四，一一四，《宋元学案补遗》卷四，《吴郡志》卷一		欧阳修孙、季默子。卒于衢州。
李邦彦 字士美	建炎		怀州（河南）	洄州	《箪辅编年》卷一四，《宋史》卷三五二		大观二年上舍及第，建炎初贬居洄州
赵子崧 字伯山，自号鉴堂居士	同上		河南	同上	《宋史》卷二四七，《建炎以来系年要录》卷四，五，一三，五九，《文忠集》卷一七，《跋赵子崧诗集后》、《大明一统志》卷八〇八五《流寓》，《宋诗纪事补遗》卷九	《朝野遗事》一卷，《朝野佥载》，《全宋词》2/1022	崇宁五年进士。建炎初贬南雄州，未几，放令自便。道卒。未能归。寓居于浔
吴敏（1089—1132）自元中，一作元忠，号中桥居士	靖康	建炎元年	仪真（江苏）	柳州	《宋史》卷三五二本传，《建炎以来系年要录》卷五，四六，六〇，《宋元学案补遗》卷二五，《宋诗纪事》卷三八	《吴丞相手录》一卷	大观中辟雍私试首选，建炎元年由贬地浔州移居柳州

续表

姓名	迁出时间	移居时间	迁出地	迁入地	依据资料	作品	备注
尚用之，字仲明	建、绍间		江都（江苏）	静江府桂林	《诚斋集》卷一〇〇《跋尚仲明文稿》、《跋尚提干所藏王初寮帖》、《广西通志》卷八六、《宋诗纪事》卷二三、《宋诗纪事小传补正》卷一		宣和六年任广西提点刑狱，后寓桂林，卒葬兴安，子孙占籍于桂
程佑之，字申夫，一作升夫	建炎	绍兴	河南	桂林	《大明一统志》卷八三《流寓》、《万姓统谱》卷五三、《桂胜》卷四《望夫山题名》、《桂故》卷五		
张松卿	同上	建绍间	邢州（河北）	静江府	《诚斋集》卷四一《寄题八桂张松卿又庄》		
蔡絛，字约之，自号百衲居士	靖康	兴化军仙游	河南	郁林州	《靖康要录》卷七、《四库全书总目提要》、《铁围山丛谈》、《文定集》卷一《题蔡儵诉神文》、《东都事略》卷一〇一、《宋史翼》卷四〇	《铁围山丛谈》六卷 《西清诗话》	蔡京之季子

七、两淮路移民分布列表

姓名	迁出时间	移居时间	迁出地	迁入地	依据资料	作品	备注
王三乙	建、绍间		开封	扬州	《东江家藏集》卷三一《封监察御史沙隐王翁配孺人严氏合葬志铭》		曾任大理评事。子邦显占籍丹徒
罗靖 字仲恭	同上		同上	江都	《晦庵集》卷八三《跋吕仁甫诸公帖》《宋元学案》卷二七《二吕讲友》		
罗竦 字叔恭	同上		开封河南	扬州	同上	《全宋诗》29/18814	靖弟
李金	建炎	建炎三年	大名(河北)	高邮军	《建炎以来系年要录》卷三○、卷三六	《全宋诗》22/14979	
韩元杰	建、绍间		颍州(河南)	太平州芜湖	《建炎以来系年要录》卷九○、一○六、一一一,《万姓统谱》卷二四,《江南通志》卷一七三		
韩元象	同上		同上	同上	同上		尤工吟咏

附录二　移民后裔文人分布列表

一、两浙路移民后裔文人分布列表

姓　名	原籍	移居地	依据资料	作　品	备　注
赵必拆	河南	临安	《宋诗纪事》卷八五,《月泉吟社诗》第30名	《全宋诗》71/44720	
赵汝湜 号潗轩	同上	馀杭	《宋诗纪事》卷八五	《全宋诗》56/35089	嘉定元年进士
赵崇缵	同上	同上	《宋诗纪事》卷八五		绍定五年进士
赵昚 (1127—1194) 字元永	开封	临安	《宋史》卷三三《孝宗本纪》	《全宋诗》43/26864 《全宋文》234/5206-5284	孝宗生于秀州
赵汝谈 (?—1237) 字履常,号南塘	同上	馀杭	《宋史》卷四一三本传、《南宋馆阁录》卷九、《咸淳临安志》卷六七、《宋诗纪事》卷八五	《南塘集》九卷,已佚。《南塘易说》三卷·南塘书说三卷。《全宋诗》51/32022 《全宋文》289/6556-6569	不息孙、牵临子,淳熙十一年进士

续　表

姓　名	原　籍	移居地	依　据　资　料	作　品	备　注
赵汝谠 （?—1223） 字踏中，号懒庵	开封	馀杭	《宋史》卷四一三本传，《咸淳临安志》卷六七，《宋诗纪事》卷八五	《懒庵集》已佚。 《全宋诗》53/32984 《全宋文》304/6936	汝谈弟，嘉定元年进士
史沂	同上	临安	《咸淳临安志》卷六一		开禧元年进士
张仲实	成纪（甘肃）	同上	厉鹗《东城杂记》卷上《东城倡和序》		俊后裔
张宗元 （1131—?） 字会卿	同上	同上	《绍兴十八年进士登科录》第一百十人，《建炎以来系年要录》卷一四四，一九四	《全宋文》242/5422	绍兴十八年进士。俊孙，磁文
张镃（1153—?）字功甫	同上	同上	周麟之《海陵集》卷二三《张循王神道碑》，《四库总目提要·南湖集》，《宋诗纪事》卷五七	《南湖集》二十五卷，已佚。四库馆臣从《永乐大典》辑为十卷；《仕学规范》四十卷	俊曾孙，宗元子
张枢 字斗南，一字云窗，号寄闲	同上	同上	《全宋词》小传	《全宋词》4/3838	俊后裔
张炎 （1248—1320） 字叔夏，号玉田，又号乐笑翁	同上	同上	《宋诗纪事》卷八〇，《四库全书总目提要·山中白云词》	《山中白云词》八卷，《乐府指迷》一卷	俊五世孙

续　表

姓　名	原　籍	移居地	依　据　资　料	作　品	备　注
吕思恭（1150—1201）字礼夫	东平	杭州	《江湖长翁集》卷三五《吕正将墓志铭》		
杨伯嵒（?—1254）字彦瞻，号泳斋	代州（山西）	临安	《全宋词》小传	《六帖补》二十卷、《九经韵补》一卷。《全宋词》4/3761《全宋文》333/7683	存中孙
杨九鼎	河南	同上	《咸淳临安志》卷六七		由义子
赵崈夫	河南	同上	《后村先生大全集》卷一五八《赵克勤吏部墓志铭》		克勤父
赵克勤（1201—1257）	同上	同上	《后村先生大全集》卷一五八《赵克勤吏部墓志铭》		嘉定十三年进士。文崈夫
吴琚 字居父，号云壑	开封	同上	《宋史》卷四六五《吴益传》	《云壑集》，已佚。《全宋诗》50/31028《全宋词》4/2836《全宋文》282/6412	益子
吴璹	同上	同上	同上		益子

续　表

姓　名	原　籍	移居地	依　据　资　料	作　品	备　注
吴璆	开封	临安	《宋史》卷四六五《吴益传》	《全宋诗》47/29134 《全宋文》112570	盖子
陈龟年(1130—1188)字寿卿	熙州(甘肃)	同上	陈亮《龙川集》卷一八《陈春坊墓碑铭》		思恭子
王中行(1158—1210)字知复	宛丘(河南)	绍兴府馀姚	《攻媿集》卷九○《国子司业王公行状》、《絜斋集》卷一九《朝奉郎王君墓志铭》、《宋元学案补遗》卷三四	《广州图经》二卷 《全宋文》254/5716	俱称
宋绍恭(1132—1216)字彦安	开封	绍兴	叶适《水心先生文集》卷一二《故朝奉大夫知峡州宋公墓志铭》		
宋驹(1159—1120)	同上	同上	叶适《水心先生文集》卷二五《宋厥父墓志铭》		绍恭子，淳熙八年黄由榜进士
吕虁友(1197—1239)字子韶	历城(山东)	同上	袁甫《蒙斋集》卷一八《主簿吕君圹志》		曾祖颐浩居台州
邢世材(1140—1176)字邦用	开封	会稽	《东莱集》卷二二《邢邦用墓志铭》		

续 表

姓　名	原籍	移居地	依　据　资　料	作　品	备注
邢邦杰	开封	会稽	《东莱集》卷八《祭邢邦杰文》		邦用兄弟
姚公烈 字伯武 (1202—1253)	潍州（山东）	新昌	姚勉《雪坡集》卷四九《运属姚公伯武墓志铭》		
陈愻 字公庶	襄阳（湖北）	诸暨	宋濂《宋学士文集》卷二三《故诸暨陈府君墓碣》		有文名,与陆游、辛弃疾交游。父曰居临安
杨次山 (1139—1219) 字仲甫	开封	上虞	《宋史》卷四六五本传、《明一统志》卷四五《人物》		渐孙
杨谷	同上	同上	同上		次山子
杨石	同上	同上	同上		同上
赵善誉 (1143—1189) 字静之,一字德广	河南	余姚	《攻媿集》卷一○二《朝奉郎主管台观赵公墓志铭》	《易说》二卷 《全宋文》280/6350	不晦子、乾道五年试礼部第一
赵令誏 字君序	同上	诸暨	《宋学士文集》卷一一《周节妇传》、《吴郡志》卷七,《嘉泰会稽志》卷二下、《宋史》卷二四四	《全宋文》190/4199	

续表

姓　名	原　籍	移居地	依　据　资　料	作　品	备　注
赵希瓐		山阴	《宋史》卷四一《理宗本纪》		理宗父
赵时逑 字平仲		馀姚	《宝祐四年登科录》第一甲第20人		宝祐四年进士，上舍
赵彦真 (1143—1196) 字从简		会稽	王鏊《姑苏志》卷四一，《渭南文集》卷三四《知兴化军赵公墓志铭》	《全宋诗》48/30364	孝宗隆兴元年进士
赵彦俅 字元道		馀姚	《南宋馆阁续录》 南宋馆阁续录 卷七	《全宋文》304/6947	开禧元年进士
赵良峻 (1233—？) 字荅甫		同上	《宝祐四年登科录》第四甲第207人，光绪《上虞县志校续》卷七	《全宋诗》68/42864	理宗宝祐四年进士
赵师龙 (1143—1193) 字孾臣，一字德言		同上	《攻媿集》卷一〇二《知婺州赵公墓志铭》	《全宋文》48/30360	伯述子，隆兴元年进士
韩同卿	安阳 (河南)	绍兴	《宋史》卷二四三《后妃》	《全宋文》284/6444	胄胄孙
韩侂胄 (1152—1207) 字节夫	同上	同上	《宋史》卷四七四本传		诚子

续表

姓　名	原籍	移居地	依　据　资　料	作　品	备注
丘崈 字少潜	朐山(山东)	平江府常熟	《姑苏志》卷五〇		砺孙
吴仁杰	洛阳	昆山	《宋元学案》卷六九《沧州诸儒学案上》,清雍正《江西通志》卷五一	《古周易》十二卷,《洪范辨图》,《西汉刊误补遗》十七卷,《陶靖节年谱》一卷。《全宋诗》64/40352	理宗淳祐四年进士
赵善祥	河南	同上	《淳祐玉峰志》(中)		绍兴三十年梁克家榜
赵善遵	河南	同上	同上		绍熙元年余复榜
赵汝填	河南	同上	同上		开禧元年毛自知榜
孔元忠(1157—1223)字君复	南河(山东)	长洲	刘宰《漫塘集》卷三五《故长洲寺丞孔公行述》	《全宋诗》51/32237 《全宋文》294/6698	道子
孟嵩(1134—1177)字峤之	洛州(今属河北)	同上	楼钥《攻媿集》卷一〇八《直秘阁孟君墓志铭》《水心先生文集》卷一三《宋故孟夫人墓志铭》		忠厚孜子

续　表

姓　　名	原　籍	移居地	依　据　资　料	作　品	备　注
孟猷 (1156—1216) 字良甫	同上	同上	《水心先生文集》卷二二《故运副龙图侍郎孟公墓志铭》,《宋元学案》卷五五,《漫塘集》卷二四《跋孟侍郎诗》	《孟侍郎集》 《全宋文》292/6648	忠厚孙
孟号 (1160—1220) 字达甫	同上	同上	《水心先生文集》卷二五《孟达甫墓志铭》		猷弟
孟文	同上	同上	《宋季忠义录》卷一五		忠厚曾孙
周虎 (1161—1229) 字叔子	临淮 (江苏)	苏州	刘宰《漫塘集》卷二二《故马帅周防御扩志》	《全宋文》296/6760	
张端义 (1179—?) 字正夫、号荃翁	郑州	同上	《四库总目提要·贵耳集》《宋诗纪事》卷六五,明隆庆《仪真县志》卷五	《荃翁集》,已佚。《贵耳集》三卷。	
滕宬 (1154—1218) 字季度	北方	同上	叶适《水心文集》卷二四《滕季度墓志铭》	《全宋文》290/6598	
陈泷 字伯雨、晚号君洞翁	开封	吴	《吴中人物志》卷九,《宋诗纪事》卷六五		

续　表

姓　名	原　籍	移居地	依　据　资　料	作　品	备注
赵㧑 字君章，自号顿庵，又号汝舟	开封	昆山	《咸淳玉峰续志》《平斋文集》卷二三《除大理寺丞制》		监子
赵彦轼	同上	常熟	同下		公又子
赵伸夫 (1162—1222) 字信道	同上	同上	裘璚《鄮斋集》卷一七《秘阁修撰赵君墓志铭》		彦轼子，绍熙元年进士
赵公升 (1143—1216) 字叔明	同上	同上	《鄮斋集》卷一七《朝请大夫赵公墓志铭》		诜之子
赵公豫 (1135—1212) 字仲谦	同上	同上	《燕堂诗稿》附本传，《姑苏志》卷五一，《琴川志》卷八	《燕堂诗稿》一卷 《全宋诗》46/28936 《全宋文》282/6393	诜之子，绍兴二十四年进士
郑准 字器先	同上	昆山	《淳祐玉峰志》(中)，《吴中人物志》卷一〇	《全宋诗》319/7323	庆元进士
乐备 字功成，一字顺之	淮海 (今属江苏)	同上	《淳祐玉峰志》(中)，《至正昆山郡志》卷三、四，《宋诗纪事》卷五二	《全宋诗》38/24046 《全宋文》222/4922	绍兴二十四年进士

续　表

姓　名	原籍	移居地	依据资料	作　品	备注
边实	开封	昆山	《淳祐玉峰志》中	《全宋文》352/8159	恨曾孙
王圭 字君玉，号静观	安吉	同上	《咸淳玉峰续志》《吴中人物志》卷五	文集十卷 《全宋文》325/7473	迈子，嘉定十年进士
郭震 （1150—1201） 字子东	淄州 （山东）	长洲	周南《山房集》卷五、《郭子东圹志》		大任子
王折 （1184—1252） 字谦父	开封	明州	《延祐四明志》卷五	《全宋诗》57/35819	晞亮子，嘉定十六年进士
王应麟 （1223—1296） 字伯厚，号厚斋	同上	鄞	《宋史》卷四三八本传	《深宁集》一百卷《玉堂类稿》二十三卷、《掖垣类稿》二十二卷、《诗考》五卷、《诗地理考》五卷、《汉艺文志考证》十卷、《通鉴地理通释》十六卷、《通鉴答问》四卷、《困学纪闻》二十卷、《蒙训》七十卷、《集解践阼篇补注急就篇》六卷、《补注王会篇小学绀珠》十卷、《玉海》二百卷、《辞学指南》	撝子，淳祐二年进士、宝祐四年中博学宏词科

续　表

姓　名	原籍	移居地	依　据　资　料	作　　品	备　注
				南》四卷，《辞学题苑》四十卷，《笔海》四十卷，《姓氏急就篇》六卷，《汉制考》四卷，《六经天文编》六卷，《小学讽咏》四卷。《全宋诗》66/41280 《全宋文》354/8192—8204	
王应凤（1230—1275）字仲仪，号默斋	开封	鄞	《宝祐四年登科录》—甲第九人，《万姓统谱》卷四四	《默斋稿》，已佚。《全宋诗》67/42321 《全宋文》354/8205	撝子，应麟弟，理宗宝祐四年进士。开庆元年中博学宏词科
王撝	济南	同上	《清容居士集》卷三三《庭述师友渊源录》，《宋元学案补遗》卷二二		伯庠曾孙。淳祐元年进士
安昭祖（1139—1195）字光远	开封	明州	《攻媿集》卷一〇四《安光远墓志铭》	《通村遗稿》二十卷	时子
安刘 字景周，号东山	同上	鄞	《清容居士集》卷三三《庭述师友渊源录》，《南宋馆阁录》卷七下，《宋元学案》卷六	《全宋文》350/8090	淳祐四年进士

续　表

姓　名	原籍	移居地	依　据　资　料	作　品	备　注
李十鉴(1155—1221)字季明	洛阳	鄞	《絜斋集》卷一九《滁州司理李君墓志铭》		宗质子
姜柄(1154—1202)字子谦	开封	明州	《攻媿集》卷一〇六《知钟离县姜君墓志铭》、《宝庆四明志》卷一〇		浩子，绍熙四年进士
高元之(1142—1179)字端叔	同上	同上	楼钥《攻媿集》卷一〇三《高端叔墓志铭》、《宝庆四明志》卷九、《延祐四明志》卷五、《宋诗纪事》卷四八	《荼甘甲乙稿》已佚。《全宋诗》48/30336《全宋文》277/6270	世珵子
徐子寅(1130—1195)字协恭	登州	四明	《攻媿集》卷九一《直秘阁广东提刑徐公行状》	《全宋文》241/5395	立之子，绍圣初元登进士甲科
路廉(1153—1196)字子龄	河南	象山	《絜斋集》卷二〇《路子龄墓志铭》、《宋元学案补遗》卷七五		觐子
赵偁字子永	同上	慈溪	《宋元学案》卷九三《静明宝峰学案》之"隐君赵宝峰先生偕"、《浙江通志》卷一七五		

续　表

姓　名	原籍	移居地	依　据　资　料	作　　品	备　注
赵善悉（1141—1198）字寿卿	河南	定海	《叶适集》卷二一《中大夫直敷文阁两浙运副赵公墓志铭》、《宋史》卷二四七《赵不尤传》	《全宋诗》48/30104《全宋文》277/6264	乾道二年进士，父不尤
赵善湘（1179—1242）字清臣	同上	明州	《宋史》卷四一三《赵善湘传》、《宝庆四明志》卷一、一〇	有诗词余著三十五卷，已佚。《全宋诗》54/33989《全宋文》301/6875	庆元二年进士，父不尤顺
赵汝棋	同上	同上	《清容居士集》卷三三《庭述师友渊源录》	《全宋诗》60/37932《全宋文》337/7782	善湘子，宝庆二年进士
赵与懽 字悦道	同上	明州	《宋史》卷四一三本传	《全宋文》323/7420	嘉定七年进士
赵汝述	同上	四明	《宝庆四明志》卷一〇		善待子
赵希彭（1205—1266）字清中，号十洲	同上	同上	《宋诗纪事》卷八五	《全宋诗》62/39245《全宋词》4/3738	宝庆二年进士
赵篯夫 字仲礼	同上	鄞	《延祐四明志》卷五、六、《宋诗纪事》卷八五	《全宋诗》53/3006	彦遹子，绍熙四年进士
赵若棋 字圣翁	同上	象山	《宝祐四年登科录》第三甲第七十九人		宝祐四年进士

续　表

姓　名	原　籍	移居地	依　据　资　料	作　品	备　注
赵若诚	河南	昌国	《昌国州图志》卷六《进士题名》		景定三年进士
赵时馆	同上	同上	《宝庆四明志》卷一○、《昌国州图志》卷六		嘉定四年进士
赵时格	同上	同上	《昌国州图志》卷六		时馆兄,嘉定七年进士
赵师渰（1148—1199）字深甫	同上	鄞县	《攻媿集》卷一○四《赵深甫墓志铭》		伯起子,淳熙二年进士
赵崇回 字希道	同上	明州	《宝祐四年登科录》第四甲第二百○五人		宝祐四年进士
赵与湑 字肖范,号蕙境	同上	四明	《宋诗纪事》卷八五	《全宋诗》65/40860	
赵与耷 字君理	同上	奉化	《剡源文集》卷一六《赵君理墓志铭》、《宋元四明六志校勘记》卷九		父希耘
赵必范 号古一	同上	建德府桐庐	《宋诗纪事》卷八五		月泉吟社第二十名,自署学古翁

续　表

姓　名	原籍	移居地	依　据　资　料	作　品	备　注
赵彦肃 字子钦、学者称复斋先生	河南	严州	《景定严州续志》卷三、《宋元学案》卷五八		乾道二年进士
赵时赏 字自强	同上	寿昌	《宝祐四年登科录》第四甲第二百二十四人		宝祐四年进士
赵与东 字荣阳，一字伯仁	同上	严州	《宝祐四年登科录》第三甲第四十七人、《桐江集》卷一《赵荣阳诗集序》、《宋诗纪事》卷八五		宝祐四年进士。祖希操
高之莫	亳州（安徽）	温州	《水心先生文集》卷一六《朝请大夫司农少卿高公墓志铭》		世定孙
赵汝铎 字鸣道	河南	乐清	《水心先生文集》卷一二《赵孺人墓铭》	《全宋诗》33/21264	
赵立夫	同上	同上	《宋诗纪事》卷八五		开禧元年进士
赵师秀 (1170—1219) 字紫芝，号灵秀，又号天乐	同上	永嘉	《宋诗纪事》卷八五、《浙江通志》卷一八二《温州·人物》、《宋史·宗室世系表》六、弘治《温州府志》卷一○、一三	《赵师秀集》二卷《天乐堂集》，已佚。《清苑斋集》	光宗绍熙元年进士

续　表

姓　　名	原籍	移居地	依　据　资　料	作　　品	备注
赵崇滈	河南	温州	《宋诗纪事》卷八五		嘉定进士
赵缪夫·字君宝	同上	永嘉	《宝祐四年登科录》第四甲第二百十七人		宝祐四年进士
赵必橦	同上	温州	《宋史·宗室世系表》《宋诗纪事》卷八五	《全宋诗》48/29882	
赵希迈 字端行·号西堂（里）	同上	同上	《宋诗纪事》卷八五	《西里（堂）诗稿》·已佚。《全宋诗》60/37897 《全宋文》325/7472	
赵汝迕 字叔鲁·号冀泉	同上	乐清	《宋诗纪事》卷八五	《全宋诗》57/35840	嘉定七年进士
赵汝回 字几道	同上	温州	《宋诗纪事》卷八五	《东阁吟稿》·已佚。《全宋诗》57/35868	嘉定七年进士
鲍同孙	扬州	同上	《浙江通志》卷一二八《选举》		宝祐四年进士
王邦显	开封	镇江府丹徒	顾清《东江家藏集》卷三一《封监察御史沙隐王翁配藩人严氏合葬志铭》		父三乙居扬州
丘岳	海州（江苏）	镇江	《至顺镇江志》卷一八《侨寓》		嘉定十年进士第、祖据

续　表

姓　名	原　籍	移居地	依　据　资　料	作　品	备注
向游	河内（河南）	镇江	《嘉定镇江志》卷一九《侨寓》		子莘子
向涤	同上	同上	《至顺镇江志》卷一九		游弟
向㦰	同上	同上	同上		涤弟
向钧	同上	同上	同上	《全宋文》224/4974	㦰弟
向土表	同上	同上	同上		钧次子
周方叔 字矩道	高邮（江苏）	同上	《至顺镇江志》卷一九《侨寓》、《江南通志》卷一六八		
周孚（1135—1177）字信道	济南	丹徒	《京口耆旧传》卷三、《至顺镇江志》卷一八、《宋诗纪事》卷五三	《蠹斋铅刀编》《全宋诗》46/28732 《全宋文》259/5819—5823	乾道二年进士
范炎中 字黄中	邢台（河北）	润州	《至顺镇江志》卷一九《侨寓》、《诗人玉屑》卷一	有诗集行世	邦彦孙、如山子、稼轩婿
范仲宽 字子答	同上	同上	《至顺镇江志》卷一九《侨寓》		炎子

续表

姓　名	原籍	移居地	依　据　资　料	作　品	备　注
高贵	祥符（河南）	丹徒	《明一统志》卷一一		
田文虎字炳叔	仪真（江苏）	京口	《至顺镇江志》卷一八《侨寓》		宝庆二年进士
石介字正甫	洺水（河北）	镇江	《至顺镇江志》卷一八《侨寓》		宝祐四年进士
石岩	同上	同上	同上		介子，尤工诗词
王巳字君文	西和州（陕西）	京口	《至顺镇江志》卷一八《侨寓》		淳祐元年进士
王应嘉字东叔	莆田（今属福建）	丹徒	《至顺镇江志》卷一八《侨寓》		咸淳四年进士
袁槃	泰州（江苏）	京口	《至顺镇江志》卷一八《侨寓》		秀发子
孙应凤	滁州	镇江	《至顺镇江志》卷一八	《全宋文》351/8122	淳祐四年登进士第乙科

续　表

姓　名	原籍	移居地	依　据　资　料	作　品	备　注
孙胤凤	滁州	镇江	《至顺镇江志》卷一八《侨寓》,《淳熙三山志》卷三二,《宋史》卷四一六、卷四二五		应凤弟,淳祐十年登进士第甲科,参知政事
孙昊会	淮安(江苏)	京口	《至顺镇江志》卷一九《侨寓》	《煮石吟稿》	
汤执忠 字与权	山阳(江苏)	同上	《至顺镇江志》卷一九《侨寓》		克昭子
瞿起宗	济州(山东)	金坛	《漫塘集》卷三〇《故瞿文学母周墓志铭》		嘉定十年进士
赵时佩 字仲和	开封	同上	《漫塘文集》卷三六《挽赵和仲侍郎时佩》,《至顺镇江志》卷一八《人物·文苑》	《容斋笔录》《瞇盎录》等书共一百三十卷。《全宋文》282/6391	亮夫子。庆元二年进士
赵时佐 字宣仲 (1181—1233)	同上	同上	《漫塘文集》卷三二《故宁国通判朝奉赵大夫墓志铭》,《至顺镇江志》卷一九		亮夫子
赵若珪 字玉父 (1187—1229)	同上	同上	《漫塘集》卷三一《故知吉县赵奉议墓志铭》,《至顺镇江志》卷一八		时佩子,嘉定七年进士

续表

姓　名	原籍	移居地	依　据　资　料	作　品	备　注
赵崇恕 (1162—1226) 字寿伯	开封	丹阳	《漫塘文集》卷三《故赵训武墓志铭》		汝永子。绍熙元年礼部第一
赵崇志	同上	同上	同上	《全宋文》301/6861	崇恕弟，特奏名第一
赵善择 字守道	同上	金坛	《至顺镇江志》卷一八《侨寓》、《京口耆旧传》卷七		乾道五年登进士第
赵英	淮西	京口	《至顺镇江志》卷一九《侨寓》		
赵纪祥	淮北	同上	同上		
林伯俊	福建	同上	《至顺镇江志》卷一九《侨寓》		
白良辅	文水	嘉兴 楼李	《宋学士文集》卷一九《元故谱先生白公墓铭》		父襄
李曾伯 字长孺，号可斋	怀州 （河南）	嘉兴	《宋史》卷四二〇本传、《至元嘉禾志》卷一三《两宋名贤》卷二八二、《宋诗纪事》卷六十四	《可斋类稿》三十四卷·《续稿》前八卷·后十二卷	赐同进士出身。曾祖邦彦居广西
吕豪	济南	同上	《水心先生文集》卷一四《姜安礼墓志铭》		

续表

姓　名	原籍	移居地	依　据　资　料	作　　品	备注
樊抑	开封	嘉兴	《咸淳临安志》卷六一《国朝进士表》、《浙江通志》卷一二五		光远子，绍兴二十七年进士
樊广	同上	同上	《咸淳临安志》卷六一《国朝进士表》、《浙江通志》卷一二五		光远子，绍兴三十年进士
洪应辰（1197—1283）字用和，号鹤隐	固始（河南）	华亭	卫宗武《秋声集》卷五《府判中奉洪公墓志铭》、《至元嘉禾志》卷一五《经科题名》		淳祐十年进士
辅广，字汉卿，号潜庵	赵州（河北）	崇德	《至元嘉禾志》卷三	《师童子问》十卷、《六经注释》、《四书问答》、《通鉴说》、《师训编》、《日新录著稿》。《全宋诗》52/32787 《全宋文》284/6439	逵子
吴伯凯，字虞宾	开封	华亭	《云间志》（中）	《全宋诗》47/29093	乾道二年进士
赵孟坚，字子固，好彝斋	河南	海盐	《四库全书总目提要·彝斋文编》、《图绘宝鉴》卷四	《彝斋文编》四卷 《全宋诗》61/38661 《全宋词》4/3621 《全宋文》341/7874—7877	宝庆二年进士

续　表

姓　名	原籍	移居地	依　据　资　料	作　品	备　注
赵孟淳 字子真，自号竹所	河南	海盐	《图绘宝鉴》卷四	《全宋诗》61/38601 《全宋文》345/7964	孟坚弟
赵时贤 (1186—1225) 字君举	同上	崇德	戴栩《浣川集》卷一〇《赵君举墓志铭》		
赵善调	同上	华亭	《云间志》(中)		乾道二年进士
赵师㮚	同上	同上	《云间志》(中)		淳熙五年进士
赵汝澄	同上	同上	《云间志》(中)		绍熙元年进士
赵汝鹹	同上	同上	《云间志》(中)	《全宋文》308/7045	嘉定四年进士
赵君遆 字宜甫	同上	嘉兴	《宝祐四年登科录》第三甲第五十九人		宝祐四年进士。上舍。租峋夫
陆埈 (1155—1216) 字子高	高邮(江苏)	崇德	《漫塘集》卷二八《故知和州陆秘书墓志铭》，《南宋馆阁续录》卷八下，《宋诗纪事》卷五三	《益斋集》《全宋诗》51/32030	绍熙元年进士。父光朝建炎间自高邮徙杭，自杭徙秀

续　表

姓　名	原籍	移居地	依　据　资　料	作　品	备　注
钱拙 (1168—1219) 字子立	洛阳	嘉兴	陈耆卿《筼窗集》卷八《朝散郎秘书丞钱公拙墓志铭》《至元嘉禾志》卷一六	《全宋文》302/6887	庆元二年进士。尤长于四六
吕祖谦 (1137—1181) 字伯恭	开封	婺州 金华	《宋史》卷四三四本传、《东莱集》附录《吕太史史扩记》《东莱集》附录《年谱》、《宋元学案》卷五一	《东莱吕太史集》十五卷《别集》十六卷《外集》五卷《附录》三卷、《东莱书说》十卷、《吕氏家塾读诗记》三十二卷、《春秋集解》十二卷、《左传类编》二卷、《左氏博议》二十卷、《左氏说》三十卷、《左氏国语类编》二卷、《左氏传续说》十二卷、《新唐书略》三十五卷、《大事记》十二卷《解题》十二卷《通释》一卷、《欧公本末》四卷、《卧游录》一卷、《吕氏读书记》七卷、《阃范》一卷、《少仪外传》二卷、《观史类编》六卷、《皇朝文鉴》一百五十卷、《古文关键》二卷、《历代奏议》十卷《国朝名臣奏议》十卷。 《全宋诗》47/29136 《全宋文》261/5867—5899	棚中孙。大器子。孝宗隆兴元年进士

续　表

姓　名	原籍	移居地	依　据　资　料	作　　品	备注
吕祖俭 字子约	开封	婺州 金华	《宋史》卷四五五本传、《江西通志》卷九《瑞州府·寓贤》、《明一统志》卷五七《筠州·流寓》、《大清一统志》卷二五一《筠州·流寓》	《大愚集》十一卷。《全宋诗》47/29312 《全宋文》282/6401—6402	祖谦弟，庆元元年谪居筠州
吕祖仁	同上	同上	章定《名贤氏族言行类稿》卷三六	《全宋诗》47/29017	大猷子
吕祖平	同上	同上	陆游《渭南文集》卷三六《吕从事夫人方氏墓志铭》	《全宋诗》54/33708	大同子
吕延年 字伯恩	同上	同上	《宋史》卷四三四《吕祖谦传》。		祖谦子
吕乔年 字巽伯	同上	同上	《宋史》卷四三四《吕祖谦传》、《宋史》卷四〇〇《吴柔胜传》《宋元学案》卷五一	《全宋文》304/6940	祖俭子
苏谔 字伯昌	眉州	婺州	吴师道《敬乡录》卷七		简子，苏辙曾孙
苏诵 字伯言	同上	同上	同上		谔弟
苏林 字伯茂	同上	同上	同上		谔子

续　表

姓　名	原籍	移居地	依　据　资　料	作　品	备注
苏诩	眉州	婺州	苏籀《双溪集》后跋		籀子
孙惟信（1179—1243）字季蕃，号花翁	开封	同上	《后村先生大全集》卷一五〇《孙花翁墓志铭》、《浙江通志》卷一九三《孙惟信》、《宋诗纪事》卷五八	《花翁集》一卷，已佚。《花翁词》一卷、《庐阜纪游》一卷。《全宋诗》56/35147	光宗时弃官隐居西湖
赵不玷	河南	浦江	《宋学士文集》卷三一《太初子喝》		父士踾居严州
柳金	解州（山西）	婺州浦江	《浙江通志》卷一九五《金华府·寓贤》		咸淳三年进士
赵必俦 字仲辅	河南	永康	《宝祐四年登科录》第三甲第七十二人		宝祐四年进士。父崇杭
赵时悟 字明仲	同上	金华	《宝祐四年登科录》第三甲第七十三人		宝祐四年进士，上舍。父颜夫
赵孟澜 字观父	同上	兰溪	《宝祐四年登科录》第三甲第四十九人		宝祐四年进士。祖希齐
赵彦粨 字周锡	同上	东阳	《南涧甲乙稿》卷一六《竹友斋记》、《浙江通志》卷一七六、卷七三	《西征随笔》《全宋文》242/5413	隆兴元年进士

续表

姓　名	原籍	移居地	依据资料	作　品	备注
赵淡夫 学者称南坡先生	河南	东阳	《宋元学案补遗》卷七,道光《东阳县志》卷一八《赵彦粕传》	《南坡笔录》,已佚。《全宋诗》56/35234	彦粕子
赵若恢 字文叔	同上	同上	道光《东阳县志》卷一〇、《浙江通志》卷一九三	《全宋诗》68/42921	咸淳元年进士。
赵崇滔	同上	同上	《宝祐四年登科录》第四甲第二百四十三人		宝祐四年进士。父汝敷
赵若鲁 字景渊	同上	江山	《宝祐四年登科录》第四甲第二百三十六人		宝祐四年进士。父时炜
巩丰 (1148—1217) 字仲至、号栗斋	郓州 (山东)	武义	《两宋名贤小集》卷二二二、《水心集》卷二二《巩仲至墓志铭》《宋史翼》卷二八、《宋元学案》卷七三	《东平集》二十七卷《全宋诗》50/31146《全宋文》282/6410	法子,淳熙十一年进士
巩嵘 (1151—1227) 字仲冏	同上	同上	洪咨夔《平斋文集》卷三一《吏部巩公墓志铭》,《宋史翼》卷二八,《宋元学案》卷七三	《厚斋文集》八十卷·已佚	丰弟。淳熙二年进士
朱雪崖	扬州	湖州	牟巘《牟氏陵阳集》卷二四《朱雪崖朝奉墓志铭》		存之后裔
朱天锡	同上	同上	《浙江通志》卷一八四引《弘治湖州府志》	《全宋诗》57/36033	雪崖子

续表

姓　名	原籍	移居地	依　据　资　料	作　品	备注
周晋 字明叔·号啸斋	济南人	湖州		《全宋词》4/3528	密父
赵希永	河南	同上	赵孟頫《松雪斋文集》卷八《先侍郎阡表》、《姑苏志》卷四〇		子俯曾孙、孟頫祖
赵与告 (1213—1265) 字中文	同上	同上	同上	《全宋诗》64/39963	子俯四代孙、孟頫父
赵孟頫 (1254—1322) 字子昂	同上	同上	《圭斋文集》卷九下《赵文敏公神道碑》《松雪斋文集》附《赵文敏公行状》《元史》卷一七二本传	《松雪斋集》十卷·外集一卷	子俯五代孙
赵与懃 (?—1260) 字德渊	同上	同上	《宋史》卷四一三本传	《全宋诗》62/38687 《全宋文》315/7212	嘉定十三年进士
赵孟奎 字文耀	同上	同上	《图绘宝鉴》卷四	《全宋文》359/8324	与懃子
赵孟至	同上	同上	《宋元学案补遗》卷七四		同上，咸淳元年进士

续　表

姓　名	原　籍	移居地	依　据　资　料	作　　品	备　注
赵彦博 字富文	开封	武康	《明一统志》卷四〇、《吴兴备志》卷一二	《全宋文》220/4878	绍兴二十一年进士
赵赞夫	同上	同上	同上		彦博子
赵时逢	同上	同上	周必大《文忠集》卷五一《题赵遵可人卷》、《南宋馆阁录》卷九下		彦博孙。绍熙四年进士
赵崇禅（1221—1268）字叔茂	河南	武康	黄震《黄氏日抄》卷九七《提干文林赵君墓志铭》		祖善恬、父汝㧑。淳祐十年进士
赵与时（1175—1231）字行之，又字德行	同上	湖州	《蒙斋文编》卷四《从伯故丽水丞赵公墓铭》	《宾退录》《全宋诗》55/34310	理宗宝庆二年进士
吕祖泰	开封	常州宜兴	《宋史》卷四五五《吕祖泰》		本中孙，大散子
赵必巘 字国宝	河南	常州	《宝祐四年登科录》第四甲第二百九人		宝祐四年进士
苏峴	许昌（河南）	宜兴	《文忠集》卷一六八		东坡曾孙

续　表

姓　名	原籍	移居地	依　据　资　料	作　品	备注
赵若籀 字茂材	河南	处州龙泉	《宝祐四年登科录》第四甲第二百二十二人		宝祐四年进士。父时赓
赵汝璟 字清叟	同上	龙泉	《宝祐四年登科录》第四甲第一百九十四人		同上
赵时垦 字晋耕	同上	处州	《宝祐四年登科录》第四甲第二百〇六人		同上
赵顺孙（1215—1276）字和仲	同上	处州缙云	黄谱《金华黄先生文集》卷一〇下《格庵先生赵公阡表》、《姑苏志》卷四〇、《南宋馆阁续录》卷九	《论语集注纂疏》十卷、《中兴名臣言行录》、《近思录精义》、《赵丞相奏稿》。《全宋文》351/8120-8121	淳祐十年赐进士出身
赵必瞻（1230—1276）字子慕	同上	缙云	《缙云赵氏总祠志》卷一、《赵氏宗谱》卷三		度宗咸淳元年进士
孔㙊	曲阜（山东）	衢州	《建炎以来系年要录》卷一六六	《全宋文》277/6265	端友孙,绍兴二十四年袭封衍圣公
孔元龙	曲阜	同上	《宋元学案》卷八一、《万姓统谱》卷六八	《柯山讲义》、《论语集说》、《奏议丛稿》、《鲁樵叟集》	

续表

姓名	原籍	移居地	依据资料	作品	备注
赵希錧 (1176—1233) 原名希品，字君锡	河南	常山	魏了翁《鹤山大全集》卷七三《安德军节度使赠少保郡王赵公希錧神道碑》，《宋史》卷四一三，《宋元学案》卷六一	《全宋文》308/7040	庆元二年进士
赵希澕 (1194—1251) 字无垢，号静斋	同上	衢州	《后村先生大全集》卷一五五《安抚殿撰赵公墓志铭》，《后村先生大全集》卷一一一下《赵静斋诗卷后序》，《宋元学案补遗》卷三下	《全宋文》335/7725	嘉定十年进士
赵孟僩 字宗望	同上	同上	《宝祐四年登科录》第二甲第二十六人		宝祐四年进士。祖希吕
赵若俭 字君选	同上	江山	《宝祐四年登科录》第四甲第二百三十九人		宝祐四年进士
赵崇珊 字君瑞	同上	衢州	《宝祐四年登科录》第四甲第二百二十五人		宝祐四年进士。父汝梅
赵嗣樟	同上	衢州西安	《宝祐四年登科录》第三甲第七十八人		宝祐四年进士。祖时美
于恕	诸城 (山东)	黄岩	《赤城志》卷三四	《全宋文》221/4891	

续　表

姓　名	原籍	移居地	依　据　资　料	作　品	备　注
王孚可	谷城（湖北）	临海	《宋诗纪事》卷六六		之望孙
王阆月（1138—1192）字清叔，号星斋，又号星庵	开封	台州	《攻媿集》卷一〇二《太府卿王公墓志铭》《南宋馆阁录》卷七，《嘉定赤城志》卷三三	《全宋诗》47/29654	思正子，孝宗乾道五年进士，秦二年进士
卢子章 字元平	德清	临海	《赤城志》卷三三，《南宋馆阁续录》卷七		知原曾孙，嘉南
吕昭远	济南	同上	《赤城志》卷三四《吕颐浩小传》	《全宋文》315/7211	颐浩孙
桑世昌 字泽卿	淮海（江苏）	天台	《宋诗纪事》卷六三	《兰亭博议》十五卷《兰亭考》十二卷，《回文类聚》三卷，《莫庵诗集》（已佚）。《全宋文》50/31057 《全宋诗》259/5826	陆游甥
曹耜（1137—1197）字仲本	开封	同上	《攻媿集》卷一〇三《工部郎中曹公墓志铭》	《全宋文》268/6064	勋子
曹耘	同上	同上	《赤城志》卷三四		同上

续　表

姓　　名	原　籍	移居地	依　据　资　料	作　　品	备　注
钱象祖	开封	临海	《赤城志》卷三四《钱端礼小传》《南宋馆阁续录》卷七	《全宋文》303/6914	忱曾孙，端礼孙
钱竽	同上	同上	《宋诗纪事》卷五四		端礼侄
姜处恭（1135—1193）	淄州（山东）	台州临海	《水心先生文集》卷一四《姜安礼墓志铭》		笃曾孙，诜子
姜处度（1126—1191）字咎之	同上	同上	《水心先生文集》卷二五《朝奉大夫知惠州姜公墓志铭》		笃曾孙，诜子
姜注	淄州（山东）	临海	《赤城志》卷三四《姜诜小传》		诜孙，处度子
赵伯洙字彦文	开封	黄岩	袁燮《清容居士集》卷二八《翰林学士嘉议大夫知制诰兼修国史赵公墓志铭》		子英子。绍兴二十七年进士
赵伯浥字彦正	同上	同上	《赤城志》卷三四		伯洙弟。绍兴二十七年进士
赵与种字景嵩	同上	临海	《宝祐四年登科录》第一甲第二十一人		宝祐四年进士，上舍。父希渊

续　表

姓　名	原籍	移居地	依　据　资　料	作　品	备　注
赵汝俞 字仁父	开封	临海	《赤城志》卷三四		淳熙十四年进士
赵师开 字信道	同上	黄岩	《赤城志》卷三四		庆元五年进士
赵师羽 字由道	同上	同上	《赤城志》卷三四		庆元五年进士
赵师渊	同上	同上	《赤城志》卷三四、《南 宋馆阁续录》卷九		子英孙，乾道八 年黄定榜进士
赵师雍	同上	同上	《赤城志》卷三四		子英孙，淳熙 十四年进士
赵师藏	同上	同上	《赤城志》卷三四		师雍之弟，开 禧元年进士
赵师夏	同上	同上	《赤城志》卷三四		师雍弟，绍熙 元年进士
赵师浤	同上	同上	《攻媿集》卷一〇三《赵明道墓志铭》		子祐孙，伯直子
赵师缝	同上	同上	同上		同上

续表

姓　名	原籍	移居地	依　据　资　料	作　　品	备注
赵师郿	开封	黄岩	《攻媿集》卷一〇三《赵明道墓志铭》		同上·绍熙元年进士
赵彦信 字訢叟	同上	临海	《赤城志》卷三四		绍兴二十一年进士
赵时杲 字元昕	同上	同上	同上		彦信孙，嘉定十三年进士
赵彦瑗 字中玉	同上	仙居	同上		隆兴元年进士
赵彦敏 字茂功	同上	同上	同上		乾道二年进士
赵彦璹 字国器	同上	黄岩	同上		乾道五年进士
赵善夫 字景寿	同上	同上	同上	《全宋诗》54/33641	允夫之弟，嘉定十六年进士
赵汝翼 字元辅	同上	临海	《赤城志》卷三四		乾道二年进士

续　表

姓　名	原籍	移居地	依 据 资 料	作　　品	备　注
赵师詧 字师道	河南	宁海	《赤城志》卷三四		乾道八年进士
赵师劳 字会叔	同上	同上	同上		师詧之弟,淳熙二年进士
赵汝仮 字季思	同上	临海	同上	《全宋诗》50/31174	淳熙五年进士
赵师端 字知道	同上	黄岩	同上		淳熙十一年进士
赵希冀 字钦夫	同上	同上	同上		师端之子,嘉定四年进士
赵善赟 字庆长	同上	同上	同上		淳熙十一年进士
赵汝扦 字孜卿	同上	临海	同上		嘉定十年进士
赵善法 字养直	同上	同上	同上		赟弟,淳熙十一年进士

续表

姓　名	原籍	移居地	依　据　资　料	作　品	备注
赵崇钜 字可大	河南	临海	《赤城志》卷三四		淳熙十四年进士
赵谭夫 字琛父	同上	同上	同上		绍熙元年进士
赵时恭 字国梁	同上	同上	同上		谭夫之子，嘉定十六年进士
赵伯浒 字彦泽	同上	黄岩	同上		绍熙元年进士
赵汝简 字敬行	同上	临海	同上		绍熙元年进士
赵希旦 字周卿	同上	同上	同上		绍熙元年进士
赵崇嵒 字山父	同上	黄岩	同上		庆元二年进士
赵翰夫 字宗甫	同上	宁海	同上		庆元二年进士
赵崇正 字正甫	同上	黄岩	同上		庆元五年进士

续　表

姓　名	原　籍	移居地	依　据　资　料	作　品	备　注
赵垓夫 字温玉	河南	临海	《赤城志》卷三四		嘉泰二年进士
赵崇应 字吉父	同上	黄岩	同上		开禧元年进士
赵希尹 字吉甫	同上	临海	同上		开禧元年进士
赵时望 字民瞻	同上	天台	同上		嘉定元年进士
赵希亮 字自明	同上	黄岩	同上		嘉定四年进士
赵崇琰 字廷玉	同上	天台	同上		嘉定四年进士
赵师耕 字耕道	同上	黄岩	同上		嘉定七年进士
赵希恪 字元恭	同上	同上	同上		嘉定七年进士
赵时著 字仲昭	同上	宁海	同上		嘉定七年进士

续　表

姓　名	原籍	移居地	依　据　资　料	作　　品	备注
赵崇中 字和父	河南	黄岩	《赤城志》卷三四		嘉定七年进士
赵与龄 字德远	同上	临海	同上		嘉定七年进士
赵希瑀 字禹玉	同上	同上	同上		嘉定十年进士
赵崇正 字端可	同上	同上	同上		汝俞之犹子,嘉定十年进士
赵崇誉 字君美	同上	同上	同上		嘉定十年进士
赵崇礼 字君用	同上	同上	同上		嘉定十年进士
赵崇䛠 字子正	同上	同上	同上		嘉定十三年进士
赵崇学 字处文	同上	同上	同上		崇誉、崇礼之弟,假定十六年进士

二、江南东、西路移民后裔商文人分布列表

(一)江南东路

姓　名	原籍	移居地	依　据　资　料	作　品	备　注
吕康年	开封	婺源	《宋元学案》卷五一		
程珌 (1164—1242) 字怀古	洺州 (河北)	休宁	《宋史》卷四一二本传、《新安文献志》卷九四《程公行状》、《洺水集》录程若愚、洪炎祖《程先生传》、李贤《程贤公传》	《洺水集》六十卷《内制类稿》十卷、《外制类稿》二十卷	绍熙四年进士 子若愚
程洙 (1210—1275) 字正源	同上	同上	《宋史翼》卷三一、《宋元学案补遗》卷七一、《宋诗纪事》卷六六	《南窗诗集》	珌族弟。淳祐十年进士
程砀	洺水	同上	《宋诗纪事补遗》、《弘治徽州府志》卷九下		
赵必赞 字子襄	河南	同上	《新安文献志》卷九三《赵刑部善璙传》附传		不列玄孙。端平二年进士
赵良金 字古谈	同上	婺源	《万姓统谱》卷八三	《随意集》	崇忠孙。宝祐四年进士

续　表

姓　名	原　籍	移居地	依　据　资　料	作　品	备　注
赵汝鐩	河南	休宁	《复斋集》二二		
赵良钤 字邦衡	同上	徽州	《宝祐四年登科录》第四甲第二百四十一人		宝祐四年进士。父必夔
赵希儒 号可山	同上	婺源	《万姓统谱》卷八三,《新安文献志》卷九三《赵司法传》	《可山集》	淳熙五年武举
赵与慇	同上	同上	同上		希儒子·嘉定十七年武举
赵与格 字敬孺,号与格	同上	同上	《新安文献志》卷九三《赵与格传》		同上
赵孟穰 字子星,好古春	同上	同上	《新安文献志》卷九三《赵孟穰传》		与格子·咸淳元年进士
赵时壁	同上	歙	《新安文献志》卷九三《赵提干时壁传》		
丁黼 (?—1239) 字文伯,号延溪	沛(安徽)	石埭	《重校鹤山先生大全集》卷八一《赠奉直大夫丁公墓志铭》,卷六一下《丁黼传》,《宋史》卷四五四《忠义》,《宋诗纪事》卷六四《宋元学案》卷八一	《全宋词》4/2935	执中曾孙。淳熙进士

续表

姓　名	原籍	移居地	依　据　资　料	作　品	备注
赵善扛 (1141—?) 字文鼎，号解林 居士	河南	信州 玉山	《中兴以来绝妙词选》卷四，《宋诗纪事》卷八，《夷坚志》丁卷八、钟振振《全宋词》赵善扛小传辑补》《华中科技大学学报》（社科版 2008 年 6 月）	《全宋诗》48/30103 《全宋词》3/2551	
赵崇馞 字君荣	河南	信州 玉山	《宝祐四年登科录》第四甲第一百八十八		宝祐四年进士。 父汝翘
赵蕃 (1143—1229) 字昌父，号章泉	郑州	信州 玉山	《漫塘文集》卷二二下章泉赵先生墓表》《桐江集》卷二《跋赵章泉诗》《宋史》卷四四五《文苑七》《宋元学案》卷五九	《乾道稿》一卷，《淳熙稿》二十卷·章泉稿》五卷	阳曾孙
韩淲 (1159—1224) 字仲止，号涧泉	开封	信州 上饶	《南宋文范作者考》下，《宋人轶事汇编》卷四七，《宋元学案》卷五九，《宋诗纪事》卷五九	《涧泉集》二十卷 《涧泉日记》	
宋适 (1126—1182) 字叔敏	陈州 （河南）	上饶	韩元吉《南涧甲乙稿》卷二二《朝奉大夫新知泰州宋公墓志铭》		孝先子
赵时赏	河南	太平州	《宋史》卷四五四四本传		

续　表

姓　名	原　籍	移居地	依　据　资　料	作　品	备　注
程源	河南	池州	《四朝闻见录》卷三、《洺水集》卷一《故入崇政殿说书程源颐孙源籍授田令制》、《宋元学案补遗》卷一六下	《道学正统图》《全宋文》289/6563	颐四世孙
程僅孙	同上	同上	《景定建康志》卷四三《诸莘》		颐五世孙
赵必揆 字文夫	同上	饶州馀干	《宝祐四年登科录》第四甲第二百三十八		宝祐四年进士。祖汝愚
赵嗣遑	同上	饶州	《宝祐四年登科录》第四甲第二百二十八		宝祐四年进士。父若铎

（二）江南西路

姓　名	原　籍	移居地	依　据　资　料	作　品	备　注
赵善括 字无咎，号应斋居士	河南	洪州	《南宋文范·作者考下》、《应斋杂著序》、《宋元学案补遗》卷八四《应斋杂著》卷人四 卷四九、《宋诗纪事补遗》卷九二	《应斋杂著》，已佚。四库馆臣自《永乐大典》辑为六卷	进士

续表

姓　名	原　籍	移居地	依　据　资　料	作　品	备注
尚振萎(1154—1201)字景华	安阳(河南)	吉州	《文忠集》卷七三《承直郎尚勇振萎墓志铭》		佐均孙,大伸子
周纶	郑州	同上	《文忠集》卷七六《益国夫人墓志铭》	《全宋文》292/6649	诜曾孙,必大子
曹毅(1258—1310)	开封	同上	袁桷《清容居士集》卷二八《曹士弘墓志铭》		
张履	亳州	同上	周必大《文忠集》卷七三《永州张使君夔墓志铭》		允蹈孙
斛僖(1141—1102)字公和,一字宗鲁	开封	庐陵	《诚斋集》卷一三二《宋故朝请郎贺州斛使君墓铭》		文斛继善
刘靖之(1128—1178)字子和	同上	吉州	张栻《南轩集》卷四〇《教授刘君墓志铭》、《晦庵先生朱文公文集》卷九八《刘子和传》、《宋元学案》卷五九		滋子,绍兴二十四年进士
赵彦倓(1137—1201)初名彦俊,字才卿	同上	同上	周必大《文忠集》卷七四《承直郎知东安县赵君墓志铭》		公呼子。乾道二七年锁厅荐名

续　表

姓　名	原籍	移居地	依　据　资　料	作　品	备注
赵公育 (1136—1203) 字浩养	河南	吉州	《文忠集》卷七五《宗室崇道经公育墓志铭》		守之子
赵必淦 字清伯	同上	同上	《宝祐四年登科录》		宝祐四年进士
赵伯彔 (1136—1202) 初名伯松，字坚老	同上	吉水	《文忠集》卷七四《武德郎主管崇道观赵君伯彔墓志铭》《䍕斋文集》卷二〇《跋赵武德墓志铭后》		祖令䍞，父子崇
赵伯瞻	同上	同上	同上		伯彔弟 戊戌进士
赵伯楮	同上	同上	同上		伯彔弟
赵孟奎 字宿道	同上	安福	《宝祐四年登科录》第四甲第二百三十三人		宝祐四年进士。父与德
赵时通 (1161—1221) 字宜伯	同上	吉水	真德秀《西山先生真文忠公文集》卷四四《赵郎武墓志铭》		庆元二年进士

续　表

姓　名	原籍	移居地	依　据　资　料	作　品	备注
周信甫	庐州（安徽）	崇仁	《吴文正集》卷七九《故竹隐居士周君墓志铭》		
晁公宣（1135—1189）字彦年，晚号真乐居士		临川	《六安晁氏五届续修谱》（据晁说之研究引）		鼎之子
赵善能	河南	抚州	《苕溪集》卷五一		不器子
赵必健（1193—1262）字自强，一作宗强，自号石泉居士	同上	同上	《后村先生大全集》卷一六○《英德赵使君墓志铭》、《宋元学案补遗》卷七七		汝弼孙，应嘉定十年进士试，丁忧，服除，奉对，中乙科
赵必棍 字德升	同上	金溪	《宝祐四年登科录》第二甲第三十三人		宝祐四年进士。父崇智
赵师侠 字介之，号坦庵	开封	新淦	《止堂集》卷一六下《祭赵介之参议文》、《宋诗纪事》卷八五、《江西通志》卷五〇	《坦庵长短句》一卷《全宋词》3/2672	伯璘次子。淳熙二年进士
赵必濂 字若水	河南	临江军清江	《宝祐四年登科录》第四甲第一百六十一人		宝祐四年进士。祖汝卓

续　表

姓　名	原　籍	移居地	依　据　资　料	作　　品	备　注
赵与訔	河南	临江军	《彝斋文编》卷四《从伯故丽水丞赵公墓志铭》、《宋元学案补遗》卷七四		
赵孟济 字君用	汴	清江	《明一统志》卷五五《临江军·流寓》、《江西通志》卷九五《蒿贤》、《宋季忠义录》卷七	《盘园集》、《高风录》	
赵长卿 自号仙源居士	同上	南丰	《四库全书总目》卷一九九《惜香乐府提要》	《仙源居士惜香乐府》九卷 《全宋词》3/2287	
赵孟汸 (1256—1318) 字圣清、号石塘	同上	同上	《水云村稿》卷八《赵圣清墓志铭》		与防子
赵与植 一作与稙	同上	同上	《咸淳临安志》卷四下、《万姓统谱》卷八三、《江西通志》卷八三		淳祐中举进士
赵崇嶓 一作崇旛、字崇宗	同上	同上	《敝帚稿略》卷七下《祭赵宗丞文》、《宋诗纪事》卷八五、《隐居通议》卷九《赵白云诗》	《白云稿》 《全宋文》337/7782	嘉定十六年进士
赵必愭 (1228—?) 字次山、号云舍	同上	同上	《江西通志》卷五一、《隐居通议》卷九《云舍赵公诗》、《宋诗纪事补遗》卷九三	《全宋词》5/3993	崇嶓子。淳祐四年进士

续表

姓　名	原籍	移居地	依　据　资　料	作　品	备　注
赵孟垒	河南	南康军	《宝祐四年登科录》第三甲第五十四人		宝祐四年进士。父与璧
赵汝镶	开封	袁州	《四库总目提要·野谷诗稿》,王士禛《居易录》卷二	《野谷诗稿》六卷 《全宋诗》55/34199	宁宗嘉泰二年进士
张珀 (1142—1205) 字子律	宁州 (甘肃)	袁州 宜春	陆游《渭南文集》卷三八《朝奉大夫直秘阁张公墓志铭》,《宋史翼》卷二〇,《江西通志》卷七二《袁州府·人物志》		通子
赵孟定 字宗宏	河南	建昌县 (建昌军)	《宝祐四年登科录》第四甲第二百三十一人		宝祐四年进士。父与棣
赵像之 (1128—1202) 字民则	同上	筠州	《诚斋集》卷一一九《朝请大夫将作少监赵公行状》,《绍兴十八年同年小录》,《江西通志》卷七一《瑞州府·人物》	《全宋诗》43/27081	绍兴十八年进士
王质 (1135—1189) 字景文、号雪山。《全宋词》生年作1127	郓州 (山东)	兴国军	《宋史》卷三九五本传,《雪山集》附王阮《雪山集序》卷五,《宋诗纪事》卷六一,《宋元学案补遗》卷四六	《诗总闻》二十卷、《绍陶录》二卷、《雪山集》已佚。四库馆臣据《永乐大典》辑为十六卷。《全宋文》258/5805—5815	绍兴三十年进士。与九江王阮齐名

三、福建路移民后裔文人分布列表

1. 福州

姓 名	原籍	移居地	依 据 资 料	作 品	备 注
江叔豫(1186—1251)字子顺	陈留(河南)	永福	《后村先生大全集》卷一五九《通守江君墓志铭》		
李大训(1166—1219)字君序	合肥	闽县	黄榦《勉斋集》卷三〇《李知县墓志铭》、《宋史翼》卷二二、《宋元学案补遗》卷四九		
吴易知	开封	永福	《宝祐四年登科录》		之选祖
吴之选 字志尹	同上	同上	《宝祐四年登科录》		宝祐四年进士
吴震	同上	同上	同上		之选父
张籿 字仲方	扬州	长溪	同上		宝祐四年进士
庄孟芳 字彦宾	开封	同上	同上		宝祐四年进士

续　表

姓　名	原籍	移居地	依　据　资　料	作　　品	备注
赵不每	河南	东莞	陈伯陶《宋东莞遗民录》		
赵善企	同上	同上	同上		不每子
赵汝拾	同上	同上	同上		善企子
赵崇訆	同上	同上	同上		汝拾子
赵必琭 字玉渊，号秋晓	同上	同上	同上	《覆瓿集》	崇訆子
赵良礐 字逸仲	同上	同上	同上。明黎光有《赵处士传》		必琭子
赵良骏 字驹仲	同上	同上	同上。明赵应斗有《北坡赵公行状》		必琭子
赵时清 号华颠	同上	同上	同上	存诗一首，残句二	
赵东山	同上	同上	同上	存诗二首	
赵彦拓	郓（山东）	长乐	《后村先生大全集》卷一四二《虚斋资政赵公神道碑》		公填子

续　表

姓　名	原　籍	移居地	依　据　资　料	作　品	备　注
赵以夫（1189—1256）字用父、号虚斋	郓	长乐	《后村先生大全集》卷一四二《虚斋资政赵公神道碑》《南宋馆阁续录》卷九、《淳熙三山志》卷三一、《宋史纪事》卷六二	《易通》六卷、《全宋诗》59/37020《全宋词》4/3388	公填孙，彦拓子。宁宗嘉定十年进士
赵必橦 字基甫	河南	福州	《宝祐四年登科录》第三甲第七十一人		宝祐四年进士。父崇灂
赵若堆	同上	长溪	《宝祐四年登科录》第四甲第一百三十八人		宝祐四年进士。父时统
赵若琪	同上	同上	《宝祐四年登科录》第四甲第一百八十八人		宝祐四年进士。父时铳，第若堆
韩永 字昭父	固始（河南）	怀安	《后村先生大全集》卷一五七《韩隐君墓志铭》	《易说》、《诗精义》、《右律诗》一卷。	琼曾孙、斗父
韩斗	同上	同上	《后村先生大全集》卷一五六《韩母李氏墓志铭》		刘克庄友
李荀	开封	闽	《后村先生大全集》卷一五六《韩母李氏墓志铭》		昉后、璀荟、终衡州法掾
李濽	同上	同上	同上		荀子

续表

姓　名	原　籍	移居地	依　据　资　料	作　品	备　注
李国材	开封	闽	同上		濬子
王万全字子辨	光州（河南）	福州	黄谱《文献集》卷一〇上《故参知政事行中书省事国信使赠荣禄大夫平章政事上柱国追封闽国公谥忠愍王公祠堂碑》	《全宋文》254/5716	戩孙。淳熙二年进士
赵桦（1138—1185）字景明，号拙斋	开封	闽	蔡戡《定斋集》卷一五《朝奉郎提点江南东路刑狱赵公墓志铭》，先生朱文公文集卷七八《晦庵记》，《宋元学案补遗》卷五五	《全宋文》217/6118	
赵焯字景昭	同上	同上	《宋元学案》卷四六，《宋诗纪事补遗》卷五八		景明兄。孝宗乾道八年进士

2. 泉　州

姓　名	原　籍	移居地	依　据　资　料	作　品	备　注
李訦（1144—1220）字诚之	巨野（山东）	晋江	真德秀《西山先生真文忠公文集》卷四二《通议大夫宝文阁待制李公墓志铭》	有文稿十七卷。《全宋诗》50/31022 《全宋文》282/6392	邴孙

续　表

姓　名	原　籍	移居地	依　据　资　料	作　　品	备　注
胡仲弓 字希圣，号苇航		清源	《江湖后集》卷一二《胡仲弓》,《绝妙好词》卷六,《四库全书总目·苇航漫游稿提要》	《苇航漫游稿》,已佚。《江湖后集》卷十二收其诗一百六十余首。四库馆臣据《永乐大典》辑为《苇航漫游稿》四卷	
胡仲参 字希道		同上	《宋诗纪事》卷六九	《竹庄小稿》一卷《南宋六十家小集》	仲弓弟
傅伯寿 字景仁	济源（河南）	晋江	真德秀《西山先生真文忠公文集》卷二七《傅枢密文集序》,《南宋馆阁录》卷七、一三八,《宋元学案补遗》卷六九,《宋诗纪事》卷五三	《全宋文》276/6263	自得长子，隆兴元年进士，乾道八年应博学宏词科入选
傅伯成（1143—1226）字景初，号竹隐	同上	同上	《后村先生大全集》卷一六七《龙学竹隐傅公行状》,《宋史》卷四一五本传,《宋元学案》卷六九,《福建通志》卷四五《泉州府·人物》,《宋诗纪事》卷五三	《竹隐居士集》三十卷,《奏议》十卷,《鋈志》六卷	自得次子，隆兴元年进士
傅伯洪	同上	同上	《晦庵先生文公文集》卷七七《傅伯拱字序》		自得幼子

续　表

姓　　名	原籍	移居地	依　据　资　料	作　　品	备　注
傅康 字仲良	济源	晋江	《后村先生大全集》卷六〇《傅康直徽猷阁致仕》、《闽中理学渊源考》卷三一		伯成子
赵不㤼	河南	泉州	《后村先生大全集》卷一五八《赵孺人墓志铭》		士晤子
赵善兰	同上	晋江	《后村先生大全集》卷一五四《赵安人墓志铭》		不猜子
赵士鑪	同上	泉州	《宝祐四年登科录》第三甲第七十八		宝祐四年进士。父与湖
赵时焕 (1201—1257) 字文晦，初名时敏，字克勤	同上	同上	《南宋馆阁续录》卷八、《后村先生大全集》卷一五八《赵克勤吏部墓志铭》、《宋诗纪事》卷八五	《耻斋杂稿》已佚。《全宋诗》62/38914	宁宗嘉定十三年进士
赵密夫 号竹溪	同上	同上	《福建通志》卷三五、《宋诗纪事》卷八五	《全宋诗》61/38598	理宗绍定二年进士
赵与遵 字与选	同上	晋江	《宝祐四年登科录》第三甲第七十五		宝祐四年进士。祖师昌

3. 建州府、漳州、邵武军、兴化军、南剑州

姓 名	原 籍	移居地	依 据 资 料	作 品	备 注
赵必迮 字仲连，自号山泉翁	河南	崇安	《宋史》卷二二五《宗室世系表》、《万姓统谱》卷八三、《宋诗纪事》卷八五	《倚梅吟稿》。已佚。《全宋诗》67/42314	
赵时馆	同上	建州崇安	《福建通志》卷三一		
赵性夫 字仁老	同上	建宁府	《后村先生大全集》卷一四二《宝学赵尚书神道碑》、《会稽志》《会稽续志》卷二		彦晦子。嘉泰二年进士
赵崇鉻 字君用	同上	建阳	《宝祐四年登科录》第三甲第六九人		宝祐四年进士。祖善悆
赵汝熹 (1193—1267) 字秀叔	同上	漳州	《后村先生大全集》卷一六五《赵通判墓志铭》		父善纽
赵谠夫 字申之	同上	同上	《宝祐四年登科录》第四甲第一八四人		宝祐四年进士。祖公孝
赵与溥 字清叟	同上	同上	《宝祐四年登科录》第四甲第二百二十七人		宝祐四年进士。父希宾

续　表

姓　名	原　籍	移居地	依　据　资　料	作　品	备　注
杜颖 （1142—1209） 字清老	京兆万年 （陕西）	部武军	《后村先生大全集》卷一五〇《杜郎中墓志铭》		铎子，某父
杜杲 （1173—1248） 字子昕	同上	同上	《后村先生大全集》卷一四一《杜尚书神道碑》	《全宋文》306/6979	颖子
赵善佐 （1134—1185） 字佐卿	河南	同上	《晦庵先生朱文公文集》卷九二《赣州赵使君墓碣铭》、《福建通志》卷三一、《闽中理学渊源考》卷二三、《宋元学案》卷七一		不衰次子。绍兴三十年进士
赵善俊 （1132—1195） 字俊臣	同上	同上	《文忠集》卷六三《中大夫秘阁修撰赐紫金鱼袋赵君俊神道碑》、《宋史》卷二四七本传	《全宋诗》45/27851	不衰长子。绍兴二十七年进士
赵善杰	同上	同上	《晦庵先生朱文公文集》卷九二《赣州赵使君墓碣铭》		不衰子
赵不择	同上	同上			士嶐子
赵善恭 （1148—1217）或 作善恭，字作肃， 改名善仪，字麟之	同上	同上	卫泾《后乐集》卷一八《赵公墓志铭》、《万姓统谱》卷八三	《全宋文》283/6428	不择子。乾道八年进士

续 表

姓　名	原籍	移居地	依　据　资　料	作　品	备注
赵若珤 字仲玉	河南	兴化军 莆田	《宝祐四年登科录》第三甲第六四人		宝祐四年进士。 父时瑀
赵若珤	同上	同上	《宝祐四年登科录》第四甲第二四 七人		若珤兄
赵时筬 (1211—1268) 字元鼎	同上	莆田	《后村先生大全集》卷一六五《赵闽 幸墓志铭》		父蕙夫。淳祐 元年进士
赵必邏 字公辅	同上	南剑州	《宝祐四年登科录》第一甲第十九人		宝祐四年进士， 上舍。父崇彪

四、两湖移民后裔文人分布列表

姓　名	原籍	移居地	依　据　资　料	作　品	备注
万俟绍之	开封	鄂州	《江湖后集》卷一一	《郢庄吟稿》 《全宋词》4/3734	万俟卨曾孙

续　表

姓　名	原　籍	移居地	依　据　资　料	作　品	备　注
别湜（1151—1225）字景甫	北方	鄂州	魏了翁《鹤山先生大全集》卷八五《宣义郎致仕别公墓志铭》,《鹤林集》卷三四《别少师改葬墓碑》,《宋元学案补遗》卷五〇		之杰父。其先以大别山得氏
别之杰（?—1253）字宋才	同上	同上	《宋史》卷四一九本传、《可斋续稿》后卷一二《祭别观文文》,《南宋制抚年表》	《全宋文》317/7261	嘉定二年进士
李兴	绛州（山西）	鄂州	同下		时发父
李时发 字正夫	同上	同上	《宝祐四年登科录》(第四甲第一百二十九名)		宝祐四年进士
李庭芝	开封	德安	《宋史》卷四二一本传		
砚珍	颍州（今属安徽）	德安	苏天爵《滋溪文稿》卷七《元故国子司业砚公墓碑并序》		汝翌子
傅勉之 字行可	河南府	江陵	《宝祐四年登科录》第四甲第二百一〇四人		宝祐四年进士。父岩卿

续　表

姓　名	原籍	移居地	依　据　资　料	作　品	备注
邢绛	郑州	鼎州	《大明一统志》卷六四《常德府·流寓》		炳子
胡大壮 字季履	崇安	潭州衡山	《宋史翼》卷三五,《宋元学案补遗》卷四二	《全宋文》259/5838	宏子
胡大本 字季立	同上	同上	《宋元学案》卷四二		宁次子
胡大原 字伯逢	同上	同上	《闽中理学渊源考》卷三,《宋元学案》卷四二		寅长子
胡大时 字季随,号盘谷	同上	同上	《闽中理学渊源考》卷三,《宋元学案》卷七一		宏子
刘珏	德顺军 (甘肃)	浏阳	欧阳守道《巽斋文集》卷八《清溪刘武忠公诗集序》		锜曾孙
韩希孟	河南	岳州	《宋史》卷四六〇《列女传》之韩氏女,《湖广通志》卷一二〇,《宋诗纪事》卷八七		琦后裔
李大谦	开封	衡州	《平斋文集》卷一八《特转朝议大夫直宝章阁致仕制》,《宋元学案补遗》卷三四		椿孙

续　表

姓　名	原　籍	移居地	依　据　资　料	作　　品	备　注
李苗	开封	衡州	《宋史》卷四五○本传、《明一统志》卷六四《衡州府·人物》		楉曾孙
许玠 字介之	襄邑 （河南）	衡州	《文忠集》卷五五《书赠许介之》、《宋元学案》卷八○、《宋诗纪事》卷五六	《东溪诗稿》已佚。 《全宋词》4/3222	

五、四川移民后裔文人列表

姓　名	原　籍	移居地	依　据　资　料	作　　品	备　注
刘甲 （1142—1214） 字师文	东光 （河北）	龙游	《宋史》卷三九七本传、《南宋馆阁续录》卷九、一三下、二一、二五、《鹤山先生大全集》卷四五《刘清惠公祠堂记》、《宋诗纪事补遗》卷五六	《奏议》十卷 《全宋诗》48/30388 《全宋文》277/6269	挚后裔，著子。淳熙二年进士
赵孟续 字季道	河南	成都府	《宝祐四年登科录》第四甲第二百三十五人		宝祐四年进士
赵彦呐 字敏若	同上	彭州	《宋史》卷四○三本传、清嘉庆《四川通志》卷一二三	《全宋诗》50/31053	孝宗淳熙二年登四川类试第

续　表

姓　名	原　籍	移居地	依　据　资　料	作　　品	备　注
赵洗夫		彭州	同上		彦响子
赵嗣昌 字仲卿	河南		《宝祐四年登科录》第四甲第二百三十七人		宝祐四年进士。父若梓
赵嗣恩 字真卿	同上	同上	《宝祐四年登科录》第四甲第二百四十一人		宝祐四年进士。嗣恩弟
郭昊 字子明		金州	《剑南诗稿》卷三七《题鄠大尉金州第中至章节堂》、《南末制抚年表》	《全末文》293/6676	
李好义	下邽（陕西）	阆州	《末史》卷四○二本传、《大明一统志》卷六八《保宁府·流寓》	《全末词》4/2938	
李好古	同上	同上	同上	《全末词》4/3436	好义兄。乡贡免解进士
司马子巳 字淑原	夏县（山西）	戎州	《大明一统志》卷六九《叙州府·流寓》、《鹤山先生大全集》卷六三《跋司马子巳先后天诸图》、《末元学案补遗》卷八		
司马梦求 (?—1275)	山西	叙州	《末史》卷四五二本传、《末元学案补遗》卷八		光后裔。景定三年举进士

续　表

姓　名	原籍	移居地	依　据　资　料	作　品	备注
赵与栎 字季清	河南	资州磐石	《宝祐四年登科录》第三甲第七十七人		宝祐四年进士
薛仲邕	开封	资州	李石《方舟集》卷一七《曹氏合人墓志铭》	《全宋文》223/4596	雅州子
薛仲侃	同上	同上	同上		
李如晦	开封	合州	《重校鹤山先生大全集》卷七一《朝奉郎权发遣大宁监李季畏震墓志铭》		士观孙
李季震 (1151—1214) 字元修	同上	同上	同上		昉七世孙、士观曾孙。淳熙十一年进士
赵孟淬 字季全	河南	同上	《宝祐四年登科录》第四甲第二百四十八人		宝祐四年进士。父与㻛
赵时贯 字道卿	同上	同上	《宝祐四年登科录》第三甲第六十一人		宝祐四年进士。父总夫
赵孟穚 字季硕	同上	遂宁府小溪县	《宝祐四年登科录》第四甲第一百七十九人		宝祐四年进士。父与祐

六、岭南移民后裔文人分布列表

姓　名	原　籍	移居地	依　据　资　料	作　品	备　注
赵善璙 字德纯	河南	广州	《宋诗纪事》卷八五,《新安文献志》卷九三《赵刑部善璙传》,《江南通志》卷一四七,卫经,《后乐集》卷一三《奏举赵善璙赵师秀潘景伯赵景璙状》日宣黄宜郑魏挺乞赐旌旌牒	《全宋诗》56/35092 《全宋文》308/7038	曾寓新安,嘉定元年进士,又中名法科
赵东山	同上	东莞	《广东通志》卷四四	《全宋诗》70/44442	
赵时清 字华巅	同上	同上	《东莞遗民录》上	《全宋诗》43973	
赵崇垓 字德畅	同上	南海	《大德南海志》卷九,《文溪存稿》卷三《送赵新班崇垓序》	《全宋文》334/7710 《全宋诗》59/37375	嘉定十六年进士
赵若举	同上	广州香山	《嘉靖香山县志》六		原籍河南
赵时鋑	同上	广州番禺	同上		同上
赵夔夫	同上	潮州海阳	《宝祐四年登科录》		
刘宗	濮州(山东)	广州东莞	《宋东莞遗民录》下		

续　表

姓　名	原籍	移居地	依　据　资　料	作　品	备　注
刘德	真定（河北）	广州四会	《广州人物志》卷一		
欧阳俊 字季思	庐陵	连州	《攻媿集》卷五六《会稽县宽简堂记》		欧阳修四世孙，累迁守连州

七、两淮路移民后裔文人列表

姓　名	原籍	移居地	依　据　资　料	作　品	备　注
司马述 字尊古	夏县（河南）	泰州	《宋元学案补遗》卷七、《媿湖集》卷一〇《司马氏父子字说》、《吴都文粹》卷一《吴兴复田记》、《宋诗纪事补遗》卷六五	《全宋文》301/6874	俨子。少随父宦寓海陵
密佑	山东	庐州	《宋史》卷四五一		
周贞	开封	真州	《宋诗纪事》卷五八		
秦玉	盐城（江苏）	通州崇明	《东维子集》卷二五		
瞿嗣兴	河南	通州海门	《文宪集》卷二四		

参 考 文 献

一、古籍文献（按四部分类排序）

《宋史》，[元] 脱脱等编撰，中华书局，1977 年。

《建炎以来系年要录》，[宋] 李心传，中华书局，1988 年。

《三朝北盟会编》，[宋] 徐梦莘撰，上海古籍出版社，2008年第 2 版。

《宋会要辑稿》，[清] 徐松辑，中华书局，1957 年影印本。

《宋季三朝政要》，台北文海出版社，1981 年 6 月。

《宋史翼》，[清] 陆心源撰，中华书局，1991 年影印本。

《宋史全文》，[宋] 佚名著，黑龙江人民出版社，2005 年。

《建炎以来朝野杂记》，[宋] 李心传撰，徐规点校，中华书局，2000 年。

《靖康要录》，[宋] 佚名，台北文海出版社，1967 年 1 月。

《两朝纲目备要》，[宋] 佚名，台北文海出版社，1967 年1 月。

《中吴纪闻》，[宋] 龚明之撰，孙菊园校点，上海古籍出版社，1986 年。

《中兴小记》，[宋] 熊克撰，台北文海出版社影印本，1968 年 1 月。

《皇宋中兴两朝圣政》，[宋] 佚名，台北文海出版社，1967 年 1 月。

《宋宰辅编年录》,〔宋〕徐自明撰,台北文海出版社,1967年11月。

《南宋馆阁录　续录》,〔宋〕陈骙、佚名撰,中华书局1998年7月。

《金佗粹编》,〔宋〕岳珂撰,影印文渊阁四库全书本。

《宋元学案》,〔清〕黄宗羲著,〔清〕全祖望补,中华书局,1986年。

《稿本宋元学案补遗》,〔清〕王梓材,冯云濠辑,北京图书馆出版社,2002年。

《伊洛渊源录》,〔宋〕朱熹撰,台北文海出版社,1968年1月。

《闽中理学渊源考》,〔清〕李清馥编,影印文渊阁四库全书本。

《绍兴十八年同年小录》(王佐榜),影印文渊阁四库全书本。

《宝祐四年登科录》(文天祥榜),影印文渊阁四库全书本。

《宋历科状元录》,〔宋〕朱希召编,台北文海出版社,1981年10月。

《京口耆旧传》,中华书局,1991年影印。

《宋名臣言行录五集》,〔宋〕朱熹、李幼吾撰,台北文海出版社,1967年1月。

《名臣碑传琬琰集》,〔宋〕杜大珪编,上海古籍出版社,1990年影印本。

《宋遗民录》,〔明〕程敏政辑,台北文海出版社,1981年影印本。

《宋季忠义录》,〔清〕万斯同撰,〔民国〕张寿镛撰补录,丛书集成续编本。

《两浙名贤录》,〔明〕徐象梅撰,《北京图书馆古籍珍本丛刊》影印本,书目文献出版社,1987年。

　　《舆地广记》，[宋] 欧阳忞撰，李勇先、王小红校注，四川大学出版社，2003 年。

　　《元丰九域志》，[宋] 王存撰，王文楚、魏嵩山点校，中华书局，1984 年。

　　《舆地纪胜》，[宋] 王象之，李勇先校点，四川大学出版社，2005 年 10 月。

　　《方舆胜览》，[宋] 祝穆撰，中华书局，2003 年。

　　《乾道临安志》，[宋] 周淙纂修，宋元方志丛刊本，中华书局，1990 年。

　　《淳祐临安志》，[宋] 施谔纂修，宋元方志丛刊本。

　　《咸淳临安志》，[宋] 潜说友纂修，宋元方志丛刊本。

　　《淳熙三山志》，[宋] 梁克家撰，宋元方志丛刊本。

　　《景定建康志》，[宋] 周应合撰，宋元方志丛刊本。

　　《至正金陵新志》，[宋] 张铉纂修，宋元方志丛刊本。

　　《吴郡志》，[宋] 范成大纂修，汪泰亨等增订，宋元方志丛刊本。

　　《云间志》，[宋] 杨潜修，朱端常、林至、胡林卿纂，宋元方志丛刊本。

　　《淳祐玉峰志》，[宋] 项公泽修，凌万顷、边实纂，宋元方志丛刊本。

　　《咸淳玉峰续志》，[宋] 谢公应修，边实纂，宋元方志丛刊本。

　　《嘉定镇江志》，[宋] 史弥坚修，卢宪纂，宋元方志丛刊本。

　　《至顺镇江志》，[宋] 脱脱修，余希鲁纂，宋元方志丛刊本。

　　《琴川志》，[宋] 孙应时纂修，鲍廉增补，[元] 卢镇续修，宋元方志丛刊本。

　　《景定严州续志》，[宋] 钱可则修，郑瑶、方仁荣纂，宋元方志丛刊本。

《无锡志》,〔元〕佚名纂修,宋元方志丛刊本。

《至元嘉禾志》,〔元〕单庆修,徐硕纂,宋元方志丛刊本。

《嘉泰吴兴志》,〔宋〕谈钥纂修,宋元方志丛刊本。

《嘉泰会稽志》,〔宋〕沈作宾修,施宿等纂,宋元方志丛刊本。

《宝庆会稽续志》,〔宋〕张淏纂修,宋元方志丛刊本。

《嘉定赤城志》,〔宋〕黄齐硕修,陈耆卿纂,宋元方志丛刊本。

《新安志》,〔宋〕赵不悔修,罗愿纂,宋元方志丛刊本。

《剡录》,〔宋〕史安之修,高似孙纂,宋元方志丛刊本。

《宝祐四明志》,〔宋〕胡榘修,方万里、罗濬纂,宋元方志丛刊本。

《开庆四明续志》,〔宋〕吴潜修,梅应发、刘锡纂,宋元方志丛刊本。

《延祐四明志》,〔元〕马泽修,袁桷纂,宋元方志丛刊本。

《至正四明续志》,〔元〕王元恭修,王厚孙、徐亮纂,宋元方志丛刊本。

《咸淳毗陵志》,〔宋〕史能之纂修,宋元方志丛刊本。

《至正昆山郡志》,〔元〕杨譓纂修,宋元方志丛刊本。

《大德昌国州图志》,〔元〕冯福京修,郭荐纂,宋元方志丛刊本。

《大德南海志》,〔元〕陈大震纂修,宋元方志丛刊本。

《嘉靖常德府志》,〔明〕陈洪谟纂修,天一阁藏明代方志选刊,上海古籍书店1982年影印。

《嘉靖九江府志》,〔明〕冯曾修、李汛纂,天一阁藏明代方志选刊。

《正德袁州府志》,〔明〕严嵩纂修,天一阁藏明代方志选刊。

《嘉靖钦州志》,〔明〕林希元纂修,天一阁藏明代方志选刊。

《嘉靖广信府志》,天一阁藏明代方志选刊续编本,上海书店 1990 年影印。

《正德饶州府志》,天一阁藏明代方志选刊续编本。

《弘治抚州府志》,天一阁藏明代方志选刊续编本。

《嘉靖铅山县志》,天一阁藏明代方志选刊续编本。

《正德姑苏志》,天一阁藏明代方志选刊续编本。

《嘉靖南雄州府志》,天一阁藏明代方志选刊续编本。

《康熙缙云县志》,[清] 曹懋极纂修,中国地方志集成,上海书店 1993 年影印。

《光绪处州府志》,[清] 潘绍诒、周荣椿纂修,中国地方志集成本。

《道光东阳县志》,[清] 党金衡纂修,中国地方志集成本。

《新安文献志》,[明] 程敏政辑撰,何庆善、于石点校,黄山书社,2004 年。

《吴兴备志》,[明] 董斯张撰,影印文渊阁四库全书本。

《浙江通志》(乾隆),影印文渊阁四库全书本。

《江西通志》(雍正),影印文渊阁四库全书本。

《江南通志》(雍正),影印文渊阁四库全书本。

《大明一统志》,[明] 李贤等撰,三秦出版社,1990 年。

《大清一统志》,[清] 穆彰阿、潘锡恩等纂修,上海古籍出版社,2008 年。

《东京梦华录注》,[宋] 孟元老撰,邓之诚注,中华书局,1982 年。

《梦粱录》,[宋] 吴自牧著,符均、张社国校注,三秦出版社,2004 年。

《武林旧事》,[宋] 周密撰,西湖书社 1981 年。

《西湖游览志》,[明] 田汝成辑撰,中华书局,1958 年。

《西湖游览志余》,[明] 田汝成辑撰,中华书局,1958 年。

《郡斋读书志校证》,[宋] 晁公武著,孙猛校证,上海古籍出版社,1990 年。

《直斋书录解题》,[宋] 陈振孙著,上海古籍出版社,1987 年。

《千顷堂书目》,[清] 黄虞稷撰,潘景郑整理,上海古籍出版社,2001 年。

《四库全书总目》,[清] 永瑢等著,中华书局,1997 年。

《吴中旧事》,[元] 陆友仁撰,影印文渊阁四库全书本。

《朱子语类》,[宋] 黎靖德编,中华书局,1994 年。

《图绘宝鉴》,[元] 夏文彦著,上海商务印书店,1934 年。

《隐居通议》,[元] 刘埙撰,丛书集成初编本。

《皇朝类苑》,[宋] 江少虞编,台北文海出版社,1981 年 6 月。

《名贤氏族言行类稿》,[宋] 章定撰,影印文渊阁四库全书本。

《齐东野语》,[宋] 周密撰,中华书局,1983 年。

《四朝闻见录》,[宋] 叶绍翁撰,中华书局,1989 年。

《黄氏日抄》,[宋] 黄震撰,见王水照编《历代文话》(第一册),复旦大学出版社,2007 年。

《东城杂记》,[清] 厉鹗撰,丛书集成初编本。

《游宦纪闻》,[宋] 张世南撰,丛书集成初编本。

《清波杂志校注》,[宋] 周煇撰,刘永翔校注,中华书局,1994 年。

《投辖录 玉照新志》,[宋] 王明清撰,汪新森、朱菊如校点,上海古籍出版社,1991 年。

《桯史》,[宋] 岳珂撰,中华书局,1981 年。

《涧泉日记》,[宋] 韩淲撰,孙菊园、郑世刚点校,上海古籍出版社,1993 年。

《铁围山丛谈》,[宋] 蔡絛撰,冯惠民、沈锡麟点校,中华书局,1983 年。

《容斋随笔》,[宋] 洪迈撰,上海古籍出版社,1996 年。

《万姓统谱》,[明] 凌迪知撰,影印文渊阁四库全书本。

《两宋名贤小集》,[宋] 陈思编,[元] 陈世隆补,影印文渊阁四库全书本。

《宋文鉴》,[宋] 吕祖谦编,中华书局,1992 年。

《南宋文范》,[清] 庄仲方撰,清光绪十四年(1888)江苏书局刊本。

《月泉吟社诗》,[宋] 吴渭辑,丛书集成初编本。

《瀛奎律髓》,[元] 方回选评,李庆甲集评校点,上海古籍出版社,2005 年。

《全宋词》,唐圭璋编,中华书局,1965 年。

《全宋诗》,傅璇琮等主编,北京大学出版社,1991—1998 年版。

《全宋文》,曾枣庄主编,上海辞书出版社、安徽教育出版社,2006 年。

《全唐文》,[清] 董诰等撰,中华书局,1983 年。

《全元文》,李修生主编,江苏古籍出版社,1998 年。

《增广笺注简斋诗集》,[宋] 陈与义撰,[宋] 胡穉笺注,四部丛刊初编本。

《陈与义集》,吴书荫、金德厚点校,中华书局,1982 年。

《东莱先生诗集》,[宋] 吕本中撰,四部丛刊续编本。

《茶山集》,[宋] 曾几撰,丛书集成初编本。

《南涧甲乙稿》,[宋] 韩元吉撰,影印文渊阁四库全书本。

《梁溪集》,[宋] 李纲撰,影印文渊阁四库全书本。

《松隐集》,[宋] 曹勋撰,影印文渊阁四库全书本。

《水心先生文集》,[宋] 叶适撰,四部丛刊初编本。

《后村先生大全集》,[宋] 刘克庄撰,四部丛刊初编本。

《山房集》,[宋]周南撰,影印文渊阁四库全书本。

《海陵集》,[宋]周麟之撰,影印文渊阁四库全书本。

《陈亮集》,[宋]陈亮撰,中华书局,1974年。

《稼轩词编年笺注》,[宋]辛弃疾撰,邓广铭笺注,上海古籍出版社,2007年第2版。

《攻媿集》,[宋]楼钥撰,四部丛刊初编本。

《毗陵集》,[宋]张守撰,丛书集成初编本。

《丹阳集》,[宋]葛胜仲撰,影印文渊阁四库全书本。

《漫塘集》,[宋]刘宰撰,影印文渊阁四库全书本。

《絜斋集》,[宋]袁燮撰,丛书集成初编本。

《蠹斋铅刀编》,[宋]周孚撰,影印文渊阁四库全书本。

《文忠集》,[宋]周必大撰,影印文渊阁四库全书本。

《晦庵先生朱文公文集》,[宋]朱熹撰,四部丛刊初编本。

《朱子全书》,朱杰人、严佐之、刘永翔编,上海古籍出版社,安徽教育出版社,2002年。

《后乐集》,[宋]卫泾撰,影印文渊阁四库全书本。

《东江家藏集》,[明]顾清撰,影印文渊阁四库全书本。

《渭南文集》,[宋]陆游撰,四部丛刊初编本。

《牟氏陵阳集》,[宋]牟巘撰,影印文渊阁四库全书本。

《重校鹤山先生大全文集》,[宋]魏了翁撰,四部丛刊初编本。

《鸿庆居士集》,[宋]孙觌撰,影印文渊阁四库全书本。

《北海集》,[宋]綦崇礼撰,影印文渊阁四库全书本。

《东莱集》,[宋]吕祖谦撰,影印文渊阁四库全书本。

《吕祖谦全集》,黄灵庚、吴战垒主编,浙江古籍出版社,2008年。

《浮山集》,[宋]仲并撰,影印文渊阁四库全书本。

《蒙斋集》,[宋]袁甫撰,丛书集成初编本。

《于湖居士文集》，［宋］张孝祥撰，四部丛刊初编本。

《于湖居士文集》，［宋］张孝祥撰，上海古籍出版社，2009 年。

《文定集》，［宋］汪应辰撰，丛书集成初编本。

《鄮峰真隐漫录》，［宋］史浩撰，影印文渊阁四库全书本。

《忠正德文集》，［宋］赵鼎撰，影印文渊阁四库全书本。

《北山小集》，［宋］程俱撰，四部丛刊初编本。

《雪坡集》，［宋］姚勉撰，影印文渊阁四库全书本。

《燕堂诗稿》，［宋］赵公豫撰，影印文渊阁四库全书本。

《秋声集》，［宋］卫宗武撰，影印文渊阁四库全书本。

《浣川集》，［宋］戴栩撰，影印文渊阁四库全书本。

《筼窗集》，［宋］陈耆卿撰，影印文渊阁四库全书本。

《平斋文集》，［宋］洪咨夔撰，四部丛刊续编本。

《彝斋文编》，［宋］赵孟坚撰，影印文渊阁四库全书本。

《宫教集》，［宋］崔敦礼撰，影印文渊阁四库全书本。

《复斋先生陈公文集》，［宋］陈宓撰，影印文渊阁四库全书本。

《却扫编》，［宋］徐度撰，丛书集成初编本。

《浮溪集》，［宋］汪藻撰，四部丛刊初编本。

《南轩集》，［宋］张栻撰，影印文渊阁四库全书本。

《张栻集》，［宋］张栻撰，岳麓书社，2010 年。

《楳埜集》，［宋］徐元杰撰，影印文渊阁四库全书本。

《克斋集》，［宋］陈文蔚撰，影印文渊阁四库全书本。

《叠山集》，［宋］谢枋得撰，四部丛刊续编本。

《章泉稿》，［宋］赵蕃撰，丛书集成初编本。

《斐然集》，［宋］胡寅撰，影印文渊阁四库全书本。

《东牟集》，［宋］王洋撰，影印文渊阁四库全书本。

《姑溪居士后集》，［宋］李之仪撰，影印文渊阁四库全书本。

《应斋杂著》,［宋］赵善括撰,影印文渊阁四库全书本。

《吴文正集》,［宋］吴澄撰,影印文渊阁四库全书本。

《屏山集》,［宋］刘子翚撰,影印文渊阁四库全书本。

《申斋集》,［宋］刘岳申撰,影印文渊阁四库全书本。

《翟忠惠集》,［宋］翟汝文撰,影印文渊阁四库全书本。

《樵溪居士集》,［宋］刘才邵撰,影印文渊阁四库全书本。

《卢溪文集》,［宋］王庭珪撰,影印文渊阁四库全书本。

《桂隐文集》,［宋］刘诜撰,影印文渊阁四库全书本。

《诚斋集》,［宋］杨万里撰,四部丛刊初编本。

《西山先生真文忠公文集》,［宋］真德秀撰,四部丛刊初编本。

《澹庵文集》,［宋］胡铨撰,影印文渊阁四库全书本。

《五峰集》,［宋］胡宏撰,影印文渊阁四库全书本。

《定斋集》,［宋］蔡戡撰,影印文渊阁四库全书本。

《雪山集》,［宋］王质撰,丛书集成初编本。

《洺水集》,［宋］程珌撰,影印文渊阁四库全书本。

《止堂集》,［宋］彭龟年撰,丛书集成初编本。

《水云村稿》,［宋］刘埙撰,影印文渊阁四库全书本。

《敝帚稿略》,［宋］包恢撰,影印文渊阁四库全书本。

《文溪集》,［宋］李昂英撰,影印文渊阁四库全书本。

《拙斋文集》,［宋］林之奇撰,影印文渊阁四库全书本。

《方舟集》,［宋］李石撰,影印文渊阁四库全书本。

《筠溪集》,［宋］李弥逊撰,影印文渊阁四库全书本。

《耻堂存稿》,［宋］高斯得撰,丛书集成初编本。

《知稼翁集》,［宋］黄公度撰,影印文渊阁四库全书本。

《黄勉斋先生文集》,［宋］黄榦撰,丛书集成初编本。

《江湖长翁文集》,［宋］陈造撰,影印文渊阁四库全书本。

《巽斋文集》,［宋］欧阳守道撰,影印文渊阁四库全书本。

《滋溪文稿》，[元] 苏天爵撰，影印文渊阁四库全书本。

《圭斋文集》，[元] 欧阳玄撰，四部丛刊初编本。

《清容居士集》，[元] 袁桷撰，四部丛刊初编本。

《雪楼集》，[元] 程文海撰，影印文渊阁四库全书本。

《松雪斋文集》，[元] 赵孟頫撰，四部丛刊初编本。

《九灵山房集》，[元] 戴良撰，四部丛刊初编本。

《剡源戴先生文集》，[元] 戴表元撰，四部丛刊初编本。

《侨吴集》，[元] 郑元祐撰，影印文渊阁四库全书本。

《金华黄先生文集》，[元] 黄溍撰，四部丛刊初编本。

《宋学士文集》，[明] 宋濂撰，四部丛刊初编本。

《宋诗纪事》，[清] 厉鹗辑撰，上海古籍出版社，2008 年第 2 版。

《宋诗纪事补遗》，[清] 陆心源撰，山西古籍出版社，1997 年。

《苕溪渔隐丛话》，[宋] 胡仔撰，廖德明校点，人民文学出版社，1962 年。

二、今人论著（按书名拼音排序）

《北宋进士科考试内容之演变》，宁慧如撰，台湾知书房出版社，1996 年。

《北宋科举考试与文学》，林岩撰，上海古籍出版社，2006 年。

《北宋临川王氏家族及其文学考论——以王安石为中心》，汤江浩撰，人民文学出版社，2005 年。

《北宋三槐王氏家族研究》，李贵录撰，齐鲁书社，2004 年。

《北宋氏族家族·婚姻·生活》，陶晋生撰，台北"中研院"历史语言研究所，2001 年。

《北宋文人与党争》，沈松勤撰，人民出版社，1998 年。

《北宋新旧党争与文学》，萧庆伟撰，人民文学出版社，2001 年。

《晁公武 陈振孙评传》,郝润华,武秀成著,南京大学出版社,2006 年。

《晁说之研究》,张剑撰,学苑出版社,2005 年。

《陈亮与南宋浙东学派研究》,方如金、方同义、陈国灿撰,人民出版社 1996 年。

《陈龙川传》,邓广铭著,生活·读书·新知三联书店,2007 年。

《陈与义·陈师道研究》,杨玉华著,巴蜀书社,2006 年。

《陈与义年谱》,白敦仁著,中华书局,1983 年。

《陈与义诗歌研究》,吴淑钿著,文津出版社,1993 年。

《词人家庭与宋词传承——以父子词人为中心》,刘学撰,百花洲文艺出版社,2008 年。

《邓广铭治史丛稿》,邓广铭著,第 2 版,北京大学出版社,2010 年。

《邓广铭自选集》,邓广铭著,第 2 版,首都师范大学出版社,2008 年。

《地域文化与唐代诗歌》,戴伟华撰,中华书局,2006 年。

《范成大年谱》,于北山著,上海古籍出版社,2006 年。

《福建族谱》,陈支平著,福建人民出版社,1998 年。

《归去来兮——隐逸的文化透视》,张立伟撰,三联书店1995 年。

《韩世忠年谱》,邓广铭著,生活·读书·新知三联书店,2007 年。

《黄庭坚与江西诗派卷》(古典文学研究资料汇编),傅璇琮编,中华书局,1978 年。

《家族与社会》,黄宽重、刘增贵主编,中国大百科全书出版社,2005 年。

《江西诗派诸家考论》,韦海英撰,北京大学出版社,2005 年。

《江西文化》,周文英等著,辽宁教育出版社,1995年。

《江西宗派研究》,伍晓蔓著,巴蜀书社,2006年。

《科举与宋代社会》,何忠礼著,商务印书馆,2006年。

《两宋词人年谱》,王兆鹏著,台湾文津出版社,1994年。

《两宋之交诗歌研究》,汪俊著,旅游教育出版社,2001年。

《鳞爪文辑》,王水照著,陕西人民出版社,2008年。

《陆游年谱》,于北山著,上海古籍出版社,2006年。

《吕本中研究》,欧阳炯著,台北文史哲出版社,1992年。

《吕东莱之文学与史学》,刘昭仁著,台北文史哲出版社,1986年。

《吕祖谦评传》,潘富恩、徐余庆著,南京大学出版社,1992年。

《吕祖谦文学研究》,杜海军著,学苑出版社,2003年。

《吕祖谦与浙东明招文化》,浙江省武义县政协文史资料委员会编,社会科学文献出版社,2006年。

《吕祖谦全集》,黄灵庚、吴战垒主编,浙江古籍出版社,2008年。

《明清乡约:理论演进与实践发展》,董建辉著,厦门大学出版社,2008年。

《南宋城镇史》,陈国灿著,人民出版社,2009年。

《南宋词史》(修订版),陶尔夫、刘敬圻著,黑龙江人民出版社,2005年。

《南宋都城临安》,林正秋著,西泠印社,1986年5月。

《南宋都城临安》,徐吉军著,杭州出版社,2008年。

《南宋江湖词派研究》,郭锋著,巴蜀书社,2004年。

《南宋交通史》,张锦鹏著,上海古籍出版社,2008年。

《南宋教育史》,苗春德、赵国权著,上海古籍出版社,2008年。

《南宋军事史》,粟品孝等著,上海古籍出版社,2008年。

《南宋军政与文献探索》,黄宽重著,台北新文丰出版公司,1990 年。

《南宋科举制度史》,何忠礼著,人民出版社,2009 年。

《南宋人口史》,吴松弟著,上海古籍出版社,2008 年。

《南宋史稿》,何忠礼、徐吉军著,杭州大学出版社,1999 年。

《南宋史及南宋都城临安研究》,何忠礼主编,人民出版社,2009 年。

《南宋思想史》,何俊、范立舟著,上海古籍出版社,2008 年。

《南宋文人与党争》,沈松勤著,人民出版社,2005 年。

《南宋文学史》,王水照、熊海英著,人民出版社,2009 年。

《南宋遗民诗人群体研究》,方勇著,人民出版社,2000 年。

《南宋政治史》,何忠礼著,人民出版社,2008 年

《南宋宗教史》,杨倩描著,人民出版社,2008 年。

《朋党之争与北宋政治》,罗家祥著,华东师范大学出版社,2002 年。

《史事、文献与人物:宋史研究论文集》,黄宽重著,台北东大图书股份有限公司,2003 年。

《书院与科举关系研究》,李兵著,华东师范大学出版社,2005 年。

《宋初朋党与太平兴国三年进士》,何冠环著,中华书局,1994 年。

《宋代晁氏家族及其文献研究》,刘焕阳著,齐鲁书社,2004 年。

《宋代的家族与社会》,黄宽重著,国家图书馆出版社,2009 年。

《宋代地域文化》,程民生著,河南大学出版社,1997 年。

《宋代婚姻家族史论》,张邦炜著,人民出版社,2003 年12月。

《宋代家族与文学研究》,张剑、吕肖奂、周扬波著,中国社会科学出版社,2009 年。

《宋代家族与文学——以澶州晁氏为中心》,张剑著,北京出版社,2006 年。

《宋代科举》,贾志扬著,台湾东大图书股份有限公司,1995 年。

《宋代科举与文学考论》,祝尚书著,大象出版社,2006 年。

《宋代眉山苏氏家族研究》,马斗成著,中国社会科学出版社,2005 年。

《宋代社会研究》,朱瑞熙著,中州书画社,1983 年。

《宋代诗人论》,陶文鹏著,辽海出版社,2007 年。

《宋代士绅结社研究》,周扬波著,中华书局,2008 年。

《宋代书院与宋代学术之关系》,吴万居著,台湾文史哲出版社,2000 年。

《宋代蜀人著作存佚录》,许肇鼎编,巴蜀书社,1986 年 7 月。

《宋代四川家族与学术论集》,邹重华、粟品孝主编,四川大学出版社,2005 年。

《宋代特殊群体研究》,游彪著,商务印书馆,2006 年。

《宋代文史考论》,诸葛忆兵著,中华书局,2002 年。

《宋代研究文献提要》,宋史提要编纂协力委员会编,日本东洋文库,1961 年 6 月。

《宋代宗族和宗族制度研究》,王善军著,河北教育出版社,2002 年。

《宋南渡词人群体研究》,王兆鹏著,凤凰出版社,2009 年 4 月。

《宋人别集叙录》,祝尚书著,中华书局,1999 年。

《宋人传记资料索引补编》,李国玲著,四川大学出版社,1994 年。

《宋人传记资料索引》，昌彼得等编、王德毅增订，台北鼎文书局 1977 年增订。

《宋人轶事汇编》，丁传靖辑，中华书局，1981 年 9 月。

《宋史地理志汇释》，郭黎安编著，安徽教育出版社，2003 年 1 月。

《宋史研究论集》，王德毅著，台北商务印书馆，民国 61 [1972]。

《宋史研究论文集》，邓广铭、程应镠主编，上海古籍出版社，1982 年 1 月。

《宋史研究论文与书籍目录》，台湾中华学术院中国文化学院史学研究所，1976 年 11 月。

《宋学的发展与演变》，漆侠著，河北人民出版社，2002 年。

《宋元诗社研究丛稿》，欧阳光著，广东高等教育出版社，1996 年。

《宋元浙江方志集成》，浙江省地方志编纂委员会编，杭州出版社，2009 年。

《唐宋词流派史》，刘扬忠著，福建人民出版社，1999 年。

《唐宋词人年谱》（《夏承焘集》第一册），夏承焘著，浙江古籍出版社、浙江教育出版社，1997 年。

《唐宋时期的南方地区交通研究》，曹家齐著，（香港）华夏文化艺术出版社，2005 年。

《王水照自选集》，王水照著，上海教育出版社，2000 年。

《文化视域中的北宋熙丰诗坛》，马东瑶著，陕西人民教育出版社，2006 年。

《吴越钱氏文人群体研究》，[日]池泽滋子著，上海人民出版社，2006 年。

《辛稼轩诗文钞存》，辛弃疾撰，邓广铭校，古籍文学出版社，1957 年。

《辛弃疾传　辛稼轩年谱》，邓广铭著，生活·读书·新知三联书店，2007年。

《杨万里年谱》，于北山著，上海古籍出版社，2006年。

《岳飞传》，邓广铭著，北京三联书店，2007年。

《张元干年谱》，王兆鹏著，南京出版社，1989年。

《昭德晁氏家族研究》，何新所著，上海古籍出版社，2006年。

《浙东学派溯源》，何炳松著，广西师范大学出版社，2004年。

《中国东南的宗族与宗谱》，王铁著，汉语大词典出版社，2002年。

《中国家族制度史》，徐扬杰著，人民出版社，1992年。

《中国近世家族与社会学术研讨会论文集》，"中研院"历史语言研究所，1998年。

《中国科举史》，刘海峰、李兵著，上海东方出版中心，2004年。

《中国历史大事编年》，张习孔、田珏主编，北京出版社，1997年。

《中国历史地图集》（第六册），谭其骧主编，中国地图出版社，1982年。

《中国人口史》，吴松弟著，复旦大学出版社，2001年。

《中国史学史》，蒙文通著，上海人民出版社，2006年。

《中国书院制度研究》，陈谷嘉、邓洪波主编，浙江教育出版社，1997年。

《中国私家藏书史》，范凤书著，大象出版社，2001年。

《中国文化地理》，陈正祥著，北京三联书店，1983年。

《中国文化世家·吴越卷》，吴光主编，湖北教育出版社，2004年。

《中国乡里制度》，赵秀玲著，社会科学文献出版社，2002年。

《中国移民史》（第四册），吴松弟著，福建人民出版社，

1997 年。

《中国移民史》（第一册），葛剑雄著，福建人民出版社，1997 年。

《中国宗谱研究》，［日］多贺秋五郎著，东京日本学术振兴会，1981 年。

《中国宗族》，冯尔康、阎爱民著，广东人民出版社，1996 年。

《中研院历史语言研究所集刊论文类编》之《历史编·宋辽金元卷》（全三册），中华书局，2009 年 4 月。

《朱熹的历史世界——宋代士大夫政治文化的研究》，余英时著，三联书店，2004 年。

《朱熹年谱长编》，束景南著，华东师范大学出版社，2001 年。

《朱熹研究》，束景南著，人民出版社，2008 年。

三、单篇学术论文（按发表时间排序）

《南宋诗文的时代特点——〈南宋文范〉校点本序言》，郭预衡著，《北京师范大学学报》1990 年第 3 期。

《论北宋科举改制与南宋文学走向》，祝尚书著，《新宋学》第一辑，王水照主编，上海辞书出版社 2001 年。

《苏轼作品在南宋婺州研读情况考》，包弼德著，《新宋学》第二辑，王水照主编，上海辞书出版社 2002 年。

《两宋时期南北文学异同论》，祝尚书著，《第二界宋代文学国际研讨会论文集》，江苏教育出版社 2003 年。

《从高压政治到“文丐竞奔”》，沈松勤著，《第二界宋代文学国际研讨会论文集》，江苏教育出版社 2003 年。

《宋室南渡后的“崇苏热”与词学命运》，沈松勤著，《文学评论》2005 年第 2 期。

《南宋中兴诗坛的师承与文学演进》，曾维刚、王兆鹏著，《江西社会科学》2005 年 8 月。

《南宋移民与临安文化》,吴松弟著,《历史研究》,2006 年第 5 期。

《北宋诗人的地理分布及其文学史意义分析》,王祥著,《文学遗产》2006 年第 6 期。

《南渡词人地理分布与南宋文学发展新态势》,钱建状著,《文学遗产》2006 年第 6 期。

四、博士学位论文(按完成时间排序)

《宋代江西文化地理研究》,刘锡涛著,博士论文,陕西师范大学,2001 年。

《宋代江南路文学研究》,王祥著,博士论文,复旦大学,2004 年。

《宋代晁氏家族文学研究》,李朝军著,博士论文,四川大学,2005 年。

《宋南渡初期诗人群体研究》,白晓萍著,博士论文,浙江大学,2006 年。

《南宋江西词人群体研究》,王毅著,博士论文,华东师范大学,2006 年。

《北宋晁氏家族及其文学研究》,滕春红著,博士论文,浙江大学,2006 年。

《南宋鄱阳洪氏父子文学研究》,沈如泉著,博士论文,四川大学,2006 年。

《宋代迁徙官僚家族研究——以两浙路为中心》,魏峰著,博士论文,浙江大学,2007 年。

《南宋中兴诗坛研究》,韩立平著,博士论文,复旦大学,2009 年。

《宋南渡词人群的地域性研究》,姚惠兰著,博士论文,华东师范大学,2009 年。

后　记

　　这部书稿是在我博士后出站报告的基础上修改而成,题目是王水照先生提出来的。从移民角度研究南宋文学,是一个全新的视角。以前的南宋文学研究,将由北宋进入南宋的文人统称为南渡文人,这样就模糊了这些移民文人的地域性,也忽略了许多与地域有关的文学现象。而一些地域文学研究,又没有注意某些文人的移民特征,只是将某一地域的文学与其地域文化结合在一起。如果说南渡文学研究侧重时间性,地域文学研究侧重空间性(而且这个空间是固定不变的),那么移民文学研究则是将时间与空间结合起来,通过创作主体居住地的变化对文学进行动态考察。

　　研究南宋移民文学,有很多概念需要界定,需要厘清,学术积淀并不丰厚的我常感力不从心,好在有王先生做后盾,困惑时可以向先生请教。对南宋移民文人及其后裔的分布统计耗费了我大量的时间和精力,对于这么多的人物,既要确定其是否属于移民文人,又要弄清是移民文人还是移民后裔文人。移民文人南渡后的辗转流徙又给其移居时间和移居地的确定带来困难。我查阅了方志、墓志及各种传记资料,这些资料提供的信息也需要甄辨。但大量的阅读也会使得一些问题渐渐清晰,影响移民选择移居地的因素分析部分,就是我在阅读有关移民文人的资料后总结出来的,两个移民文学中心的确定是我在对众多移居地的反复比较中确定的,移民文学家族与地域文化的关系也是在写作过程中不断调整思路，最后决定以这样的面貌呈现出来。

能够心无旁骛地读书真是一件幸事，很留恋这样的日子。做博后的三年，我尽量争取去复旦多待一段时间，一方面可以集中精力进行课题的研究，另一方面可以听王先生的课。先生的博学睿智总是能给我学术上的启发，这份出站报告处处都有来自先生的启发和学术影响，或是来自课堂，或是来自先生的论著。先生的淡泊、宽厚又让我感受到一个学者的风范。在日渐浮躁的今天，面对学术界种种不正常的现象及商业化对学术的影响，常感迷茫，可是有先生这样的学者在，就让人感到学术的神圣和纯净。

我家所在的那片黑土地就是当年金人崛起的地方，金上京所在地的阿城现在是哈尔滨的一个区。记得少年时听评书《岳飞传》，对金人充满了痛恨，觉得黄龙府应该在很遥远的地方。知道金国最早的都城在阿城，是上大学以后的事了。多年前，我途经阿城，在距金城墙遗址不远的路边停下车，驻足观望，看着那道高高凸起的土棱，想不出当年将北宋灭亡的金国在这片土地上所上演的该是怎样的一幕，历史上的轰轰烈烈都已归于沉寂。现在研究南宋移民文学，也需要了解这个一直对南宋政权构成威胁的金国。金国曾将北宋的藏书掳掠北去，并且占据了北宋文化积淀最为深厚的中原地区，但有金一代，文化方面始终无法和南宋相比。南宋文学延续并发展了北宋文学的繁荣，移民文人的贡献起了决定性作用，那些承载着北宋文化因子的文人远比那些典籍更重要。这是我做南宋移民文学研究的一点个人感受。

感谢恩师王水照先生的教诲和指点！通过对南宋移民文人与移民文学的研究，我的面前已经打开了一扇窗子，让我看到了与众不同的南宋文学的面目。

　　这部书稿距当初完成已十有二载,这期间人事变迁,不胜唏嘘。拖延至今,拟将付梓,有负王先生当年厚望,深感惭愧!

　　做博后期间,同门成玮、侯体健、卢康华等学兄给予了我多方面的帮助,那段埋首向学、互相砥砺的岁月已经成为难以忘怀的记忆。博士毕业多年,遇到问题时,总是求助于师友,华东师大的刘永翔老师、黄珅老师、顾宏义老师都曾给过我指点。曾同问学于华东师大古籍所的陈良中学兄多年来助我实多。2003年申报黑龙江省社会科学著作出版资助项目,幸得评审专家垂青,获重点资助。上海古籍出版社曾晓红主任热心安排出版相关事宜。在此,对各位师友表示诚挚的谢意!

　　书稿还有很多不足之处,祈请方家批评指正!

宋立英
二〇二四年六月

图书在版编目(CIP)数据

南宋移民文人与移民文学研究 / 宋立英著. -- 上海：
上海古籍出版社，2024.9. -- ISBN 978-7-5732-1290-0

Ⅰ. I206.244.2

中国国家版本馆 CIP 数据核字第 20248AX755 号

南宋移民文人与移民文学研究

宋立英　著

上海古籍出版社出版发行

（上海市闵行区号景路 159 弄 1-5 号 A 座 5F　邮政编码 201101）

（1）网址：www.guji.com.cn

（2）E-mail：guji1@guji.com.cn

（3）易文网网址：www.ewen.co

上海颛辉印刷厂有限公司印刷

开本 890×1240　1/32　印张 15.375　插页 3　字数 359,000

2024 年 9 月第 1 版　2024 年 9 月第 1 次印刷

ISBN 978-7-5732-1290-0

Ⅰ·3862　定价：78.00 元

如有质量问题,请与承印公司联系